U0399735

精原
讀典

汉语言文学原典精读系列
顾问 贾植芳 王运熙 章培恒 裘锡圭
主编 陈思和 汪涌豪

鲁迅精读

郜元宝／著

复旦大学出版社

总　序

任何一门学科都有其必须研读的经典，作为该学科全部知识的精华，它凝聚着历代人不间断的持续思考和深入探索。这种思考和探索就其发端而言通常极为艰苦，就其最终的指向而言又经常是极其宏大的，所以能进入到人们的生活，对读过并喜爱它的人们构成一种宝贵的经验；进而它还进入到文化，成为传统的一部分。又由于它所讨论的问题大多关涉天道万物之根本，社会人生的原始，且所用以探讨的方法极富智慧和原创的意味，对人的物我认知与反思觉解有深刻的启示作用和范式意义，所以它又被称为"原典"或"元典"。原者，源也；元者，始也、端也，两者的意思自来相通，故古人以"元犹原也，其义以随天地终始也"，又说"故元者为万物之本，而人之元在焉"，正道出了经典之构成人全部成熟思考与心智营造的基始特性。

汉语言文学这门学科自然也有自己的经典或原典。由传统的文史之学、词章之学的讲求，到近代以来西学影响下较纯粹严整的学科意识的确立，它一直在权衡和汰洗诸家之说，在书与人与世的激荡互应中寻找自己的知识边界。从来就是这样，对有志于这门学科的研究者来说，这些经过时间筛汰的经典是构成其全部学问的根柢，所谓入门正，立意高，全基于对这种根柢的掌握。就攻读汉语言文学专业的学生而言，虽然没有这样严格的要求，更不宜过分强调以究明一字或穷尽一义为终身的志业，但比较系统地了解这些经典的基本内容，深入研读其中重要的部分，做到目诵意会，心口相应，从而初步掌握本专业的核心知识以为自己精神整合和基础教养的本原，应该说是当然和必需的事情。

再说,汉语言文学学科有其特殊性。它所具有的社会功能许多时候并不是用职业培养一句话就可以概尽的。对大多数从学者而言,它是一种根本性和基础性的人文精神的培养。它以润物无声的方式渗透到人的日常生活,并从人立身行事的根本处体现出自己的价值。受它的滋养,学生日后在各自的领域内各取所需,经营成家,并不一定以汉语言文学的某部分专门知识安身立命,因此,它尤注意远离一切实用主义和技术主义的诱引,并不放弃对知觉对象的本质体认和根源性究问。那么,从哪里可以得到这种本质上的体认,并养成根源性究问的习惯呢?精读原典,细心领会,就是一条切实可行的路径。

然而,受历史条件和社会需求变化的影响,还有陈旧的教学观念的束缚,长期以来,我们只注重史迹的复现、概念的宣教和理论的灌输,一个中文系学生(其他文科专业的学生大抵同此)应该具备怎样的知识结构和基本教养,并未被当作重要的问题认真讨论过。课程设置上因人而来的随意,课程分布上梯次递进的失序,使这一学科科学完整的知识体系和结构位序至今还不能说已经成形,更不要说其自在性和特殊性的绾聚与凸现了。也就是说,它的课程安排在一定程度上是随机的偶合的,因此既不尽合理,带连着学科品性也难称自觉与独立。在这样情况下,要学生由点及面,由浅入深,形成对汉语言文学相关知识的完整认识几无可能。即使有大体上的认知,也终因缺乏作品或文本的支撑而显得肤泛不切,不够深入。

正是鉴于这种情况,三年前,我们开始在中文系本科教学中实施精读经典作品的课程改革。调整和压缩一些传统课程的课时,保证充足的时间,让学生在大学的前两年集中精力攻读一二十种经典原著。具体做法是选择其中重要的有特色的篇目,逐字逐句地细读,并力求见迩知远,举一反三,然后在三四年级,再及相关领域的史的了解和理论的训练。有些比较抽象艰深的知识和课程被作为选修课,甚至放在研究生阶段让学生修习。我们希望由这种"回到读书"的提倡,养成学生基本的专业教养。有感于脱离作品的叙述一直占据讲坛,而事实是,历史线索的了解和抽象义理的铺排都需要有大量的作品阅读做支撑,没有丰富的阅读经验,很难展开深入有效的学习,学生普遍认同了这样的教改,读书的积极性得到了很大的调动,有的就此形成了明确的专业兴趣与方向。在此基础上,我们进而再引导他们“回到感性”,在经典阅读中丰富对人类情感与生存智慧的体验与把握,最终“回到理性”、“回到审美”,养成清明完密的思辨能力,以及关心人类精神出路和整体命运的宽广心胸,关注一己情趣陶冶和人格修炼的审美眼光,由此事业成功,人生幸福。我们认为这样的教育理念,庶几比较切近“通识教育”和“全人教育”的本义。

现在,我们把集本系老中青三代教师之力编成的原典精读教材,分三辑、每辑十种成系列推出,意在总结过往的教学实践,求得更大更切实的提高。教材围绕汉语言文学专业所涉及的“中国古代文学”、“中国现当代文学”、“文艺学”、“汉语言文字学”、“语言学理论”、“比较文学”和“古典文献学”等七大学科点,选择三十种最具代表性的经典作品做精读,其中既有中国古代重要的文史哲著作,这些著作不仅构成整个中国文学的言说背景,本身就极富文学性,同时也包括国外有关语言学和文学理论方面的经典著作。如此涵括古今,兼纳中外,大概可以使中文学科的专业知识有典范可呈现,有标准可考究。

在具体的体例方面,教材不设题解,以避免预设的前见有可能影响学生自主的理解;也不作注释,不专注于单个字词、典故或本事的说明,而将之留给学生课前的预习。即使必须解释,也注意力避“仅标来历,未识手笔”的贫薄与单窘,而着重隐在意义的发微与衍伸意义的发明。也就是说,但凡知人论世,不只是为了获得经典的原义,还力求与作者“结心”和“对话”。为使这种发微与发明确凿不误,既力避乾嘉学者所反对的“因后世之空言,而疑古人之实事”,“后人所知,乃反详于古人”的主观空疏,又不取寸步不遗不明分际的单向格义,相反,在从个别处入手的同时,还强调从汇通处识取,注意引入不同文化、不同知识体系的思想观念和解说方法,以求收多边互镜之效。即使像文本批评意义上的“细读”(close reading),也依所精读作品性质的不同而适当地吸取。尤其强调对经典作品当代意义与价值的抉发,从而最大程度地体现阐幽发微,上挂下连,古今贯通,中外兼顾的特色。相信有这种与以往的各类作品选相区隔的文本精读做基础,再进而系统学习文学史、语言学史以及文学、美学理论等课程,能使本专业的学生避免以往空洞浮泛的知识隔膜,从而对理论整合下的历史与实际历史之间的矛盾有一份自己的理解,进而对历史本身有一种“同情之了解”,并从内心深处产生浓郁而持久的“温情与敬意”。

如前所说,原典精读教材的编写目的,是为了给汉语言文学专业的学生提供一个基础教养的范本,它们应该是这个专业的学生知识准入的基本条件和底线。但是“应该”与“能够”从来是一对矛盾。如何使教材更准确简切地传达出经典的大旨,如何在教学过程中让学生真正得体新生命,得入新世界,是我们大费踌躇的问题。好在文学的本质永远存在于文学作品的影响过程中,学术的精神也永远存在于学术著作的解读当中。既如此,那么从原典出发,逐一精读,既沉潜往复,复从容含玩,应该不失为一种合理可行的思路。

我们期待基于这种思路的努力能得到丰厚的报偿,也真诚地欢迎任何为完善这一思路提出的建议与批评。

目　录

导论

鲁迅著作的选本，出于他人之手者多数依体裁分类编排，如1933年瞿秋白编选的《鲁迅杂感选集》。1932年底编辑、次年出版的《鲁迅自选集》，却打破体裁界线，从《野草》、《呐喊》、《彷徨》、《朝花夕拾》和《故事新编》（当时尚未完成但书名已经确定）中选出二十二篇，集为一书。这本《自选集》不收杂文，难称全面。鲁迅认为"可以勉强称为创作的，在我至今只有这五种"[①]，其实杂文也是创作，而且是主要的创作。鲁迅这样讲，乃是姑且随从流俗关于"创作"的定义。

我为复旦学生上"鲁迅精讲"课已逾三载，最大的困难莫过于学生手头没有合适的包含鲁迅各体创作的选本，在目前情势下，让学生人人通读《鲁迅全集》又不太实际，所以只好自己来编。

怎样看待"选本"？鲁迅有很好的提示：

> 选本所显示的，往往并非作者的特色，倒是选者的眼光[②]。
>
> 读者的读选本，自以为由此得了古人文笔的精华的，殊不知却被选者缩小了眼界……选本既经选者所滤过，就总只能吃他所给予的糟或醨。况且有时还加以批评，提醒了他之以为然，而默杀了他之以为不然处。纵使选者非常胡涂，如《儒林外史》所写的马二先生，游西湖漫无准备，须问路人，吃点心又不知选择，要每样都买一点，由此可见其衡文之毫无把握罢，然而他是处州人，一定要吃"处片"，又可见虽是马二先生，也自有其"处片"式的标准了[③]。

我固然并非毫无标准，但也不会比"处片式的"高明，只愿以此与读者对

---

① 《南腔北调集·〈自选集〉自序》。
② 《且介亭杂文二集·"题未定"草（六）》。
③ 《集外集·选本》。

话，苟能激发读者诸君因为不满于被我咀嚼过的“糟或醨”而欲尝本味，则纵然选者“目光如豆”，也还不至于“抹杀了作者真相”[①]。

选和评时，自然一面“问路人”，借鉴我所首肯的他人的研究成果而参以己意，一面“每样都买一点”，以囊括尽可能多的文章的类型——但不消说肯定无法涵盖全部。《中国小说史略》之类的专著，以及那些其实并无世故、交浅言深、与文章实无区别、强聒不舍的书信，或者因为篇幅，或者因为太超出了编者的理解力，就都隔爱了。

东京留学时代“提倡文学运动”而做的长论，只选《科学史教篇》和《破恶声论》两篇，避开比较为人熟知的《文化偏至论》及《摩罗诗力说》，要在指明鲁迅何以放弃科学而献身文艺，并略示其初期文笔的品格。

1918年以后白话小说，一向被公认为鲁迅“创作”的主体，但编者一则反对孤立看待鲁迅小说，一则初、高中课文已经选了不少，学生比较熟悉，所以仅选五四时期震动文坛最剧烈的《狂人日记》与《阿Q正传》，容易引起分歧也有利于训练阅读的《伤逝》，以及历史小说《铸剑》——这篇最能张扬鲁迅作为“精神界战士”的个性。至于其他小说所涉及的问题，就留给对《野草》和杂文的“精读”。

鲁迅自述他往往将小说当作杂文来写[②]，其小说的精神与杂文相通。杂文不仅量大，也可以说是他的“文笔的精华”，所以尽量多选——但一共也只选了二十来篇。

整个选了的是《野草》。

文学家之最可贵者，不在于记录彼时彼地的社会信息富于侪辈，能够满足后世“有历史癖与考证癖”的学者“重建历史”的好奇心，或者有什么“洞见三世，观照一切”的超绝思想，“于是而为天人师”[③]。文学家之最可贵者，在于当创作时，“发狂变死”地燃烧和展开其精神世界[④]，亦即贵在情感的真实、

---

① 参见《且介亭杂文二集·“题未定”草(六)》。

② 参见冯雪峰《回忆鲁迅》，人民文学出版社1952年5月第1版，引自《雪峰文集》第262页，人民文学出版社1985年第1版。

③ 《华盖集·题记》。

④ 《华盖集续编的续编·厦门通信(二)》。

深沉、广大,浓烈。具真实、深沉、广大、浓烈的情感,又敢于“师心使气”[1],方可如鲁迅所期望的摆脱了“瞒和骗”,“睁了眼看”[2],既披沥了自己的心,也照亮了世界。用古人的话说,叫做气盛言宜。气盛,物之浮者大小毕浮也[3]。鲁迅杂文和《野草》,我以为最符合这一文学的理想。

本书目标,是尽可能“以少总多”,启发读者循枝振叶,沿波讨源,很快地跨过我的选本与选讲,走向《全集》[4]。

至于“精讲”的方法,则无非左右牵合,上下挂搭,以鲁解鲁。

中国现代作家,惟鲁迅一人自觉按编年方式整理著作,力避单篇的小说、散文、杂文重出于不同的单行本。这是作者之福,读者之福。其他作家如周作人就很惨,虽是“自编文集”,也缭乱不堪——这错误,编者因为自己犯过,所以感受(悔愧)颇深。不记得是竹内好还是木山英雄曾经说过,鲁迅一生都在撰写《鲁迅全集》,意思是说,严格的编年意识预先保证了他写下的片言只语在未来的全集中的固定地位,我以为这就使无论如何破碎的选本也无害其著作的完整。

再者,鲁迅前后期无论思考的问题,还是思考的方法,表达思考的语言,皆呈现为一种严密的不断展开的向心运动,其作品之间彼此指涉、相互发明的关系甚为明显。

这两个特点,都鼓励着牵合、挂搭、以鲁解鲁式的阅读。

又因为鲁迅“没有做过一部长篇”[5],我们无法选择一篇毕其功于一役,故牵合、挂搭式的解读,也是应该。

鲁迅说过,“在进化的链条上,一切都是中间物”[6]。他经常祝祷其著作

---

① 这是鲁迅对魏晋风度的评价,参见《而已集·魏晋风度及文章与药及酒之关系》。

② 参见鲁迅《坟·论睁了眼看》。

③ 韩愈《答李翊书》。

④ 《鲁迅全集》最早的版本,是鲁迅逝世以后,由“鲁迅先生纪念委员会编辑”,收著作、译文和辑录的古籍,共二十卷,1938 年印行。后来,北京的人民文学出版社重新编辑,只收作者的著作,加注释,共十卷,于 1956 年至 1958 年印行。1981 年,该社在十卷本全集基础上,增加《集外集拾遗补编》、《古籍序跋集》、《译文序跋集》和日记及到那时为止发现的全部书信,共十五卷,附集一卷,为鲁迅著译年表、《全集》篇目索引和注释索引。十六卷本的《鲁迅全集》对所收鲁迅的文字都尽量加以必要的注释。

⑤ 《三闲集·鲁迅译著书目》。

⑥ 《坟·写在〈坟〉后面》。

“速朽”，以为那样，就说明自己所攻击的中国的病态已然痊愈。他又说，“忘记我，管自己生活。——倘不，那就真是糊涂虫”[①]。但，同是中间物，分量从来就并不相等。至少在目前中国，鲁迅还多有不应忘记之处。如果以为有“足够的脚劲”将他“一脚踢开”[②]，或者以为他的时代已经过去，则真要成为呆鸟。

我虽然不是剑拔弩张捍卫鲁迅的“凡是派”，但多年阅读，最大的心得，是不得不承认他是中国文学史上罕见的“天才”，禁不住地迷恋起来。但愿这心态——我知道现在也绝非只我一人——尽快因为有更多的新的“天才”产生而自动淡化，消失。不过从现在的情况来看，恐怕很难。大约要等两百年以后。

2005年5月3日记于复旦。

① 《且介亭杂文末编附集·死》。
② 《三闲集·鲁迅译著书目》。

第一讲

早期文言论文两篇和文学活动的开始

一、《科学史教篇》讲解

1."科学"一词的意义纠葛

《科学史教篇》(以下简称《教篇》),1907年写于日本,虽然是一篇专门讨论科学问题的文章,在文学家鲁迅的思想发展中却占有一个重要地位,因为这篇论文名义上讲西方科学的简史,实则要从西方科学的发展中汲取"超科学"或"非科学"的教训,探求西方科学发达的"深因"或"本根"、"本柢";这"深因"或"本根"、"本柢","深无底极",绝非一般科学理论所能解释,因为它超出了一般科学理论范围,呈现为人类"非科学"或"超科学"的心智活动,此心智活动(鲁迅称之为"神思")乃人类更高级形态的精神文化创造,不仅决定着科学的兴衰,也是一切文明的"始基"。

换言之,这篇表面上专门讨论科学问题的论文,实际上是要打破当时国人对西方科学的片面了解和盲目崇拜,从西方科学发展所提供的经验教训中看到科学之下所隐藏的西方各民族精神发达的轨迹。其主要观点是认为,与其羡慕西方表面上的科学繁荣,倒不如从根本上了解那造成西方科学繁荣的民族精神的特点。

这才是鲁迅真正关心的问题。因此,恰恰是这篇专门讨论科学问题的论文,标志着鲁迅的短暂的科学时代的结束,以及他持守一生的文学生涯的开始。

十五年后,鲁迅在《〈呐喊〉自序》里将这个思想的转折追忆为弃医从文,乃是文学方式的"概乎言之"。医学属于科学的一门,医学要解决人的身体方面的问题,而鲁迅在1907年左右已经认识到,当时国人所理解的科学也只能解决中国社会物质层面的问题,也就是说科学只能解决中国的身体,和医学的功能很相似,所以《〈呐喊〉自序》用医学来隐括科学便顺理成章了。鲁迅在1907年左右所放弃的，不仅是医学一门，也是仅仅关注中国人的物质问题的片面的科学。不放弃这样的科学，文学的本质与重要性就无法显明。

鲁迅是如何清理当时中国人的科学观的呢？

当时中国舆论界普遍喜欢谈论“科学”，在这种谈论中，人们对“科学”的渊源、界限和功能都有相当的误解，基本上表现为一种肤浅的实用主义科学观。鲁迅的目的，正是要纠正人们对“科学”的肤浅认识，让人们看到除了表面意义之外，“科学”本身还有我们必须认真对待的“本根”、“本柢”。看不到这“本根”、“本柢”，就无法理解西方科学发展的“深因”，也就容易将西方科学理解为无本之木，无源之水。果如此，则中国人所谈之“科学”，将永远和“科学”在西方的实际情况了无干系，表面上已经接触到西方文明的中国，实际上还将永远和西方文明走在不同的道路上，所谓“有源者日长，逐末者仍立拨耳”[①]。

从《教篇》着眼，参照同一时期所写的《文化偏至论》、《摩罗诗力说》、《破恶声论》诸文，我们可以知道，鲁迅所寻求的科学乃至整个文明的“深因”、“本柢”、“本根”，就是“心”，其中最重要的是“心”的“神思”之功，这方面最突出的表现，在近代西方，当属十九世纪初叶“神思一派”（谢林、黑格尔等）、十九世纪末继起的“神思新宗”（尼采等）所主张的“主观意力”（早期鲁迅以中国传统“心学”术语翻译“神思一派”以及“神思新宗”的概念和主张），以及与“神思新宗”契合的“摩罗诗派”。

鲁迅相信，“心”的力量带来了西方科学和文明的发达，现代中国人如果紧紧抓住自己的“心”这个“本柢”、“本根”，发挥其力量，也有可能取得西方科学和西方文明已经取得的成就。相反，如果离开这个“本柢”而误认当时舆论界所谈的“科学”为“本柢”，对科学的热衷就很容易舍本逐末。鲁迅认为西方科学之所以不断发达，就因为西方人发展科学时能够坚守“心”（“神明”、“灵府”、“初”、“所宅”、“自性”、“精神”、“内部之生活”等皆“心”的展开式指称）的“本柢”。中国当时情形，则是只知科学的可贵，而不知科学的所以可贵，不知科学发展必须依赖“超科学”或“非科学”的“深因”，把科学理解为无本之木，无源之水，与作为“神圣之光”的西方科学的“精神”交臂失之，

① 本节引文，如无特别注释，皆出自《坟·科学史教篇》。

这样最终只会使现代中国和现代西方走在完全不同的发展科学的道路上。

《教篇》并非单纯讲“科学”或“科学史”，鲁迅的用意，是揭示隐藏于科学研究、科学发现中的“科学者”的“精神”，亦即“科学者”的“心”。

2. 从《教篇》整体论述结构看鲁迅当时的科学观

《教篇》一开始高度赞扬西方近代科学，认为西方社会在各方面所取得的成就“实则多缘科学之进步”。但他马上指出，“观其所发之强，斯足测所蕴之厚，知科学盛大，决不缘于一朝”，他写作《教篇》之目的，就是“相科学历来发达之绳迹，则勤劬艰苦之影在焉，谓之教训”。从科学发达史中看出“教训”，就是探询寻科学之“本根”、“本柢”。

值得注意的是，鲁迅“相科学历来发达之绳迹”的角度很特别，他不是以“科学者”的身份，叙述西方各科学内部发展的线索，而是站在科学之外，研究包括“科学者”在内的一般社会精神和人心状态对科学的决定性影响。因此，在简述西方各历史阶段科学兴衰时，常常荡开一笔，探讨“科学发见”的“超科学之力”或“非科学的理想之感动”，如阑喀(兰克)所说的虽然“不为真者，不为可知者”却能够让人类得到“至真之知识”的“理想”，以及赫胥黎所说的作为科学发见之所“本”、可以名之曰“真理发见者”的“圣觉”。

这是《教篇》整体论述结构的特点。这种探讨问题的方式，不得不越出纯粹“科学史”范围而进到思想史、精神史和心灵史层面，不得不触及人类在发展科学的同时“精神”、“道德”、“灵感”、“心灵”、“性灵”、“理想”、“圣觉”、“神思”之类更深的问题及其与科学进步的关联。论文不叫《科学史》而称《科学史教篇》，原因在此。

因此，读《教篇》，我们就同时遇到了两个论述层次，一是表面上对西方科学史的简述，二是揭示潜藏在西方科学史背后的精神史及其与科学发展的关联。鲁迅之所以将这两层论述合并在一起，就是要指出当时中国舆论界所谈之“科学”只是“葩叶”，而“科学”背后的“精神”、“道德”、“心灵”、“理想”、“圣觉”、“神思”、“艺文”、“神话”、“古教”之类，才是“本柢”、“本根”。

把握《教篇》这种整体论述结构，对理解《教篇》的科学观很有必要。

比如，讲古希腊罗马的科学时，鲁迅承认“希腊罗马科学之盛，殊不逊于艺文”，但与此同时，他又提醒人们注意希腊罗马的“思想之伟妙，亦足以铄今”，这就把“科学”和“思想”放在一起打量了。鲁迅看到“尔时智者”在“直解宇宙之原质”时“其说无当，固不俟言”，但仍然认为这种浅陋的科学探询所表现出来的“精神”之可贵：“然其精神，则毅然起叩古人所未知，研索天然，不肯止于肤廓，方诸近世，直无优劣之可言。”日本学者伊藤虎丸从这一节文字看出鲁迅所关心的是“作为精神和伦理问题的科学”，是“在那个时代思索的意义及其精神方式上”高度评价希腊罗马科学，认为鲁迅“从‘科学者的精神’这一侧面来把握科学的视点则极为明确”[①]。鲁迅接着还认为，“世有哂神话为迷信，斥古教为谫陋者，胥自迷之徒耳，足悯谏也”。关于“神话”、“古教”的价值，《文化偏至论》、《摩罗诗力说》、《破恶声论》均有不同篇幅的发挥，《教篇》提到这个问题，只是承继上文肯定在科学上“其说无当”的“尔时智者”的“精神”之论述脉络，批评那些哂神话、斥古教者的“自迷”。“自迷”什么？只能是“自迷”科学万能却不知道科学的更深的根柢之所在吧。在介绍希腊罗马的科学时，鲁迅密切关注“思想”、“精神”、“神话”、“古教”这些被当时的中国人理解为“科学”的对立面的人类精神活动的形式。正是从古希腊罗马精神活动的这个角度，鲁迅才提到与“科学”不同的“神思一端”，认为“神思一端，虽古之胜今，非无前例，而学则构思验实，必与时代之进而俱升，古所未知，今无可愧，且亦无庸讳也”。这就是说，希腊罗马的科学与后来相比有许多不足，那是可以理解的，重要的是应该看到希腊罗马在“科学”之外的“神思一端”实有“古之胜今”的地方。

检验一时代的文明程度，不仅要看其“科学发见”的成果与今天相比如何，还要看与之相对的“神思一端”成就怎样，这样“评一时代历史”，“则所论始云不妄”。

这种论述结构已足以提醒我们注意鲁迅考察科学史的独特角度了，而鲁迅当时的科学观也正是从这个独特的考察问题的角度显示出来。

希腊罗马之后的阿拉伯世界，鲁迅认为基本上是“科学隐，幻术兴”，但他同样强调不能仅仅着眼于科学而抹杀其整体文化成就，因为阿拉伯世界在科学以外仍有不少贡献，“至所致力，固有足以惊叹”。至于中世纪“景教

---

① 参见《鲁迅与日本人》第 68—69 页，河北教育出版社 2000 年 12 月第 1 版。

诸国”,“宗教暴起,压抑科学,事或足以震惊,而社会精神,乃于此不无洗涤,熏染陶冶,亦胎嘉葩……此其成果,以偿沮遏科学之失,绰然有余裕也”。中世纪的宗教虽然以令人“震惊”的方式“压制”、“沮遏”了科学,但宗教在这方面所造成的损失,完全可以用它在“洗涤”社会精神方面所发挥的正面作用来补偿。叙述科学的发展,却说出这番在今天看来多少有些“反动”的话来,说明鲁迅绝非简单地向国人鼓吹西方科学的重要性,而是在西方人文历史的整体演进中把握科学,十分强调科学和人类其他精神活动的有机联系。

读《教篇》,不能被人云亦云的“科学”一词遮住眼睛,而忽视鲁迅在此之外的思考。正是基于他的不为单纯科学所限制的思考,鲁迅才谈到“知识的事业”与“道德力”之不可分割的关系:

> 故有人谓知识的事业,当与道德力分者,此其说为不真,使诚脱是力之鞭策而惟知识之依,则所营为,特可悯耳。

不仅道德与科学不可分,“科学发见”的“深因”还有远比道德伟大的内容:

> 盖科学之发见,常受超科学之力,易语以释之,亦可曰非科学的理想之感动。

关于这一点,鲁迅又引赫胥黎之说:

> 谓发见本于圣觉,不与人之能力相关;如是圣觉,即名曰真理发见者。有此觉而中才亦成宏功,无此觉,则虽天纵之才,事亦终于不集。

有关科学发现所赖之“超科学之力”或“非科学的理想之感动”,《文化偏至论》还曾以欧洲宗教改革为例,认为路德之后,教皇权力削弱,人心复苏,“加以束缚弛落,思索自由,社会篾不有新色,则有尔后超形气学上之发见,与形气学上之发明。以是胚胎,又作新事:发隐地也,善机械也,展学艺而拓贸迁也,非去羁勒而纵人心,不有此也”。

这就讲得很明白,“人心”的自由与否,直接制约着科学的发展。

谈到法国“千七百九十二年之变”时科学所扮演的重要角色,鲁迅特别引用英国物理学家丁达尔(J. Tyndall)的话,说“法国尔时,实生二物,曰科学与爱国”。表面上,“振作其国人者”、“震怖其外敌者”是“科学”,但法国科学为何恰恰在国家危难时勃然大兴而且迅速用于实战并发挥了如此神效呢?这主要因为科学家们受高度爱国心驱使,在“武人抚剑而视太空,政治家饮泪而悲来日”的普遍绝望中挺身而出,“无不尽其心力,竭其智能”。最明显的例子,是孟耆(G. Monge)教国人制造紧缺的火药:“氏禀天才,加以知识,爱国出于至诚,乃睥睨阖室曰,吾能集其土而为之!”正如伊藤虎丸所说,鲁迅是以这个“热情洋溢的故事结束了他讲述的科学史”,他由此得出的结论是:“大业之成,此其枢纽”。“枢纽”者,爱国心对于科学发明的巨大激励也。鲁迅正是在“大业之成,此其枢纽”这句话下面,进一步发挥他对科学的认识,说出一番总结的话来:

> 故科学者,神圣之光也,照世界者也,可以遏末流而生感动。时泰,则为人性之光;时危,则由其灵感,生整理者如加尔诺,生强者强于拿坡仑之战将云。今试总观前例,本根之要,洞然可知。盖末虽亦能灿烂于一时,而所宅不坚,顷刻可以蕉悴,储能于初,始长久耳。

理解这段话,必须细寻文脉。打头的名词的确是“科学”,但真正的主语却不是“科学”,而是“神圣”,科学不过是“神圣之光”,因是“神圣之光”,才有偌大力量。这正是鲁迅透过“科学”看到了“本根”的东西。如果科学不是“神圣之光”,没有“本根”的东西蕴于其内,单纯的科学本身怎么可以“照世界”、“遏末流而生感动”、“为人性之光”、“生整理者如加尔诺”,“生强者强于拿坡仑之战将”呢?

从鲁迅对西方科学和西方精神的双重论述,我们可以看出《教篇》的论述结构和思想主旨,也只有这样,才能看清究竟何为“葩叶”,何为“本柢”,究竟如何理解鲁迅所谓“进步有序,曼衍有源”,以及他为什么说“著者于此,亦非谓人必以科学为先务。”

3. 何谓“本根”、“本柢”?

相对于技术、实业、军事等“实利”,科学或者可以说是“本”、“本根”、“本柢”,但如果把科学的“构思验实”与“知识的事业”拿来与“人心”、“理想”、“圣觉”、“神思”之类的范畴放在一起,着眼于文明发展所依赖的人类整体的“精神”能力,那么科学本身,还可以说是“深无底极”的“本”、“本根”、“本柢”、“所宅”、“初”吗?在举国上下竞相标榜科学的时候,鲁迅担心的是大家皆“惟枝叶之求,而无一二士寻其本”,“盖使举世惟知识之崇,人生必大归于枯寂,如是既久,则美上之感情离,明敏之思想失,所谓科学,亦同趣于无有矣。”

伊藤虎丸认为,《教篇》和《破恶声论》的有关论述一样,都是“针对缺乏‘科学者的精神’,‘奉科学为圭臬之辈’而发”。鲁迅所要竭力阐明的,并非孤立演进、孤立存在、与其他人文部门不发生任何关系的片面的“科学”;在鲁迅那里,科学乃是“作为‘伦理’的科学。即‘科学者的精神’”,所以他才“用看似‘陈腐’的‘谦虚’、‘诚实’或‘圣觉’、‘理想’这样的词把科学作为伦理问题和人的主体性精神态度问题来把握的”。这个读解值得我们重视[①]。

在鲁迅早期著作中,“本”、“本柢”、“本根”、“初”、“宅”同是中国传统“心学”惯用术语,是鲁迅对来自西方的“精神”、“神思”、“理想”、“心灵”、“性灵”、“圣觉”诸概念的灵活翻译。《破恶声论》一开头描述当时中国思想界状况,说“本根剥丧,神气旁皇”,这里的“本根”如果指“科学”,则中国向无西方意义上的科学,至少鲁迅不会认为中国过去有这样的科学,则原本没有,何来“剥丧”?实际上,“本根”乃是指鲁迅这一时期所作诸文反复使用的“主观内面生活”、“自心”、“神思”、“精神”之类,包括《教篇》最后所列举的“美上之感情”、“明敏之思想”等;人类在这方面的可能性不仅“深无底极”,具体内容更不可穷尽,有待我们对自身的不断发现。只有这样的“本根”,才能和“神气”对举。《破恶声论》论中国古代原始宗教,就提到“文化本根”、“始基”诸

---

① 参见伊藤虎丸《鲁迅与日本人》第二章第三节“‘科学者’鲁迅”,李冬木译,河北教育出版社 2000 年 12 月第 1 版。

概念:“顾吾中国,则夙以普崇万物为文化本根,敬天礼地,实与法式,发育张大,整然不紊。覆载为之首,而次乃于万汇,凡一切睿知义理与邦国家族之制,无不据是为始基焉”。在这里,“文化本根”、“始基”并非科学,是明明白白的。

4. “神思”是什么?

《教篇》第二段,鲁迅描述了古希腊罗马“思想”、“精神”、“神话”、“古教”这些精神活动之重要领域后,用总结性的口气提到与“科学”不同的“神思一端”。这里的“神思”作为“思想”、“精神”、“神话”、“古教”的总名,就是人类在科学以外的全部精神活动,和第五段所说的常给科学以“感动”的“超科学”或“非科学”的“力”相通。鲁迅在并不完整地列举古希腊罗马的“神思”之前,已经提到“艺文”,并把“艺文”与“科学”对举,将“艺文”与“思想”、“精神”、“神话”、“古教”一道划进“神思”范畴,顺理成章,因为他那时已经坚信“艺文”(广义的“诗歌”)作为人的“心声”、“内曜”,就是人类一切精神活动最直接最有效的表达。

“艺文”虽为“神思”的高级形态,但反过来,“神思”并不等于“艺文”,因为“神思”大于“艺文”。将“神思”仅仅理解为“艺文”或文艺创作过程中特殊的形象思维,这是“神思”的狭义用法。在鲁迅早期几篇文言论文中,“神思”有广义和狭义两种,广义的“神思”乃是包括“艺文”在内的所有人类“非科学”或“超科学”的“精神”、“理想”,而狭义的“神思”就是“艺文”。要理解《教篇》,关键不是我们今天所通行的作为“艺文”的狭义的“神思”,而是广义的“神思”。

伊藤虎丸有关“盖神思一端”一段话的解释很值得参考:

> 这也许是对科学的理所当然的而且是初步的理解。但这种理解却不仅是把科学“精神”把握为“诚实”和“谦虚”的所谓实证之德,而且也和把科学同“理想”、“圣觉”、“神思”即思想结合起来予以把握的对科学的理解密切相关。这种把近代科学(或近代文学的现实主义)作为受神思=思想所支配的“假说”来理解的方式,在今天,甚至连我们也不会认

为是理所当然的而且是初步的了。科学是理性的，文学艺术是感性的，道德是既定的外在约束，这种理解方式，不是还很普遍吗[1]？

伊藤虎丸不仅如此宽泛地理解"神思＝思想"，而且认为鲁迅是把科学受"神思"所支配的事实当作一种"理所当然的而且是初步的理解"。

不妨再将语境稍稍放大一点，看看鲁迅在和《教篇》同时的其他几篇文言论文中，怎样使用"神思"一词。

《教篇》及《文化偏至论》、《破恶声论》、《摩罗诗力说》诸文的"神思"，和"神思新宗"——"然其根柢，乃远在十九世纪初叶神思一派"——的"神思"同义。鲁迅把"神思新宗"所倚重的"主观意力"看作"二十世纪之新精神"，并将表达此新精神的"摩罗诗"看作是中国文学必须认真借鉴的最理想的"神思"——诗歌，在这个语境中，"神思"的含义甚广，包括纯粹理论学术之外人类一切自由的心灵创造，具体的文学艺术当然也包含在内了。鲁迅认为文学须根基于这样的"神思"，由此，他不仅大大拓展了《文心雕龙》作为具体创作方法和创作过程中心理活动之特征的"神思"，也从根本上赋予"诗歌"(广义的文学)以自己的理解，使之上升为竹内好所说的一种"根本态度"或"文学主义"。如果离开鲁迅的特殊语境，直接说"神思"就是文学，就是文学创作方法即"形象思维"，就豁边了。

正如鲁迅对"心"字有许多互相联系的具体用法，他对"神思"的理解也有整体概念中的不同侧重。大致说来，《教篇》将"神思一端"与科学相对，界定广义的"神思"概念，即人类在科学以外的一切非科学或超科学的心智活动，《文化偏至论》则着重介绍十九世纪末叶以尼采、基尔凯廓尔、易卜生、斯蒂纳、叔本华等为代表的欧洲一股新的崇尚人的"主观意力"的思潮流派，即所谓"神思新宗"、"神思宗之至新者"，《摩罗诗力说》集中就诗歌(广义的文学、"文章")来探讨其"涵养神思"的"不用之用"，《破恶声论》已经完成的部分，主要以"古民之神思"所展露的"厥心纯白"来批评和对照"志士英雄"、"浇季士夫"的"性如沉圻"、"精神窒塞"、"昧人生有趣神秘之事"以至"躯壳

---

① 参见伊藤虎丸《鲁迅与日本人》第二章第三节"'科学者'鲁迅"，李冬木译，河北教育出版社 2000 年 12 月第 1 版，第 71 页。

虽存，灵觉且失”。这些侧重不同领域、不同方面的探讨，并不妨碍“神思”作为一个概念的整体性。

目前通行的《鲁迅全集》将“神思”一词解释为“理想或想象”，并没有错。“神思”既与“神思新宗”有关，当然可以理解为“神思新宗”、“神思宗之至新者”、“新神思宗徒”所倚重的人的“主观内面”的“理想”、“意力”，而照《摩罗诗力说》的观点，作为“心声”、“内曜”的“诗”（广义的文学）最能发挥此一“理想”和“意力”，故同时训为“想象”也不显多余。但是，如果仅仅将“神思”理解为当代中国文艺理论所谓文艺创作中的“形象思维”，则要拾其小而遗其大，不能抓住鲁迅在使用“神思”一词的真正所指了。

“理想”（idea），在当时一些爱好西方哲学的中国学者圈中并不陌生。王国维写于1905年6月的《论新学语之输入》一文，专门有一节讨论“吾心之现象”之一“Idea”的汉译，指出以英文“Idea”译希腊语“Idea”及“Idein”，再以汉语“观念”、“想念”译“Idea”的利弊。王氏没有料到，两年之后鲁迅会以“神思”来重新翻译“Idea”。章太炎在发表于1906年《民报》第九号上的《建立宗教论》中就曾经提到，“言哲学创宗教者，无不建立一物以为本体。其所有之实相虽异，其所举之形式是同”，接着举例说明他所谓“本体”，包括佛家的“真如”、“涅磐”，“而柏拉图所谓伊跌耶者，亦往往近其区域”。“伊跌耶”，就是柏拉图的“idea”。周作人在1908年为《河南》杂志撰写的讨论文艺问题的长文《论文章之意义暨使命因及中国近时文论之失》中，提到“文章”最“不可缺”的，首先就是“神思”。何谓“神思”？他特地加括号注明是“idea”。鲁迅早期文言论文中的“神思”包含理想（idea）之意，这是一条有力的旁证。人类超过纯物质需要的一切精神的渴求以及由此展开的精神活动，就是理想，亦即“神思”。

1905年3月，王国维之《论近年之学术界》认为当时在各种杂志上发表文章的人，“非喜事之学生，则亡命之逋臣”，他们“不知学术为何物而但有政治上之目的”，“其能接欧人深邃伟大之思想者，吾决其必无也。”其次，偶有关心文学者，“亦不重文学自己之价值，而唯视为政治教育之手段”。鲁迅之哲思与文论在此时出现，诚为不易。

中国现代许多作家都有放弃科学技术的学习而改行从事文学的经历，

如周作人、郭沫若、张资平、胡适、徐志摩、郁达夫、成仿吾、夏衍等，但系统深入地思考科学以至于顺理成章地得出放弃科学（技术）而拥抱文学的结论的只有鲁迅一人。

二、《破恶声论》讲解

1.《破恶声论》在鲁迅早期文言论文中的地位

鲁迅留学日本时代所作长篇文言论文，《人之历史》载1907年12月出版之《河南》第1号，《科学史教篇》载《河南》1908年6月第5号，《文化偏至论》载《河南》1908年8月第7号，《摩罗诗力说》载《河南》1908年2月、3月第2号、第3号。四篇均署"1907年作"，属作者追记。按发表时间，顺序如下：

1.《人之历史》，《河南》1907年12月；

2.《摩罗诗力说》，《河南》1908年2—3月；

3.《科学史教篇》，《河南》1908年6月；

4.《文化偏至论》，《河南》1908年8月。

发表顺序并不一定即执笔先后，但也有可能就是执笔的先后。值得注意的是，1926年鲁迅编辑《坟》，顺序是《人之历史》、《科学史教篇》、《文化偏至论》和《摩罗诗力说》，并不按发表顺序排列。若从四篇论文实际讨论的问题着眼，或可推测这样编排的理由。

《人之历史》介绍到十九世纪末为止西方科学界对"人"的认识成果，显示青年鲁迅关注的焦点是"人"，而非一般社会问题。《科学史教篇》从西方科学发展的历史中引出"教训"：西方科学发达并非孤立现象，乃其人文演进的一端。不惟科学和人文难以割裂，科学发展也大有赖于人文的发达，"盖科学发见，常受超科学之力，易语以释之，亦可曰非科学的理想之感动"，"故科学者，必常恬淡，常逊让，有理想，有圣觉，一切无有，而能贻业绩于后世者，未之有闻"，国人不可只求其"葩叶"，当寻其"本柢"、"本根"。也就是说，不可孤立地发展科学，而要培养有利于科学发展的精神环境，要提倡"科学者”的“理想”。科学发展的根柢在“人”,只有科学、人文同时演进,才能“致人性于全,不使之偏倚,因以见今日之文明也”。《文化偏至论》接着《科学史教篇》讲下去,认为科学发达的西方到了现代,文化已经出现了两种严重的“偏至”,也即“偏倚”,其一是重物质而轻精神,这是《科学史教篇》已经从正面论述过的,其次是重“众数”而轻“个人”。针对这两种“偏至”,他主张“尊个性而张精神”,所谓“掊物质而张灵明,任个人而排众数”,并将这种主张概括为“立人”:“然欧美之强……根柢在人……是故将生存两间,角逐列国事务,其首在立人,人立而后凡事举”。“立人”的关键是先立其人之“心”,亦即努力使人的“内部之生活”、“精神生活”变得深邃壮大。那么,在各种“立人”和“立心”的“道术”中,可有当务之急吗?有,那就是发展文艺,因为文艺(广义的“诗”),“实利离尽,究理弗存”,其主要功用即“涵养吾人之神思”。这,就是《摩罗诗力说》的宗旨了。

可见四篇论文,层层推进,自成一个整体。《人之历史》首先显示了青年鲁迅关注的问题核心是“人”;《科学史学教篇》从“人”的活动之最显赫者即“科学”的历史中揭示“人之历史”的决定性因素其实在于人的精神。《文化偏至论》警告国人,人的整体的精神活动恰恰在我们所向往的近代西方发生了严重“偏至”,所幸到了“十九世纪末叶”,“新神思宗”出来矫正这一“偏至”,其发展壮大个人主观内面生活的努力,才是国人最值得学习的。《摩罗诗力说》紧随其后,指出文艺乃发展壮大个人主观内面生活的当务之急,文艺在各种“立人”的事业中,应该居于优先地位。

这四篇论文的内在逻辑,非常符合《〈呐喊〉自序》关于“弃医从文”的追想。

1934 年底,鲁迅自编《集外集》,补收了编《坟》时删除的《斯巴达之魂》(1903 年 6 月 15 日、11 月 18 日《浙江潮》5、9 期)和《说鈤》(1903 年 10 月 10 日《浙江潮》8 期)两篇。鲁迅死后,许广平于 1938 年编《集外集拾遗补编》,补入鲁迅生前拟订而由许广平编定之《集外集拾遗》未予收录的《中国地质略论》(1903 年 10 月《浙江潮》8 期)和《破恶声论》以及回国以后所作《〈越铎〉出世辞》(1912)、《辛亥游录》(1912)、《拟播布美术意见书》(1913)。《破恶声论》与上述四篇论文最近,应属同一个系列。该篇后记“未完”,未署执笔时间，载于1908年12月5日出版的《河南》月刊第八期，与前四篇论文发表最晚的《文化偏至论》(《河南》1908年8月)相距四个月，无论作于1907年或1908年，都应该是鲁迅在日本最后执笔的一篇论文。“未完”，因为作者不得已而于1909年8月回国(周作人结婚而家庭又需赡养)。

这里就出来一个问题：如上所述，从《人之历史》开始，中经《科学史教篇》和《文化偏至论》，最后达到《摩罗诗力说》的结论，鲁迅早期思想已经有了一个完整的构造，接下来就是实践他的思想，即进行实际的“文艺运动”①，——当时他的“文艺运动”主要是和周作人一起翻译“域外小说”——而无须再有什么非文艺的论辩了。因此，《破恶声论》似乎就处在上述四篇论文所完成的论述体系之外，显得有些特别，或者说多余了。

以“人”的问题为起点而以提倡“文艺运动”为终点的完整的文艺论造成之后，鲁迅为什么还要写《破恶声论》这样列出“破迷信”、“崇侵略”、“尽义务”、“同文字”、“弃祖国”、“尚齐一”六大流行观念逐一“解析其言，用晓其张主之非是”的四面出击的论辩性文字呢？难道在他所理解的“文艺运动”中，翻译犹有不足，而需论文补充，而这样的论文也是“文艺运动”的一部分，就像后来的杂文那样吗？

这个问题，鲁迅自己已经回答了。他确实是将早期文言论文和杂文归在一起的，因为这些文言论文和后来的杂文有一个共同点，就是凡有论辩，无不直接指向“人心”，论者不掩饰自己的感情，不节制自己的想象，也不害怕“白心于人前”，并且，理论的剖析常和针对实际的生动描述结合起来。鲁迅写这些论文，向往的是诗人境界，虽然未必以为自己也在作诗，但我们看《破恶声论》，也如看其他几篇文言论文一样，可以很容易地感到他的“心声洋溢”，充满诗的激情。

这样说来，《破恶声论》在鲁迅早期文言论文中的特殊地位只是表面现象，正是这种表面上的特殊地位提示了它们的共同点，即立足于其特殊的“人学”的文学观：只要是吐露心声的文字都是诗，无论体裁是诗歌，还是文章。《摩罗诗力说》就经常在相同的意义上使用“诗”和“文章”两个不同概念。诗人(文学家)鲁迅在完成其第一次思想转变之后，除了文学翻译，最早

① 参见《〈呐喊〉自序》。

即现身为一个文章家。

《破恶声论》,就是他在完成思想转变并建立文学观之后,所创作的第一篇实践其文学观、清楚地指向社会现实和思想舆论界并显示了突出的文学描写才能的"文章"。

2. 论"志士英雄"为"无信仰之士人"即"伪士"

《破恶声论》原来准备逐一批驳"破迷信"、"崇侵略"、"尽义务"、"同文字"、"弃祖国"、"尚齐一"六大流行观念,及其所依托的"科学"、"适用"、"进化"、"文明"四大理论支柱,实际只完成了两段引言式的文字,以及对于"破迷信"、"崇侵略"的两大段驳斥,殊为可惜,否则,我们将更可以看到青年鲁迅如何全面参与当时舆论界的论争,发表他的有关中西之争、语言文字、进化论等重大问题的见解。

不过仅从已经完成的两部分来看,其思想也已经十分丰富了。我们还可以充分欣赏到青年鲁迅在写作这种驳论式文章时所达到的文学成就。

试看他如何批驳主张"破迷信"的"无信仰之士人"即"伪士"。

当时种种"破迷信"的主张,大致内容,是认定各种宗教皆为迷信,都在应破之列,迷信则意味着不科学,于是"举丧师辱国之罪,悉以归之"。破迷信,即破宗教。具体行动包括毁伽蓝(佛教寺庙)而办学校,所聘教师,"虽西学之肤浅者不了,徒作新态,用惑乱人";又有"一意于禁止赛会之志士","谓乡人事此,足以丧财费时,奔走号呼,力施遏止,而钩其财帛为公用";又有"嘲神话者,总希腊埃及印度,咸与诽笑,谓足作解颐之具",以至于"借口科学,怀疑于中国古然之神龙"。①

鲁迅认为"破迷信"者之病,主要在于"不先语人以正信;正信不立,又乌从比校而知其迷妄也"。在他看来,世界各大宗教,无论古"吠陁之民"的崇拜"因陁罗",无论"希伯来之民"的"神来之事与接神之术"以及后来的犹太教和基督教,也无论中国古民的"以普崇万物为文化本根",都有合理的依据

---

① 苏曼殊《断鸿零雁记》即有类似描写。艾德加·斯诺《西行漫记》也提到,毛泽东的小学老师就是一个要求拆寺庙的"破迷信者"。参见《西行漫记》,页98,解放军文艺出版社2002年6月第一版。

和崇高的价值。从根本上讲,“宗教由来,本向上之民之所自建,纵对象有多一虚实之别,而足充人心向上之需要则同然”,“此乃向上之民,欲离是有限相对之现世,以趣无限绝对之至上者也。人心必有所冯依,非信无以立,宗教之作,不可已矣”。

一旦阐明何谓宗教,何谓“正信”,那么以“破迷信”为名来破宗教,其说即不攻自破。

“破迷信”(按即破宗教)者的一个有力的工具或曰借口,就是与“迷信”(即宗教)对立的“科学”,而他们所持以反对“迷信”(即宗教)的所谓“科学”,仅仅是一个名义而已,与真正的西方科学之精神并不符合,提倡者往往只是一班浅薄的“奉科学为圭臬之辈”,“稍耳物质之说,即曰:‘磷,元素之一也;不为鬼火。’略翻生理之书,即曰:‘人体,细胞所合成也;安有灵魂?’……不思事理神閟变化,绝不为理科入门一册之所范围”。在西方,真正懂得科学的人,并不反对宗教,或以宗教为迷信而反对之,比如鲁迅在《人之历史》中所介绍的德国科学家、他认为足以代表“近日生物学之峰极”的黑格尔(E. Haeckel,通译海克尔),虽然反对基督教,认为上帝造人和创世说是“世界史之大欺罔者”,但海克尔并不反对宗教本身,“其于宗教,则谓当别立理性之神祠,以奉十九世纪三位一体之真者。三位云何?诚善美也”。尼采虽然根据科学反对基督教,“而宗教与幻想之臭味不脱,则其张主,特为易信仰,而非灭信仰昭然矣”。鲁迅注意到了现代西方科学和哲学领域新的宗教观念的复杂性,这就和当时以及后来许多中国知识分子(如主张“以美育代宗教”的蔡元培)简单以为西方现代人文学术已经脱离了它们的宗教传统的观点,划然有别。

辩明了当时中国主张“破迷信”亦即破宗教、破信仰者在理论上的错误之后,鲁迅接下来所要批判的,就是这些“无信仰之士人”本身了。

如果说,鲁迅一开始还只是指出“破迷信”者知识上的错误和缺失,接下来所要攻击的,就是他们在道德心性和志气节操方面的卑污与伪诈。

比如,他认为,中国古民“敬天礼地”、“普崇万物”的宗教信仰,“其所崇爱之溥博,世未有见其匹也。顾民生多艰,是性日薄,洎夫今,乃仅能见诸古人之记录,与气禀未失之农人;求之于士大夫,戛戛乎难得矣”,“盖浇季士夫,精神窒塞,惟肤薄之功利是尚,躯壳虽存,灵觉且失。于是昧人生有趣神閟之事,天物罗列,不关其心,自惟为稻粱折腰;则执己律人,以他人有信仰为大怪,举丧师辱国之罪,悉以归之……不悟墟社稷毁家庙者,征之历史,正多无信仰之士人,而乡曲小民无与”。中国古代的宗教信仰有其博大精深、世界其他民族难以匹敌的优点,只是到了后来,知识分子日趋偏狭,自己没有宗教信仰,惟利是图,“躯壳虽存,灵觉且失”,却奇怪于别人(“乡曲小民”、“气秉未失之农人”)的葆有信仰,自己“丧师辱国”,“墟社稷毁家庙”,却将一切责任推给那些有信仰之人和他们的信仰,这种逻辑,不能不说是现代知识分子(“浇季士夫”)的卑污和伪诈。

那假科学之名污蔑宗教信仰为迷信又从而反对之者,其不懂科学,已如前述。至于毁佛寺,立新式学校(我们在苏曼殊小说《断鸿零雁记》中可以看到以佛寺为学校的情景),鲁迅认为,主其事者也只是“徒作新态,用惑乱人”[①],至于他们教育出来的学生,也乏善可陈,“未治一事,而兀傲过于开国元老;顾志操特卑下,所希仅在科名”。信仰缺失,徒以科学进化文明适用相标榜,对于青年的恶劣影响,有如此者。

关于“禁止赛会之志士”,鲁迅说,“朴素之民,厥心纯白,则劳作终岁,必求一扬其精神”,“举酒自劳,洁牲酬神,精神体质,两愉悦也”,这种民间历史沿袭的宗教活动和仪式,本无可厚非,“今并此而止之,是使学轭下之牛马也”。以现代科学、进化、文明的名义剥夺农人从事宗教活动的权利,其结果就是让农人变成毫无精神寄托和心理慰藉的“牛马”,这是古代的暴君都不会做的事情,所以“志士之祸,烈于暴君远矣”。

“嘲神话者”更是不通,“盖不知神话,即莫由解其艺文,暗艺文者,于内部文明何获焉”。至于那些“见中国式微,则虽一石一华,亦加轻薄”,“借口科学,怀疑于中国古然之神龙”者,“科学为之被,利力实其心,若尔人者,其可与庄语乎,直唾之耳”。

鲁迅为宗教辩护,并不是认同古代印度教、基督教、佛教和中国古代的

---

① 在 1913 年所作《拟播布美术意见书》中,鲁迅再次呼吁要保存“伽蓝宫殿”,“无令毁坏”,可见他对这个问题的重视。

自然崇拜,他也并没有像章太炎那样对于各大宗教进行理论的解说[1],或者鼓吹"用宗教发起信心,增进国民的道德"[2],而是认为这些宗教信仰都包含着人类的最为宝贵的品质,那就是"朴素之民"的"白心",和"向上之民"的"欲离是有限相对之现世,以趣无限绝对之至上者"的向上超越之心,而无此"白心"与向上超越之心的"浇季士夫"、"无信仰之士人",不自知其"躯壳虽存,灵觉且失","元气黮浊,性如沉垩","灵府荒秽,徒炫耀耳食以罔当世",甚至一面"破迷信",一面自己"定宗教以强中国人之信奉"(按指当时康有为吁请满清政府定孔教为国教事)。心夺于人,信不繇己,然此破迷信之志士,则正敕定正信教宗之健仆哉"。

抱着对"浇季士夫"、"无信仰之士人"、"志士"的愤恨与轻蔑,并充分认识到宗教信仰以及民间崇拜所包含的向上超越之心和"白心"之可贵,鲁迅喊出了"伪士当去,迷信可存,今日之急也"的激言!

所谓"伪士",即"躯壳虽存,灵觉且失"、"元气黮浊,性如沉垩"、"灵府荒秽"的"无信仰之士人"、"浇季士夫"、"志士英雄",这些人其实就是占当时舆论界领导地位的新派知识分子,鲁迅对他们的批判非常严厉。所谓"迷信",并非真的迷信,而是被"伪士"污蔑为"迷信"的正当的宗教信仰所包含的人类精神中最宝贵的向上超越之心和朴素的未受堕落的文明所玷污的"白心"。

3. 想象中国:充斥"伪士"的"寂寞境"、"扰攘世"

有学者(如日本的木山英雄)说《破恶声论》是仿照章太炎的《四惑论》(原载 1908 年 7 月 10 日《民报》22 号)的格式写成的,这个格式就是提取当时各种舆论内在共通点加以批驳,以此阐明作者自己的主旨。这是有道理的[3]。

章氏《四惑论》所破的"四惑",是"公理"、"进化"、"唯物"和"自然",相应所主张的是"个人"、"齐物"、"唯心"、"人为",立足点则在于个人的"自性"。

---

① 章太炎《建立宗教论》,见《中国现代学术经典·章太炎卷》,河北教育出版社 1996 年 8 月第 1 版。

② 章太炎《东京留学生欢迎会演说录》,参见《章太炎文选》,上海远东出版社 1996 年 7 月第 1 版。

③ 参见木山英雄《"文学复古"与"文学革命"——木山英雄中国现代文学思想论集》,北京大学出版社 2004 年 9 月第 1 版。

《破恶声论》所欲批驳的具体舆论主张已如上列，但因为“未完”，实际只涉及“破迷信”、“崇侵略”两项，尽管如此，鲁迅已经从当时舆论中提取了共通之点，并针对这个舆论的共通点提出了他的正面主张。

当时舆论共通点何在？鲁迅说得很明白，就是舆论本身以“大群”的名义所构成的对“人之自我”的毁灭性压迫：

> 聚今人之所张主，理而察之，假名之曰类，则其为类之大较二，一曰汝其为国民，一曰汝其为世界人。前者慑以不如是则亡中国，后者慑以不如是则畔文明。寻其立意，虽都无条贯主的，而皆灭人之自我，使之混然不敢自别异……二类所言，虽或若反，特其灭裂个性也大同。

鲁迅认为这些舆论当时已经具有统治性和压倒性力量了，从事舆论制造和传播的，有“出接异域之文物，效其好尚语言，峨冠短服而步乎大衢，与西人一握为笑，无逊色也”的“内地士夫”，有“厉声而呼”的“居内而沐新思潮者”，还有“尽力任事惟恐后”的“聆之者”，这些人向国人灌输他们的言论，可谓内外呼应，应者靡然，加以“日鼓舞之以报章，间协助之以书籍”，遂形成使个人“见制于大群”、“以众虐独”的局面。

鲁迅描述的实际就是现代中国统一的意识形态诞生之际的情况。他发现这个统一的意识形态建立之初就已经暴露了其扼杀个人之自我（“灭裂个性”）的本质。掌握了话语霸权的言论家们自封或者在别人看来是“志士英雄”，但在这些“志士英雄”的思想和话语统制下，有“自我”、有“个性”、敢于“自别异”的“健者”或“不和众嚣，独具我见之士”，也就是真正的“人”，却极为鲜见，“故病中国今日之扰攘者，则患志士英雄之多而患人之少”。

鲁迅区分“人”和“志士英雄”（他也称之为“伪士”）的标准有二，一是有无“我见”，即心中是否“有物”，二是敢不敢真诚无伪地将“我见”和心中所有之“物”表白出来（“白心于人前”）。

关于“伪士”，鲁迅涉及面颇宽，几乎包括当时一切执舆论界牛耳者，——与上列十大准备批驳的舆论界流行的主张有关的“挈维新之衣，用蔽其自私之体”的人士，应该都包括在内，因为他们“本无有物，徒附丽是宗，辄岸然曰善国善天下”，也因为他们都“羞白心于人前”。鲁迅说这些人“非不祥也，顾蒙帼面而不能白心，则神气恶浊，每感人而令之病”，在具体分析“破迷信”和“崇侵略”时，鲁迅对这些人的心理活动与灵魂的特点做了更加具体而详细的分析。

鲁迅心目中不同于这些“伪士”或“志士英雄”的“独具我见”的“健者”、“硕士”或真正的“人”是怎样的呢？很简单，就是和他们相反，有自己坚定的信仰和主张，并不“羞白心于人前”。

有趣的是，鲁迅并未指出，当时中国知识界，谁是这样的“人”。他虽然说，“洎夫今兹，大势复变，殊异之思，諔诡之物，渐渐入中国，志士多危心，亦相率赴欧墨，欲采掇其文化，而纳之宗邦……梦者自梦，觉者是之，则中国之人，庶赖此数硕士而不殄灭，国人之存者一，中国斯侂生于是已。”但笔锋一转，马上又说：“虽然，日月逝矣，而寂寞犹未央也。上下求索，阒其无人……”这和《摩罗诗力说》所谓“上下求索，几无有矣”，悲愤正同。综观《破恶声论》全文，鲁迅确实没有对当时中国思想界任何人有过首肯，这和《文化偏至论》、《摩罗诗力说》的观点是一致的。鲁迅当时受章太炎影响，带有一定的民族主义和国粹主义思想，所以在《文化偏至论》中，他痛斥当时的许多青年知识分子，“大都归罪恶于古之文物，甚或斥言文为蛮野，鄙思想为简陋，风发浡起，皇皇焉欲进欧西之物而代之”，在《破恶声论》中，也曾指责那些“破迷信之志士”“以动物学之定理，断神龙为必无”，对“宗邦”、“华国”之存亡深感忧患。但是鲁迅和一般的民族主义不同，他是在生存和发展的观念支配下忧患民族国家因为“二患交伐”（中国固有的旧思想与外来的同样不好的新思想）而灭亡，而对于狭隘的民族主义，一开始就十分警惕，比如《文化偏至论》对于传统中国因为“屹然出中央而无校雠，则其益自尊大，宝自有而傲睨万物”的心理再三感到遗憾，《破恶声论》则痛斥所谓“兽性爱国”。鲁迅也不同于一般的国粹家，他对于中国的传统，仅仅追慕远古，珍视“古民之心声手泽”，以及没有受到文化玷污的“农人”、“野人”和少数“赴清泠之渊”（自杀）的“硕士”，而即使古民和民间的神话，他在肯定其正当合理的同时，也承认“信之失当”，至于从《诗经》、屈原以下的中国文学和儒家的“诗教”传统，以及教人退婴、“理想在不撄”的老庄哲学，以及那些动辄以中国古代文明为骄傲、像阿Q那样的“中落之胄”，“喋喋语人”“厥祖”如何如何，他在《摩罗诗力说》里早就加以全盘否定了。

鲁迅心目中的“人”，不是当时领导中国新思想的那些“志士英雄”，而是古代和民间那些有“白心”、“气秉未失”的“农人”，和敢于“白心于人前”的可以“属望”的“一二士”（少数人）与“性解”之士（天才人物）。在《破恶声论》中，于知识界，他只提到西方的“奥古斯丁也，托尔斯泰也，约翰卢骚也，伟哉其自忏之书，心声之洋溢者也”。能够自白其心而且达到“心声洋溢”的境界者，只有这些极少数“性解”之士，以及那些“厥心纯白”、“气秉未失”、“劳作终岁，必求一扬其精神”的“农人”、“野人”——正是他们的“神思”创造了古代“庄严美妙”的文化。鲁迅当时受尼采思想影响，“惟此亦不大众之祈，而属望止一二士，立之为极，俾众瞻观，则人亦庶乎免沦没”，他在《摩罗诗力说》里又赞同尼采“不恶野人，谓中有新力”的说法，认为“盖文明之朕，固孕于蛮荒……上征在是，希望亦在是”。这“一二士”和“野人”、“农人”，就是真的“士”，“硕士”，“健者”，也即真正的“知者”（智慧人）而非“伪士”。鲁迅对“方来”的“大冀”，就在于“聆知者之心声而相观其内曜。内曜者，破黮暗者也；心声者，离伪诈者也”。这些“知（智）者”的“心声”与“内曜”之所以可贵，是因为“其言也，以充实而不可自已故也，以光曜之发于心故也，以波涛之作于脑故也。是故其声出而天下昭苏，力或伟于天物，震人间世，使之瞿然。瞿然者，向上之权舆已。盖惟声发自心，朕归于我，而人始自有己；人各有己，而群之大觉至矣”。

可惜在当时中国，知识界的“心声”“内曜”不多见，“朴素之民”的“心声”又无由表达，占统治地位的是“靡然合趣，万喙同鸣，鸣又不揆诸心，仅从人而发若机栝；林籁也，鸟声也，恶浊扰攘”的“恶声”。因此，该时代表面上是思想自由、言论发达的“扰攘世”，实际上这些“恶声”的“扰攘”徒然使人失去自我，“故纵唱者万千，和者亿兆，亦绝不足破人界之荒凉”，“朕朕华土，凄如荒原，黄神啸吟，种性放失，心声内曜，两不可期”，“而今之中国，则正一寂寞境哉”。

“寂寞境”的可怕，是《破恶声论》一上来就反复描写的：

> 本根剥丧，神气旁皇，华国将自槁于子孙之攻伐，而举天下无违言，寂漠为政，天地闭矣。狂蛊中于人心，忘行者日昌炽，进毒操刀，若惟恐宗邦之不蚤崩裂，而举天下无违言，寂漠为政，天地闭矣。

章太炎《变法箴言》谓历史上“大乱之将作”的时代，也是“于斯时也，是天地闭、贤人隐之世也”，鲁迅的用语和他相同，但鲁迅的希望并没有破灭。正如后来在《〈呐喊〉自序》中所说的，那时候他还正做着关于未来的好梦，甚至自己就曾经期望成为“振臂一呼而应者云集的英雄”。《破恶声论》虽然反复提到“寂寞”、“荒原”、“扰攘”、“荒凉”，却再三申明“吾未绝大冀于方来”，充满乐观向上的精神，这主要是因为他那时已经解决了思想的难题，走出了思想的困境：冲破“辁才小慧”、“志士英雄”、“浇季士夫”、“无信仰之士人”所编织的充满伪诈的思想罗网，敢于“自别异”，敢于“白心”。

“自别异”，就是敢于和思想舆论界势力强大的众数、多数表面上正确因而也特别具有迷惑力的思潮抗争，大胆提出自己的孤立无援的见解；“白心”，就是不存私心，不“掣维新之衣，用蔽其自私之体”，不屑于“蒙帼面而不能白心”，不“羞白心于人前”——像他后来一篇杂文所说：“直抒己见”，“吐露本心”，“直说自己所本有的内容”[①]。

而这，就是他为之奋斗一生的文艺事业的根基。

① 《三闲集·叶永蓁作〈小小十年〉小引》。

【附录】

科学史教篇

观于今之世，不瞿然者几何人哉？自然之力，既听命于人间，发纵指挥，如使其马，束以器械而用之；交通贸迁，利于前时，虽高山大川，无足沮核；饥疠之害减；教育之功全；较以百祀前之社会，改革盖无烈于是也。孰先驱是，孰偕行是？察其外状，虽不易于犁然，而实则多缘科学之进步。盖科学者，以其知识，历探自然见象之深微，久而得效，改革遂及于社会，继复流衍，来溅远东，浸及震旦，而洪流所向，则尚浩荡而未有止也。观其所发之强，斯足测所蕴之厚，知科学盛大，决不缘于一朝。索其真源，盖远在夫希腊，既而中止，几一千年，递十七世纪中叶，乃复决为大川，状益汪洋，流益曼衍，无有断绝，以至今兹。实益骈生，人间生活之幸福，悉以增进。第相科学历来发达之绳迹，则勤劬艰苦之影在焉，谓之教训。

希腊罗马科学之盛，殊不逊于艺文。尔时巨制，有毕撒哥拉(Pythagoras)之生理音阶，亚里士多德(Aristoteles)之解剖气象二学，柏拉图(Platon)之《谛妙斯篇》(Timaeus)暨《邦国篇》，迪穆克黎多(Demokritos)之《质点论》，至流质力学则昉于亚勒密提士(Archimedes)，几何则建于宥克立(Eukleides)，械具学则成于希伦(Heron)，此他学者，犹难列举。其亚利山德大学，特称学者渊薮，藏书至十万余卷，较以近时，盖无愧色。而思想之伟妙，亦至足以铄今。盖尔时智者，实不仅启上举诸学之端而已，且运其思理，至于精微，冀直解宇宙之元质，德黎(Thales)谓水，亚那克希美纳(Anaximenes)谓气，希拉克黎多(Herakleitos)谓火。其说无当，固不俟言。华惠尔尝言其故曰，探自然必赖夫玄念，而希腊学者无有是，即有亦极微，盖缘定此念之意义，非名学之助不为功也。(中略)而尔时诸士，直欲以今日吾曹滥用之文字，解宇宙之玄纽而去之。然其精神，则毅然起叩古人所未知，研索天然，不肯止于肤廓，方诸近世，直无优劣之可言。盖世之评一时代历史者，褒贬所加，辄不一致，以当时人文所现，合之近今，得其差池，因生不满。若自设为古之一人,返其旧心,不思近世,平意求索,与之批评,则所论始云不妄,略有思理之士,无不然矣。若据此立言,则希腊学术之隆,为至可褒而不可黜;其他亦然。世有哂神话为迷信,斥古教为谫陋者,胥自迷之徒耳,足悯谏也。盖凡论往古人文,加之轩轾,必取他种人与是相当之时劫,相度其所能至而较量之,决论之出,斯近正耳。惟张皇近世学说,无不本之古人,一切新声,胥为绍述,则意之所执,与蔑古亦相同。盖神思一端,虽古之胜今,非无前例,而学则构思验实,必与时代之进而俱升,古所未知,后无可愧,且亦无庸讳也。昔英人设水道于天竺,其国人恶而拒之,有谓水道本创自天竺古贤,久而术失,白人不过窃取而更新之者,水道始大行。旧国笃古之余,每至不惜于自欺如是。震旦死抱国粹之士,作此说者最多,一若今之学术艺文,皆我数千载前所已具。不知意之所在,将如天竺造说之人,聊弄术以入新学,抑诚尸祝往时,视为全能而不可越也?虽然,非是不协不听之社会,亦有罪焉已。

希腊既苓落,罗马亦衰,而亚剌伯人继起,受学于那思得理亚与僦思人,翻译诠释之业大盛;眩其新异,妄信以生,于是科学之观念漠然,而进步亦遂止。盖希腊罗马之科学,在探未知,而亚剌伯之科学,在模前有,故以注疏易征验,以评骘代会通,博览之风兴,而发见之事少,宇宙见象,在当时乃又神秘而不可测矣。怀念既尔,所学遂妄,科学隐,幻术兴,天学不昌,占星代起,所谓点金通幽之术,皆以昉也。顾亦有不可贬者,为尔时学士,实非懒散而无为,精神之弛,因入退守;徒以方术之误,结果乃止于无功,至所致力,固有足以惊叹。如当时回教新立,政事学术,相辅而蒸,可尔特跋暨巴格达德之二帝,对峙东西,竞导希腊罗马之学,传之其国,又好读亚里士多德与柏拉图书。而学校亦林立,以治文理数理爱智质学及医药之事;质学有醇酒硝硫酸之发明,数学有代数三角之进步;又复设度测地,以摆计时,星表之作,亦始此顷,其学术之盛,盖几世界之中枢矣。而景教子弟,复多出入于日斯巴尼亚之学校,取亚剌伯科学而传诸宗邦,景教国之学术,为之一振;递十一世纪,始衰微也。赫胥黎作《十九世纪后叶科学进步志》,论之曰,中世学校,咸以天文几何算术音乐为高等教育之四分科,学者非知其一,不足称有适当之教育;今不遇此,吾徒耻之。此其言表,与震旦谋新之士,大号兴学者若同,特中之所指,乃理论科学居其三,非此之重有形应用科学而又其方术者,所可取以自涂泽其说者也。

时亚剌伯虽如是,而景教诸国,则于科学无发扬。且不独不发扬而已,又进而摈斥夭阏之,谓人之最可贵者,无逾于道德上之义务与宗教上之希望,苟致力于科学,斯谬用其所能。有拉克坦谛(Lactantius)者,彼教之能才也,尝曰,探万汇之原因,问大地之动定,谈月表之隆陷,究星辰之悬属,考成天之质分,而焦心苦思于此诸问端者,犹絮陈未见之国都,其愚为不可几及。贤者如是,庸俗可知,科学之光,遂以黯淡。顾大势如是,究亦不起于无因。准丁达尔(J. Tyndall)言,则以其时罗马及他国之都,道德无不颓废,景教适以时起,宣福音于平人,制非极严,不足以矫俗,故宗徒之遘害虽多,而终得以制胜。惟心意之受婴久,斯痕迹之漫漶也难,于是虽奉为灵粮之圣文,亦以供科学之判决。见象如是,夫何进步之可期乎?至厥后教会与列国政府间之冲突,亦于挚究之受妨,与有力也。由是观之,可知人间教育诸科,每不即于中道,甲张则乙弛,乙盛则甲衰,迭代往来,无有纪极。如希腊罗马之科学,以极盛称,迨亚剌伯学者兴,则一归于学古;景教诸国,则建至严之教,为德育本根,知识之不绝者如线。特以世事反复,时势迁流,终乃屹然更兴,蒸蒸以至今日。所谓世界不直进,常曲折如螺旋,大波小波,起伏万状,进退久之而达水裔,盖诚言哉。且此又不独知识与道德为然也,即科学与美艺之关系亦然。欧洲中世,画事各有原则,迨科学进,又益以他因,而美术为之中落,迨复遵守,则輓近事耳。惟此消长,论者亦无利害之可言,盖中世宗教暴起,压抑科学,事或足以震惊,而社会精神,乃于此不无洗涤,熏染陶冶,亦胎嘉葩。二千年来,其色益显,或为路德,或为克灵威尔,为弥耳敦,为华盛顿,为嘉来勒,后世瞻思其业,将孰谓之不伟欤?此其成果,以偿沮遏科学之失,绰然有余裕也。盖无间教宗学术美艺文章,均人间曼衍之要旨,定其孰要,今兹未能。惟若眩至显之实利,摹至肤之方术,则准史实所垂,当反本心而获恶果,可决论而已。此何以故?则以如是种人之得久,盖于文明政事二史皆未之见也。

迄今所述,止于昏黄,若去而求明星于尔时,则亦有可言者一二,如十二世纪有摩格那思(A. Magnus),十三世纪有洛及培庚(Roger Bacon 生一二一四年,中国所习闻者生十六世纪与此异),尝作书论失学之故,画恢复之策,中多名言,至足称述;然其见知于世,去今才百余年耳。书首举失学元因凡四:曰摹古,曰伪智,曰泥于习,曰惑于常。近世华惠尔亦论之,籍当时见象,统归四因,与培庚言殊异,因一曰思不坚,二曰卑琐,三曰不假之性,四曰热中之性,且多援例以实之。丁达尔后出,于第四因有违言,谓热中妨学,盖指脑之弱者耳,若其诚强,乃反足以助学。科学者耄,所发见必不多,此非智力衰也,正坐热中之性渐微故。故人有谓知识的事业,当与道德力分者,此其说为不真,使诚脱是力之鞭策而惟知识之依,则所营为,特可悯者耳。发见之故,此其一也。今更进究发见之深因,则尤有大于此者。盖科学发见,常受超科学之力,易语以释之,亦可曰非科学的理想之感动,古今知名之士,概如是矣。阑喀曰,孰辅相人,而使得至真之知识乎?不为真者,不为可知者,盖理想耳。此足据为铁证者也。英之赫胥黎,则谓发见本于圣觉,不与人之能力相关;如是圣觉,即名曰真理发见者。有此觉而中才亦成宏功,如无此觉,则虽天纵之才,事亦终于不集。说亦至深切而可听也。莑勒那尔以力数学之研究有名,尝柬其友曰,名誉之心,去已久矣。吾今所为,不以令誉,特以吾意之嘉受耳。其恬淡如是。且发见之誉大矣,而威累司逊其成就于达尔文,本生付其勤劬于吉息霍甫,其谦逊又如是。故科学者,必常恬淡,常逊让,有理想,有圣觉,一切无有,而能贻业绩于后世者,未之有闻。即其他事业,亦胥如此矣。若曰,此累叶之言,皆空虚而无当于实欤?则曰然亦近世实益增进之母耳。此述其母,为厥子故,即以慰之。

前此黑暗期中,虽有图复古之一二伟人出,而终亦不能如其所期,东方之光,盖实作于十五六两世纪顷。惟苓落既久,思想大荒,虽冀履前人之旧迹,亦不可以猝得,故直近十七世纪中叶,人始诚闻夫晓声,回顾其前,则歌白尼(N. Copernicus)首出,说太阳系,开布勒(J. Kepler)行星运动之法继之,此他有格里累阿(Galileo Galilei),于星力二学,多所发明,又善导人,使事斯学;后复有思迭文(S. Stevin)之机械学,吉勒袁德(W. Gilbert)之磁学,哈维(W. Harvey)之生理学。法朗西意大利诸国学校,则解剖之学大盛;科学协会亦始立,意之林舍亚克特美(Accademia dei Lincei)即科学研究之渊薮也。事业之盛,足惊叹矣。夫气运所趣既如此,则桀士自以笃生,故英则有法朗希思培庚,法则有特嘉尔。

培庚(F. Bacon 1561—1626)著书,序古来科学之进步,与何以达其主的之法曰《格致新机》。虽后之结果,不如著者所希,而平议其业,决不可云不伟。惟中所张主,为循序内籀之术,而不更云征验:后以是多讶之。顾培庚之时,学风至异,得一二琐末之事实,辄视为大法之前因,培庚思矫其俗,势自不得不斥前古悬拟夸大之风,而一偏于内籀,则其不崇外籀之事,固非得已矣。况此又特未之语耳,察其思维,亦非偏废;氏所述理董自然见象者凡二法:初由经验而入公论,次更由公论而入新经验。故其言曰,事物之成,以手乎,抑以心乎?此不完于一。必有机械而辅以其他,乃以具足焉。盖事业者,成以手,亦赖乎心者也。观于此言,则《新机论》第二分中,当必有言外籀者,然其第二分未行世也。顾由是而培庚之术为不完,凡所张皇,仅至具足内籀而止。内籀之具足者,不为人所能,其所成就,亦无逾于实历;就实历而探新理,且更进而窥宇宙之大法,学者难之。况悬拟虽培庚所不喜,而今日之有大功于科学,致诸盛大之域者,实多悬拟为之乎?然其说之偏于一方,视为匡世之术可耳,无足深难也。

后斯人几三十年,有特嘉尔(R. Descartes 1596—1650)生于法,以数学名,近世哲学之基,亦赖以立。尝屹然扇尊疑之大潮,信真理之有在,于是专心一志,求基础于意识,觅方术于数理。其言有曰,治几何者,能以至简之名理,会解定理之繁多。吾因悟凡人智以内事,亦咸得以如是法解。若不以不真者为真,而履当履之道,则事之不成物之不解者,将无有矣。故其哲理,盖全本外籀而成,扩而用之,即以驭科学,所谓由因入果,非自果导因,为其著《哲学要义》中所自述,亦特嘉尔方术之本根,思理之枢机也。至其方术,则论者亦谓之不完,奉而不贰,弊亦弗异于偏倚培庚之内籀,惟于过重经验者,可为救正之用而已。若其执中,则偏于培庚之内籀者固非,而笃于特嘉尔之外籀者,亦不云是。二术俱用,真理始昭,而科学之有今日,亦实以有会二术而为之者故。如格里累阿,如哈维,如波尔(R. Boyle),如奈端(I. Newton),皆偏内籀不如培庚,守外籀不如特嘉尔,卓然独立,居中道而经营者也。培庚生时,于国民之富有,与实践之结果,企望极坚,越百年,科学益进而事乃不如其意。奈端发见至卓,特嘉尔数理亦至精,而世人所得,仅脑海之富而止;国之安舒,生之乐易,未能获也。他若波尔立质力二学征实之法,巴斯加耳(B. Pascal)暨多烈舍黎(E. Torricelli)测大气之量,摩勒毕奇(M. Malpighi)等精竁官品之理,而工业如故,交通未良,矿业亦无所进益,惟以机械学之结果,始见极粗之时辰表而已。至十八世纪中叶,英法德意诸国科学之士辈出,质学生学地学之进步,灿然可观,惟所以福社会者若何,则论者尚难于置对。迨酝酿既久,实益乃昭,当同世纪末叶,其效忽大著,举工业之械具资材,植物之滋殖繁养,动物之畜牧改良,无不蒙科学之泽,所谓十九世纪之物质文明,亦即胚胎于是时矣。洪波浩然,精神亦以振,国民风气,因而一新。顾治科学之桀士,则不以是婴心也,如前所言,盖仅以知真理为惟一之仪的,扩脑海之波澜,扫学区之荒秽,因举其身心时力,日探自然之大法而已。尔时之科学名家,无不如是,如侯失勒(J. Herschel)暨拉布拉(S. de Laplace)之于星学,扬俱(Th. Young)暨弗勒那尔(A. Fresnel)之于光学,欧思第德(H. C. Oersted)之于力学,兰麻克(J. de Lamarck)之于生学,迭亢陀耳(A. de Candolle)之于植物学,威那(A. G. Werner)之于矿物学,哈敦(J. Hutton)之于地学,瓦特(J. Watt)之于机械学,其尤著者也。试察所仪,岂在实利哉?然防火灯作矣,汽机出矣,矿术兴矣。而社会之耳目,乃独震惊有此点,日颂当前之结果,于学者独恝然而置之。倒果为因,莫甚于此。欲以求进,殆无异鼓鞭于马勒欤,夫安得如所期?第谓惟科学足以生实业,而实业更无利于科学,人皆慕科学之荣,则又不如是也。社会之事繁,分业之要起,人自不得不有所专,相互为援,于以两进。故实业之蒙益于科学者固多,而科学得实业之助者亦非鲜。今试置身于野人之中,显镜衡机不俟言,即醇酒玻璃,亦不可致,则科学者将何如,仅得运其思理而已。思理孤运,此雅典暨亚历山德府科学之所以中衰也。事多共其悲喜,盖亦诚言也夫。

故震他国之强大,栗然自危,兴业振兵之说,日腾于口者,外状固若成然觉矣,按其实则仅眩于当前之物,而未得其真谛。夫欧人之来,最眩人者,固莫前举二事若,然此亦非本柢而特葩叶耳。寻其根源,深无底极,一隅之学,夫何力焉。顾著者于此,亦非谓人必以科学为先务,待其结果之成,始以振兵兴业也,特信进步有序,曼衍有源,虑举国惟枝叶之求,而无一二士寻其本,则有源者日长,逐末者仍立拨耳。居今之世,不与古同,尊实利可,摹方术亦可，而有不为大潮所漂泛，屹然当横流，如古贤人，能播将来之佳果于今兹，移有根之福祉于宗国者，亦不能不要求于社会，且亦当为社会要求者矣。丁达尔不云乎：止属目于外物，或但以政事之感，而误凡事之真者，每谓邦国安危，一系于政治之思想，顾至公之历史，则立证其不然。夫法之有今日也，宁有他因耶？特以科学之长，胜他国耳。千七百九十二年之变，全欧嚣然，争执干戈以攻法国，联军伺其外，内讧兴于中，武库空虚，战士多死，既不能以疲卒当锐兵，而又无粮以济守者，武人抚剑而视太空，政家饮泪而悲来日，束手衔恨，俟天运矣。而时之振作其国人者何人？震怖其外敌者又何人？曰，科学也。其时学者，无不尽其心力，竭其智能，见兵士不足，则补以发明，武具不足，则补以发明，当防守之际，即知有科学者在，而后之战胜必矣。然此犹可曰丁达尔自治科学，因阿所好而立言耳，然证以阿罗戈之所载书，乃益明其不妄，书所记曰，时公会征九十万人，盖御外敌之四集，实非此不胜用尔。而人不如数；众乃大惧。加以武库久空，战备不足，故目前之急，有非人力所能救者。盖时所必要，首为弹药，而原料硝石，曩悉来自印度，至此时遂穷。次为枪炮，而法地产铜不多，必仰俄英印度之给，至今亦绝。三为钢铁，然平日亦取诸外国，制造之术，无知之者。于是行最后之策，集通国学者，开会议之，其最要而最难得者为火药。政府使者皆知不能成，叹曰，硝石安在？声未绝，学者孟耆即起曰，有之。至适当之地，如马厩土仓中，有硝石无量，为汝所梦想不到者。氏禀天才，加以知识，爱国出于至诚，乃睥睨阖室曰，吾能集其土为之，不越三日，火药就矣，于是以至简之法，晓谕国中，老弱妇稚，悉能制造，俄顷间全法国如大工厂也。此外有质学家，以法化分钟铜，用作武器，而炼铁新法亦昉于是时，凡铸刀剑枪械，无不可用国产。柔皮术亦不日竟成，制履之韦，因以不匮。尔时所称异之气球暨空气中之电报，亦均改良扩张，用之争战，前者即摩洛将军乘之探敌阵，得其情实，因制殊胜者也。丁达尔乃论曰，法国尔时，实生二物，曰：科学与爱国。其至有力者，为孟耆(Monge)与加尔诺(Carnot)，与有力者，为孚勒克洛，穆勒惠，暨巴列克黎之徒。大业之成，此其枢纽。故科学者，神圣之光，照世界者也，可以遏末流而生感动。时泰，则为人性之光；时危，则由其灵感，生整理者如加尔诺，生强者强于拿坡仑之战将云。今试总观前例，本根之要，洞然可知。盖末虽亦能灿烂于一时，而所宅不坚，顷刻可以蕉萃，储能于初，始长久耳。顾犹有不可忽者，为当防社会入于偏，日趋而之一极，精神渐失，则破灭亦随之。盖使举世惟知识之崇，人生必大归于枯寂，如是既久，则美上之感情漓，明敏之思想失，所谓科学，亦同趣于无有矣。故人群所当希冀要求者，不惟奈端已也，亦希诗人如狭斯丕尔(Shakespeare)；不惟波尔，亦希画师如洛菲罗(Raphaelo)；既有康德，亦必有乐人如培得诃芬(Beethoven)；既有达尔文，亦必有文人如嘉来勒(Garlyle)。凡此者，皆所以致人性于全，不使之偏倚，因以见今日之文明者也。嗟夫，彼人文史实之所垂示，固如是已！

一九〇七年作。

破恶声论

本根剥丧，神气旁皇，华国将自槁于子孙之攻伐，而举天下无违言，寂漠为政，天地闭矣。狂蛊中于人心，妄行者日昌炽，进毒操刀，若惟恐宗邦之不蚤崩裂，而举天下无违言，寂漠为政，天地闭矣。吾未绝大冀于方来，则思聆知者之心声而相观其内曜。内曜者，破黮暗者也；心声者，离伪诈者也。人群有是，乃如雷霆发于孟春，而百卉为之萌动，曙色东作，深夜逝矣。惟此亦不大众之祈，而属望止一二士，立之为极，俾众瞻观，则人亦庶乎免沦没；望虽小陋，顾亦留独弦于槁梧，仰孤星于秋昊也。使其无是，斯增欷尔。夫外缘来会，惟须弥泰岳或不为之摇，此他有情，不能无应。然而厉风过窍，骄阳薄河，受其力者，则咸起损益变易，物性然也。至于有生，应乃愈著，阳气方动，元驹贲焉，杪秋之至，鸣虫默焉，蠉飞蠕动，无不以外缘而异其情状者，则以生理然也。若夫人类，首出群伦，其遇外缘而生感动拒受者，虽如他生，然又有其特异；神畅于春，心凝于夏，志沉于萧索，虑肃于伏藏。情若迁于时矣，顾时则有所迕拒，天时人事，胥无足易其心，诚于中而有言；反其心者，虽天下皆唱而不与之和。其言也，以充实而不可自已故也，以光曜之发于心故也，以波涛之作于脑故也。是故其声出而天下昭苏，力或伟于天物，震人间世，使之瞿然。瞿然者，向上之权舆已。盖惟声发自心，朕归于我，而人始自有己；人各有己，而群之大觉近矣。若其靡然合趣，万喙同鸣，鸣又不揆诸心，仅从人而发若机栝；林籁也，鸟声也，恶浊扰攘，不若此也，此其增悲，盖视寂漠且愈甚矣。而今之中国，则正一寂漠境哉。乃者诸夏丧乱，外寇乘之，兵燹之下，民救死不给，美人墨面，硕士则赴清泠之渊；旧念犹存否于后人之胸，虽不可度，顾相观外象，则疲苶卷挛，蛰伏而无动者，固已久矣。洎夫今兹，大势复变，殊异之思，諔诡之物，渐渐入中国，志士多危心，亦相率赴欧墨，欲采掇其文化，而纳之宗邦。凡所浴颢气则新绝，凡所遇思潮则新绝，顾环流其营卫者，则依然炎黄之血也。荣华在中，厄于肃杀，婴以外物，勃焉怒生。于是苏古掇新，精神闿彻，自既大自我于无竟，又复时返顾其旧乡，披厥心而成声，殷若雷霆之起物。梦者自梦，觉者是之，则中国之人，庶赖此数硕士而不殄灭，国人之存者一，中国斯侂生于是已。虽然，日月逝矣，而寂漠犹未央也。上下求索，阒其无人，不自发中，不见应外，颛蒙默止，若存若亡，意者往之见戕贼者深，因将长槁枯而不复菀与，此则可为坠心陨涕者也。顾吾亦知难者则有辞矣。殆谓十余年来，受侮既甚，人士因之渐渐出梦寐，知云何为国，云何为人，急公好义之心萌，独立自存之志固，言议波涌，为作日多。外人之来游者，莫不愕然惊中国维新之捷，内地士夫，则出接异域之文物，效其好尚语言，峨冠短服而步乎大衢，与西人一握为笑，无逊色也。其居内而沐新思潮者，亦胥争提国人之耳，厉声而呼，示以生存二十世纪之国民，当作何状；而聆之者则蔑弗首肯，尽力任事惟恐后，且又日鼓舞之以报章，间协助之以书籍，中之文词，虽诘诎聱牙，难于尽晓，顾究亦输入文明之利器也。倘其革新武备，振起工商，则国之富强，计日可待。豫备时代者今之世，事物胥变易矣，苟起陈死人于垅中而示以状，且将唇惊乎今之论议经营，无不胜于前古，而自憾其身之蚤殒矣，胡寂漠之云云也。若如是，则今之中国，其正一扰攘世哉！世之言何言，人之事何事乎。心声也，内曜也，不可见也。时势既迁，活身之术随变，人虑冻馁，则竞趋于异途，掣维新之衣，用蔽其自私之体，为匠者乃颂斧斤，而谓国弱于农人之有耒耜，事猎者则扬剑铳，而曰民困于渔父之宝网罟；倘其游行欧土，偏学制女子束腰道具之术以归，则再拜贞虫而谓之文明，且昌言不纤腰者为野蛮矣。顾使诚匠人诚猎师诚制束腰道具者，斯犹善也，试按其实，乃并方术且非所喻，灵府荒秽，徒炫耀耳食以罔当时。故纵唱者万千，和者亿兆，亦绝不足破人界之荒凉；而鸩毒日投，适益以速中国之隳败，则其增悲，不较寂漠且愈甚与。故今之所贵所望，在有不和众嚣，独具我见之士，洞瞩幽隐，评骘文明，弗与妄惑者同其是非，惟向所信是诣，举世誉之而不加劝，举世毁之而不加沮，有从者则任其来，假其投以笑倡，使之孤立于世，亦无慑也。则庶几烛幽暗以天光，发国人之内曜，人各有已，不随风波，而中国亦以立。今者古国胜民，素为吾志士所鄙夷不屑道者，则咸入自觉之境矣。披心而嗷，其声昭明，精神发扬，渐不为强暴之力谲诈之术之所克制，而中国独何依然寂漠而无声也？岂其道茀不可行，故硕士艰于出世；抑以众谨盈于人耳，莫能闻渊深之心声，则宁缄口而无言耶。

嗟夫，观史实之所垂，吾则知先路前驱，而为之辟启廓清者，固必先有其健者矣。顾浊流茫洋，并健者亦以沦没，朊朊华土，凄如荒原，黄神啸吟，种性放失，心声内曜，两不可期已。虽然，事多失于自臧，而一苇之投，望则大于俟他士之造巨筏，吾未绝大冀于方来，则斯论之所由作也。

聚今人之所张主，理而察之，假名之曰类，则其为类之大较二：一曰汝其为国民，一曰汝其为世界人。前者慑以不如是则亡中国，后者慑以不如是则畔文明。寻其立意，虽都无条贯主的，而皆灭人之自我，使之混然不敢自别异，泯于大群，如掩诸色以晦黑，假不随驸，乃即以大群为鞭箠，攻击迫拶，俾之靡骋。往者迫于仇则呼群为之援助，苦于暴主则呼群为之拨除，今之见制于大群，孰有寄之同情与？故民中之有独夫，昉于今日，以独制众者古，而众或反离，以众虐独者今，而不许其抵拒，众昌言自由，而自由之蕉萃孤虚实莫甚焉。人丧其我矣，谁则呼之兴起？顾讙嚣乃方昌狂而未有既也。二类所言，虽或若反，特其灭裂个性也大同。总计言议而举其大端，则甲之说曰，破迷信也，崇侵略也，尽义务也；乙之说曰，同文字也，弃祖国也，尚齐一也，非然者将不足生存于二十世纪。至所持为坚盾以自卫者，则有科学，有适用之事，有进化，有文明，其言尚矣，若不可以易。特于科学何物，适用何事，进化之状奈何，文明之谊何解，乃独函胡而不与之明言，甚或操利矛以自陷。嗟夫，根本且动摇矣，其柯叶又何侂焉。岂诚其随波弟靡，莫能自主，则姑从于唱喁以荧惑人；抑亦自知其小陋，时为饮啖计，不得不假此面具以钓名声于天下耶。名声得而腹腴矣，奈他人之见戕贼何！故病中国今日之扰攘者，则患志士英雄之多而患人之少。志士英雄，非不祥也，顾蒙帼面而不能白心，则神气恶浊，每感人而令之病。奥古斯丁也，托尔斯泰也，约翰卢骚也，伟哉其自忏之书，心声之洋溢者也。若其本无有物，徒附丽是宗，辄岸然曰善国善天下，则吾愿先闻其白心。使其羞白心于人前，则不若伏藏其论议，荡涤秽恶，俾众清明，容性解之竺生，以起人之内曜。如是而后，人生之意义庶几明，而个性亦不至沉沦于浊水乎。顾志士英雄不肯也，则惟解析其言，用晓其张主之非是而已矣。

破迷信者，于今为烈，不特时腾沸于士人之口，且裒然成巨帙矣。顾胥不先语人以正信；正信不立，又乌从比较而知其迷妄也。夫人在两间，若知识混沌，思虑简陋，斯无论已；倘其不安物质之生活，则自必有形上之需求。故吠陁之民，见夫凄风烈雨，黑云如盘，奔电时作，则以为因陁罗与敌斗，为之栗然生虔敬念。希伯来之民，大观天然，怀不思议，则神来之事与接神之术兴，后之宗教，即以萌孽。虽中国志士谓之迷，而吾则谓此乃向上之民，欲离是有限相对之现世，以趣无限绝对之至上者也。人心必有所冯依，非信无以立，宗教之作，不可已矣。顾吾中国，则夙以普崇万物为文化本根，敬天礼地，实与法式，发育张大，整然不紊。覆载为之首，而次及于万汇，凡一切睿知义理与邦国家族之制，无不据是为始基焉。效果所著，大莫可名，以是而不轻旧乡，以是而不生阶级；他若虽一卉木竹石，视之均函有神闷性灵，玄义在中，不同凡品，其所崇爱之溥博，世未见有其匹也。顾民生多艰，是性日薄，洎夫今，乃仅能见诸古人之记录，与气禀未失之农人；求之于士大夫，戛戛乎难得矣。设有人，谓中国人之所崇拜者，不在无形而在实体，不在一宰而在百昌，斯其信崇，即为迷妄，则敢问无形一主，何以独为正神？宗教由来，本向上之民所自建，纵对象有多一虚实之别，而足充人心向上之需要则同然。顾瞻百昌，审谛万物，若无不有灵觉妙义焉，此即诗歌也，即美妙也，今世冥通神闷之士之所归也，而中国已于四千载前有之矣；斥此谓之迷，则正信为物将奈何矣。盖浇季士夫，精神窒塞，惟肤薄之功利是尚，躯壳虽存，灵觉且失。于是昧人生有趣神闷之事，天物罗列，不关其心，自惟为稻粱折腰；则执己律人，以他人有信仰为大怪，举丧师辱国之罪，悉以归之，造作謷言，必尽颠其隐依乃快。不悟墟社稷毁家庙者，征之历史，正多无信仰之士人，而乡曲小民无与。伪士当去，迷信可存，今日之急也。若夫自谓其言之尤光大者，则有奉科学为圭臬之辈，稍耳物质之说，即曰："磷，元素之一也；不为鬼火。"略翻生理之书，即曰："人体，细胞所合成也；安有灵魂？"知识未能周，而辄欲以所拾质力杂说之至浅而多谬者，解释万事。不思事理神闷变化，决不为理科入门一册之所范围，依此攻彼，不亦傎乎。夫欲以科学为宗教者，欧西则固有人矣，德之学者黑格尔，研究官品，终立一元之说，其于宗教，则谓当别立理性之神祠，以奉十九世纪三位一体之真者。三位云何？诚善美也。顾仍奉行仪式，俾人易知执着现世，而求精进。至尼佉氏，则刺取达尔文进化之说，掊击景教，别说超人。虽云据科学为根，而宗教与幻想之臭味不脱，则其张主，特为易信仰，而非灭信仰昭然矣。顾迄今兹，犹不昌大。盖以科学所底，不极精深，揭是以招众生，聆之者则未能满志；惟首唱之士，其思虑学术志行，大都博大渊邃，勇猛坚贞，纵迕时人不惧，才士也夫！观于此，则惟酒食是仪，他无执持，而妄欲夺人之崇信者，虽有元素细胞，为之甲胄，顾其违妄而无当于事理，已可弗繁言而解矣。吾不知耳其论者，何尚顶礼而赞颂之也。虽然，前此所陈，则犹其上尔；更数污下，乃有以毁伽兰为专务者。国民既觉，学事当兴，而志士多贫穷，富人则往往吝啬，救国不可缓，计惟有占祠庙以教子弟；于是先破迷信，次乃毁击像偶，自为其酋，聘一教师，使总一切，而学校立。夫佛教崇高，凡有识者所同可，何怨于震旦，而汲汲灭其法。若谓无功于民，则当先自省民德之堕落；欲与挽救，方昌大之不暇，胡毁裂也。况学校之在中国，乃何状乎？教师常寡学，虽西学之肤浅者不憭，徒作新态，有惑乱人。讲古史则有黄帝之伐某尤，国字且不周识矣；言地理则云地球常破，顾亦可以修复，大地实体与地球模型且不能判矣。学生得此，则以增骄，自命中国桢干，未治一事，而兀傲过于开国元老；顾志操特卑下，所希仅在科名，赖以立将来之中国，岌岌哉！迩来桑门虽衰退，然校诸学生，其清净远矣。若在南方，乃更有一意于禁止赛会之志士。农人耕稼，岁几无休时，递得余闲，则有报赛，举酒自劳，洁牲酬神，精神体质，两愉悦也。号志士者起，乃谓乡人事此，足以丧财费时，奔走号呼，力施遏止，而钩其财帛为公用。嗟夫，自未破迷信以来，生财之道，固未有捷于此者矣。夫使人元气黮浊，性如沉垽，或灵明已亏，沦弱嗜欲，斯已耳；倘其朴素之民，厥心纯白，则劳作终岁，必求一扬其精神。故农则年答大戬于天，自亦蒙庥而大酺，稍息心体，备更服劳。今并此而止之，是使学軶下之牛马也，人不能堪，必别有所以发泄者矣。况乎自慰之事，他人不当犯干，诗人朗咏以写心，虽暴主不相犯也；舞人屈申以舒体，虽暴主不相犯也；农人之慰，而志士犯之，则志士之祸，烈于暴主远矣。乱之上也，治之下也，至于细流，乃尚万别。举其大略，首有嘲神话者，总希腊埃及印度，咸与诽笑，谓足作解颐之具。夫神话之作，本于古民，睹天物之奇觚，则逞神思而施以人化，想出古异，諔诡可观，虽信之失当，而嘲之则大惑也。太古之民，神思如是，为后人者，当若何惊异瑰大之；矧欧西艺文，多蒙其泽，思想文术，赖是而庄严美妙者，不知几何。倘欲究西国人文,治此则其首事,盖不知神话,即莫由解其艺文,暗艺文者,于内部文明何获焉。若谓埃及以迷信亡,举彼上古文明,胥加呵斥,则竖子之见,古今之别,且不能知者,虽一哂可斬之矣。复次乃有借口科学,怀疑于中国古然之神龙者,按其由来,实在拾外人之余唾。彼徒除利力而外,无蕴于中,见中国式微,则虽一石一华,亦加轻薄,于是吹索抉剔,以动物学之定理,断神龙为必无。夫龙之为物,本吾古民神思所创造,例以动物学,则既自白其愚矣,而华土同人,贩此又何为者?抑国民有是,非特无足愧恧已也,神思美富,益可自扬。古则有印度希腊,近之则东欧与北欧诸邦,神话古传以至神物重言之丰,他国莫与并,而民性亦瑰奇渊雅,甲天下焉,吾未见其为世诟病也。惟不能自造神话神物,而贩诸殊方,则念古民神思之穷,有足媿尒。嗟乎,龙为国徽,而加之谤,旧物将不存于世矣!顾俄罗斯枳首之鹰,英吉利人立之兽,独不蒙垢者,则以国势异也。科学为之被,利力实其心,若尔人者,其可与庄语乎,直唾之耳。且今者更将创天下古今未闻之事,定宗教以强中国人之信奉矣,心夺于人,信不繇己,然此破迷信之志士,则正敕定正信教宗之健仆哉。

崇侵略者类有机,兽性其上也,最有奴子性,中国志士何隶乎?夫古民惟群,后乃成国,分画疆界,生长于斯,使其用天之宜,食地之利,借自力以善生事,辑睦而不相攻,此盖至善,亦非不能也。人类顾由昉,乃在微生,自虫蛆虎豹猿狖以至今日,古性伏中,时复显露,于是有嗜杀戳侵略之事,夺土地子女玉帛以厌野心;而间恤人言,则造作诸美名以自盖,历时既久,入人者深,众遂渐不知所由来,性偕习而俱变,虽哲人硕士,染秽恶焉。如俄罗斯什赫诸邦,夙有一切斯拉夫主义,居高位者,抱而动定,惟不溥及农人间,顾思士诗人,则熏染于心,虽瑰意鸿思不能涤。其所谓爱国,大都不以艺文思理,足为人类荣华者是尚,惟援甲兵剑戟之精锐,获地杀人之众多,喋喋为宗国晖光。至于近世,则知别有天识在人,虎狼之行,非其首事,而此风为稍杀。特在下士,未能脱也,识者有忧之,于是恶兵如蛇蝎,而大呼平和于人间,其声亦震心曲,豫言者托尔斯泰其一也。其言谓人生之至可贵者,莫如自食力而生活,侵掠攻夺,足为大禁,下民无不乐平和,而在上者乃爱喋血,驱之出战,丧人民元,于是家室不完,无庇者遍全国,民失其所,政家之罪也。何以药之？莫如不奉命。令出征而士不集，仍秉耒耜而耕，熙熙也；令捕治而吏不集，亦仍秉耒耜而耕，熙熙也，独夫孤立于上，而臣仆不听命于下，则天下治矣。然平议以为非是，载使全俄朝如是，敌军则可以夕至，民朝弃戈矛于足次，迨夕则失其土田，流离散亡，烈于前此。故其所言，为理想诚善，而见诸事实，乃佛戾初志远矣。第此犹曰仅揆之利害之言也，察人类之不齐，亦当悟斯言之非至。夫人历进化之道途，其度则大有差等，或留蛆虫性，或猿狙性，纵越万祀，不能大同。即同矣，见一异者，而全群之治立败，民性柔和，既如乳羔，则一狼入其牧场，能杀之使无遗孑，及是时而求保障，悔迟莫矣。是故嗜杀戳攻夺，思廓其国威于天下者，兽性之爱国也，人欲超禽虫，则不当慕其思。顾战争绝迹，平和永存，乃又须迟之人类灭尽，大地崩离以后；则甲兵之寿，盖又与人类同终始者已。然此特所以自捍卫，辟虎狼也，不假之为爪牙，以残食世之小弱，令兵为人用，而不强人为兵奴，人知此义，乃庶可与语武事，而不至为两间大厉也与。虽然，察我中国，则世之论者，殆皆非也，云爱国者有人，崇武士者有人，而其志特甚犷野，托体文化，口则作肉攫之鸣，假使傅以爪牙，若余勇犹可以蹂躏大地，此其为性，狞暴甚矣，顾亦不可谥之兽性。何以言之？曰诚于中而外见者，得二事焉，兽性爱国者之所无也。二事云何？则一曰崇强国，次日侮胜民。盖兽性爱国之士，必生于强大之邦，势力盛强，威足以凌天下，则孤尊自国，蔑视异方，执进化留良之言，攻小弱以逞欲，非混一寰宇，异种悉为其臣仆不慊也。然中国则何如国矣，民乐耕稼，轻去其乡，上而好远功，在野者辄怨怼，凡所自诩，乃在文明之光华美大，而不借暴力以凌四夷，宝爱平和，天下鲜有。惟晏安长久，防卫日驰，虎狼突来，民乃涂炭。第此非吾民罪也，恶喋血，恶杀人，不忍别离，安于劳作，人之性则如是。倘使举天下之习同中国，犹托尔斯泰之所言，则大地之上，虽种族繁多，邦国殊别，而此疆尔界，执守不相侵，历万世无乱离焉可也。兽性者起，而平和之民始大骇，日夕岌岌，若不能存，苟不斥去之，固无以自生活；然此亦惟驱之适旧乡，而不自反于兽性，况其戴牙角以戕贼小弱孤露者乎。而吾志士弗念也，举世滔滔，颂美侵略，暴俄强德，向往之如慕乐园，至受厄无告如印度波兰之民，则以冰寒之言嘲其陨落。夫吾华土之苦于强暴，亦已久矣，未至陈尸，鸷鸟先集，丧地不足，益以金资，而人亦为之寒饿野死。而今而后，所当有利兵坚盾，环卫其身，毋俾封豕长蛇，荐食上国；然此则所以自卫而已，非效侵略者之行，非将以侵略人也。不尚侵略者何？曰反诸己也，兽性者之敌也。至于波兰印度，乃华土同病之邦矣，波兰虽素不相往来，顾其民多情愫，爱自繇，凡人之有情愫宝自繇者，胥爱其国为二事征象，盖人不乐为皂隶，则孰能不眷慕悲悼之。印度则交通自古，贻我大祥，思想信仰道德艺文，无不蒙贶，虽兄弟眷属，何以加之。使二国而危者，吾当为之抑郁，二国而陨，吾当为之号咷，无祸则上祷于天，俾与吾华土同其无极。今志士奈何独不念之，谓自取其殃而加之谤，岂其屡蒙兵火，久匍伏于强暴者之足下，则旧性失，同情漓，灵台之中，满以势利，因迷谬亡识而为此与！故总度今日佳兵之士，自屈于强暴久，因渐成奴子之性，忘本来而崇侵略者最下；人云亦云，不持自见者上也。间亦有不隶二类，而偶反其未为人类前之性者，吾尝一二见于诗歌，其大旨在援德皇威廉二世黄祸之说以自豪，厉声而嗥，欲毁伦敦而覆罗马；巴黎一地，则以供淫游焉。倡黄祸者，虽拟黄人以兽，顾其烈则未至于此矣。今兹敢告华土壮者曰，勇健有力，果毅不怯斗，固人生宜有事，特此则以自臧，而非用以搏噬无辜之国。使其自树既固，有余勇焉，则当如波兰武士贝谟之辅匈加利，英吉利诗人裴伦之助希腊，为自繇张其元气，颠仆压制，去诸两间，凡有危邦，咸与扶掖，先起友国，次及其他，令人间世，自繇具足，眈眈皙种，失其臣奴，则黄祸始以实现。若夫今日，其可收艳羡强暴之心，而说自卫之要矣。乌乎，吾华土亦一受侵略之国也，而不自省也乎。（未完）

第二讲

白话小说四篇

一、《呐喊》、《彷徨》概述

鲁迅以现实题材创作的小说，全部收入《呐喊》、《彷徨》两本小说集，先后于 1923 年和 1926 年出版。

这些小说所依托的背景，主要是辛亥革命前后中国社会各阶层的生活状况，人物有农民、乡绅、农村游民、小知识分子和下层官僚，共同构成了近、现代中国社会的一个缩影。

主体则是农民和知识分子。鲁迅是中国新文学史上以巨大的悲悯和严正的态度正面描写农民和知识分子的第一人，他开辟了这两种崭新的小说题材领域。

但他很少报道社会生活的外在情状，总是努力将笔墨直接指向个体的内心，探索国民的灵魂世界，以实现他早年认为文学须吐露个人的“心声”和“内曜”、须能触动并改变国民灵魂的主张。

农民和小知识分子，在鲁迅小说中一律显出严重的灵魂病态，有的甚至根本没有灵魂的觉醒。作者无情鞭挞的乡绅官吏，如不许阿 Q 姓赵的“赵太爷”，《风波》中听了张勋复辟消息就赶紧跑来恐吓曾经和自己有过节的农民的“赵七爷”，《祝福》中戴着伪善的假面对女佣进行物质和精神双重掠夺的鲁四老爷，《离婚》中一边鉴赏“屁塞”一边肆意践踏对自己抱有幻想的农妇的“七大人”，不用说都还不具有人的灵魂，就是作者寄予深厚同情的穷苦农民和潦倒的读书人，也各各封闭在不自觉的精神瘫痪状态。杀头之于阿 Q，仅使他依稀记起多年前遇到的一只饿狼的眼睛，未及细想，“耳朵里就嗡的一声，觉得全身仿佛微尘似的迸散了”。祥林嫂现世身不由己，死后的事情也听命于人。孔乙己的全部尊严只剩下自欺欺人地哼两句“窃书不为偷”，第十六次落榜的老童生陈士成，只好跟着幻觉中祖上埋金的“白光”走向死路……他们从来不敢怀疑既定的社会伦理和政治制度的合理性，仅仅出于数千年沿袭下来的惯性，将比自己强大的一切奉若神明，在其淫威下辗转，扭曲，呻吟，堕落，沉睡，灭亡。他们麻木到不以苦为苦，对别人的痛苦也只报以隔膜与冷漠，甚至麻木地幸灾乐祸，凶残地落井下石。孔乙己、祥林嫂、死了独生子的寡妇单四嫂子，只是供人取笑的材料，全“未庄”在阿Q死后“都说阿Q坏”，城里舆论则“以为枪毙并无杀头这般好看”，一起帮佣的吴妈甚至正眼都不瞅一下阿Q，“却只是出神地看着兵们背上的洋炮”。这正如作者自己所说，“人人之间各有一道高墙，将各个分离，使大家的心无从相印……造化生人，已经非常巧妙，使一个人不会感到别人的肉体上的痛苦了，我们的圣人和圣人之徒却又补了造化之缺，并且使人们不再会感到别人的精神上的痛苦。”[①]凄惨隔膜而又充满恐惧的人生中唯一的安慰，是由统治者所赐予的各种自欺欺人的被统治者的思想，比如阿Q式的“精神胜利法”。

鲁迅笔下的知识分子形象有两类。一是虽然寄予同情但基本表示否定的孔乙己、陈士成那些为科举制度哄骗一生不知醒悟的“科场鬼”，鲁四老爷和四铭（《肥皂》）等假道学，方玄卓（《端午节》）、高干亭（《高老夫子》）等以新派自居的知识分子。这些人严格说来都属于传统文人，多半如鲁迅杂文所讽刺的，不仅“无行”，而且“无文”[②]。孔乙己和陈士成固然是科举制度的牺牲品，但他们自己何尝具备真才实学？鲁四老爷虽信奉传统理学，但立身行事却很难与之相符。高干亭景仰高尔基而改名为高尔础，已经不通，俨然赴女子学校任教，却只为了“看看女学生”，在讲台上，话都说不清楚。

另一类，是吕纬甫（《在酒楼上》）、魏连殳（《孤独者》）、涓生（《伤逝》）、夏瑜（《药》）、N先生（《头发的故事》）等“狂人”，都是“梦醒之后无路可走”的痛苦的灵魂。他们接受了现代科学思想和价值观念，关心他人利益和社会前途，既有强烈的民族意识，又有坚定的自我意识。鲁迅塑造这些知识分子形象，是想认清自己和同类。所以，这些小说包含着现代中国知识分子许多精神矛盾的原型。

鲁迅的小说很少背景描写，有，也寥寥数语，像中国传统舞台布景和年画，读者会意即可。主要用力处，是人物塑造。但他的人物，多数也只是背

---

① 《集外集·俄文译本〈阿Q正传〉序及著者自叙传略》。

② 《集外集拾遗补编·辩“文人无行”》。

影或速写。他总是力图用极俭省的办法画出灵魂的特点，避免大段铺叙。作者将视线全部移到人物身上，又将描写人物的文字集中于最具特征的语言动作，犹如画家的专画眼睛。主要人物如此，次要的穿插性人物也不例外，如《风波》中的七斤嫂，《明天》里的王九妈，《故乡》里的豆腐西施，《祝福》里的卫老婆子、柳妈、四婶，无不寥寥几笔，尽传精神。

这主要得力于中国传统文艺（最初出现于绘画中）的“白描”，鲁迅以为其精神乃是“有真意，去粉饰，少造作，勿卖弄”[①]。“白描”所仰仗的，是观察的精到，语言的贴切，与表现的节制。

鲁迅对语言几乎有一种“洁癖”[②]，他说，“我作完之后，总要看两遍，自己觉得拗口的，就增删几个字，一定要读得顺口；没有相宜的白话，宁可引古语，总希望有人会懂，只有自己懂得或连自己也不懂的生造出来的字句，是不大用的”[③]。他的语言丰富、准确而简练，没有当时和以后常见的造作的小说腔，而接近几千年中国文人百炼钢化为绕指柔的“文章”的境界。

鲁迅是中国文学史上罕见的文体家，他的小说创造性地综合了许多有生命力的语言要素与修辞手段，其中，有小说所特有的叙述和描写，有戏剧性的对话（《在酒楼上》、《头发的故事》通篇都是对话），更有大量散文和诗的语言。《社戏》完全可以当一篇散文来读，《故乡》和《伤逝》的哀婉凄绝，沉郁苍凉，是标准的诗语。《故乡》结尾“希望是本无所谓有，无所谓无的。这正如地上的路；其实地上本没有路，走的人多了，也便成了路”，《兔和猫》结尾“假如造物也可以责备，那么，我以为他实在将生命造得太滥，毁得太滥了”，这都是诗情哲理交融的格言警句。反语的运用，乃是鲁迅小说一大特征。“赵七爷是邻村茂源酒店的主人，又是这三十里方圆以内唯一出色人物兼学问家……他有十多本金圣叹批评的《三国志》，时常坐着一个字一个字的读；他不但能说出五虎将姓名，甚而至于还知道黄忠表字汉升马超表字孟起”（《风波》），“七斤虽然住在农村，却早有些飞黄腾达的意思。从他的祖父到他，三代不捏锄头柄了；他也照例的帮人撑着航船，每日一回，早晨从鲁镇进

① 《南腔北调集·作文的秘诀》。

② 周作人《关于鲁迅》。

③ 《南腔北调集·我怎么做起小说来》。

城，傍晚又回到鲁镇，因此很知道些时事；例如什么地方，雷公劈死了蜈蚣精；什么地方，闺女生了一个夜叉之类。他在村人里面，的确是一名出场人物了。但夏天吃饭不点灯，却还守着农家习惯”。为杂文所专有的连锁的反语，自然地成为小说叙述的语言。

小说家鲁迅依然保持着与传统“文章”的血缘关系。鲁迅写小说主要也是仰仗写文章的底子。小说自文章“流”出。鲁迅小说结构的简劲，主题的鲜明，叙述语调和作者形象的凸显，文势的跌荡起伏，用字的不苟，人与事皆纳入文章脉络，招之即来，挥之即去，这都分明是中国传统文章的底子。他自己也说他的小说原是当文章来做的，是“小说模样的文章”[①]。

新文学第一代作家大多如此，故前十年(1917—1927)散文成就高于小说，世所公认。第二代作家开始以小说为主业，摹习西方的小说腔渐渐压倒文章，汉语的生命所寄，也逐渐主要由文章转向小说。

鲁迅一生经历了由文章到小说再由小说到文章的两次转变，始终徘徊于小说和文章之间。早年兴趣在文章，介绍异域小说，也竭力追求译笔古奥。五四时期随笔杂感和小说同时进行，但主要用功在小说。二十世纪二十年代中期以后，文章又压倒了小说。

他最终未能写出一部长篇小说，也与此有关。不过鲁迅一直在探索长篇小说的新形式。据冯雪峰回忆，鲁迅晚年曾酝酿一部长篇小说，描写世纪之交四代知识分子形象，但他想解决的第一个问题，就是“长篇小说的严格形式的解放”。他不喜欢现代西方式的那种客观无我、巨细无遗的全景式描写，“以为长篇小说可以带叙带议论，自由说话”。“自由说话”，就是强调长篇的文体，可以尽量允许文章式的舒卷自如。

鲁迅认为文学的目的是“撄人心”[②]，是“改变他们(按指国民)的精神”[③]，所以非常看重心理描写。有些是中国传统小说的技巧，如直接叙述人物的思想；此外，更多的感觉、梦境、幻觉、下意识和变态心理，则主要得自西方文学的启示。《明天》写寡妇单四嫂子死了宝儿，巨大的悲痛袭来，她竟无所思

---

① 《〈呐喊〉自序》。
② 《摩罗诗力说》。
③ 《〈呐喊〉自序》。

想,“单觉得这屋子太静,太大,太空了”,确乎一个“粗笨女人”的感觉。阿Q在街上无师自通喊了几声“造反”,博来“未庄”人的敬畏的目光,俨然就是“革命党”了,“飘飘然地飞了一通,回到土谷寺……说不出的新鲜高兴”,思想随着管寺老头给的四两烛的火光“迸跳起来”,梦见“白盔白甲的革命党”,“秀才娘子的一张宁式床”,“没有想得十分停当,已经发了鼾声,四两烛还只点了小半寸,红焰焰的光照着他张开的嘴。‘荷荷!’阿Q忽而大叫起来,抬了头仓皇的四顾,待看到四两烛,却又倒头睡去了。”入梦,出梦,“又倒头睡去”,衔接得天衣无缝。阿Q“调戏”吴妈,被赵秀才用大竹竿一顿追打,但他很健忘,“打骂之后,似乎一件事也已经收束,反觉得一无挂碍似的,便动手去舂米”,听到许多人围着吴妈解劝,反而跑去看热闹,不觉得与自己有关,直等到大竹竿再次出现才醒悟过来。糊涂的阿Q由意识到无意识再回到意识,环环相扣。《兄弟》写“沛君”如何关心弟弟“靖甫”的病,疲倦中昏睡,竟然梦见自己在靖甫死后虐待侄儿。这是下意识在梦里的活动。《肥皂》写道学先生四铭在街上看到一个衣裳褴褛的年轻的女乞丐,起了淫心,未敢当众有所表示,因听到一班流氓无赖说“买两块肥皂来,咯支咯支遍身洗一洗,好的很哩!”,就在下意识驱动下买来肥皂给自己老婆。这种性意识转移,自己浑然不觉,被老婆识破,还百般抵赖。

“狂人”是被庸人社会宣布为疯子的清醒的启蒙者,象征着晚清至民初所有壮志未酬的先觉之士,是吕纬甫、魏连殳、N先生、夏瑜等知识分子悲剧形象的集合。救不了贫民华小栓的由夏瑜的血做成的“药”,象征着与一般民众隔膜的失败的革命者付诸东流的救国宏愿。“肥皂”是四铭买给老婆洗去污垢的,结果却洗掉了自己道学先生的假面。同时关联着污浊和清洁的“肥皂”象征着假道学外表圣洁和内心龌龊。《药》中的华、夏二姓,合起来或许也正是华夏民族的隐喻。疯子要吹灭众人惟恐熄灭的“长明灯”,则是“从来如此”的顽固观念。《狂人日记》用各种动物隐喻人的未脱吃人的兽性本质……

《孔乙己》、《祝福》、《狂人日记》的叙述者,都站在隐含作者的对立面,和人物一起经受隐含作者的审视。读者习惯于跟随叙述者,叙述者的被审视,也是作者对于读者的一种考验。《孔乙己》的叙述者是涉世未深的酒店学徒，也和众人一样嘲弄孔乙已。《祝福》里的叙述者似乎是很有同情心的现代知识分子，但当祥林嫂真诚地问他人死之后有无灵魂时，他竟支支吾吾不知所对，因为他的同情是表面的，没有想到像祥林嫂这样一个苦命而平凡的乡下女人，会关心灵魂问题。“狂人”是小说正文的权威叙述者，但正文前面的一段文言的小引告诉读者，“狂人”已经痊愈，“赴某地候补矣”，这样，当“狂人”喊出“救救孩子”时，就不能不打些折扣。叙述者和隐含作者的分离乃至对立，使的小说中的主体观念不断被自身所动摇，读者的思想因此不断被牵引到更远更深的地方去，以体贴作者的“忧愤深广”。

象征，隐喻，在隐含作者和叙述者之间设置距离以收反讽效果，这些现代小说的手法，鲁迅在他的小说中都有纯熟的运用。

二、《狂人日记》讲解

1. “吃人”的主题

《狂人日记》发表于 1918 年 5 月《新青年》四卷五号，作者署名“鲁迅”——这也是“鲁迅”这个笔名第一次公诸于世。

《狂人日记》引人注意的，首先是“格式的特别”。“日记”本是中国传统文人擅长的体裁，用以记录一天事务或学术研究的心得，鲁迅将它改造成现代虚构小说，这种文体的颠覆，化熟悉为陌生，自然对读者有一种刺激。

1935 年，鲁迅在给《中国新文学大系小说二集》做序时，说《狂人日记》是“意在暴露家族制度和礼教的弊害”，有点费解。小说借狂人之口，明明揭露中国从古到今人吃人的历史真相，“我翻开历史，这历史没有年代，歪歪斜斜的每叶上都写着‘仁义道德’几个字。我横竖睡不着，仔细看了半夜，才从字缝里看出字来，满本都写着两个字是‘吃人’”，“易牙蒸了他儿子，给桀纣吃，还是一直从前的事。谁晓得从盘古开辟天地以后，一直吃到易牙的儿子；从易牙的儿子，一直吃到徐锡林；从徐锡林，又一直吃到狼子村捉住的人。去年城里杀了犯人，还有一个生痨病的人，用馒头蘸血舐”，这样的揭露早已超过了"家族制度和礼教的弊害",指向整个人性与社会的历史。

也许,"家族制度和礼教"是中国历史重要组成部分,比起其他明目张胆的吃人的事实来,特别有一种掩饰和遮蔽作用,所以才强调地挑出来罢?

1918年,鲁迅在致好友许寿裳信中说,他一直认为"中国根柢,全在道教",以此读史,可势如破竹。又说"偶阅《通鉴》",悟出中国尚是食人民族,"因成此篇"。"道教"和"吃人"是什么关系?这一点还须细思,但无疑是鲁迅最重要的一个写作动机。

也是1935年,鲁迅在先后两篇专门谈中国历史的文章中说,"真也无怪有些慈悲心肠人不愿意看野史,听故事;有些事情,真也不像人世,要令人毛骨悚然,心里受伤,永不全愈的"[①],"自有历史以来,中国人是一向被同族和异族屠戮,奴隶,敲掠,刑辱,压迫下来的,非人类所能忍受的楚毒,也都身受过,每一考查,真教人觉得不像活在人间"[②],这里揭露的,就是《狂人日记》所谓历史的"吃人"本质。"不像活在人间","真也不像人世",类似狂人骂"吃人的人"不是人,没"变到人","至今还是虫子",是"野蛮人"。至于"心理受伤,永不全愈",应该包括觉醒者的下场——变成千夫所指的"狂人"。"受伤"以后变成"狂人",也就是变成洞悉"吃人"的历史和"吃人"的"非人间"的清醒者。《狂人日记》中的"狂人",是吃人的历史和吃人的社会中的清醒者;"吃人"的真相,只有这样清醒的"狂人"才看得出来,也只有这样的狂人才说得出来[③]。

《狂人日记》震撼了当时社会,一下子确立了作者在中国现代文学史上无人可比的地位,主要是因为鲁迅以这个短篇,勇敢地向整个中国历史和文明传统宣战,控诉其"吃人"的本质。这也就是他后来在杂文中反复申说的"'将人不当人',不但不当人,还不及牛马,不算什么东西"的残忍凶恶,"所谓中国者,其实不过是安排这人肉的筵宴的厨房"[④]。中国历史和中国社会"将人不当人"的现象太多了,无法一一列举,以"吃人"这个总名概乎言之,

---

① 鲁迅《且介亭杂文·病后杂谈》。

② 鲁迅《且介亭杂文·病后杂谈之余——关于"舒愤懑"》。

③ 关于"狂人"究竟是真的发疯,还是"佯狂",历来争论不休。也许是狂而自有其所见,为常人所不能,但并不真的成了"大哥"所说的"疯子"。鲁迅对"狂人"和"疯子"的区分,值得注意。

④ 鲁迅《坟·灯下漫笔》。

其实包括了一切"同族和异族"所施与的"楚毒"。

之所以说《狂人日记》向整个中国历史和传统文明宣战,是因为这篇小说攻击"吃人"现象,并没有指出哪一个或哪一群人是罪魁祸首,也没有截然划出吃人者和被吃者、十恶不赦者和无辜者之间的界限。作者矛头所向,包括全体中国人。这里面固然有历代皇亲贵族和官僚权要,但"也有给知县打过枷子的,也有给绅士掌过嘴的,也有衙役占了他妻子的,也有老子娘被债主逼死的"。"治人者"固然免不了"吃人","治于人者"同样脱不了干系,"自己被人凌虐,但也可以凌虐别人;自己被人吃,但也可以吃别人。一级一级的制驭着,不能动弹,也不想动弹了",古书上说"天有十日,人有十等",鲁迅认为还不止,因为即使最下面的"台",也"无须担心的,有比他更卑的妻,更弱的子在。而且其子也很有希望,他日长大,升而为'台',便又有更卑的妻子,供他驱使了。如此连环,各得其所,有敢非议者,其罪名曰不安分!"[①]。

在另外的许多场合,鲁迅还反复指出,"暴君治下的臣民,大抵比暴君更暴;暴君的暴政,时常还不能餍足暴君治下的臣民的欲望","暴君的臣民,只愿暴政暴在他人的头上,他却看着高兴,拿'残酷'做娱乐,拿'他人的苦'做赏玩,做慰安"[②],这种可怕的几乎没有改革希望的"连环",就是《狂人日记》所说的,"他们可是父子兄弟夫妇朋友师生仇敌和各不相识的人,都结成一伙,互相劝勉,互相牵掣,死也不肯跨过这一步"。谁都想"吃人",就谁都有被人吃掉的可能,这就结成一个"连环",大家都逃不出去了:"自己想吃人,又怕被别人吃了,都用着疑心极深的眼光,面面相觑"。狂人出门觉得周围人的眼色都很奇怪,"似乎怕我,似乎想害我";经过一番"研究",他终于看穿了这样的把戏,洞悉了吃人的人的心理,这才愤恨地骂他们全是"狮子似的凶心,兔子的怯弱,狐狸的狡猾"!

于是狂人逢人就说,见面就喊,想劝转这个吃人的世界。

2. 狂人的失败

但他失败了。

---

① 鲁迅《坟·灯下漫笔》。

② 鲁迅《热风·暴君的臣民》。

他周围的人一直吃人，嘴巴上还抹着油，可又一直处在被别人吃掉的危险中，并不始终快活。然而，等到有人叫他们停止吃人，开始悔改，他们却不予理睬。最初是佯装不知，说什么“不是荒年，怎么会吃人”，“这等事问他什么。你真会……说笑话。……今天天气很好”。再逼问下去，还是坚持“没有的事……”，或者“有许有的，这是从来如此……”最后就恼羞成怒了：“我不同你讲这些道理；总之你不该说，你说便是你错！”在这种横蛮的逻辑下面，说真话和一心想好的人被大家宣布为“狂人”，“疯子”，而“疯子有什么好看！”

狂人陷入了众人皆曰可笑甚至可杀的绝对孤立的地位，他的话无人肯听，他的惊天动地的激言，最后只能落入空气中，不曾在人心引起回响。

《狂人日记》不仅大声张扬了狂人的思想，记录了狂人反抗搏斗的经历，也清楚地描写了狂人的失败，以及虽然失败却仍然不肯放弃的挣扎。

狂人的清醒，不仅表现在他看到普遍吃人的真相以及吃人者的心思，“众人皆醉而惟吾独醒”，还表现在他更加清醒地看到了自己注定要“失败”的下场。

狂人怎样认识到自己注定要失败呢？

首先，是大家都不肯听他的话。他知道要大家停止吃人非常困难，因为谁都不愿意也不敢第一个从互相吃的“连环”中跳出来，那很可能马上就被不肯跳出来的人吃掉，这情形就像狼群里的一头狼忽然变成一只羊，所以没人愿意照他说的去做，反而合力将他定为“疯子”，一起将他压制下去，就像狂人屋子里那些“横梁和椽子”，纷纷“堆在我身上”，“万分沉重，动弹不得”。这是狂人经历到的客观上的困难与失败。

其次，狂人也感到自己思想上没有出路。他大声呼喊，但自己也没把握。“狂人”看到了吃人的事实，也试图从进化论的角度来解释人为什么会吃人，但在思考怎样结束这吃人的历史时，“狂人”只寄希望于大家喊一二三，一起悔改，“从真心改起！”，“去了这心思，放心做事走路吃饭睡觉，何等舒服”，而“你们要不改，自己也会吃尽。即使生得多，也会给真的人除灭了，同猎人打完狼子一样！——同虫子一样！”，“你们要晓得将来是容不得吃人的人，……”在“狂人”思想中，停止吃人的希望只能寄托于人类“心思”的

“转”与“改”，这也是鲁迅当时所能达到的最高认识境界，就像他一年以后在一篇论文中所说的“自己牺牲于后起的新人”的那种“无我的爱”，“我现在心以为然的，便只是‘爱’”。“五四”时代的鲁迅呼吁大家用这样的“爱”来代替吃和被吃的“连环”，做新的“人伦的索子”，他把一切希望也是一切赌注都压在“后起的新人”也即《狂人日记》最后充满疑惑地希冀着的“或者还有？”的“没有吃过人的孩子”身上，至于他自己那一代人，则应该“背着因袭的重担，肩住了黑暗的闸门，放他们到宽阔光明的地方去；此后幸福的度日，合理的做人”[①]。

“从真心改起！”也好，“无我的爱”也好，都类似中国传统“心学”非宗教的宗教性诉求。在鲁迅，这样的诉求除了人道主义的“爱”和进化论思想之外，并没有任何现实的和传统的思想支援，也没有教导世人改悔的宗教信仰的力量。所以他的反抗吃人的呐喊，是有些虚妄的。

比这更重要的，还是狂人对自己深刻的绝望处境与罪恶本性的发现。

3. 第二个“狂人”

《狂人日记》一共十三节，一到十一节，写狂人一路发现人吃人、人吃我、哥哥也吃我、母亲也认为可以吃人这种种可怕的普遍吃人的“连环”，以及他自己试图劝转大家停止吃人的失败，调子激昂慷慨。到第十二节开头，也是小说即将结束的地方，狂人突然换了副口气，万分颓丧地改口说：

> 不能想了。
>
> 四千年时时吃人的地方，今天才明白，我也在其中混了多年；大哥正管着家务，妹子恰恰死了，他未必不和在饭菜里，暗暗给我们吃。
>
> 我未必无意之中，不吃了我妹子的几片肉，现在又轮到我自己，……
>
> 有了四千年吃人履历的我，当初虽然不知道，现在明白，难见真的人！

---

① 鲁迅《坟·我们现在怎样做父亲》。

我们记得在第四节，狂人曾震惊地发现：

> 吃人的是我哥哥！
>
> 我是吃人的人的兄弟！
>
> 我自己被人吃了，可仍然是吃人的人的兄弟！

但到了十二节，他又有新的震惊的发现，那就是在“四千年时时吃人的地方”自己也“混了多年”，自己也吃了人，还是自己的妹妹！因此，他自己也和先前所鄙视的吃人的人一样了。他预感到，如果没有吃人也不肯吃人的“真的人”站在他面前，他是不好意思面对的。教训哥哥将来会“难见真的人”的他自己，原来就属于吃人的人所组成的巨大而黑暗的“连环”，属于他正在攻击着的不断吃人的“四千年”的历史。他，发现别人“吃人”，教训别人不再吃人的“狂人”自己，竟然也已经拥有了“四千年吃人履历”！

这样一来，“狂人”就不仅要攻击别人的吃人，不仅要劝说别人停止吃人，不仅要承担“四千年时时吃人”的历史的和群体的罪恶，他还要正视自己也吃过人这一更加严峻的事实，还要承担自己也吃过人这一更加可怕的罪恶。

这就意味着，他不能仅仅把眼睛盯着别的“吃人的人”，他首先必须把别人的罪恶当自己的罪恶承当下来，把过去四千年的群体的罪恶当作现在的他的个体的罪恶承当下来。这样一来，他要做的首先甚至还不是劝说别人，而是自己忏悔！

仅仅发现别人的罪恶，仅仅勇敢地劝说别人不要犯罪，这样的狂人已经算是很清醒，很可贵。《狂人日记》的积极意义之一，就是忠实地反映了二十世纪初那些批判传统、厉行改革和献身革命的“先觉善斗之士”，在因循守旧胆小怕事的人眼里，他们是狂徒，他们自己，比如鲁迅的老师章太炎，也以自己身上无所畏惧狂傲之气而自豪，公然说自己有神经病，而且一听到别人骂他神经病就感到高兴，甚至认为“大凡非常可怪的议论，不是神经病人，断不能想，就能想也不敢说。说了以后，遇着艰难困苦的时候，不是神经病人，断不能百折不回，孤行己意”，他还扬言要把自己的神经病传染给别人，最好能够“传染与四万万人”，让全中国人都变成神经病[1]！鲁迅的其他小说如《头发的故事》中的N先生，《药》中的夏瑜，都是这一类型的值得尊敬的“狂人”。

但是，这一类型的狂人也有很大的局限性，甚至是很可怕的局限，因为他很容易觉得只有自己无辜，只有自己真理在握，别人全部有罪，全部错了，结果就是自我优越和自我神圣化，将天下罪人统统踩在脚下。古今中外，这样的“狂人”比比皆是，就鲁迅著作所涉及的而言，早期文言论文刻画的“稍稍耳新学之语”的“维新之士”，反顾国中，如入无人之境，戟指向天，昂然曰惟自己的学说可以善国善天下者，就显得狂妄而不可一世，鲁迅鄙夷地称他们为“英雄”，“志士”，“伪士”和“辁才小慧之徒”，就因为他们徒有狂放的外表，“空腹高心”，甚至自私狡黠，“假改革之名而大遂其私欲”，简直就是以狂人的姿态来骗别人。在二十世纪二十年代末期，鲁迅又发现了同样表面激烈而内里自私的“非革命的急进革命论者”，他们自己毫无定见，却觉得“世上没有一件对，自己没有一件不对”[2]。

在和“创造社”某些“才子＋流氓”式的青年革命家论争的时候，鲁迅同样认为他们的毛病，就是“将革命使一般人理解为非常可怕的事，摆着一种极左倾的凶恶的面貌，好似革命一到，一切非革命者就都得死，令人对革命只抱着恐怖”。“这种令人‘知道点革命的厉害’，只图自己说得畅快的态度”[3]，其实也曾经表现在可怜的阿Q身上。在阿Q那里，时机一到，不是也有一些得意忘形的“狂”气吗？

任何一个人，在批判社会、批判他人的时候，不设身处地为社会和他人着想，特别是不“连自己也烧在这里面”，不把自己也摆进去，结果就只能是这种片面的狂放，于人于己，都有害而无益。

鲁迅在自己身上也同样发现了这种不切实际高高在上的片面的狂气。在《〈呐喊〉自序》中，他就追悔自己青年时代也曾梦想做“振臂一呼而应者云集的英雄”，在《朝花夕拾·范爱农》一篇中，他回忆年轻时因为留学日本比较早，接受了新思想，就鄙夷范爱农等新留学生身上的某些习气，自以为很

---

① 《东京留学生欢迎会演说辞》，见《章太炎政论选集》(上)，汤志钧编，中华书局1977年11月第1版，第270页，280页。

② 鲁迅《二心集·非革命的急进革命论者》。

③ 鲁迅《二心集·上海文艺之一瞥》。

革命，对范爱农在为死难者打电报抗议清政府的动议表示的消极态度深恶痛绝，觉得不共戴天，"中国不革命则已，要革命，首先就必须将范爱农除去"。这种心理同样被鲁迅所追悔①。

因此，在《狂人日记》中，鲁迅不仅歌颂狂人的勇敢善斗，不畏强暴，更进一步指出，罪恶并不仅仅是发现罪恶的狂人所面对的与他人有关而与自己无关的纯然客观的事实，罪恶有时候甚至首先就是发现罪恶的狂人自己所制造的！

《狂人日记》从第一到第十一节，记录着发现别人吃人因而无限恐惧和义愤并挺身而出劝说别人停止吃人的狂人的诞生史。但，到第十二节，这个狂人自己提升了自己，他从一个指责别人的清醒者、无辜者、说教者，忽然变成了虽然还继续指责别人但已经开始自觉有罪不过也仍然希冀着依靠人自己来解脱的一个非宗教的忏悔者。

因此，《狂人日记》实际上有两个狂人，从第一节到第十一节，是作为被迫害者、觉醒者、恐惧者、批判者和说教者的狂人，从第十二节到第十三节，则是作为非宗教的忏悔者的狂人。

非宗教的忏悔者的狂人当然并无在他之上和之外的精神支援，所以当他实现了思想认识上这种深刻的提升与飞跃之后，更痛切地感到自己的虚弱、虚妄与失败，只能在最后第十三节，把希望从自己身上挪开，寄托到"没有吃过人的孩子"身上。

但是，他在前面不是已经看到许多被"娘老子"教坏了的孩子了吗？他自己在吃死去的妹妹的肉时，不也是一个无辜的孩子吗？而且，即使真的存在"没有吃过人的孩子"，在普遍吃人的社会，"救救孩子"的任务又应该由谁来承当呢？由过去吃过人、在遗传历史上已经拥有"四千年吃人履历"的非宗教的忏悔者"狂人"来完成这个任务吗？他怎样完成？他能够完成吗？

这些问题在狂人这里都是无解的，所以他说"不能想了"——狂人在思想上出现了可怕的断裂和空白，就像最后"救救孩子"的呼喊下面那六点省略号所暗示的。他的社会批判和自我忏悔无比愤激，也无比空洞而绝望。

---

① 《朝花夕拾·范爱农》的这一层命意，可参看伊藤虎丸《鲁迅与日本人》中论述《狂人日记》的部分，河北教育出版社出版。

《狂人日记》记录的是觉醒了的狂人的失败，对作者来说，唯一没有失败的地方，就是毕竟真诚地写出了这一切，因而终于在中国文学史上发出了第一声凄厉的呐喊。

4. 关于文言小序

《狂人日记》前面有一篇文言小序，说那本是作者"中学校时良友"害"迫害狂"时所记，"然已早愈，赴某地候补矣"；作者"持归阅一过"，稍加编辑，"记中语误，一字不易"，"至于书名，则本人愈后所题，不复改也"，只将全部人名隐去，并整理其秩序，"撮录一篇，以供医家研究"。

这里有两点值得注意。首先，狂人的结局——已痊愈并步入官场，并非一直疯着；作者故意将发狂的事件压缩在已经过去的特定时间里，不使它和现在（文言小序最后"七年四月二日识"所提示的）发生瓜葛，这和全部隐去书中人名一样，都暗示读者稍安勿躁，仅仅把它当作一种精神变态看待就足够了。

这样做，表面上是减少了小说的现实冲击力，实际上却是小说观念的一大转变：不让读者把小说仅仅看成某个具体事件的记录，而要他们超脱实用性的小说观念，转过来认真思考无从"索引"的故事所涉及的精神现象本身的普遍意义，这样一来小说的冲击力不是缩小而是放大了。

其次，是两个"我"并置——当时大多数读者所熟悉所认同的文言世界作者"余"，和当时大多数读者比较陌生比较不容易认同的小说正文的白话世界的狂人"我"，同时出现在拼接式文本结构中（类似宋明话本和拟话本小说之"楔子"和主体故事），这就强迫读者作出选择：是认同作者"余"，平安镇定满怀优越感地站在"有四千年吃人履历"的文言世界而以正常人身份好奇地阅读狂人"错杂无伦次"的"荒唐之言"（就像狂人被家人制住以后一大批"抿着嘴冷笑"的围观者那样），还是潜移默化地被狂人打动，最后自觉地站在狂人一边，认同这个横空出世的思想狂人也是具有暴风雨般冲激力的语言狂人，从而在思想和语言都呈现根本破裂的新旧两个世界的夹缝中，确立自己的位置。

小序和正文的关系隐含着这两种可能阅读结果，而《狂人日记》的成功，就在于从那时起到现在，越来越多乃至百分之百的读者都不会去索引“某君昆仲”是谁，而相信狂人乃是一个觉醒的现代人的象征，《狂人日记》不是某个具体事件的记录，而是对一个普遍的精神问题的反思；越来越多乃至百分之百的读者都离开了那个站在文言世界中的作者“余”和他的看似优雅整饬的文言世界，而认同了以看似颠倒错乱实则新鲜敏感生动泼辣的现代白话文激昂慷慨地劝说人们不要吃人的狂人和他的白话世界。

《狂人日记》以其新旧杂陈、混合着小说、杂文、格言警句、寓言乃至说教的多种形式，交织着激昂慷慨又颓丧绝望的复杂情感，站在明与暗之间，粗暴地为中国文学史撕开了一个缺口，将拥有几千年历史的文言世界留在背后，将崭新的拥有自身可能性的白话文世界摆在读者面前。

因其继往开来、承先启后的地位，作为中国现代文学的源头活水，《狂人日记》的那些初听起来有点古怪的格言警句、预言式的告诫、死去的灵魂们在地狱门口凶声凶气的争吵，才那样刺目那样顽强地活在后人心中。作者在中国文学史上毕竟最先用现代白话文开腔，而他的话，又如此惨，如此酷：

> 今天晚上，很好的月光。
>
> 我不见他，已是三十多年；今天见了，精神分外爽快。才知道以前的三十多年，全是发昏；
>
> ……
>
> 我明白了。这是他们娘老子教的！
>
> ……
>
> 凡事须得研究，才会明白。
>
> 我翻开历史一查，这历史没有年代，歪歪斜斜的每叶上都写着“仁义道德”几个字。我横竖睡不着，仔细看了半夜，才从字缝里看出字来，满本都写着两个字是“吃人”！
>
> ……
>
> 黑漆漆的，不知是日是夜。赵家的狗又叫起来了。
>
> 狮子似的凶心，兔子的怯弱，狐狸的狡猾，……
>
> ……

从来如此，便对么？

……

总之你不该说，你说便是你错！

三、《阿Q正传》讲解

1918年到1925年，鲁迅创作的中短篇小说共二十六篇，全部收在《呐喊》(1923年8月北京新潮社初版)和《彷徨》(1926年8月北京北新书局初版)中。1930年，鲁迅把《不周山》从《呐喊》抽出，后改名为《补天》，与直到1935年底才陆续完成的另外七篇历史小说一起组成《故事新编》出版。鲁迅的全部小说创作都在这三本书里，其中影响最大的，是1921年底到1922年初创作的唯一的中篇小说《阿Q正传》。

《阿Q正传》以“未庄”无业游民“阿Q”的“行状”为结构主线；“行状”在中国古代文学中指一人一生若干重要经历和事迹，在这部小说中则相当于“逸事”。故事主体发生在“将到‘而立’之年”的阿Q一年中自春末到中秋的一段时间，称得上相互关联的“情节”，则是阿Q“调戏”吴妈而见逐于赵太爷家，从此在“未庄”找不到事，只好进城做贼，回来之后迅速“从中兴到末路”，但不久又恰逢“革命”，就幻想自己也“革命”了，但革命党很快和城里的举人及未庄的乡绅勾结起来，不仅不准阿Q革命，还把他当抢劫举人家的罪犯处决了。此外，则是有关阿Q的一些逸事，信手拈来，涉笔成趣，但不成片段，帮助说明其基本性格而已。

《阿Q正传》最初以连载形式发表在《晨报副刊》“开心话”栏，开始为了“切题”，“就胡乱加上一些不必要的滑稽”，比如“第一章·序”，后来才“渐渐认真起来”，编辑不得不把它移到“新文艺”栏，所以结构上前松而后紧，前半段像随笔素描，后半段更像小说，但因为笔墨不离“未庄”，又始终围绕阿Q展开，故仍有一种完整性。

这部中篇篇幅不大，但信息量丰富，对辛亥革命前后中国农村社会各阶层有一种全景和群像的把握，准确地描写了各色人等的生活状态和心理特征；农民的愚昧、奴性和贫困，乡绅的横暴与投机，旧政府官员和革命党的沆瀣一气，构成了一个“世界”。《阿Q正传》巨大的社会影响，首先就跟这种高度的概括、深刻的洞察和生动有趣的描绘分不开。

但更重要的还是阿Q形象的塑造。

阿Q这个人物，或者说阿Q性格，是鲁迅揣摩已久的一个问题。他在二十世纪二十年代中期说过，“阿Q的影像，在我心中似乎确已有了好几年……”[①]。这是真的。早在1907年的《摩罗诗力说》中，鲁迅就曾经批评过一些人“仅自语其前此光荣”，他以讽刺的笔调写道：“所谓古文明国者，悲凉之语耳，嘲讽之辞耳！中落之胄，故家荒矣，则喋喋语人，谓厥祖在时，其为智慧武怒者何似，尝有闳宇崇楼，珠玉犬马，尊显胜于凡人。有闻其言，孰不腾笑？”这和阿Q动辄“我们先前——比你阔得多啦！”就很相似。1912年，鲁迅用文言创作的小说《怀旧》写辛亥革命时小镇“芜市”的乡绅和城里的官员们惊慌失措，城里往乡下跑，乡下往城里跑，最后证明只是一场虚惊，天下依旧太平，也很像《阿Q正传》写城里的举人老爷、未庄的赵太爷以及革命党之间的相互勾结。《阿Q正传》一开头就说：“我要给阿Q做正传，已经不止一两年了……而终于归结到传阿Q，仿佛思想里有鬼似的。”可见鲁迅写的是阿Q，表达的却是他对于像“鬼”一样纠缠着他的问题的长期思考。

这个问题就是所谓中国的国民性，阿Q便是鲁迅用来指称中国国民性的一个共名。

在阿Q身上，鲁迅赋予了太多他从中国国民乃至自己身上观察和反省而得来的认识。这些认识内容，有的很切合农民阿Q的身份，有的则是各阶层中国国民的通性，阿Q耳濡目染，下意识里也具备了，虽然表达出来，用的不一定是他熟悉的语言——这大概就是作者何以常常不得不勉强让目不识丁的阿Q引经据典的原因。阿Q当然不会熟悉经典，但经典里的内容却通过中国社会漫长的无孔不入的教化，通过阿Q周围那些读书人的现身说法而渗透到他的下意识中，让阿Q引经据典，并不过分。

阿Q的性格内容相当丰富，但这性格的养成，主要在于其被奴役的社会

---

① 鲁迅《华盖集续编的续编·〈阿Q正传〉的成因》。

地位。他是一个农村无业游民,靠给有田地的人家帮佣过活,一旦寻不着主顾,则近乎乞丐,挨饿受冻是家常便饭。他似乎没有家庭,是个孤儿,不曾受过任何文化教育,到死之前还从来没有握过笔。人们(包括他自己)甚至连他的姓名都搞不清楚,他就像一个影子在乡间游荡,多了他固然可以看戏取笑,少了他也无妨——另有"小 D"式的人物来顶替。他不仅在经济上毫无地位,人们对他也没有起码的人格尊重,赵太爷、地保和赵秀才、假洋鬼子之流固然可以对他任意打骂,就是几乎和他一样的"小 D 王胡之流",也看不起他。他虽然是人,却毫无人的尊严,其地位近乎到处乞食的饿鬼[①]。

他的见识、心理和性格,当然必须和这样的社会地位相配。首先,他几乎天然地畏惧"大人"。在他从城里"中兴"回来以后,似乎对赵太爷一家也有过傲色,但那只是因为心理上有个自欺欺人的所谓在举人老爷家帮佣的经历,原则上他是从来不敢怀疑既定的社会权威和秩序的。被王胡打了之后,他甚至想到是否因为皇帝停了科举考试,秀才家减了威风,这才连带他这个"本家"也遭人欺负——他是这样自觉地将自己排在社会等级制度的最底层,自觉地站在这个位置来理解一切(如果说他在什么地方有"自觉"的话)。

他的所有想法就是这样被等级社会的全部习俗和意识形态培养起来的。比如,他虽然畏惧权威,却善于欺负弱小,喜欢在比自己更加弱小的人如小 D、小尼姑面前扮演权威角色,发泄从权势者那里得来的不平之气。他的所谓"不孝有三,无后为大",他对于女人既歧视又喜欢的心理,也正是他所唾骂的"假正经"的理学意识形态与妇女观的翻版。他对假洋鬼子嗤之以鼻,并不意味着真的理解和敢于鄙视这一流人物,而只是跟在当时保守的社会主体后面,盲目地显示其"排斥异端"的"正气"罢了。这就正如他对革命党一开始也"深恶而痛绝之"一样,等到革命得势,他最看不惯的假洋鬼子也占得先机之后,他就不惜想通过假洋鬼子来投奔革命。他的向往革命,并非出于理解或同情,他先前就曾在未庄人面前夸耀过自己如何看见城里在杀

① 日本学者丸尾常喜《"人"与"鬼"的纠葛》一书,从鲁迅广泛批判中国传统文化的角度,论述鲁迅著作中所表现的中国文化固有的鬼魂意识,非常精彩。其中"阿 Q='阿鬼'说",更具有启发意义。他认为"营养不良、头发褐黄"、状如"瘪三"的阿 Q,正是中国古书上所描写的"饿鬼"形象。参见该书第三章,人民文学出版社 1995 年 12 月第 1 版,秦弓译。

革命党，而“杀革命党”又是如何“好看”；他只是想借助一度令赵太爷们为之变色的革命党来发泄自己的不平而已，至于如何发泄，向谁发泄，发泄了之后又怎样，并不清楚——除了所谓“我要什么就是什么，我喜欢谁就是谁”。

因此，阿Q其实是一个没有自己思想的行尸走兽，他的滑稽，就主要表现在把别人的思想当作自己的思想，他的更深刻的悲剧，也就在于这种灵魂的被驯化、被剥夺而导致的空虚，在于他和同类之间因为这种空虚而相互隔绝，没有同情心，在于他根本就没有属于自己的清醒的生存目标。

小说第五章写他被赵家驱逐，没有人再敢雇佣他，他在未庄活不下去了，这本来是促使他自觉的一个关口，他似乎也快要发生自觉，快要想清楚应该为自己争取一点什么了，但他的内心并没有为这种自觉作好相应的准备，头脑仍然一片糊涂，作者这时写到：

> 他在路上走着要“求食”，看见熟悉的酒店，看见熟悉的馒头，但他都走过了，不但没有停，并且并不想要。他所求的不是这类东西；他求的是什么东西，他自己不知道。

灵魂长期被驯化被剥夺的结果，就是这样完全丧失生命的目标。

当另一个关口即杀头临近的时候，他似乎又快要产生自觉了，忽然记起以前上山打柴遇到过一只饿狼，他永远记得那狼的眼睛，临死时又看到了这样的眼睛，感到这眼睛“又钝又锋利，不但已经咀嚼了他的话，并且还要咀嚼他皮肉以外的东西”，“这些眼睛似乎连成一片，已经在那里咬他的灵魂。”但他并没有想清楚就被杀头了。几乎承受不住的屈辱与最大的生死关口，都未能让阿Q理出一个思想的头绪，一个灵魂上始终没有自觉的生命就此完结。假设阿Q最后的结局不是大团圆，比如忽然遇到大赦，他的思想应该也不会获得进一步发展，他应该也只能“泰然”地想到，“人生天地间，大约本来有时也未免要杀头的”，“大约本来有时也未免要游街要示众罢了。”这也颇有点鲁迅杂文经常批评的儒家的“运命”观，庄子的“随便”或历代士大夫所矜夸的“豁达”、“通达”的气象。

鲁迅将灵魂因为长期被驯化被剥夺而导致的空虚概括为永远不肯承认

失败和羞辱、永远有办法自欺欺人地转败为胜的“精神胜利法”。“精神胜利法”的内容,比如自欺欺人,比如健忘,当然都并非阿Q的发明,而是由占统治地位的意识形态植入他的灵魂深处,不过在他那里得到了特别粗俗可笑也特别极端的表演而已。

近代以来的中国历史是一个不断失败的历史,但中国人并没有学会在这种持续的失败中把失败当作失败来对待,而是急于超越失败,获得“胜利”。因为没有学会把失败当作失败来看待,不知道中国在近代的失败究竟意味着什么,只满足于各种形式的对于失败的“超越”,灵魂觉醒的可能性因此就一再被这种虚妄的对于失败的“超越”错过了。近代中国的精神特征,很大程度上就是阿Q式的精神胜利法,阿Q的形象也是近代中国形象的一个侧面。

《阿Q正传》的永久性生命正由此而来。

四、《伤逝》讲解

1. 第一人称叙述的难题

《伤逝》写于1925年10月21日,1926年收入《彷徨》之前没有发表过。《伤逝》处在鲁迅取材于现实的小说艺术探索的后期,这以后鲁迅只写了《弟兄》、《离婚》两篇,便放弃了小说创作(《故事新编》除外)。在《伤逝》中,鲁迅探索性地试验了长篇的内心独白的叙述方式,这在《呐喊》和《彷徨》两书中可谓独一无二。

艺术的探索往往造成理解的困难,在鲁迅小说中,《伤逝》就是一部最能引起歧义的作品。

创作动机和背景首先就启人疑窦。鲁迅写《伤逝》时,正处于和许广平的恋爱中,但小说描写的青年男女冲破家庭阻拦私自租房同居,后来因为经济压力以及男子宣布“我已经不爱你了”,女子离开男方,回到家里,很快不明不白地死去(多半是自杀)——这种情节,就鲁迅自身经验而言是没有任何基础的，所以有人说，“《伤逝》这篇小说大概全是空想，因为事实与人物我一点都找不出什么模型或依据。”[①]

鲁迅为什么写《伤逝》？听见社会上有这类事情发生而加以演绎吗？如果自己一点没有经验，完全利用间接材料，像青年男女恋爱悲剧这一类题材，需要触及男女内心的情感体验的细节，是并不容易处理的。倘若鲁迅硬要在自己的小说系列中添上“恋爱小说”这一品种，应该会考虑到这个困难。

那么，鲁迅是否勉强执笔，以回答1923年底他在《娜拉走后怎样》的讲演中提出的问题呢？但这种命题作文是艺术的大忌，他也不会不知道。

从小说本身来看，虽然我们不能简单地说作者取得了成功，但也并没有明显的勉强造作的痕迹。通篇感情之浓烈，甚至是鲁迅其他小说作品所没有的。

流贯于《伤逝》的无边的“悔恨和悲哀”，和鲁迅个人遭遇有无联系？他是不是将自己的某种遭遇借“恋爱小说”这一流行模式加以化装演出？

如果这些问题所能得到的都是否定的回答，那么，除了承认伟大作家善于想象地同情人类普遍命运之外，我们也确实难以作别的猜测了——但不消说，这样的承认肯定无法满足读者的好奇心。

这些难以解答的问题像一团云雾围绕着《伤逝》，给我们对作品本身的解读预先提出了不少挑战。

根本困难来自作品本身。

《伤逝》有个副标题：“——涓生的手记”，读者每次看的时候，总觉得不和谐。《伤逝》，多么古雅的题目，在古代作家的集子里，这一类“悼亡”之作是常有的，因此小说正题背后似乎隐藏着一种古典的情感。但，“——涓生的手记”，且不论其西化的破折号和正题的古雅如何不相称，“‘的’字句”的结构，也只能让我们想起“胡适的书”之类的“白话文”。鲁迅著作中，是很难找到类似这种语法结构的标题的。

这种不和谐自然很表面。作为一篇小说，《伤逝》还有更多实质性的不和谐。

---

① 《〈彷徨〉衍义·伤逝》，见《周作人自编文集·鲁迅小说里的人物》，河北教育出版社2002年1月版。

小说通篇是第一人称叙述者“我”的内心独白。我们阅读这一类小说，需要注意的一个大问题，就是“隐含作者”和叙述者(在这里就是主人公“我”即史涓生)的关系。在涓生展开内心独白时，隐含作者态度如何？他是完全赞成、同情史涓生，还是完全反对、批评史涓生？抑或部分地赞成、同情，部分地反对、批判？情况似乎应该是后者，即隐含作者不可能也不应该完全和涓生一致。问题是，涓生的强有力的叙述具有某种话语覆盖力，隐含作者的影子始终很模糊，我们若辨认他的面貌，相当不易。但我们知道，在叙述者涓生和隐含作者之间，肯定有同有异，只是他们的同和异都很不清楚。这就是我们需要认真对待的第一个不和谐。

由于小说中史涓生的语调非常诚恳，感情非常浓烈，如果不注意看，我相信一般读者是很容易将隐含作者等同于史涓生的，即很容易以为隐含作者不仅无保留地相信史涓生对过去他和子君的交往的叙述是完全真实的，也毫不怀疑史涓生现在的“悔恨和悲哀”的真诚。然而在涓生的强有力叙述中，子君始终不发一言。不是她不愿意说话，而是涓生的叙述之流将她完全裹挟，不给她说话的机会。这就会引起稍微细心一点的读者——特别是细心而又同情子君的女性读者——的警惕了：为什么涓生不给子君说话的机会？他能够完全代替子君说话发表心中的所想吗？如果是那样的话，怎么会发生矛盾和日常的口角、抵牾以至不得不分手呢？如果是那样，责任岂不完全在子君一面吗？问题是子君始终没有开口。如果让子君开口会怎样？子君会说一些什么？叙述者是否遮蔽了一些与子君的真实想法有关的事实？如果我们着眼于这一点，那么涓生的强有力的叙述，就隐含着诸多不和谐因素了。

第三，由于涓生一直是唯一的叙述者，所以在过去的涓生和现在的涓生、现在的意识中的涓生和下意识、无意识中的涓生之间，就会出现某种无法消弭的裂痕。抛开涓生叙述的真实性和忏悔的真诚性不谈，涓生自己在故事发展的前后、意识的上、下和有无之间，能说始终如一的吗？如果不是，那么不同时态和语境中的复数的涓生之间肯定也存在着许多不和谐因素。

这三方面的不和谐(隐含作者与叙述者之间、叙述者涓生与完全处于被叙述地位的子君之间、复数的涓生相互之间)，是我们阅读这篇小说的关键。

其实这三方面的不和谐,焦点是叙述者涓生,确切地说,小说所包含的这些不和谐,乃是因为作者将涓生摆在既是实际的小说角色又是唯一的叙述者这一特殊位置所引起的。让我们设想一下,如果涓生和子君一样,只是小说中的一个被别人叙述的角色,或者只承当一部分叙述,大部分的叙述将由隐含作者分配给其他人物,或者由隐含作者自己承当,总之,如果大大地缩小涓生的叙述功能,上述问题就都不存在了。

这篇小说,妙就妙在涓生不仅是行动着的一个剧中人,又是唯一的叙述者,他不仅要为自己的行为负责,还要为自己对自己的行为的讲述负责。

鲁迅这样规定涓生在小说中的位置,我想是有意的。在那个时代,男子不仅是自由恋爱与结婚的实践者(这一点和女子没什么不同),还是有资格为自由恋爱和结婚所遭遇的种种问题、所导致的种种结果提供最终解释的社会舆论的制造者。在那个时代,女子当然不会没有想法,但实际上大多数人能够听见的,主要还是涓生们的声音。这是实际情况。鲁迅要反映生活中的实际情况,就必须既要呈现涓生在自由恋爱和结婚时是怎么做怎么想的,又要呈现涓生事后是怎么做怎么想的。换言之,鲁迅必须既要叙述涓生的行为和心理,又要叙述涓生在事后回忆性的文字中对自己当时的行为和心理的再叙述。要做到这一点,"手记"的形式,就非常合适了。甚至连子君的话语的被遮蔽,也是立体地呈现涓生所必须的,不这样就无法显示涓生的自以为温柔的话语暴力。总之,鲁迅要让涓生充分表演自己,从而将他的心思意念完全暴露在读者面前。

因此我们可以说,《伤逝》的主旨之一,是为了充分暴露当时中国社会主张自由恋爱和结婚的青年男子那方面的心思意念,而在当时,作为一股强大的社会思潮的自由恋爱和自由结婚的主张,也确实主要表现为一种男性话语的建构。

既然如此,我们不妨把焦点放在涓生身上,看看涓生在恋爱、同居、分手全过程中怎样对待子君,怎样看待自己和子君的关系,怎样解释自己的心理——怎样向读者倾诉、辩解他自己。

"如果我能够,我要写下我的悔恨和悲哀,为子君,为自己。"

这是《伤逝》著名的开头。

确实,我们能够感到,好像立刻就有一股压抑痛悔的情绪笼罩全篇,给整个小说定了一个不可动摇的调子。

但对于细心的读者,这句"一篇之警策"也设置了不少悬念。

首先,"我"要写出他的悔恨和悲哀,看来还只是愿望,能否实现,似乎他自己也没把握,故曰"如果我能够"。

再者,"悔恨"什么?"悲哀"什么?整部小说,除了"悔恨和悲哀"之外,难道就不会再有任何别的感情的杂质了吗?

这将是读者在接下来的阅读中关注的中心。

"为自己"好理解,"为子君"而"写下我的悔恨和悲哀",就有点费解。一切关于逝者而说的话,不都是为了生者吗?如果一定要为逝者写点什么,那就只能理解为在生者看来,即使逝者已矣,自己也还有一些未尽之言,不吐不快。甚至,当她活着时,某些无法畅言的事情正可以留待她死后。因此,所谓"为子君",本质上也还是"为自己"。

2. "我已经不爱你了"

"默默地相视片时之后,破屋里便渐渐充满了我的语声……她总是微笑点头,两眼里弥漫着稚气的好奇的光泽"。

这是回忆他们最初幸福的同居。但从那时候起,就是涓生"一言谈"了,子君只有聆听的份,这样的听者在夸夸其谈的先生的眼里,只有"稚气的好奇的光泽",而且"大概还未脱尽旧思想的束缚"。在新的"幸福的家庭"里,男女之间竟然也有这样几乎感觉不到的不平等吗?恐怕我们只能承认这一点。

有趣的是,涓生曾经想过,子君要求独立的思想,"比我还透彻,坚强得多"。既然这样,再说她"稚气"、"好奇"、"未脱尽旧思想的束缚",不就有些矛盾了吗?看来涓生对子君的认识,一开始就有些模糊,游移,甚至随便。涓生告诉读者他曾经对子君"说尽了我的意见,我的身世,我的缺点,很少隐瞒",但通观全篇,由涓生之口说出的"缺点",是很难找到的。涓生不管是对子君,还是对自己,认识上都有点随便。鲁迅正是用这种任凭人物(涓生)充分表现自己的方式来暴露他的矛盾和破绽。

在《伤逝》中，最让人意外——失望——的，是作者并没有渲染两个冲破家庭阻拦勇敢地结合在一起的青年男女热烈的爱情，和展示在对方眼里的异性的美。代替这个的，只是涓生从电影上学来的“含泪握着她的手，一条腿跪了下去”的求爱动作，以及子君的很快就令涓生惭愧至于害怕的“温习旧课”。他们匆忙地奔向了爱，还没有学会如何去爱。实际情况是，“不过三星期”，涓生就已经“清醒地读遍了她的身体，她的灵魂”。

爱的顶峰迅速被逾越，情形于是急转直下，涓生“觉醒”了，认为“爱情必须时时更新，生长，创造”。

其实这正是涓生对子君感到不满的开始。短暂而潦草的蜜月之后，涓生对子君，就不再有欣赏，而是处处发现缺点了。先是“从官太太那里传染”了“爱动物”（涓生非常轻视后来发展到仇视为子君所爱的油鸡和叭儿狗“阿随”），接着是“管了家务便连谈天的工夫也没有，何况读书和散步”。不仅如此，还和隔壁的小官的太太为了油鸡斗气，这些在涓生看来，都是子君的不可原谅的退步。子君的工作是“操劳”家务，已经颇有些“凄然”了，但涓生除了给她“忠告”，叫她不必操劳之外，并无任何实际的建议和帮助，而子君的“操劳”，都是居家过日子无法省略的。

如果就这样发展下去，两人之间的摩擦就已经会越来越厉害。雪上加霜的是接着而来的涓生被“局”里辞退。以往的研究者往往将这个细节无限放大，作为涓生和子君悲剧的主要原因，以印证《娜拉走后怎样》对“经济权”的强调。其实鲁迅自己在小说中所放大的倒并非经济的窘迫，而是涓生应对待经济窘迫的能力和态度。一开始，他并不认为被辞退是一个“打击”，马上计划“干新的”。但尚未着手之前，涓生就敏感到子君的“怯懦”。其实这乃是涓生自己所不愿意承认的“怯懦”的投射，所以一旦他“发现”了子君的“怯懦”，就“仿佛近来自己也较为怯懦了”，并且立刻在下意识里萌生了逃跑、摆脱、回到和子君相识之前的轻松自在的念头：“我的心因此更缭乱，忽然有安宁的生活的影像——会馆里的破屋的寂静，在眼前一闪”。这个念头，随着拮据的加剧而益发清晰起来。在窘迫中，他除了失望于子君的继续“操劳”之外，就是越来越坚定地想，“其实，我一个人，是容易生活的……现在忍受着这生活压迫的痛苦，大半倒是为她”。这就等于怪罪她不理解自己——不肯在他需要轻松自在的时候知趣地离开。

但子君还是忍受着涓生公开的冷漠，并不离开，反而要尽自己的所能，帮助涓生。涓生没有办法，就只好寻找借口，自己来回避——把子君一个人留在冰冷的"家"中，"在通俗图书馆里觅得了我的天堂"。即使这时，子君仍然一面忍受着对涓生的怀疑，一面努力挽救，但涓生终于还是对她施出了最致命的一招：

"我老实说罢：因为，因为我已经不爱你了！"

家人的阻拦，邻里的欺压，贫困，寂寞，甚至涓生的有意的冷漠，都没有让子君绝望，只有涓生的这一句话，才彻底将她打倒，让她知趣地离开，因为一直以来，"爱"是她和他在一起的唯一理由。这个理由既然被他拿掉，她当然只有离开了。

但"也许"涓生在当时还没有想到，为了自由恋爱、自由结婚而冲出家庭的女子在这情况下回家，肯定没有好结局，所以等到涓生从别人那里听见子君的死之后，他就开始"悔恨"了：

> 我为什么偏不忍耐几天，要这样急急地告诉她真话的呢？
>
> 我不应该将真实说给子君，我们相爱过，我应该永久奉献她我的说谎……
>
> 我没有负着虚伪的重担的勇气，却将真实的重担卸给她了。

这当然可以说是"悔恨"，但是恐怕无论谁都能感觉到，涓生的"悔恨"是有保留的，即他并非完全地为自己的错误而悔恨，因为在他看来，他的错误，仅仅是操之过急，没有"忍耐几天"，过早地将真相告诉了不能像他一样承受真相的子君；他的错误，仅仅是让子君承担无法承担的"真实的重担"（言下之意他涓生是可以承当的），仅仅是他涓生不愿意在子君面前说谎，他可以肩起"真实的重担"，却不愿意背负"虚伪的重担"。总之，他的需要"悔恨"的"错误"，仅仅是在"真实"和"说谎"之间，忍心选择了"真实"而已。

在这种阐释的循环中，其实是暗含着涓生的说不出来的"悲哀"的，因为在他的内心深处，他其实并不认为自己有什么根本的"错误"，因此也无须真正的“悔恨”。他只是在面对子君这个弱者的时候，特别是在这个弱者被恶社会吞灭了之后，才有悔恨其错误的必要。如果子君是一个和他一样的强者，如果子君后来并没有死，涓生还会承认自己的“错误”，还有必要“悔恨”吗？所以认真地分析起来，在涓生，他的似乎十分真诚而痛切的“悔恨”乃是出于不得已。在他心中，真正主导的感情，乃是“悲哀”，悲哀于社会的险恶，悲哀于子君的软弱，悲哀于自己的不得已而悔恨。

这就是涓生这个自以为是的强者所谓“悔恨”的真实内容，或者说，这就是涓生以“悔恨”的外衣所包裹着的不得已的“悲哀”。而这“悲哀”，本质上乃是“为自己”的“辩解”，甚至也包括对于子君的“怯懦”、不能像他一样坚强的抱怨与遗憾。

3. 涓生的罪过

那么，涓生就一点没有值得同情之点了吗？也不是。

实际上，涓生的“错误”，只是未能设身处地为子君着想，至于后来的“不爱”，却并非他可以改变、可以掌控的。涓生真正无能为力的，只是他的“不爱”。“爱”是人类无法抵御的力量，“不爱”也是人类无法制止的悲剧。人类怎样无法凭借自己的力量挽留海潮的退去，就怎样无法防止真实的爱情的凋谢。单靠人自己，无论你用了怎样的努力，也无法抗拒爱的消失，无法实现所谓永恒之爱。在这意义上，一切的“不爱”都是无可奈何的。

在无论古典还是现代的世俗道德领域，涓生都是应该被谴责的，因为他毕竟没有尽到世俗社会该尽的责任。但涓生之所以应该被谴责，又与人类之爱的不持久性有关，后者是涓生无法改变、无力抵御的；在这个层面，他又是可原谅的。

我们不能因为可以在后一个层面原谅涓生，就放弃了在世俗的道德领域对他的谴责；我们也不能因为他在世俗的道德领域是可谴责的，就在另一个超越的层面也不给他以原谅。这是人类实际经历的两种不同的爱的情景，我们不能因为在一种情景中的不可原谅而取消了另一种情景中的可原谅，也不能用一种情景中的可原谅，来为另一种情景中的不可原谅寻找借口。

《伤逝》，因为同时触及了人类两种不同的爱的情景，在分析和评价时，就无法避免两种不同的价值、不同的判断标准的缠绕。《伤逝》之所以难懂，就因为我们往往将一种判断标准用于另一种不适当的价值领域，而造成种种思想的混乱。

比如涓生，他真正的"错误"，也是一种思想混乱。他不知道在更高的价值领域乞求宽恕，仅仅处心积虑地想得到世俗的理解和同情。他由此展开的以"悔恨"为外衣的自我辩解的结果，只能是错上加错，罪上加罪。

4. 哀悼兄弟恩情的断绝？

《伤逝》的解说，本来到此可以告一段落了，但周作人所提供的一种说法，涉及鲁迅写这篇小说的私人方面的动机，可谓一石激起千层浪，不得不加以正视。

周作人在二十世纪五十年代写《彷徨衍义》时还认为"《伤逝》这篇小说大概全是空想，因为事实与人物我一点都找不出什么模型或依据"。但等到六十年代初写《药堂谈往》(不久易名为《知堂回想录》于 1970 年周氏去世三年后在香港出版)时，他又改口，说出这样一番石破天惊的话来：

> 《伤逝》这篇小说很是难懂，但如果把这和《弟兄》合起来看时，后者有十分之九以上是"真实"，而《伤逝》乃是全个是"诗"。诗的成分是空灵的，鲁迅照例喜欢用《离骚》的手法来做诗，这里又用的不是温李的辞藻，而是安特来也夫一派的句子，所以结果更似乎很是晦涩了。《伤逝》不是普通的恋爱小说，乃是假借了男女的死亡来哀悼兄弟恩情的断绝的。我这样说，或者世人都要以我为妄吧，但是我有我的感觉，深信这是不大会错的。因为我以不知为不知，声明自己不懂文学，不敢插嘴来批评，但对于鲁迅作这些小说的动机，却是能够懂得。我也痛惜这种断绝，可是有什么办法呢，人总只有人的力量[①]。

《伤逝》完成十一天之后写的《弟兄》，确实如周作人所说，"全是事实"，

① 《知堂回想录(一四一)·不辩解说下》。

是以1917年周作人的一次出疹子为材料而创作的，并且许多周氏的朋友也都证实了这一点。将《弟兄》拉进来作为陪衬，确实容易诱惑研究者从“事实”的角度发掘《伤逝》的微言大义。有些日本学者进一步发挥周作人的说法，将涓生坐实为鲁迅，将子君坐实为周作人，将隔壁的官太太坐实为因经济利益而挑拨兄弟关系的周作人的日本太太羽太信子。也有人倒过来，将涓生对子君承认已经“不爱”，说成是周作人写信给鲁迅，声明断绝兄弟之间的来往，还有人将鲁迅的结发妻子朱安也扯进来，认为涓生的“不爱”子君，以及子君在离开涓生之后的死，很可以看作是影射鲁迅的嫌恶朱安，而又出于人道主义的关心，愿意她在周家过一辈子，以避免子君式的死。

无论周作人的断言，还是一些日本学者的推测，都不能说毫无道理。但是，正如我们不能将《伤逝》看作《娜拉走后怎样》的“续编”，我们也不能将《伤逝》完全视为鲁迅个人情感遭遇的写照。分析《铸剑》时，我们承认在眉间尺和黑衣人之间可以看到鲁迅和许广平的影子，但我们决不会将眉间尺和黑衣人等同于鲁迅和许广平，因为鲁迅个人的情感经历只是一个刺激，一点因由，一种背景，一旦化入小说，就必须服从小说本身的意义结构和情感逻辑，不再是原来的“事实”的复制了。我们也承认，正如周作人所说，也正如某些日本学者所推测，《伤逝》确实包含着鲁迅与朱安、周作人、羽太信子之间复杂纠葛的影子，了解这些背景性知识，可以进一步启发我们理解《伤逝》所蕴藏的丰富的意义。但是，如果坐实小说的情节就是某些“事实”的翻版和复制，便要落入荒谬。

鲁迅一向反对将小说写成生活的影射，他认为《红楼梦》的伟大就在于打破了“传统的写法”，所谓“传统的写法”，就是不承认小说的独立性，而将小说完全等同于生活的复制和影射。鲁迅也一向讨厌读者“对号入座”，将他的小说人物与事件坐实为实际生活中的某人某事，因为这样做，无异于整个取消作家的劳动，而将意在拓展人类思维和想象的虚构小说，等同于完全的纪实报道。

刘勰《文心雕龙·神思》有言：“若情数诡杂，体变迁贸，拙辞或孕于巧义，庸事或萌于新意，视布于麻，虽云未贵，杼轴献功，焕然乃珍”，作家可以采取“庸事”而注入“新意”，犹如工匠将麻变成布，其中已经有了本质的区别。如果得了布之后,又费力地将布拆散,还原为麻,还沾沾自喜,岂不等于买椟还珠的愚蠢吗?

五、《铸剑》讲解

1. 历史退化论·"油滑"

在创作后来全部收入《呐喊》、《彷徨》的取材于现实的小说的同时,鲁迅即开始以历史材料(神话、传说和历史故事)来创作另一种形式的"短篇小说"。最早的《补天》作于1922年冬,原题《不周山》,系《呐喊》最末一篇,1930年《呐喊》第十三次印刷时抽出(鲁迅本人称之为"第二版"[①]),与后来陆续创作的七篇同类作品一起编入《故事新编》,1936年1月出版。另七篇及完成时间是:《奔月》1926年12月,《铸剑》1927年4月,《非攻》1934年8月,《理水》1935年11月,《采薇》、《出关》、《起死》均写于1935年12月。《故事新编》创作历时十三年,从《呐喊》时代一直坚持到去世前一年,最后差不多在一个月之内写出四篇,以实现原来"足成八则"的计划[②],可见鲁迅重视的程度。

他并不按写作时间编辑这八篇"神话,传说及史实的演义"[③],而是以作品涉及的神话、传说和历史故事实际发生的先后排列,依次是《补天》、《奔月》、《理水》、《采薇》、《铸剑》、《出关》、《非攻》、《起死》,自上古神话时代迄于战国,俨然一部用文学手法撰写的先秦思想简史。在《故事新编》中鲁迅似乎有意整理自己长期以来对古代思想的研究,惟佛阙如,盖佛教虽融入中国思想而无分内外,但毕竟于两汉之际进来,不属于中国思想的本源。

《补天》写女娲炼石补天和抟土造人事,以奇瑰浓艳的色彩,描绘天地肇

---

① 鲁迅《故事新编·序言》,以下引文,如不注明出处,均出自该文。

② 1932年底鲁迅在《〈自选集〉自序》中提到他在厦门"写了几则《故事新编》",可见这个计划以及书名,最迟在1932年底就已经确定了。

③ 《南腔北调集·〈自选集〉序》。

始、人类诞生的情形，鲁迅自己说这是取佛洛伊德理论“解释创造——人和文学的——缘起”，以“性的发动和创造以至衰亡”为主干，其中隐含着他对中国精神源头的理解和对新文化创造者的期待。他的理想，大概是女娲式的不问目的、不计利害、不惜精力的为创造而创造吧。小说写到一半，见报上有同样是青年的大学生攻击青年诗人汪静之《蕙的风》“堕落轻薄”，“有不道德的嫌疑”，大感震动，立即发表杂文《反对“含泪”的批评家》，对年轻的批评者因为道德神经“过敏而又过敏”而任意指责文艺作品中情感的自然流露提出严厉批评，又于正在写作的《补天》中添上一个“古衣冠的小丈夫”，让他站在超越道德的创造之神女娲的两腿之间，批评她的裸体为“失德蔑礼败度，禽兽行”，这样一来，女娲与人的对立，本能创造与文明延续的对立，就突显出来，原计划就事论事的写法被取消，小说叙述冲破了凝固的历史时间，转而追求古今一体的历史感，其中蕴涵着一种历史退化的忧患：神话时代结束（以女娲之死为标志），人的历史揭幕，这似乎是一种进化，但人的历史一开始就是堕落、退化和衰亡，进化的另一面就是退化：会用衣物蔽体并在竹简上写字但一面也发明了战争的人类，反过来站在可笑的道德立场来批评始祖，而一旦在人与人的战争中落败，又急忙“变了口风”，自封为“女娲的嫡派”，树起“女娲氏之肠”的旗帜。被创造者——“人”——的这些把戏，使创造者感到无可奈何。《补天》的历史退化论不仅针对中国文化精神的传统，也针对鲁迅所参与的新文化运动。也就是说，他不仅认识到中国精神某种退化现象，也痛感五四新文化运动起初推开一切大胆创造的精神正在慢慢衰落。

谈到《故事新编》的写法，鲁迅自己的解释是：“对于历史小说，则以为博考文献，言必有据者，纵使有人讥为‘教授小说’，其实是很难组织之作，至于只取一点因由，随意点染，铺成一篇，倒无需怎样的手腕”，可见他的方法，既有“博考文献，言必有据”的铺排，也有“只取一点因由，随意点染”的虚构，是二者的结合。对后者，鲁迅又有一个说法，叫“油滑”。写古人而忽然想到今人，一者让古人讲现代人的话，做现代人的事，二者虚构一些次要和穿插人物，让他们直接代表现实中的某一类人。这样将古人和今人打成一片的写法，鲁迅认为“就是从认真陷入了油滑的开端”。但是，在为时十三年的同类作品的创作中,他并没有放弃这种写法,而是继续"油滑"下去,并不将古人和今人隔绝,始终强调古今人物在精神上的联系,在主要描写古人的小说中不时加入今人的言语、心思和事迹,这种似乎在《女娲》时偶尔一试的写法,竟然成了十三年摆脱不掉的东西,就不能不说是他的自觉,所谓"过了十三年,依然并无长进",实际是一种谦词,有意为之的。他很赞赏日本作家芥川龙之介的"历史的小说",因为作者"多用旧材料,有时近于故事的翻译。但他的复述古事并不专为好奇,还有他更深的根据:他想从含在这些材料里的古人的生活当中,寻出与自己的心情能够帖切的触著的或物"[1],因而能够"取古代的事实,注进新的生命去,便与现代人生出干系来"[2],在致萧军、萧红的信中,更将《故事新编》的写作称为"把那些坏种的祖坟刨一下"[3],即揭露今人的堕落的历史来由,而在许多杂文中,鲁迅也都乐于指出古今人物之间因为时间因素而造成的表面的阻隔底下思想观念实际的相通。他自己说,这是"因为自己的对于古人,不及对于今人的诚敬",即并不因为是古人,就不敢用今天的活人的心来体贴,将古人特殊化,神秘化;他偏要揭去古人身上神秘的面纱,设身处地为古人着想,犹如在欣赏古董时,不免在心里刮去古董上面的斑斓锈迹,想到古人造物之初那些器皿实际的样子:

> 记得十多年前,在北京认识了一个财主,不知怎么一来,他也忽然"雅"起来了,买了一个鼎,据说是周鼎,真是土花斑驳,古色古香。而不料过不几天,他竟叫铜匠把它的土花和铜绿擦得一干二净,这才摆在客厅里,闪闪的发着铜光。这样的擦得精光的古铜器,我一生中还没有见过第二个。一切"雅士",听到的无不大笑,我在当时,也不禁由吃惊而失笑了,但接着就变得肃然,好像得了一种启示。这启示并非"哲学的意蕴",是觉得这才看见了近于真相的周鼎。鼎在周朝,恰如碗之在现代,我们的碗,无整年不洗之理,所以鼎在当时,一定是干干净净,金光灿灿的,换了术语来说,就是它并不"静穆",倒有些"热烈"。这一种俗

① 鲁迅《〈现代日本小说集〉附录》,见《鲁迅全集》(十),第221页,人民文学出版社1981年第1版。
② 鲁迅《〈罗生门〉译者附记》,见《鲁迅全集》(十),第227页,人民文学出版社1981年第1版。
③ 《鲁迅书信集下·850致萧军、萧红》。

气至今未脱，变化了我衡量古美术的眼光。例如希腊雕刻罢，我总以为它现在之见得“只剩一味醇朴”者，原因之一，是在曾埋土中，或久经风雨，失去了锋棱和光泽的缘故。雕造的当时，一定是崭新，雪白，而且发闪的，所以我们现在所见的希腊之美，其实并不准是当时希腊人之所谓美，我们应该悬想它是一种新东西[①]。

“悬想”古董之类古人的遗迹“是一种新东西”，即想象它们“当时”的实际，这种“衡量古美术的眼光”，和《故事新编》将古人想象成“有些‘热烈’”的活人，因而不把他们“写得更死”的“油滑”，道理相通。

另一方面，鲁迅又相信中国的事情，往往不仅“古已有之”，“今尚有之”，而且难免“后仍有之”[②]。他实际上是比较满意“油滑”的，表面自谦，实际却是自得。

以上从《补天》讲到《故事新编》的思想基调（历史退化论）与创作方法（油滑）。

现在再来看其他几篇的情况。

《奔月》述嫦娥偷食后羿仙丹事，以后羿为主角。后羿乃游牧时代射日英雄，进入农耕时代便走到末路，家人蠢笨，学生背叛，自己箭术通神，却一无可射之物，整天要为娇妻饭食奔波，显得滑稽可笑。英雄时代结束，庸人开始跋扈，这也是一种历史退化论。居《故事新编》之冠的《补天》和《奔月》散发的历史退化论思想，乃是全书的基调。

《出关》、《起死》讽刺老子、庄子的“无为”和“齐万物，等生死”，旨在批判中国一切以道家哲学鸣高、泯灭是非、自欺欺人而百事不做的空谈家。鲁迅向以老庄为“不撄人心”的中国政治理想的始作俑者，在小说中毫不留情地或者送出关去，或者尽量揭示其矛盾、尴尬，但同时，他也没有忘记揭露那些与绝顶聪明的老庄相对的自得其乐的愚人的傲慢，以及任事者如孔子之流的用心险仄。《采薇》讽刺“孤竹君二公子”伯夷、叔齐的儒术之迂腐、可悲，“通体都是矛盾”，同时也严厉地针砭了“小丙君”那样恬不知耻、善于自我辩

① 鲁迅《且介亭杂文二集·“题未定”草（七）》。
② 鲁迅《集外集拾遗·又是“古已有之”》。

护的变节者,油腔滑调理直气壮的华山强盗“小穷奇”,以及“阿金”之流以平庸自炫而又喜欢舌底伤人的流言家。

没有特操、自得其乐的一班庸人与小人包围着、作弄着的少数无用的高人,这种构图,作为历史退化论的一种形象阐释,我们几乎在《故事新编》的每一篇中都可以看到。

2. “中国的脊梁”

打破这构图的,是《理水》、《铸剑》、《非攻》中大禹、眉间尺与黑衣人、墨子形象的塑造。

《理水》赞扬摈弃虚文、埋头实干的大禹,同时揭露了“以为文化是一国的命脉,学者是文化的灵魂,只要文化在,华夏也就存在”的“文化山上的学者”以学术文化为“济私助焰之具”,非但不学无术,亦且丧失灵魂。另外,考察水灾的专员是一群欺上瞒下昏庸无能的贪官污吏,竹排上的灾民则奴性十足:这都更加反衬出大禹及其随员的坚苦卓绝。《非攻》中不计荣辱、“一味行义”的墨子,《铸剑》中慷慨复仇的眉间尺、黑衣人,也都是作者所肯定的。

在完成《非攻》一个月之后,鲁迅写了著名的杂文《中国人失掉自信力了吗》,表达他对中国历史上一部分人的景仰:“我们从古以来,就有埋头苦干的人,有拚命硬干的人,有为民请命的人,有舍身求法的人,……虽是等于为帝王将相作家谱的所谓‘正史’,也往往掩不住他们的光耀,这就是中国的脊梁。”[①]所谓“中国的脊梁”,就是大禹、墨子这样不计较个人得失、不尚空谈、不畏艰苦、努力实干的人。

这是鲁迅一贯的主张。二十世纪二十年代中期,他就说过,“现在的青年最要紧的是‘行’,不是‘言’”[②],后来又曾告诫左翼青年作家,“坐在客厅里谈谈社会主义,高雅得很,漂亮得很,然而并不想到实行的。这种社会主义者,毫不足靠”[③],这就像他在《非攻》中讽刺曹公子的鼓吹“民气”,表演性地

① 鲁迅《且介亭杂文·中国人失掉自信力了吗》。
② 鲁迅《华盖集·青年必读书》。
③ 鲁迅《二心集·对于左翼作家联盟的意见》。

“手在空中一挥”，叫嚷道“我们都去死”，在《理水》中讽刺“文化山上的学者”高谈文化救国一样。在鲁迅的杂文中，那种“空腹高心”、假装豪迈、善于宣传和鼓动而不肯实行的“慷慨党”，是经常被讽刺的对象。

但他也委婉指出，“中国的脊梁”有演变为儒家的可能。《理水》中禹登基之后开始讲究仪礼服饰，就透露了其中消息。《朝花夕拾·范爱农》写王金发于辛亥革命胜利后进入绍兴，也有类似变化：“穿布衣来的，不上十天也大概换上皮袍子了，天气还并不冷”。这大概也是鲁迅对“历史退化”的警惕吧。

3．“逃名”

《故事新编》于儒道两家贬多于褒，独许墨家的坚卓，笃实。不过，即使在以墨子为主角的《非攻》中，作者的重点也不是宣传墨家理论，而是表彰墨子本人不计荣辱、“一味行义”的精神。同样，禹后来虽然成了儒家景仰的“先王”，但鲁迅并不赞同儒家对禹的解释，而独取其实干、苦干的事迹。

警惕一切“名”、还原被一切“名”所掩盖所歪曲所玷污的人类精神的真实内容，这是鲁迅所特有的思想，而在《铸剑》中有更充分的表现。

眉间尺和黑色人的行事为人，表面上和出于墨家的“侠义”者流非常相似，但作者并不将他们归入这一流人物，他强调的是二人朴素的、不能为任何“名”所范围所定义的单纯的复仇意志。这在黑色人与眉间尺的对话中可以十分清楚地看出来：

> “你么？你肯给我报仇么，义士？”
>
> “阿，你不要用这称呼来冤枉我。”
>
> “那么，你同情于我们孤儿寡妇？……”
>
> “唉，孩子，你再不要提这些受了污辱的名称。”他严冷地说，“仗义，同情，那些东西，先前曾经干净过，现在却都成了放鬼债的资本。我的心里全没有你所谓的那些。我只不过要给你报仇！”

为什么黑色人要说眉间尺称他为“义士”是“冤枉”他呢？因为在他看

来，“仗义，同情”这些好名称，“先前曾经干净过”，也就是说，名实相符，但是后来被一些人“污辱”了，也就是说，“名”与“实”不相符了。当名实不符时，那好听的名，在他看来，就是对他的“冤枉”，所以“我的心里全没有你所谓的那些”——他拒绝“这些受了污辱的名称”。

就在《铸剑》完成四个多月之后，鲁迅还在杂文和演讲里多次谈到这个问题。鲁迅特别憎恶那些用好听的“名”来伪饰自己和欺骗乃至榨取别人的人，正是这些人，把原本“干净”的“名”糟蹋了。鲁迅对这些人有许多种称呼，其中之一，就是小说《铸剑》里黑色人所谓的“放鬼债”的人：

> 先前，我总以为做债主的人是一定要有钱的，近来才知道无须。在“新时代”里，有一种精神的资本家。
>
> 你倘说中国像沙漠罢，这资本家便趁机而至了，自称是喷泉。你倘说社会冷酷罢，他便自说是热；你倘说周围黑暗罢，他便自说是太阳。
>
> 阿！世界上冠冕堂皇的招牌，都被拿去了……
>
> 还不但此也哩！他到你那里来的时候，还每回带来一担同情！一百回就是一百担——你如果不知道，那就是因为你没有精神的眼睛——经过一年，利上加利，就是二三百担……①

那些好“名”者所喜好的当然不是孤立的“名”，而是和这些名有关的“利”，他们把世界上所有的好“名”全部拿去，为的是得到世界上一切的“利”。“名”在他们手里，于是就被弄得一塌糊涂，再也干净不起来了。这时候，那些真正好“名”的人，即那些好“名”就是好“名”背后的“实”的人，该怎么办呢？他们只有与那些虚伪自私的好名者相反，不得不转过来拼命攻击他们曾经真诚喜好过的“名”了：

> 魏晋时代，崇奉礼教的看来似乎很不错，而实在是毁坏礼教，不信礼教的。表面上毁坏礼教者，实则倒是承认礼教，太相信礼教。因为魏晋时所谓崇奉礼教，是用以自利，那崇奉也不过偶然崇奉，如曹操杀孔融，司马懿杀嵇康，都是因为他们和不孝有关，但实在曹操司马懿何尝

---

① 鲁迅《而已集·新时代的放债法》。

> 是著名的孝子，不过将这个名义，加罪于反对自己的人罢了。于是老实人以为如此利用，亵渎了礼教，不平之极，无计可施，激而变成不谈礼教，不信礼教，甚至于反对礼教。——但其实不过是态度，至于他们的本心，恐怕倒是相信礼教，当作宝贝，比曹操司马懿们要迂执得多[①]。

这里所说的魏晋时的“礼教”，就是一种最高最大的“名”。在鲁迅写作的时代，最高最大的“名”，则有许多，如“革命”，如上文所说的“精神”，鲁迅甚至还以“三民主义”为例（这当然也是一个“名”），说许多人假借这个由国民党总理孙中山所树立的“名”而任意打击别人抬高自己，“真的总理的信徒，倒会不谈三民主义，或者听人假惺惺的谈起来就皱眉，好像反对三民主义摸样”[②]。他后来将这些真好与实际相符的名却因为别人污辱了这名因而故意反对这名的“老实人”的“态度”，概括为“逃名”：

> 有人说中国是“文字国”，有些像，却还不充足，中国倒该说是最不看重文字的“文字游戏国”，一切总爱玩些实际以上花样，把字和词的界说，闹得一团糟……于是比较自爱的人，一听到这些冠冕堂皇的名目就骇怕了，竭力逃避。逃名，其实是爱名的，逃的是这一团糟的名，不愿意酱在那里面[③]。

黑色人就是这样一个“逃名”者。

4.“伤害”·“复仇”·“死”

《铸剑》的出典见于古书者颇多，代表性的文献有唐代类书《法苑珠林》卷36《搜神记》（相传为晋干宝所作），宋代类书《太平御览》卷343“兵部”《列士传》和《孝子传》，卷364所录《吴越春秋》佚文。金代王寿朋增补唐人于文政《类林》而成的《类林杂说》卷一“孝行篇”，录《孝子传》更详，该书鲁迅1923

---

① 鲁迅《而已集·魏晋风度及文章与药及酒之关系》。
② 鲁迅《而已集·魏晋风度及文章与药及酒之关系》。
③ 鲁迅《且介亭杂文二集·逃名》。

年1月5日购得,有学者认为可能是《铸剑》最直接的素材[①]。上述各篇,据鲁迅《古小说钩沉》、《中国小说史略》,都曾进入鲁迅视野。鲁迅在1936年2月17日致徐懋庸的信中说他写《铸剑》时,“只给铺排,没有改动的”[②],显然属于“博考文献”的写法。鲁迅对于古书“只给铺排”,亦即他所谓芥川龙之介的“复述”,当然不是为了“好奇”,而是“想从含在这些材料里的古人的生活当中,寻出与自己的心情能够帖切的触著的或物”。

在《铸剑》中,这“或物”(某种东西),除了上面所讲的“历史退化”、“中国的脊梁”、“逃名”之外,还有更加“与自己的心情能够帖切”的内容,那就是鲁迅在完成《铸剑》之前两年的一篇杂文《杂忆》中反复张扬的“复仇和反抗”。又因他所张扬的“复仇和反抗”是彻底的,毫不妥协,毫无保留,所以那结局,包括复仇和反抗的方式,乃是“死”。《铸剑》实是一篇描写旨在反抗的“复仇”与“死”的小说。

大家知道,鲁迅向来是主张“复仇”的。早在1903年编译的小说《斯巴达之魂》(收入《集外集》)中,他就高度称赞古代斯巴达人宁死不屈的彻底的复仇精神。在杂文中,他更是反复论述被侮辱与被损害者进行复仇的合理性,而对那种劝导人们放弃正义的复仇的言论,总是投以激烈的骂詈。直到临死,他还在写给亲属的遗嘱中告诫后人:“损了别人的牙眼,却反对报复,主张宽容的人,万勿和他接近”,并且公然宣称对于自己的怨敌“一个都不宽恕”[③]。他非常激赏明代王思任的一句话:“夫越乃报仇雪耻之国,非藏垢纳污之地也”,还专门著文,无比神往地回忆幼时在绍兴乡间戏台上看到的“女吊”,说她是“带复仇性的,比别的一切鬼魂更美,更强的鬼魂”[④]。

主张复仇、赞美复仇,理由很多,而具体在《铸剑》中,则诚如黑色人所说,乃是因为“我的灵魂上是有这么多的,人我所加的伤,我已经憎恶了我自己!”

先说别人所加的伤。

---

① 参见丸尾常喜《“人”与“鬼”的纠葛》,秦弓译,第296—300页,人民文学出版社1995年12月第1版。

② 《鲁迅全集》(十三),第312页。

③ 《且介亭杂文末编附集·死》。

④ 《且介亭杂文末编附集·女吊》。

在鲁迅著作中，涉及心灵创痛的文字俯拾即是。鲁迅的文学性格，某种程度上就形成于他对种种由别人和环境所加的伤害的高度敏感。但我们不能说，鲁迅的作品完全基于他一己的惨痛遭遇，实际上他的杂文、散文、小说、书信反复诉说的心灵创伤，大部分是他设身处地，同情和体贴那些受到伤害的他人，这样我们才能够在他的作品中，看到传统的中国文学几乎从来未曾出现过的阿Q、闰土、范爱农、祥林嫂、单四嫂子、吕纬甫、魏连殳、爱姑、子君、夏瑜、孔乙己、狂人……这一系列精神和肉体都饱受伤害的可悲的中国人的形象。如果说鲁迅贡献于二十世纪中国的是一种创伤文学，那主要是因为他对中国的无数被侮辱与被损害者有广博的同情，对未来的健全的"人国"有无限的渴望，所以特别敏感于实际生活中普遍存在的"吃人"和"把人不当人"的现象，他说"自有历史以来，中国人是一向被同族和异族屠戮，奴隶，敲掠，刑辱，压迫下来的，非人类所能忍受的楚毒，也都身受过，每一考查，真教人觉得不像活在人间"①，他甚至将整个中国比作一间摆设人肉筵席的厨房，并且无限愤慨于中国的文明传统竟然"使人们各各分离，遂不能再感到别人的痛苦"②。

即使直接控诉自己所遭遇的童年的悲凉、政治的压迫、流言的中伤、旧伦理的荼毒、来自同一营垒的战友和青年人的利用与攻击——他的杂文、散文诗集《野草》、回忆录《朝花夕拾》乃至历史小说《故事新编》充满了这样的控诉——鲁迅也是将这一切作为人类的痛苦表现出来。换言之，他已经用那种特别能够体味伤痛的风格独特的文字，将"受伤的鲁迅"典型化为"受伤的人类"了。

但是，如何理解黑色人所说的自己在自己的灵魂上所加的伤并且因此"已经憎恶了我自己"呢？一个饱受侮辱的人还会自己伤害自己，自己侮辱自己吗？

如果我们设想一下，黑色人也是普通人，也有一个渐渐成长的生命历程，这个问题就不难理解了。黑色人成长为"善于报仇"的人，肯定经历了漫长的过程，一开始也会像眉间尺，不懂得如何对待自己所遭受的伤害，肯定

---

① 《且介亭杂文·病后杂谈之余》。
② 《坟·灯下漫笔》。

也有过懦弱、胆怯、遗忘和麻木，而一旦认清这一切之后，随之而来的就是深深的自责，嫌恶，就像《野草·题辞》的作者那样，承认那一切都是“我的罪过”了。在污辱伤害之下没有属于人的正常的反应，这难道不是值得憎恶的窝囊十足的奴性吗？即使倔强坚韧如鲁迅，也经常悲哀地在自己身上发现这种奴隶性。在和陈西滢论战时，对方指责他一直在北洋军阀政府做官，本来是不近人情的一种苛求，但在鲁迅自己，也未尝不是被打中了隐痛。为了生存，隐忍于自己并不拥戴乃至极其憎恶的政府机关，在鲁迅看来，这也未尝不是由自己亲手加在自己身上的伤害。就在那篇揭露中国历史由“想做奴隶而不得的时代”和“暂时做稳了奴隶的时代”交替循环的秘密的《灯下漫笔》一开头，他就老老实实地告诉读者，自己也“极容易变成奴隶，而且变了之后，还万分喜欢”！他甚至在自己身上发现了比奴隶性更加可怕的东西，比如在那篇揭露中国历史“吃人”本质的《狂人日记》中，“狂人”发现一直恐怖着被人吃的自己，原来也曾吃过人，而且已经有“四千年吃人履历”了！一旦发现这样的事实，他对自己能不憎恶吗？

灵魂上有这么多“人我所加的伤”的鲁迅，对待受伤的自己的态度和对待受伤的别人的态度完全一样，就是所谓“哀其不幸，怒其不争”，既同情被侮辱被损害者的悲苦，又极其不满乃至憎恶他们的不敢抗争。他希望年轻人能够成为敢于并善于向“无物之阵”宣战的“这样的战士”[①]，看透“造化的把戏”[②]，“扫荡这些食人者，掀掉这筵席，毁坏这厨房”，做“真的猛士”，“敢于直面惨淡的人生，敢于正视淋漓的鲜血”[③]，从而“创造这中国历史上未曾有过的第三样时代”。

但事实并不如他希望的那样。要使中国人身上不再有“人我所加的伤”，谈何容易！最大的障碍就是怯懦，既不敢反抗加害于己的人，也不敢反抗自己的怯懦。横逆之来，只知道默而受之，还有一个“制胜”的法宝，就是遗忘。“‘时日曷丧，予及汝偕亡！’，愤言而已，决心实行的不多见”[④]，常见的，倒是劝人们不要复仇的“恕道”。

---

① 《野草·这样的战士》。

② 《野草·淡淡的血痕中》。

③ 《华盖集续编·记念刘和珍君》。

④ 《华盖集续编·记念刘和珍君》。

鲁迅自己作为一个觉醒了的人，态度非常鲜明：

> 不知道我的性质特别坏，还是脱不出往昔的环境的影响之故，我总觉得复仇是不足为奇的，虽然也并不想诬无抵抗主义者为无人格。但有时想：报复，谁来裁判，怎能公平呢？便又立刻自答：自己裁判，自己执行；既没有上帝来主持，人便不妨以目偿头，也不妨以头偿目。有时也觉得宽恕是美德，但立刻也疑心这话是怯汉所发明，因为他没有报复的勇气；或者倒是卑怯的坏人所创造，因为他贻害于人而怕人来报复，便骗以宽恕的美名[①]。

在没有上帝主持的情况下，以人自己的良心和力量逼问出一个绝对的是非，并以这个是非判断做标准，自己裁判，自己执行：这就是所谓"鲁迅精神"了，而表现这一精神最为彻底的，就是《铸剑》中黑色人与眉间尺的慷慨复仇，与仇敌共赴一死。

死是彻底的复仇：既永远地报复了仇敌的强暴，也永远地惩罚了自己的怯懦。只有这样的复仇与死，才能最终走出历史退化的定命。

"死"是无"名"的，它超脱了一切"名"。这样的无名状态，便是黑衣人所希望的"干净"。鲁迅说，"孔子之徒为儒，墨子之徒为侠。'儒者，柔也'，当然不会危险的。惟侠老实，所以墨者的末流，至于以'死'为终极的目的。"如果一定要给黑衣人一个"名"，那么，就其身份和精神气质而言，他应该就属于鲁迅所说的"以'死'为终极的目的"的"真老实"的"侠"吧[②]。

在《故事新编》中，作者唯一没有流露历史退化论之颓丧情绪的，就是这篇《铸剑》了。

5. "两个仇人"

《铸剑》发表于 1927 年 4 月 25 日、5 月 10 日《莽原》半月刊二卷第八、九两期，原题《眉间尺》，1932 年编入《自选集》时，改为《铸剑》。1935 年底，鲁

---

① 《坟·杂忆》。
② 《三闲集·流氓的变迁》。

迅将《铸剑》编入《故事新编》时,在篇末注明是写于1926年10月,《序言》里也说“但刚写了《奔月》和《铸剑》——发表时题为《眉间尺》,——我便奔向广州”。这个写作日期是事后追记,据《鲁迅日记》,“写完《眉间赤》”(按即《眉间尺》之误)却是在1927年4月3日。

也许,《铸剑》动笔于1926年10月,而完成于1927年4月3日吧。但为什么鲁迅本人追记,认定是写于1926年10月呢?鲁迅追记的这个时间,和实际完成的时间,对于我们理解《铸剑》的创作背景与意图,是有帮助的。

先看追记的时间。1926年10月,鲁迅在厦门。他本来在北京的教育部做官,1918年发表《狂人日记》之后成了名作家,兼任几个学校的教师,收入可观,应该很安逸了。但鲁迅在北京的实际生活并不顺利,更谈不上幸福。首先,他和由母亲一手包办的毫无爱情甚至互相不说话的妻子朱安生活在一个屋檐下,每天都要忍受名存实亡的婚姻的苦楚。家庭危机的另一面,是“兄弟怡怡”的周作人突然于1923年7月在日本妻子羽太信子挑唆下,与鲁迅绝交,甚至大打出手,以至于鲁迅不得不搬出和周作人及母亲合住的寓所,另觅居处。这件事对鲁迅身心两面的伤害非常之大。其次,从1925年5月开始,由于公开支持兼职的北京女子师范大学学生的抗议风潮,鲁迅得罪校长杨荫榆及其支持者教育总长章士钊、教授和随笔家陈西滢,受到陈的猛烈攻击,并一度被章撤职。鲁迅一面和代表当局的总长打官司,一面和陈以及同情陈的一大批有相同的欧美留学经历的“正人君子”们打笔战。结果,是鲁迅与北京知识界主流决裂。尽管他的杂文所向披靡,和章士钊的官司也以胜诉而结束,但到处“碰壁”的他已经身心交瘁。就在女子师范大学风潮尚未平息的1926年3月18日,段祺瑞执政府枪杀了抗议列强干涉中国内政的北京市民和学生,死四十七人,伤一百五十余人,其中就有女子师范大学学生两名。鲁迅震怒,数日不食,连续写下《无花的蔷薇之二》、《“死地”》、《可惨与可笑》、《记念刘和珍君》、《空谈》等沉痛怀念死者而猛烈抨击政府及为政府辩护的知识界人士的杂文,因此获罪当局,不得不离家避难十数日。内外交困中,鲁迅终于决定离开北京。1926年8月26日,他与许广平离京南下,经天津、南京,在上海暂时分手,许去广州,鲁迅一人赴厦门大学之聘,9月4日抵厦门,在那里工作到1927年1月,再赴广州中山大学任教。1926

年10月，鲁迅在并不平静的厦门大学，"对着大海，翻着古书，四近无生人气，心里空空洞洞"[1]，处于这种心境中，他陆续编辑了《坟》和《华盖集续编》，收入前一年编《华盖集》时没有收入的四处"碰壁"、运交华盖、和最近的敌人肉搏的文字，又一次体味到"浓黑的悲凉"，并在这种体味中一面抚摩创伤，一面大叫复仇。他之所以将《铸剑》的写作日期追记为1926年10月，因为在这个月份，他的心境和《铸剑》的主题非常吻合，也可以说，《铸剑》就是鲁迅当时心境的流露。所以，我们看到黑色人的形象酷似鲁迅（在《孤独者》中鲁迅也用同样的方式将自己的形象投射到魏连殳身上），他的名字"宴之敖者"也是鲁迅1924年写《〈俟堂专文杂集〉题记》时的署名（意即"我是被家中的日本女人赶出来的"[2]），就不觉得奇怪了。

《铸剑》实际完成于1927年4月3日，这个时间又意味着什么呢？

原来，从1925年3月11日开始，许广平主动以学生的身份与鲁迅通信，不久两人相爱，一同告别北京南下，相约分头工作两年，再定将来，而主要的理由，则是鲁迅一直无法克服自己的顾虑。但到1927年初，鲁迅终于摆脱了犹豫，明确表示与许广平结合的决心，在这过程中，许的大胆、率真、执著起了决定性的作用。这一场恋爱，不仅顶住了社会的压力，荡尽了各自心中的鬼影，也检阅、磨练和升华了两人同心合意的精神契约，其意义，也是向着"非人间"的社会的一种"复仇"。

所以，反复提到"两个仇人"的黑色人所唱的奇怪的歌所表达的那种忘情、高亢、激越的情感，我们不妨看作到1927年4月为止已经彼此克服犹豫、戮力同心、生死与共地向社会宣战同时也获得了两性交合的狂喜与快慰的鲁迅、许广平心境之投射。

作为比较，不妨将《铸剑》和《伤逝》合看。《铸剑》写两个原本陌生的"仇人"从短暂的隔膜迅速变得心心相印，相互信任，生死与共，一同向社会强权实施快意的复仇，而《伤逝》则写两个人"爱人"，一开始向社会强权同心合意地宣战，各自交出对方，后来却由于软弱而彼此猜忌，终于分离，非但未能向社会复仇，反而一个做了强权社会的牺牲，一个则在"悲哀"和"悔恨"中度

---

① 《故事新编·序言》。

② 许广平《欣慰的纪念》，人民文学出版社1952年出版，第25页。

日。如果说从《铸剑》中我们可以看到鲁迅和许广平由试探、犹豫到成功地结合的喜悦,那么《伤逝》则传递了一种从开始的相爱到后来无可奈何的"不爱"的悲哀。两相对照,确实十分明显。

【附录】

狂　人　日　记

某君昆仲，今隐其名，皆余昔日在中学校时良友；分隔多年，消息渐阙。日前偶闻其一大病；适归故乡，迂道往访，则仅晤一人，言病者其弟也。劳君远道来视，然已早愈，赴某地候补矣。因大笑，出示日记二册，谓可见当日病状，不妨献诸旧友。持归阅一过，知所患盖“迫害狂”之类。语颇错杂无伦次，又多荒唐之言；亦不著月日，惟墨色字体不一，知非一时所书。间亦有略具联络者，今撮录一篇，以供医家研究。记中语误，一字不易；惟人名虽皆村人，不为世间所知，无关大体，然亦悉易去。至于书名，则本人愈后所题，不复改也。七年四月二日识。

一

今天晚上，很好的月光。

我不见他，已是三十多年；今天见了，精神分外爽快。才知道以前的三十多年，全是发昏；然而须十分小心。不然，那赵家的狗，何以看我两眼呢？

我怕得有理。

二

今天全没月光，我知道不妙。早上小心出门，赵贵翁的眼色便怪：似乎怕我，似乎想害我。还有七八个人，交头接耳的议论我，又怕我看见。一路上的人，都是如此。其中最凶的一个人，张着嘴，对我笑了一笑；我便从头直冷到脚跟，晓得他们布置，都已妥当了。

我可不怕，仍旧走我的路。前面一伙小孩子，也在那里议论我；眼色也同赵贵翁一样，脸色也都铁青。我想我同小孩子有什么仇，他也这样。忍不住大声说，“你告诉我！”他们可就跑了。

我想：我同赵贵翁有什么仇，同路上的人又有什么仇；只有廿年以前，把古久先生的陈年流水簿子，踹了一脚，古久先生很不高兴。赵贵翁虽然不认识他，一定也听到风声，代抱不平；约定路上的人，同我作冤对。但是小孩子呢？那时候，他们还没有出世，何以今天也睁着怪眼睛，似乎怕我，似乎想害我。这真教我怕，教我纳罕而且伤心。

我明白了。这是他们娘老子教的！

三

晚上总是睡不着。凡事须得研究，才会明白。

他们——也有给知县打枷过的，也有给绅士掌过嘴的，也有衙役占了他妻子的，也有老子娘被债主逼死的；他们那时候的脸色，全没有昨天这么怕，也没有这么凶。

最奇怪的是昨天街上的那个女人，打他儿子，嘴里说道，"老子呀！我要咬你几口才出气！"他眼睛却看着我。我出了一惊，遮掩不住；那青面獠牙的一伙人，便都哄笑起来。陈老五赶上前，硬把我拖回家中了。

拖我回家，家里的人都装作不认识我；他们的眼色，也全同别人一样。进了书房，便反扣上门，宛然是关了一只鸡鸭。这一件事，越教我猜不出底细。

前几天，狼子村的佃户来告荒，对我大哥说，他们村里的一个大恶人，给大家打死了；几个人便挖出他的心肝来，用油煎炒了吃，可以壮壮胆子。我插了一句嘴，佃户和大哥便都看我几眼。今天才晓得他们的眼光，全同外面的那伙人一模一样。

想起来，我从顶上直冷到脚跟。

他们会吃人，就未必不会吃我。

你看那女人"咬你几口"的话，和一伙青面獠牙人的笑，和前天佃户的话，明明是暗号。我看出他话中全是毒，笑中全是刀。他们的牙齿，全是白厉厉的排着，这就是吃人的家伙。

照我自己想，虽然不是恶人，自从踹了古家的簿子，可就难说了。他们似乎别有心思，我全猜不出。况且他们一翻脸，便说人是恶人。我还记得大哥教我做论，无论怎样好人，翻他几句，他便打上几个圈；原谅坏人几句，他便说“翻天妙手，与众不同”。我那里猜得到他们的心思，究竟怎样；况且是要吃的时候。

凡事总须研究，才会明白。古来时常吃人，我也还记得，可是不甚清楚。我翻开历史一查，这历史没有年代，歪歪斜斜的每叶上都写着“仁义道德”几个字。我横竖睡不着，仔细看了半夜，才从字缝里看出字来，满本都写着两个字是“吃人”！

书上写着这许多字，佃户说了这许多话，却都笑吟吟的睁着怪眼睛看我。

我也是人，他们想要吃我了！

四

早上，我静坐了一会。陈老五送进饭来，一碗菜，一碗蒸鱼；这鱼的眼睛，白而且硬，张着嘴，同那一伙想吃人的人一样。吃了几筷，滑溜溜的不知是鱼是人，便把他兜肚连肠的吐出。

我说“老五，对大哥说，我闷得慌，想到园里走走。”老五不答应，走了；停一会，可就来开了门。

我也不动，研究他们如何摆布我；知道他们一定不肯放松。果然！我大哥引了一个老头子，慢慢走来；他满眼凶光，怕我看出，只是低头向着地，从眼镜横边暗暗看我。大哥说，“今天你仿佛很好。”我说“是的。”大哥说，“今天请何先生来，给你诊一诊。”我说“可以！”其实我岂不知道这老头子是刽子手扮的！无非借了看脉这名目，揣一揣肥瘠：因这功劳，也分一片肉吃。我也不怕；虽然不吃人，胆子却比他们还壮。伸出两个拳头，看他如何下手。老头子坐着，闭了眼睛，摸了好一会，呆了好一会；便张开他鬼眼睛说，“不要乱想。静静的养几天，就好了。”

不要乱想，静静的养！养肥了，他们是自然可以多吃；我有什么好处，怎么会“好了”？他们这群人，又想吃人，又是鬼鬼祟祟，想法子遮掩，不敢直捷下手，真要令我笑死。我忍不住，便放声大笑起来，十分快活。自己晓得这笑声里面，有的是义勇和正气。老头子和大哥，都失了色，被我这勇气正气镇压住了。

但是我有勇气,他们便越想吃我,沾光一点这勇气。老头子跨出门,走不多远,便低声对大哥说道,“赶紧吃罢!”大哥点点头。原来也有你!这一件大发见,虽似意外,也在意中:合伙吃我的人,便是我的哥哥!

吃人的是我哥哥!

我是吃人的人的兄弟!

我自己被人吃了,可仍然是吃人的人的兄弟!

五

这几天是退一步想:假使那老头子不是刽子手扮的,真是医生,也仍然是吃人的人。他们的祖师李时珍做的“本草什么”上,明明写着人肉可以煎吃;他还能说自己不吃人么?

至于我家大哥,也毫不冤枉他。他对我讲书的时候,亲口说过可以“易子而食”;又一回偶然议论起一个不好的人,他便说不但该杀,还当“食肉寝皮”。我那时年纪还小,心跳了好半天。前天狼子村佃户来说吃心肝的事,他也毫不奇怪,不住的点头。可见心思是同从前一样狠。既然可以“易子而食”,便什么都易得,什么人都吃得。我从前单听他讲道理,也胡涂过去;现在晓得他讲道理的时候,不但唇边还抹着人油,而且心里满装着吃人的意思。

六

黑漆漆的,不知是日是夜。赵家的狗又叫起来了。

狮子似的凶心,兔子的怯弱,狐狸的狡猾……

七

我晓得他们的方法,直捷杀了,是不肯的,而且也不敢,怕有祸祟。所以他们大家连络,布满了罗网,逼我自戕。试看前几天街上男女的样子,和这几天我大哥的作为,便足可悟出八九分了。最好是解下腰带,挂在梁上,自己紧紧勒死;他们没有杀人的罪名,又偿了心愿,自然都欢天喜地的发出一种呜呜咽咽的笑声。否则惊吓忧愁死了,虽则略瘦,也还可以首肯几下。

他们是只会吃死肉的！——记得什么书上说，有一种东西，叫“海乙那”的，眼光和样子都很难看；时常吃死肉，连极大的骨头，都细细嚼烂，咽下肚子去，想起来也教人害怕。“海乙那”是狼的亲眷，狼是狗的本家。前天赵家的狗，看我几眼，可见他也同谋，早已接洽。老头子眼看着地，岂能瞒得我过。

最可怜的是我的大哥，他也是人，何以毫不害怕；而且合伙吃我呢？还是历来惯了，不以为非呢？还是丧了良心，明知故犯呢？

我诅咒吃人的人，先从他起头；要劝转吃人的人，也先从他下手。

八

其实这种道理，到了现在，他们也该早已懂得，……

忽然来了一个人；年纪不过二十左右，相貌是不很看得清楚，满面笑容，对了我点头，他的笑也不像真笑。我便问他，“吃人的事，对么？”他仍然笑着说，“不是荒年，怎么会吃人。”我立刻就晓得，他也是一伙，喜欢吃人的；便自勇气百倍，偏要问他。

“对么？”

“这等事问他什么。你真会……说笑话。……今天天气很好。”

天气是好，月色也很亮了。可是我要问你，“对么？”

他不以为然了。含含胡胡的答道，“不……”

“不对？他们何以竟吃？！”

“没有的事……”

“没有的事？狼子村现吃；还有书上都写着，通红斩新！”

他便变了脸，铁一般青。睁着眼说，“有许有的，这是从来如此……”

“从来如此，便对么？”

“我不同你讲这些道理；总之你不该说，你说便是你错！”

我直跳起来，张开眼，这人便不见了。全身出了一大片汗。他的年纪，比我大哥小得远，居然也是一伙；这一定是他娘老子先教的。还怕已经教给他儿子了；所以连小孩子，也都恶狠狠的看我。

九

自己想吃人，又怕被别人吃了，都用着疑心极深的眼光，面面相觑。……

去了这心思，放心做事走路吃饭睡觉，何等舒服。这只是一条门槛，一个关头。他们可是父子兄弟夫妇朋友师生仇敌和各不相识的人，都结成一伙，互相劝勉，互相牵掣，死也不肯跨过这一步。

十

大清早，去寻我大哥；他立在堂门外看天，我便走到他背后，拦住门，格外沉静，格外和气的对他说，

"大哥，我有话告诉你。"

"你说就是，"他赶紧回过脸来，点点头。

"我只有几句话，可是说不出来。大哥，大约当初野蛮的人，都吃过一点人。后来因为心思不同，有的不吃人了，一味要好，便变了人，变了真的人。有的却还吃，——也同虫子一样，有的变了鱼鸟猴子，一直变到人。有的不要好，至今还是虫子。这吃人的人比不吃人的人，何等惭愧。怕比虫子的惭愧猴子，还差得很远很远。

"易牙蒸了他儿子，给桀纣吃，还是一直从前的事。谁晓得从盘古开辟天地以后，一直吃到易牙的儿子；从易牙的儿子，一直吃到徐锡林；从徐锡林，又一直吃到狼子村捉住的人。去年城里杀了犯人，还有一个生痨病的人，用馒头蘸血舐。

"他们要吃我，你一个人，原也无法可想；然而又何必去入伙。吃人的人，什么事做不出；他们会吃我，也会吃你，一伙里面，也会自吃。但只要转一步，只要立刻改了，也就人人太平。虽然从来如此，我们今天也可以格外要好，说是不能！大哥，我相信你能说，前天佃户要减租，你说过不能。"

当初，他还只是冷笑，随后眼光便凶狠起来，一到说破他们的隐情，那就满脸都变成青色了。大门外立着一伙人，赵贵翁和他的狗，也在里面，都探头探脑的挨进来。有的是看不出面貌，似乎用布蒙着；有的是仍旧青面獠

牙，抿着嘴笑。我认识他们是一伙，都是吃人的人。可是也晓得他们心思很不一样，一种是以为从来如此，应该吃的；一种是知道不该吃，可是仍然要吃，又怕别人说破他，所以听了我的话，越发气愤不过，可是抿着嘴冷笑。

这时候，大哥也忽然显出凶相，高声喝道，

“都出去！疯子有什么好看！”

这时候，我又懂得一件他们的巧妙了。他们岂但不肯改，而且早已布置；预备下一个疯子的名目罩上我。将来吃了，不但太平无事，怕还会有人见情。佃户说的大家吃了一个恶人，正是这方法。这是他们的老谱！

陈老五也气愤愤的直走进来。如何按得住我的口，我偏要对这伙人说，

“你们可以改了，从真心改起！要晓得将来容不得吃人的人，活在世上。

“你们要不改，自己也会吃尽。即使生得多，也会给真的人除灭了，同猎人打完狼子一样！——同虫子一样！”

那一伙人，都被陈老五赶走了。大哥也不知那里去了。陈老五劝我回屋子里去。屋里面全是黑沉沉的。横梁和椽子都在头上发抖；抖了一会，就大起来，堆在我身上。

万分沉重，动弹不得；他的意思是要我死。我晓得他的沉重是假的，便挣扎出来，出了一身汗。可是偏要说，

“你们立刻改了，从真心改起！你们要晓得将来是容不得吃人的人，……”

十一

太阳也不出，门也不开，日日是两顿饭。

我捏起筷子，便想起我大哥；晓得妹子死掉的缘故，也全在他。那时我妹子才五岁，可爱可怜的样子，还在眼前。母亲哭个不住，他却劝母亲不要哭；大约因为自己吃了，哭起来不免有点过意不去。如果还能过意不去，……

妹子是被大哥吃了，母亲知道没有，我可不得而知。

母亲想也知道；不过哭的时候，却并没有说明，大约也以为应当的了。记得我四五岁时，坐在堂前乘凉，大哥说爷娘生病，做儿子的须割下一片肉来，煮熟了请他吃，才算好人；母亲也没有说不行。一片吃得，整个的自然也吃得。

但是那天的哭法,现在想起来,实在还教人伤心,这真是奇极的事!

十二

不能想了。

四千年来时时吃人的地方,今天才明白,我也在其中混了多年;大哥正管着家务,妹子恰恰死了,他未必不和在饭菜里,暗暗给我们吃。

我未必无意之中,不吃了我妹子的几片肉,现在也轮到我自己,……

有了四千年吃人履历的我,当初虽然不知道,现在明白,难见真的人!

十三

没有吃过人的孩子,或者还有?

救救孩子……

一九一八年四月。

阿 Q 正 传

第一章　序

我要给阿Q做正传,已经不止一两年了。但一面要做,一面又往回想,这足见我不是一个"立言"的人,因为从来不朽之笔,须传不朽之人,于是人以文传,文以人传——究竟谁靠谁传,渐渐的不甚了然起来,而终于归结到传阿Q,仿佛思想里有鬼似的。

然而要做这一篇速朽的文章,才下笔,便感到万分的困难了。第一是文章的名目。孔子曰,"名不正则言不顺"。这原是应该极注意的。传的名目很繁多:列传,自传,内传,外传,别传,家传,小传……,而可惜都不合。"列传"么,这一篇并非和许多阔人排在"正史"里;"自传"么,我又并非就是阿Q。说是"外传","内传"在那里呢?倘用"内传",阿Q又决不是神仙。"别传"呢,阿Q实在未曾有大总统上谕宣付国史馆立"本传"——虽说英国正史上并无"博徒列传",而文豪迭更司也做过《博徒别传》这一部书,但文豪则可,在我辈却不可的。其次是"家传",则我既不知与阿Q是否同宗,也未曾受他子孙的拜托;或"小传",则阿Q又更无别的"大传"了。总而言之,这一篇也便是"本传",但从我的文章着想,因为文体卑下,是"引车卖浆者流"所用的话,所以不敢僭称,便从不入三教九流的小说家所谓"闲话休题言归正传"这一句套话里,取出"正传"两个字来,作为名目,即使与古人所撰《书法正传》的"正传"字面上很相混,也顾不得了。

第二,立传的通例,开首大抵该是"某,字某,某地人也",而我并不知道阿Q姓什么。有一回,他似乎是姓赵,但第二日便模糊了。那是赵太爷的儿子进了秀才的时候,锣声镗镗的报到村里来,阿Q正喝了两碗黄酒,便手舞足蹈的说,这于他也很光采,因为他和赵太爷原来是本家,细细的排起来他还比秀才长三辈呢。其时几个旁听人倒也肃然的有些起敬了。那知道第二天,地保便叫阿Q到赵太爷家里去;太爷一见,满脸溅朱,喝道:

"阿Q,你这浑小子!你说我是你的本家么?"

阿Q不开口。

赵太爷愈看愈生气了，抢进几步说："你敢胡说！我怎么会有你这样的本家？你姓赵么？"

阿Q不开口，想往后退了；赵太爷跳过去，给了他一个嘴巴。

"你怎么会姓赵！——你那里配姓赵！"

阿Q并没有抗辩他确凿姓赵，只用手摸着左颊，和地保退出去了；外面又被地保训斥了一番，谢了地保二百文酒钱。知道的人都说阿Q太荒唐，自己去招打；他大约未必姓赵，即使真姓赵，有赵太爷在这里，也不该如此胡说的。此后便再没有人提起他的氏族来，所以我终于不知道阿Q究竟什么姓。

第三，我又不知道阿Q的名字是怎么写的。他活着的时候，人都叫他阿Quei，死了以后，便没有一个人再叫阿Quei了，那里还会有"著之竹帛"的事。若论"著之竹帛"，这篇文章要算第一次，所以先遇着了这第一个难关。我曾经仔细想：阿Quei，阿桂还是阿贵呢？倘使他号叫月亭，或者在八月间做过生日，那一定是阿桂了；而他既没有号——也许有号，只是没有人知道他，——又未尝散过生日征文的帖子：写作阿桂，是武断的。又倘若他有一位老兄或令弟叫阿富，那一定是阿贵了；而他又只是一个人：写作阿贵，也没有佐证的。其余音Quei的偏僻字样，更加凑不上了。先前，我也曾问过赵太爷的儿子茂才先生，谁料博雅如此公，竟也茫然，但据结论说，是因为陈独秀办了《新青年》提倡洋字，所以国粹沦亡，无可查考了。我的最后的手段，只有托一个同乡去查阿Q犯事的案卷，八个月之后才有回信，说案卷里并无与阿Quei的声音相近的人。我虽不知道是真没有，还是没有查，然而也再没有别的方法了。生怕注音字母还未通行，只好用了"洋字"，照英国流行的拼法写他为阿Quei，略作阿Q。这近于盲从《新青年》，自己也很抱歉，但茂才公尚且不知，我还有什么好办法呢。

第四，是阿Q的籍贯了。倘他姓赵，则据现在好称郡望的老例，可以照《郡名百家姓》上的注解，说是"陇西天水人也"，但可惜这姓是不甚可靠的，因此籍贯也就有些决不定。他虽然多住未庄，然而也常常宿在别处，不能说是未庄人，即使说是"未庄人也"，也仍然有乖史法的。

我所聊以自慰的，是还有一个"阿"字非常正确，绝无附会假借的缺点，颇可以就正于通人。至于其余,却都非浅学所能穿凿,只希望有"历史癖与考据癖"的胡适之先生的门人们,将来或者能够寻出许多新端绪来,但是我这《阿Q正传》到那时却又怕早经消灭了。

以上可以算是序。

第二章 优胜记略

阿Q不独是姓名籍贯有些渺茫,连他先前的"行状"也渺茫。因为未庄的人们之于阿Q,只要他帮忙,只拿他玩笑,从来没有留心他的"行状"的。而阿Q自己也不说,独有和别人口角的时候,间或瞪着眼睛道:

"我们先前——比你阔的多啦!你算是什么东西!"

阿Q没有家,住在未庄的土谷祠里;也没有固定的职业,只给人家做短工,割麦便割麦,舂米便舂米,撑船便撑船。工作略长久时,他也或住在临时主人的家里,但一完就走了。所以,人们忙碌的时候,也还记起阿Q来,然而记起的是做工,并不是"行状";一闲空,连阿Q都早忘却,更不必说"行状"了。只是有一回,有一个老头子颂扬说:"阿Q真能做!"这时阿Q赤着膊,懒洋洋的瘦伶仃的正在他面前,别人也摸不着这话是真心还是讥笑,然而阿Q很喜欢。

阿Q又很自尊,所有未庄的居民,全不在他眼睛里,甚而至于对于两位"文童"也有以为不值一笑的神情。夫文童者,将来恐怕要变秀才者也;赵太爷钱太爷大受居民的尊敬,除有钱之外,就因为都是文童的爹爹,而阿Q在精神上独不表格外的崇奉,他想:我的儿子会阔得多啦!加以进了几回城,阿Q自然更自负,然而他又很鄙薄城里人,譬如用三尺长三寸宽的木板做成的凳子,未庄叫"长凳",他也叫"长凳",城里人却叫"条凳",他想:这是错的,可笑!油煎大头鱼,未庄都加上半寸长的葱叶,城里却加上切细的葱丝,他想:这也是错的,可笑!然而未庄人真是不见世面的可笑的乡下人呵,他们没有见过城里的煎鱼!

阿Q"先前阔",见识高,而且"真能做",本来几乎是一个"完人"了,但可惜他体质上还有一些缺点。最恼人的是在他头皮上,颇有几处不知起于何时的癞疮疤。这虽然也在他身上,而看阿Q的意思,倒也似乎以为不足贵的，因为他讳说“癞”以及一切近于“赖”的音，后来推而广之，“光”也讳，“亮”也讳，再后来，连“灯”“烛”都讳了。一犯讳，不问有心与无心，阿Q便全疤通红的发起怒来，估量了对手，口讷的他便骂，气力小的他便打；然而不知怎么一回事，总还是阿Q吃亏的时候多。于是他渐渐的变换了方针，大抵改为怒目而视了。

谁知道阿Q采用怒目主义之后，未庄的闲人们便愈喜欢玩笑他。一见面，他们便假作吃惊的说：

“哙，亮起来了。”

阿Q照例的发了怒，他怒目而视了。

“原来有保险灯在这里！”他们并不怕。

阿Q没有法，只得另外想出报复的话来：

“你还不配……”这时候，又仿佛在他头上的是一种高尚的光容的癞头疮，并非平常的癞头疮了；但上文说过，阿Q是有见识的，他立刻知道和“犯忌”有点抵触，便不再往底下说。

闲人还不完，只撩他，于是终而至于打。阿Q在形式上打败了，被人揪住黄辫子，在壁上碰了四五个响头，闲人这才心满意足的得胜的走了，阿Q站了一刻，心里想，“我总算被儿子打了，现在的世界真不像样……”于是也心满意足的得胜的走了。

阿Q想在心里的，后来每每说出口来，所以凡有和阿Q玩笑的人们，几乎全知道他有这一种精神上的胜利法，此后每逢揪住他黄辫子的时候，人就先一着对他说：

“阿Q，这不是儿子打老子，是人打畜生。自己说：人打畜生！”

阿Q两只手都捏住了自己的辫根，歪着头，说道：

“打虫豸，好不好？我是虫豸——还不放么？”

但虽然是虫豸，闲人也并不放，仍旧在就近什么地方给他碰了五六个响头，这才心满意足的得胜的走了，他以为阿Q这回可遭了瘟。然而不到十秒钟，阿Q也心满意足的得胜的走了，他觉得他是第一个能够自轻自贱的人，除了“自轻自贱”不算外，余下的就是“第一个”。状元不也是“第一个”么？“你算是什么东西”呢！？

阿Q以如是等等妙法克服怨敌之后，便愉快的跑到酒店里喝几碗酒，又和别人调笑一通，口角一通，又得了胜，愉快的回到土谷祠，放倒头睡着了。假使有钱，他便去押牌宝，一堆人蹲在地面上，阿Q即汗流满面的夹在这中间，声音他最响：

“青龙四百！”

“咳～～开～～啦！”桩家揭开盒子盖，也是汗流满面的唱。“天门啦～～角回啦～～！人和穿堂空在那里啦～～！阿Q的铜钱拿过来～～！”

“穿堂一百——一百五十！”

阿Q的钱便在这样的歌吟之下，渐渐的输入别个汗流满面的人物的腰间。他终于只好挤出堆外，站在后面看，替别人着急，一直到散场，然后恋恋的回到土谷祠，第二天，肿着眼睛去工作。

但真所谓“塞翁失马安知非福”罢，阿Q不幸而赢了一回，他倒几乎失败了。

这是未庄赛神的晚上。这晚上照例有一台戏，戏台左近，也照例有许多的赌摊。做戏的锣鼓，在阿Q耳朵里仿佛在十里之外；他只听得桩家的歌唱了。他赢而又赢，铜钱变成角洋，角洋变成大洋，大洋又成了叠。他兴高采烈得非常：

“天门两块！”

他不知道谁和谁为什么打起架来了。骂声打声脚步声，昏头昏脑的一大阵，他才爬起来，赌摊不见了，人们也不见了，身上有几处很似乎有些痛，似乎也挨了几拳几脚似的，几个人诧异的对他看。他如有所失的走进土谷祠，定一定神，知道他的一堆洋钱不见了。赶赛会的赌摊多不是本村人，还到那里去寻根柢呢？

很白很亮的一堆洋钱！而且是他的——现在不见了！说是算被儿子拿去了罢，总还是忽忽不乐；说自己是虫豸罢，也还是忽忽不乐：他这回才有些感到失败的苦痛了。

但他立刻转败为胜了。他擎起右手，用力的在自己脸上连打了两个嘴巴，热剌剌的有些痛；打完之后，便心平气和起来，似乎打的是自己，被打的是别一个自己，不久也就仿佛是自己打了别个一般，——虽然还有些热剌刺,——心满意足的得胜的躺下了。

他睡着了。

第三章 续优胜记略

然而阿Q虽然常优胜,却直待蒙赵太爷打他嘴巴之后,这才出了名。

他付过地保二百文酒钱,愤愤的躺下了,后来想:“现在的世界太不成话,儿子打老子……”于是忽而想到赵太爷的威风,而现在是他的儿子了,便自己也渐渐的得意起来,爬起身,唱着《小孤孀上坟》到酒店去。这时候,他又觉得赵太爷高人一等了。

说也奇怪,从此之后,果然大家也仿佛格外尊敬他。这在阿Q,或者以为因为他是赵太爷的父亲,而其实也不然。未庄通例,倘如阿七打阿八,或者李四打张三,向来本不算一件事,必须与一位名人如赵太爷者相关,这才载上他们的口碑。一上口碑,则打的既有名,被打的也就托庇有了名。至于错在阿Q,那自然是不必说。所以者何?就因为赵太爷是不会错的。但他既然错,为什么大家又仿佛格外尊敬他呢?这可难解,穿凿起来说,或者因为阿Q说是赵太爷的本家,虽然挨了打,大家也还怕有些真,总不如尊敬一些稳当。否则,也如孔庙里的太牢一般,虽然与猪羊一样,同是畜生,但既经圣人下箸,先儒们便不敢妄动了。

阿Q此后倒得意了许多年。

有一年的春天,他醉醺醺的在街上走,在墙根的日光下,看见王胡在那里赤着膊捉虱子,他忽然觉得身上也痒起来了。这王胡,又癞又胡,别人都叫他王癞胡,阿Q却删去了一个癞字,然而非常渺视他。阿Q的意思,以为癞是不足为奇的,只有这一部络腮胡子,实在太新奇,令人看不上眼。他于是并排坐下去了。倘是别的闲人们,阿Q本不敢大意坐下去。但这王胡旁边,他有什么怕呢?老实说:他肯坐下去,简直还是抬举他。

阿Q也脱下破夹袄来,翻检了一回,不知道因为新洗呢还是因为粗心,许多工夫,只捉到三四个。他看那王胡,却是一个又一个,两个又三个,只放在嘴里毕毕剥剥的响。

阿Q最初是失望,后来却不平了:看不上眼的王胡尚且那么多,自己倒反这样少，这是怎样的大失体统的事呵！他很想寻一两个大的，然而竟没有，好容易才捉到一个中的，恨恨的塞在厚嘴唇里，狠命一咬，劈的一声，又不及王胡响。

他癞疮疤块块通红了，将衣服摔在地上，吐一口唾沫，说：

“这毛虫！”

“癞皮狗，你骂谁？”王胡轻蔑的抬起眼来说。

阿Q近来虽然比较的受人尊敬，自己也更高傲些，但和那些打惯的闲人们见面还胆怯，独有这回却非常武勇了。这样满脸胡子的东西，也敢出言无状么？

“谁认便骂谁！”他站起来，两手叉在腰间说。

“你的骨头痒了么？”王胡也站起来，披上衣服说。

阿Q以为他要逃了，抢进去就是一拳。这拳头还未达到身上，已经被他抓住了，只一拉，阿Q跄跄踉踉的跌进去，立刻又被王胡扭住了辫子，要拉到墙上照例去碰头。

“‘君子动口不动手’！”阿Q歪着头说。

王胡似乎不是君子，并不理会，一连给他碰了五下，又用力的一推，至于阿Q跌出六尺多远，这才满足的去了。

在阿Q的记忆上，这大约要算是生平第一件的屈辱，因为王胡以络腮胡子的缺点，向来只被他奚落，从没有奚落他，更不必说动手了。而他现在竟动手，很意外，难道真如市上所说，皇帝已经停了考，不要秀才和举人了，因此赵家减了威风，因此他们也便小觑了他么？

阿Q无可适从的站着。

远远的走来了一个人，他的对头又到了。这也是阿Q最厌恶的一个人，就是钱太爷的大儿子。他先前跑上城里去进洋学堂，不知怎么又跑到东洋去了，半年之后他回到家里来，腿也直了，辫子也不见了，他的母亲大哭了十几场，他的老婆跳了三回井。后来，他的母亲到处说，“这辫子是被坏人灌醉了酒剪去的。本来可以做大官，现在只好等留长再说了。”然而阿Q不肯信，偏称他“假洋鬼子”，也叫作“里通外国的人”，一见他，一定在肚子里暗暗的咒骂。

阿Q尤其"深恶而痛绝之"的，是他的一条假辫子。辫子而至于假，就是没有了做人的资格；他的老婆不跳第四回井，也不是好女人。

这"假洋鬼子"近来了。

"秃儿。驴……"阿Q历来本只在肚子里骂，没有出过声，这回因为正气忿，因为要报仇，便不由的轻轻的说出来了。

不料这秃儿却拿着一支黄漆的棍子——就是阿Q所谓哭丧棒——大踏步走了过来。阿Q在这刹那，便知道大约要打了，赶紧抽紧筋骨，耸了肩膀等候着，果然，拍的一声，似乎确凿打在自己头上了。

"我说他！"阿Q指着近旁的一个孩子，分辩说。

拍！拍拍！

在阿Q的记忆上，这大约要算是生平第二件的屈辱。幸而拍拍的响了之后，于他倒似乎完结了一件事，反而觉得轻松些，而且"忘却"这一件祖传的宝贝也发生了效力，他慢慢的走，将到酒店门口，早已有些高兴了。

但对面走来了静修庵里的小尼姑。阿Q便在平时，看见伊也一定要唾骂，而况在屈辱之后呢？他于是发生了回忆，又发生了敌忾了。

"我不知道我今天为什么这样晦气，原来就因为见了你！"他想。

他迎上去，大声的吐一口唾沫：

"咳，呸！"

小尼姑全不睬，低了头只是走。阿Q走近伊身旁，突然伸出手去摩着伊新剃的头皮，呆笑着，说：

"秃儿！快回去，和尚等着你……"

"你怎么动手动脚……"尼姑满脸通红的说，一面赶快走。

酒店里的人大笑了。阿Q看见自己的勋业得了赏识，便愈加兴高采烈起来：

"和尚动得，我动不得？"他扭住伊的面颊。

酒店里的人大笑了。阿Q更得意，而且为满足那些赏鉴家起见，再用力的一拧，才放手。

他这一战，早忘却了王胡，也忘却了假洋鬼子，似乎对于今天的一切"晦气"都报了仇；而且奇怪，又仿佛全身比拍拍的响了之后更轻松，飘飘然的似乎要飞去了。

“这断子绝孙的阿Q!”远远地听得小尼姑的带哭的声音。

“哈哈哈!”阿Q十分得意的笑。

“哈哈哈!”酒店里的人也九分得意的笑。

第四章　恋爱的悲剧

有人说:有些胜利者,愿意敌手如虎,如鹰,他才感得胜利的欢喜;假使如羊,如小鸡,他便反觉得胜利的无聊。又有些胜利者,当克服一切之后,看见死的死了,降的降了,“臣诚惶诚恐死罪死罪”,他于是没有了敌人,没有了对手,没有了朋友,只有自己在上,一个,孤另另,凄凉,寂寞,便反而感到了胜利的悲哀。然而我们的阿Q却没有这样乏,他是永远得意的:这或者也是中国精神文明冠于全球的一个证据了。

看哪,他飘飘然的似乎要飞去了!

然而这一次的胜利,却又使他有些异样。他飘飘然的飞了大半天,飘进土谷祠,照例应该躺下便打鼾。谁知道这一晚,他很不容易合眼,他觉得自己的大拇指和第二指有点古怪:仿佛比平常滑腻些。不知道是小尼姑的脸上有一点滑腻的东西粘在他指上,还是他的指头在小尼姑脸上磨得滑腻了?……

“断子绝孙的阿Q!”

阿Q的耳朵里又听到这句话。他想:不错,应该有一个女人,断子绝孙便没有人供一碗饭,……应该有一个女人。夫“不孝有三无后为大”,而“若敖之鬼馁而”,也是一件人生的大哀,所以他那思想,其实是样样合于圣经贤传的,只可惜后来有些“不能收其放心”了。

“女人,女人!……”他想。

“……和尚动得……女人,女人!……女人!”他又想。

我们不能知道这晚上阿Q在什么时候才打鼾。但大约他从此总觉得指头有些滑腻,所以他从此总有些飘飘然;“女……”他想。

即此一端,我们便可以知道女人是害人的东西。

中国的男人,本来大半都可以做圣贤,可惜全被女人毁掉了。商是妲己闹亡的；周是褒姒弄坏的；秦……虽然史无明文，我们也假定他因为女人，大约未必十分错；而董卓可是的确给貂蝉害死了。

阿Q本来也是正人，我们虽然不知道他曾蒙什么明师指授过，但他对于"男女之大防"却历来非常严；也很有排斥异端——如小尼姑及假洋鬼子之类——的正气。他的学说是：凡尼姑，一定与和尚私通；一个女人在外面走，一定想引诱野男人；一男一女在那里讲话，一定要有勾当了。为惩治他们起见，所以他往往怒目而视，或者大声说几句"诛心"话，或者在冷僻处，便从后面掷一块小石头。

谁知道他将到"而立"之年，竟被小尼姑害得飘飘然了。这飘飘然的精神，在礼教上是不应该有的，——所以女人真可恶，假使小尼姑的脸上不滑腻，阿Q便不至于被蛊，又假使小尼姑的脸上盖一层布，阿Q便也不至于被蛊了，——他五六年前，曾在戏台下的人丛中拧过一个女人的大腿，但因为隔一层裤，所以此后并不飘飘然，——而小尼姑并不然，这也足见异端之可恶。

"女……"阿Q想。

他对于以为"一定想引诱野男人"的女人，时常留心看，然而伊并不对他笑。他对于和他讲话的女人，也时常留心听，然而伊又并不提起关于什么勾当的话来。哦，这也是女人可恶之一节：伊们全都要装"假正经"的。

这一天，阿Q在赵太爷家里舂了一天米，吃过晚饭，便坐在厨房里吸旱烟。倘在别家，吃过晚饭本可以回去的了，但赵府上晚饭早，虽说定例不准掌灯，一吃完便睡觉，然而偶然也有一些例外：其一，是赵大爷未进秀才的时候，准其点灯读文章；其二，便是阿Q来做短工的时候，准其点灯舂米。因为这一条例外，所以阿Q在动手舂米之前，还坐在厨房里吸旱烟。

吴妈，是赵太爷家里唯一的女仆，洗完了碗碟，也就在长凳上坐下了，而且和阿Q谈闲天：

"太太两天没有吃饭哩，因为老爷要买一个小的……"

"女人……吴妈……这小孤孀……"阿Q想。

"我们的少奶奶是八月里要生孩子了……"

"女人……"阿Q想。

阿Q放下烟管，站了起来。

“我们的少奶奶……”吴妈还唠叨说。

“我和你困觉，我和你困觉！”阿Q忽然抢上去，对伊跪下了。

一刹时中很寂然。

“阿呀！”吴妈楞了一息，突然发抖，大叫着往外跑，且跑且嚷，似乎后来带哭了。

阿Q对了墙壁跪着也发楞，于是两手扶着空板凳，慢慢的站起来，仿佛觉得有些糟。他这时确也有些忐忑了，慌张的将烟管插在裤带上，就想去舂米。蓬的一声，头上着了很粗的一下，他急忙回转身去，那秀才便拿了一支大竹杠站在他面前。

“你反了，……你这……”

大竹杠又向他劈下来了。阿Q两手去抱头，拍的正打在指节上，这可很有一些痛。他冲出厨房门，仿佛背上又着了一下似的。

“忘八蛋！”秀才在后面用了官话这样骂。

阿Q奔入舂米场，一个人站着，还觉得指头痛，还记得“忘八蛋”，因为这话是未庄的乡下人从来不用，专是见过官府的阔人用的，所以格外怕，而印象也格外深。但这时，他那“女……”的思想却也没有了。而且打骂之后，似乎一件事也已经收束，倒反觉得一无挂碍似的，便动手去舂米。舂了一会，他热起来了，又歇了手脱衣服。

脱下衣服的时候，他听得外面很热闹，阿Q生平本来最爱看热闹，便即寻声走出去了。寻声渐渐的寻到赵太爷的内院里，虽然在昏黄中，却辨得出许多人，赵府一家连两日不吃饭的太太也在内，还有间壁的邹七嫂，真正本家的赵白眼，赵司晨。

少奶奶正拖着吴妈走出下房来，一面说：

“你到外面来，……不要躲在自己房里想……”

“谁不知道你正经，……短见是万万寻不得的。”邹七嫂也从旁说。

吴妈只是哭，夹些话，却不甚听得分明。

阿Q想：“哼，有趣，这小孤孀不知道闹着什么玩意儿了？”他想打听，走近赵司晨的身边。这时他猛然间看见赵大爷向他奔来，而且手里捏着一支大竹杠。他看见这一支大竹杠,便猛然间悟到自己曾经被打,和这一场热闹似乎有点相关。他翻身便走,想逃回舂米场,不图这支竹杠阻了他的去路,于是他又翻身便走,自然而然的走出后门,不多工夫,已在土谷祠内了。

阿Q坐了一会,皮肤有些起粟,他觉得冷了,因为虽在春季,而夜间颇有余寒,尚不宜于赤膊。他也记得布衫留在赵家,但倘若去取,又深怕秀才的竹杠。然而地保进来了。

“阿Q,你的妈妈的!你连赵家的用人都调戏起来,简直是造反。害得我晚上没有觉睡,你的妈妈的!……”

如是云云的教训了一通,阿Q自然没有话。临末,因为在晚上,应该送地保加倍酒钱四百文,阿Q正没有现钱,便用一顶毡帽做抵押,并且订定了五条件:

一 明天用红烛——要一斤重的——一对,香一封,到赵府上去赔罪。

二 赵府上请道士祓除缢鬼,费用由阿Q负担。

三 阿Q从此不准踏进赵府的门槛。

四 吴妈此后倘有不测,惟阿Q是问。

五 阿Q不准再去索取工钱和布衫。

阿Q自然都答应了,可惜没有钱。幸而已经春天,棉被可以无用,便质了二千大钱,履行条约。赤膊磕头之后,居然还剩几文,他也不再赎毡帽,统统喝了酒了。但赵家也并不烧香点烛,因为太太拜佛的时候可以用,留着了。那破布衫是大半做了少奶奶八月间生下来的孩子的衬尿布,那小半破烂的便都做了吴妈的鞋底。

第五章 生计问题

阿Q礼毕之后,仍旧回到土谷祠,太阳下去了,渐渐觉得世上有些古怪。他仔细一想,终于省悟过来:其原因盖在自己的赤膊。他记得破夹袄还在,便披在身上,躺倒了,待张开眼睛,原来太阳又已经照在西墙上头了。他坐起身,一面说道,“妈妈的……”

他起来之后,也仍旧在街上逛,虽然不比赤膊之有切肤之痛,却又渐渐的觉得世上有些古怪了。仿佛从这一天起,未庄的女人们忽然都怕了羞,伊们一见阿Q走来,便个个躲进门里去。甚而至于将近五十岁的邹七嫂,也跟着别人乱钻,而且将十一岁的女儿都叫进去了。阿Q很以为奇,而且想:"这些东西忽然都学起小姐模样来了。这娼妇们……"

但他更觉得世上有些古怪,却是许多日以后的事。其一,酒店不肯赊欠了;其二,管土谷祠的老头子说些废话,似乎叫他走;其三,他虽然记不清多少日,但确乎有许多日,没有一个人来叫他做短工。酒店不赊,熬着也罢了;老头子催他走,噜苏一通也就算了;只是没有人来叫他做短工,却使阿Q肚子饿:这委实是一件非常"妈妈的"的事情。

阿Q忍不下去了,他只好到老主顾的家里去探问,——但独不许踏进赵府的门槛,——然而情形也异样:一定走出一个男人来,现了十分烦厌的相貌,像回复乞丐一般的摇手道:

"没有没有!你出去!"

阿Q愈觉得稀奇了。他想,这些人家向来少不了要帮忙,不至于现在忽然都无事,这总该有些蹊跷在里面了。他留心打听,才知道他们有事都去叫小Don。这小D,是一个穷小子,又瘦又乏,在阿Q的眼睛里,位置是在王胡之下的,谁料这小子竟谋了他的饭碗去。所以阿Q这一气,更与平常不同,当气愤愤的走着的时候,忽然将手一扬,唱道:

"我手执钢鞭将你打!……"

几天之后,他竟在钱府的照壁前遇见了小D。"仇人相见分外眼明",阿Q便迎上去,小D也站住了。

"畜生!"阿Q怒目而视的说,嘴角上飞出唾沫来。

"我是虫豸,好么?……"小D说。

这谦逊反使阿Q更加愤怒起来,但他手里没有钢鞭,于是只得扑上去,伸手去拔小D的辫子。小D一手护住了自己的辫根,一手也来拔阿Q的辫子,阿Q便也将空着的一只手护住了自己的辫根。从先前的阿Q看来,小D本来是不足齿数的,但他近来挨了饿,又瘦又乏已经不下于小D,所以便成了势均力敌的现象,四只手拔着两颗头,都弯了腰,在钱家粉墙上映出一个蓝色的虹形,至于半点钟之久了。

"好了,好了!"看的人们说,大约是解劝的。

“好，好！”看的人们说，不知道是解劝，是颂扬，还是煽动。

然而他们都不听。阿Q进三步，小D便退三步，都站着；小D进三步，阿Q便退三步，又都站着。大约半点钟，——未庄少有自鸣钟，所以很难说，或者二十分，——他们的头发里便都冒烟，额上便都流汗，阿Q的手放松了，在同一瞬间，小D的手也正放松了，同时直起，同时退开，都挤出人丛去。

“记着罢，妈妈的……”阿Q回过头去说。

“妈妈的，记着罢……”小D也回过头来说。

这一场“龙虎斗”似乎并无胜败，也不知道看的人可满足，都没有发什么议论，而阿Q却仍然没有人来叫他做短工。

有一日很温和，微风拂拂的颇有些夏意了，阿Q却觉得寒冷起来，但这还可担当，第一倒是肚子饿。棉被，毡帽，布衫，早已没有了，其次就卖了棉袄；现在有裤子，却万不可脱的；有破夹袄，又除了送人做鞋底之外，决定卖不出钱。他早想在路上拾得一注钱，但至今还没有见；他想在自己的破屋里忽然寻到一注钱，慌张的四顾，但屋内是空虚而且了然。于是他决计出门求食去了。

他在路上走着要“求食”，看见熟识的酒店，看见熟识的馒头，但他都走过了，不但没有暂停，而且并不想要。他所求的不是这类东西了；他求的是什么东西，他自己不知道。

未庄本不是大村镇，不多时便走尽了。村外多是水田，满眼是新秧的嫩绿，夹着几个圆形的活动的黑点，便是耕田的农夫。阿Q并不赏鉴这田家乐，却只是走，因为他直觉的知道这与他的“求食”之道是很辽远的。但他终于走到静修庵的墙外了。

庵周围也是水田，粉墙突出在新绿里，后面的低土墙里是菜园。阿Q迟疑了一会，四面一看，并没有人。他便爬上这矮墙去，扯着何首乌藤，但泥土仍然簌簌的掉，阿Q的脚也索索的抖；终于攀着桑树枝，跳到里面了。里面真是郁郁葱葱，但似乎并没有黄酒馒头，以及此外可吃的之类。靠西墙是竹丛，下面许多笋，只可惜都是并未煮熟的，还有油菜早经结子，芥菜已将开花，小白菜也很老了。

阿Q仿佛文童落第似的觉得很冤屈，他慢慢走近园门去，忽而非常惊喜了，这分明是一畦老萝卜。他于是蹲下便拔，而门口突然伸出一个很圆的头来，又即缩回去了，这分明是小尼姑。小尼姑之流是阿Q本来视若草芥的，但世事须"退一步想"，所以他便赶紧拔起四个萝卜，拧下青叶，兜在大襟里。然而老尼姑已经出来了。

"阿弥陀佛，阿Q，你怎么跳进园里来偷萝卜！……阿呀，罪过呵，阿唷，阿弥陀佛！……"

"我什么时候跳进你的园里来偷萝卜？"阿Q且看且走的说。

"现在……这不是？"老尼姑指着他的衣兜。

"这是你的？你能叫得他答应你么？你……"

阿Q没有说完话，拔步便跑；追来的是一匹很肥大的黑狗。这本来在前门的，不知怎的到后园来了。黑狗哼而且追，已经要咬着阿Q的腿，幸而从衣兜里落下一个萝卜来，那狗给一吓，略略一停，阿Q已经爬上桑树，跨到土墙，连人和萝卜都滚出墙外面了。只剩着黑狗还在对着桑树嗥，老尼姑念着佛。

阿Q怕尼姑又放出黑狗来，拾起萝卜便走，沿路又检了几块小石头，但黑狗却并不再出现。阿Q于是抛了石块，一面走一面吃，而且想道，这里也没有什么东西寻，不如进城去……

待三个萝卜吃完时，他已经打定了进城的主意了。

第六章　从中兴到末路

在未庄再看见阿Q出现的时候，是刚过了这年的中秋。人们都惊异，说是阿Q回来了，于是又回上去想道，他先前那里去了呢？阿Q前几回的上城，大抵早就兴高采烈的对人说，但这一次却并不，所以也没有一个人留心到。他或者也曾告诉过管土谷祠的老头子，然而未庄老例，只有赵太爷钱太爷和秀才大爷上城才算一件事。假洋鬼子尚且不足数，何况是阿Q：因此老头子也就不替他宣传，而未庄的社会上也就无从知道了。

但阿Q这回的回来，却与先前大不同，确乎很值得惊异。天色将黑，他睡眼蒙胧的在酒店门前出现了，他走近柜台，从腰间伸出手来，满把是银的和铜的，在柜上一扔说，"现钱！打酒来！"穿的是新夹袄，看去腰间还挂着一个大搭连，沉钿钿的将裤带坠成了很弯很弯的弧线。未庄老例，看见略有些醒目的人物，是与其慢也宁敬的，现在虽然明知道是阿Q，但因为和破夹袄的阿Q有些两样了，古人云，"士别三日便当刮目相待"，所以堂倌，掌柜，酒客，路人，便自然显出一种疑而且敬的形态来。掌柜既先之以点头，又继之以谈话：

"嚄，阿Q，你回来了！"

"回来了。"

"发财发财，你是——在……"

"上城去了！"

这一件新闻，第二天便传遍了全未庄。人人都愿意知道现钱和新夹袄的阿Q的中兴史，所以在酒店里，茶馆里，庙檐下，便渐渐的探听出来了。这结果，是阿Q得了新敬畏。

据阿Q说，他是在举人老爷家里帮忙。这一节，听的人都肃然了。这老爷本姓白，但因为合城里只有他一个举人，所以不必再冠姓，说起举人来就是他。这也不独在未庄是如此，便是一百里方圆之内也都如此，人们几乎多以为他的姓名就叫举人老爷的了。在这人的府上帮忙，那当然是可敬的。但据阿Q又说，他却不高兴再帮忙了，因为这举人老爷实在太"妈妈的"了。这一节，听的人都叹息而且快意，因为阿Q本不配在举人老爷家里帮忙，而不帮忙是可惜的。

据阿Q说，他的回来，似乎也由于不满意城里人，这就在他们将长凳称为条凳，而且煎鱼用葱丝，加以最近观察所得的缺点，是女人的走路也扭得不很好。然而也偶有大可佩服的地方，即如未庄的乡下人不过打三十二张的竹牌，只有假洋鬼子能够叉"麻酱"，城里却连小乌龟子都叉得精熟的。什么假洋鬼子，只要放在城里的十几岁的小乌龟子的手里，也就立刻是"小鬼见阎王"。这一节，听的人都赧然了。

"你们可看见过杀头么？"阿Q说，"咳，好看。杀革命党。唉，好看好看，……"他摇摇头，将唾沫飞在正对面的赵司晨的脸上。这一节，听的人都凛然了。但阿Q又四面一看，忽然扬起右手，照着伸长脖子听得出神的王胡的后项窝上直劈下去道：

"嚓!"

王胡惊得一跳,同时电光石火似的赶快缩了头,而听的人又都悚然而且欣然了。从此王胡瘟头瘟脑的许多日,并且再不敢走近阿Q的身边;别的人也一样。

阿Q这时在未庄人眼睛里的地位,虽不敢说超过赵太爷,但谓之差不多,大约也就没有什么语病的了。

然而不多久,这阿Q的大名忽又传遍了未庄的闺中。虽然未庄只有钱赵两姓是大屋,此外十之九都是浅闺,但闺中究竟是闺中,所以也算得一件神异。女人们见面时一定说,邹七嫂在阿Q那里买了一条蓝绸裙,旧固然是旧的,但只化了九角钱。还有赵白眼的母亲,——一说是赵司晨的母亲,待考,——也买了一件孩子穿的大红洋纱衫,七成新,只用三百大钱九二串。于是伊们都眼巴巴的想见阿Q,缺绸裙的想问他买绸裙,要洋纱衫的想问他买洋纱衫,不但见了不逃避,有时阿Q已经走过了,也还要追上去叫住他,问道:

"阿Q,你还有绸裙么?没有?纱衫也要的,有罢?"

后来这终于从浅闺传进深闺里去了。因为邹七嫂得意之余,将伊的绸裙请赵太太去鉴赏,赵太太又告诉了赵太爷而且着实恭维了一番。赵太爷便在晚饭桌上,和秀才大爷讨论,以为阿Q实在有些古怪,我们门窗应该小心些;但他的东西,不知道可还有什么可买,也许有点好东西罢。加以赵太太也正想买一件价廉物美的皮背心。于是家族决议,便托邹七嫂即刻去寻阿Q,而且为此新辟了第三种的例外:这晚上也姑且特准点油灯。

油灯干了不少了,阿Q还不到。赵府的全眷都很焦急,打着呵欠,或恨阿Q太飘忽,或怨邹七嫂不上紧。赵太太还怕他因为春天的条件不敢来,而赵太爷以为不足虑:因为这是"我"去叫他的。果然,到底赵太爷有见识,阿Q终于跟着邹七嫂进来了。

"他只说没有没有,我说你自己当面说去,他还要说,我说……"邹七嫂气喘吁吁的走着说。

"太爷!"阿Q似笑非笑的叫了一声,在檐下站住了。

"阿Q,听说你在外面发财,"赵太爷踱开去,眼睛打量着他的全身,一面说。“那很好，那很好的。这个，……听说你有些旧东西，……可以都拿来看一看，……这也并不是别的，因为我倒要……”

“我对邹七嫂说过了。都完了。”

“完了？”赵太爷不觉失声的说，“那里会完得这样快呢？”

“那是朋友的，本来不多。他们买了些，……”

“总该还有一点罢。”

“现在，只剩了一张门幕了。”

“就拿门幕来看看罢。”赵太太慌忙说。

“那么，明天拿来就是，”赵太爷却不甚热心了。“阿Q，你以后有什么东西的时候，你尽先送来给我们看，……”

“价钱决不会比别家出得少！”秀才说。秀才娘子忙一瞥阿Q的脸，看他感动了没有。

“我要一件皮背心。”赵太太说。

阿Q虽然答应着，却懒洋洋的出去了，也不知道他是否放在心上。这使赵太爷很失望，气愤而且担心，至于停止了打呵欠。秀才对于阿Q的态度也很不平，于是说，这忘八蛋要提防，或者竟不如吩咐地保，不许他住在未庄。但赵太爷以为不然，说这也怕要结怨，况且做这路生意的大概是“老鹰不吃窝下食”，本村倒不必担心的；只要自己夜里警醒点就是了。秀才听了这“庭训”，非常之以为然，便即刻撤消了驱逐阿Q的提议，而且叮嘱邹七嫂，请伊万不要向人提起这一段话。

但第二日，邹七嫂便将那蓝裙去染了皂，又将阿Q可疑之点传扬出去了，可是确没有提起秀才要驱逐他这一节。然而这已经于阿Q很不利。最先，地保寻上门了，取了他的门幕去，阿Q说是赵太太要看的，而地保也不还，并且要议定每月的孝敬钱。其次，是村人对于他的敬畏忽而变相了，虽然还不敢来放肆，却很有远避的神情，而这神情和先前的防他来“嚓”的时候又不同，颇混着“敬而远之”的分子了。

只有一班闲人们却还要寻根究底的去探阿Q的底细。阿Q也并不讳饰，傲然的说出他的经验来。从此他们才知道，他不过是一个小脚色，不但不能上墙，并且不能进洞，只站在洞外接东西。有一夜，他刚才接到一个包，正手再进去，不一会，只听得里面大嚷起来，他便赶紧跑，连夜爬出城，逃回未庄来了，从此不敢再去做。然而这故事却于阿Q更不利，村人对于阿Q的"敬而远之"者，本因为怕结怨，谁料他不过是一个不敢再偷的偷儿呢？这实在是"斯亦不足畏也矣"。

第七章 革 命

宣统三年九月十四日——即阿Q将搭连卖给赵白眼的这一天——三更四点，有一只大乌篷船到了赵府上的河埠头。这船从黑魆魆中荡来，乡下人睡得熟，都没有知道；出去时将近黎明，却很有几个看见的了。据探头探脑的调查来的结果，知道那竟是举人老爷的船！

那船便将大不安载给了未庄，不到正午，全村的人心就很摇动。船的使命，赵家本来是很秘密的，但茶坊酒肆里却都说，革命党要进城，举人老爷到我们乡下来逃难了。惟有邹七嫂不以为然，说那不过是几口破衣箱，举人老爷想来寄存的，却已被赵太爷回复转去。其实举人老爷和赵秀才素不相能，在理本不能有"共患难"的情谊，况且邹七嫂又和赵家是邻居，见闻较为切近，所以大概该是伊对的。

然而谣言很旺盛，说举人老爷虽然似乎没有亲到，却有一封长信，和赵家排了"转折亲"。赵太爷肚里一轮，觉得于他总不会有坏处，便将箱子留下了，现就塞在太太的床底下。至于革命党，有的说是便在这一夜进了城，个个白盔白甲：穿着崇正皇帝的素。

阿Q的耳朵里，本来早听到过革命党这一句话，今年又亲眼见过杀掉革命党。但他有一种不知从那里来的意见，以为革命党便是造反，造反便是与他为难，所以一向是"深恶而痛绝之"的。殊不料这却使百里闻名的举人老爷有这样怕，于是他未免也有些"神往"了，况且未庄的一群鸟男女的慌张的神情，也使阿Q更快意。

"革命也好罢，"阿Q想，"革这伙妈妈的的命，太可恶！太可恨！……便是我，也要投降革命党了。"

阿Q近来用度窘，大约略略有些不平；加以午间喝了两碗空肚酒，愈加醉得快，一面想一面走，便又飘飘然起来。不知怎么一来，忽而似乎革命党

便是自己,未庄人却都是他的俘虏了。他得意之余,禁不住大声的嚷道:

“造反了! 造反了!”

未庄人都用了惊惧的眼光对他看。这一种可怜的眼光,是阿 Q 从来没有见过的,一见之下,又使他舒服得如六月里喝了雪水。他更加高兴的走而且喊道:

“好,……我要什么就是什么,我欢喜谁就是谁。

得得,锵锵!

悔不该,酒醉错斩了郑贤弟,

悔不该,呀呀呀……

得得,锵锵,得,锵令锵!

我手执钢鞭将你打……”

赵府上的两位男人和两个真本家,也正站在大门口论革命。阿 Q 没有见,昂了头直唱过去。

“得得,……”

“老 Q,”赵太爷怯怯的迎着低声的叫。

“锵锵,”阿 Q 料不到他的名字会和“老”字联结起来,以为是一句别的话,与己无干,只是唱。“得,锵,锵令锵,锵!”

“老 Q。”

“悔不该……”

“阿 Q!”秀才只得直呼其名了。

阿 Q 这才站住,歪着头问道,“什么?”

“老 Q,……现在……”赵太爷却又没有话,“现在……发财么?”

“发财? 自然。要什么就是什么……”

“阿……Q 哥,像我们这样穷朋友是不要紧的……”赵白眼惴惴的说,似乎想探革命党的口风。

“穷朋友? 你总比我有钱。”阿 Q 说着自去了。

大家都怃然,没有话。赵太爷父子回家,晚上商量到点灯。赵白眼回家,便从腰间扯下搭连来,交给他女人藏在箱底里。

阿 Q 飘飘然的飞了一通,回到土谷祠,酒已经醒透了。这晚上,管祠的老头子也意外的和气，请他喝茶；阿Q便向他要了两个饼，吃完之后，又要了一支点过的四两烛和一个树烛台，点起来，独自躺在自己的小屋里。他说不出的新鲜而且高兴，烛火像元夜似的闪闪的跳，他的思想也迸跳起来了：

"造反？有趣，……来了一阵白盔白甲的革命党，都拿着板刀，钢鞭，炸弹，洋炮，三尖两刃刀，钩镰枪，走过土谷祠，叫道，'阿Q！同去同去！'于是一同去。……

"这时未庄的一伙鸟男女才好笑哩，跪下叫道，'阿Q，饶命！'谁听他！第一个该死的是小D和赵太爷，还有秀才，还有假洋鬼子，……留几条么？王胡本来还可留，但也不要了。……

"东西，……直走进去打开箱子来：元宝，洋钱，洋纱衫，……秀才娘子的一张宁式床先搬到土谷祠，此外便摆了钱家的桌椅，——或者也就用赵家的罢。自己是不动手的了，叫小D来搬，要搬得快，搬得不快打嘴巴。……

"赵司晨的妹子真丑。邹七嫂的女儿过几年再说。假洋鬼子的老婆会和没有辫子的男人睡觉，吓，不是好东西！秀才的老婆是眼胞上有疤的。……吴妈长久不见了，不知道在那里，——可惜脚太大。"

阿Q没有想得十分停当，已经发了鼾声，四两烛还只点去了小半寸，红焰焰的光照着他张开的嘴。

"荷荷！"阿Q忽而大叫起来，抬了头仓皇的四顾，待到看见四两烛，却又倒头睡去了。

第二天他起得很迟，走出街上看时，样样都照旧。他也仍然肚饿，他想着，想不起什么来；但他忽而似乎有了主意了，慢慢的跨开步，有意无意的走到静修庵。

庵和春天时节一样静，白的墙壁和漆黑的门。他想了一想，前去打门，一只狗在里面叫。他急急拾了几块断砖，再上去较为用力的打，打到黑门上生出许多麻点的时候，才听得有人来开门。

阿Q连忙捏好砖头，摆开马步，准备和黑狗来开战。但庵门只开了一条缝，并无黑狗从中冲出，望进去只有一个老尼姑。

"你又来什么事？"伊大吃一惊的说。

"革命了……你知道？……"阿Q说得很含胡。

“革命革命，革过一革的，……你们要革得我们怎么样呢？”老尼姑两眼通红的说。

“什么？……”阿Q诧异了。

“你不知道，他们已经来革过了！”

“谁？……”阿Q更其诧异了。

“那秀才和洋鬼子！”

阿Q很出意外，不由的一错愕；老尼姑见他失了锐气，便飞速的关了门，阿Q再推时，牢不可开，再打时，没有回答了。

那还是上午的事。赵秀才消息灵，一知道革命党已在夜间进城，便将辫子盘在顶上，一早去拜访那历来也不相能的钱洋鬼子。这是“咸与维新”的时候了，所以他们便谈得很投机，立刻成了情投意合的同志，也相约去革命。他们想而又想，才想出静修庵里有一块“皇帝万岁万万岁”的龙牌，是应该赶紧革掉的，于是又立刻同到庵里去革命。因为老尼姑来阻挡，说了三句话，他们便将伊当作满政府，在头上很给了不少的棍子和栗凿。尼姑待他们走后，定了神来检点，龙牌固然已经碎在地上了，而且又不见了观音娘娘座前的一个宣德炉。

这事阿Q后来才知道。他颇悔自己睡着，但也深怪他们不来招呼他。他又退一步想道：

“难道他们还没有知道我已经投降了革命党么？”

第八章 不准革命

未庄的人心日见其安静了。据传来的消息，知道革命党虽然进了城，倒还没有什么大异样。知县大老爷还是原官，不过改称了什么，而且举人老爷也做了什么——这些名目，未庄人都说不明白——官，带兵的也还是先前的老把总。只有一件可怕的事是另有几个不好的革命党夹在里面捣乱，第二天便动手剪辫子，听说那邻村的航船七斤便着了道儿，弄得不像人样子了。但这却还不算大恐怖，因为未庄人本来少上城，即使偶有想进城的，也就立刻变了计，碰不着这危险。阿Q本也想进城去寻他的老朋友，一得这消息，也只得作罢了。

但未庄也不能说是无改革。几天之后，将辫子盘在顶上的逐渐增加起来了，早经说过，最先自然是茂才公，其次便是赵司晨和赵白眼，后来是阿Q。倘在夏天，大家将辫子盘在头顶上或者打一个结，本不算什么稀奇事，但现在是暮秋，所以这"秋行夏令"的情形，在盘辫家不能不说是万分的英断，而在未庄也不能说无关于改革了。

赵司晨脑后空荡荡的走来，看见的人大嚷说，

"嚄，革命党来了！"

阿Q听到了很羡慕。他虽然早知道秀才盘辫的大新闻，但总没有想到自己可以照样做，现在看见赵司晨也如此，才有了学样的意思，定下实行的决心。他用一支竹筷将辫子盘在头顶上，迟疑多时，这才放胆的走去。

他在街上走，人也看他，然而不说什么话，阿Q当初很不快，后来便很不平。他近来很容易闹脾气了；其实他的生活，倒也并不比造反之前反艰难，人见他也客气，店铺也不说要现钱。而阿Q总觉得自己太失意：既然革了命，不应该只是这样的。况且有一回看见小D，愈使他气破肚皮了。

小D也将辫子盘在头顶上了，而且也居然用一支竹筷。阿Q万料不到他也敢这样做，自己也决不准他这样做！小D是什么东西呢？他很想即刻揪住他，拗断他的竹筷，放下他的辫子，并且批他几个嘴巴，聊且惩罚他忘了生辰八字，也敢来做革命党的罪。但他终于饶放了，单是怒目而视的吐一口唾沫道"呸！"

这几日里，进城去的只有一个假洋鬼子。赵秀才本也想靠着寄存箱子的渊源，亲身去拜访举人老爷的，但因为有剪辫的危险，所以也就中止了。他写了一封"黄伞格"的信，托假洋鬼子带上城，而且托他给自己绍介绍介，去进自由党。假洋鬼子回来时，向秀才讨还了四块洋钱，秀才便有一块银桃子挂在大襟上了；未庄人都惊服，说这是柿油党的顶子，抵得一个翰林；赵太爷因此也骤然大阔，远过于他儿子初隽秀才的时候，所以目空一切，见了阿Q，也就很有些不放在眼里了。

阿Q正在不平，又时时刻刻感着冷落，一听得这银桃子的传说，他立即悟出自己之所以冷落的原因了：要革命，单说投降，是不行的；盘上辫子，也不行的；第一着仍然要和革命党去结识。他生平所知道的革命党只有两个，

城里的一个早已"嚓"的杀掉了,现在只剩了一个假洋鬼子。他除却赶紧去和假洋鬼子商量之外,再没有别的道路了。

钱府的大门正开着,阿Q便怯怯的躄进去。他一到里面,很吃了惊,只见假洋鬼子正站在院子的中央,一身乌黑的大约是洋衣,身上也挂着一块银桃子,手里是阿Q曾经领教过的棍子,已经留到一尺多长的辫子都拆开了披在肩背上,蓬头散发的像一个刘海仙。对面挺直的站着赵白眼和三个闲人,正在必恭必敬的听说话。

阿Q轻轻的走近了,站在赵白眼的背后,心里想招呼,却不知道怎么说才好:叫他假洋鬼子固然是不行的了,洋人也不妥,革命党也不妥,或者就应该叫洋先生了罢。

洋先生却没有见他,因为白着眼睛讲得正起劲:

"我是性急的,所以我们见面,我总是说:洪哥!我们动手罢!他却总说道No!——这是洋话,你们不懂的。否则早已成功了。然而这正是他做事小心的地方。他再三再四的请我上湖北,我还没有肯。谁愿意在这小县城里做事情。……"

"唔,……这个……"阿Q候他略停,终于用十二分的勇气开口了,但不知道因为什么,又并不叫他洋先生。

听着说话的四个人都吃惊的回顾他。洋先生也才看见:

"什么?"

"我……"

"出去!"

"我要投……"

"滚出去!"洋先生扬起哭丧棒来了。

赵白眼和闲人们便都吆喝道:"先生叫你滚出去,你还不听么!"

阿Q将手向头上一遮,不自觉的逃出门外;洋先生倒也没有追。他快跑了六十多步,这才慢慢的走,于是心里便涌起了忧愁:洋先生不准他革命,他再没有别的路;从此决不能望有白盔白甲的人来叫他,他所有的抱负,志向,希望,前程,全被一笔勾销了。至于闲人们传扬开去,给小D王胡等辈笑话,倒是还在其次的事。

他似乎从来没有经验过这样的无聊。他对于自己的盘辫子，仿佛也觉得无意味，要侮蔑；为报仇起见，很想立刻放下辫子来，但也没有竟放。他游到夜间，赊了两碗酒，喝下肚去，渐渐的高兴起来了，思想里才又出现白盔白甲的碎片。

有一天，他照例的混到夜深，待酒店要关门，才踱回土谷祠去。

拍，吧～～！

他忽而听得一种异样的声音，又不是爆竹。阿Q本来是爱看热闹，爱管闲事的，便在暗中直寻过去。似乎前面有些脚步声；他正听，猛然间一个人从对面逃来了。阿Q一看见，便赶紧翻身跟着逃。那人转弯，阿Q也转弯，既转弯，那人站住了，阿Q也站住。他看后面并无什么，看那人便是小D。

"什么?"阿Q不平起来了。

"赵……赵家遭抢了!"小D气喘吁吁的说。

阿Q的心怦怦的跳了。小D说了便走；阿Q却逃而又停的两三回。但他究竟是做过"这路生意"的人，格外胆大，于是躄出路角，仔细的听，似乎有些嚷嚷，又仔细的看，似乎许多白盔白甲的人，络绎的将箱子抬出了，器具抬出了，秀才娘子的宁式床也抬出了，但是不分明，他还想上前，两只脚却没有动。

这一夜没有月，未庄在黑暗里很寂静，寂静到像羲皇时候一般太平。阿Q站着看到自己发烦，也似乎还是先前一样，在那里来来往往的搬，箱子抬出了，器具抬出了，秀才娘子的宁式床也抬出了，……抬得他自己有些不信他的眼睛了。但他决计不再上前，却回到自己的祠里去了。

土谷祠里更漆黑；他关好大门，摸进自己的屋子里。他躺了好一会，这才定了神，而且发出关于自己的思想来：白盔白甲的人明明到了，并不来打招呼，搬了许多好东西，又没有自己的份，——这全是假洋鬼子可恶，不准我造反，否则，这次何至于没有我的份呢？阿Q越想越气，终于禁不住满心痛恨起来，毒毒的点一点头："不准我造反，只准你造反？妈妈的假洋鬼子，——好，你造反！造反是杀头的罪名呵，我总要告一状，看你抓进县里去杀头，——满门抄斩，——嚓！嚓！"

第九章　大　团　圆

赵家遭抢之后，未庄人大抵很快意而且恐慌，阿 Q 也很快意而且恐慌。但四天之后，阿 Q 在半夜里忽被抓进县城里去了。那时恰是暗夜，一队兵，一队团丁，一队警察，五个侦探，悄悄地到了未庄，乘昏暗围住土谷祠，正对门架好机关枪；然而阿 Q 不冲出。许多时没有动静，把总焦急起来了，悬了二十千的赏，才有两个团丁冒了险，逾垣进去，里应外合，一拥而入，将阿 Q 抓出来；直待擒出祠外面的机关枪左近，他才有些清醒了。

到进城，已经是正午，阿 Q 见自己被搀进一所破衙门，转了五六个弯，便推在一间小屋里。他刚刚一跄踉，那用整株的木料做成的栅栏门便跟着他的脚跟阖上了，其余的三面都是墙壁，仔细看时，屋角上还有两个人。

阿 Q 虽然有些忐忑，却并不很苦闷，因为他那土谷祠里的卧室，也并没有比这间屋子更高明。那两个也仿佛是乡下人，渐渐和他兜搭起来了，一个说是举人老爷要追他祖父欠下来的陈租，一个不知道为了什么事。他们问阿 Q，阿 Q 爽利的答道，“因为我想造反。”

他下半天便又被抓出栅栏门去了，到得大堂，上面坐着一个满头剃得精光的老头子。阿 Q 疑心他是和尚，但看见下面站着一排兵，两旁又站着十几个长衫人物，也有满头剃得精光像这老头子的，也有将一尺来长的头发披在背后像那假洋鬼子的，都是一脸横肉，怒目而视的看他；他便知道这人一定有些来历，膝关节立刻自然而然的宽松，便跪了下去了。

“站着说！不要跪！”长衫人物都吆喝说。

阿 Q 虽然似乎懂得，但总觉得站不住，身不由己的蹲了下去，而且终于趁势改为跪下了。

“奴隶性！……”长衫人物又鄙夷似的说，但也没有叫他起来。

“你从实招来罢，免得吃苦。我早都知道了。招了可以放你。”那光头的老头子看定了阿 Q 的脸，沉静的清楚的说。

“招罢！”长衫人物也大声说。

“我本来要……来投……”阿 Q 胡里胡涂的想了一通，这才断断续续的说。

“那么,为什么不来的呢?”老头子和气的问。

“假洋鬼子不准我!”

“胡说！此刻说,也迟了。现在你的同党在那里?”

“什么？……”

“那一晚打劫赵家的一伙人。”

“他们没有来叫我。他们自己搬走了。”阿Q提起来便愤愤。

“走到那里去了呢？说出来便放你了。”老头子更和气了。

“我不知道,……他们没有来叫我……”

然而老头子使了一个眼色,阿Q便又被抓进栅栏门里了。他第二次抓出栅栏门,是第二天的上午。

大堂的情形都照旧。上面仍然坐着光头的老头子,阿Q也仍然下了跪。

老头子和气的问道,“你还有什么话说么?”

阿Q一想,没有话,便回答说,“没有。”

于是一个长衫人物拿了一张纸,并一支笔送到阿Q的面前,要将笔塞在他手里。阿Q这时很吃惊,几乎“魂飞魄散”了:因为他的手和笔相关,这回是初次。他正不知怎样拿;那人却又指着一处地方教他画花押。

“我……我……不认得字。”阿Q一把抓住了笔,惶恐而且惭愧的说。

“那么,便宜你,画一个圆圈!”

阿Q要画圆圈了,那手捏着笔却只是抖。于是那人替他将纸铺在地上,阿Q伏下去,使尽了平生的力画圆圈。他生怕被人笑话,立志要画得圆,但这可恶的笔不但很沉重,并且不听话,刚刚一抖一抖的几乎要合缝,却又向外一耸,画成瓜子模样了。

阿Q正羞愧自己画得不圆,那人却不计较,早已掣了纸笔去,许多人又将他第二次抓进栅栏门。

他第二次进了栅栏,倒也并不十分懊恼。他以为人生天地之间,大约本来有时要抓进抓出,有时要在纸上画圆圈的,惟有圈而不圆,却是他“行状”上的一个污点。但不多时也就释然了,他想:孙子才画得很圆的圆圈呢。于是他睡着了。

然而这一夜,举人老爷反而不能睡:他和把总呕了气了。举人老爷主张第一要追赃，把总主张第一要示众。把总近来很不将举人老爷放在眼里了，拍案打凳的说道，“惩一儆百！你看，我做革命党还不上二十天，抢案就是十几件，全不破案，我的面子在那里？破了案，你又来迂。不成！这是我管的！”举人老爷窘急了，然而还坚持，说是倘若不追赃，他便立刻辞了帮办民政的职务。而把总却道，“请便罢！”于是举人老爷在这一夜竟没有睡，但幸而第二天倒也没有辞。

阿Q第三次抓出栅栏门的时候，便是举人老爷睡不着的那一夜的明天的上午了。他到了大堂，上面还坐着照例的光头老头子；阿Q也照例的下了跪。

老头子很和气的问道，“你还有什么话么？”

阿Q一想，没有话，便回答说，“没有。”

许多长衫和短衫人物，忽然给他穿上一件洋布的白背心，上面有些黑字。阿Q很气苦：因为这很像是带孝，而带孝是晦气的。然而同时他的两手反缚了，同时又被一直抓出衙门外去了。

阿Q被抬上了一辆没有蓬的车，几个短衣人物也和他同坐在一处。这车立刻走动了，前面是一班背着洋炮的兵们和团丁，两旁是许多张着嘴的看客，后面怎样，阿Q没有见。但他突然觉到了：这岂不是去杀头么？他一急，两眼发黑，耳朵里嗡的一声，似乎发昏了。然而他又没有全发昏，有时虽然着急，有时却也泰然；他意思之间，似乎觉得人生天地间，大约本来有时也未免要杀头的。

他还认得路，于是有些诧异了：怎么不向着法场走呢？他不知道这是在游街，在示众。但即使知道也一样，他不过便以为人生天地间，大约本来有时也未免要游街要示众罢了。

他省悟了，这是绕到法场去的路，这一定是“嚓”的去杀头。他惘惘的向左右看，全跟着马蚁似的人，而在无意中，却在路旁的人丛中发见了一个吴妈。很久违，伊原来在城里做工了。阿Q忽然很羞愧自己没志气：竟没有唱几句戏。他的思想仿佛旋风似的在脑里一回旋：《小孤孀上坟》欠堂皇，《龙虎斗》里的“悔不该……”也太乏，还是“手执钢鞭将你打”罢。他同时想将手一扬，才记得这两手原来都捆着，于是“手执钢鞭”也不唱了。

"过了二十年又是一个……"阿Q在百忙中,"无师自通"的说出半句从来不说的话。

"好!!!"从人丛里,便发出豺狼的嗥叫一般的声音来。

车子不住的前行,阿Q在喝采声中,轮转眼睛去看吴妈,似乎伊一向并没有见他,却只是出神的看着兵们背上的洋炮。

阿Q于是再看那些喝采的人们。

这刹那中,他的思想又仿佛旋风似的在脑里一回旋了。四年之前,他曾在山脚下遇见一只饿狼,永是不近不远的跟定他,要吃他的肉。他那时吓得几乎要死,幸而手里有一柄斫柴刀,才得仗这壮了胆,支持到未庄;可是永远记得那狼眼睛,又凶又怯,闪闪的像两颗鬼火,似乎远远的来穿透了他的皮肉。而这回他又看见从来没有见过的更可怕的眼睛了,又钝又锋利,不但已经咀嚼了他的话,并且还要咀嚼他皮肉以外的东西,永是不远不近的跟他走。

这些眼睛们似乎连成一气,已经在那里咬他的灵魂。

"救命,……"

然而阿Q没有说。他早就两眼发黑,耳朵里嗡的一声,觉得全身仿佛微尘似的迸散了。

至于当时的影响,最大的倒反在举人老爷,因为终于没有追赃,他全家都号咷了。其次是赵府,非特秀才因为上城去报官,被不好的革命党剪了辫子,而且又破费了二十千的赏钱,所以全家也号咷了。从这一天以来,他们便渐渐的都发生了遗老的气味。

至于舆论,在未庄是无异议,自然都说阿Q坏,被枪毙便是他的坏的证据;不坏又何至于被枪毙呢?而城里的舆论却不佳,他们多半不满足,以为枪毙并无杀头这般好看;而且那是怎样的一个可笑的死囚呵,游了那么久的街,竟没有唱一句戏:他们白跟一趟了。

一九二一年十二月。

伤 逝

——涓生的手记

如果我能够,我要写下我的悔恨和悲哀,为子君,为自己。

会馆里的被遗忘在偏僻里的破屋是这样地寂静和空虚。时光过得真快,我爱子君,仗着她逃出这寂静和空虚,已经满一年了。事情又这么不凑巧,我重来时,偏偏空着的又只有这一间屋。依然是这样的破窗,这样的窗外的半枯的槐树和老紫藤,这样的窗前的方桌,这样的败壁,这样的靠壁的板床。深夜中独自躺在床上,就如我未曾和子君同居以前一般,过去一年中的时光全被消灭,全未有过,我并没有曾经从这破屋子搬出,在吉兆胡同创立了满怀希望的小小的家庭。

不但如此。在一年之前,这寂静和空虚是并不这样的,常常含着期待;期待子君的到来。在久待的焦躁中,一听到皮鞋的高底尖触着砖路的清响,是怎样地使我骤然生动起来呵!于是就看见带着笑涡的苍白的圆脸,苍白的瘦的臂膊,布的有条纹的衫子,玄色的裙。她又带了窗外的半枯的槐树的新叶来,使我看见,还有挂在铁似的老干上的一房一房的紫白的藤花。

然而现在呢,只有寂静和空虚依旧,子君却决不再来了,而且永远,永远地!……

子君不在我这破屋里时,我什么也看不见。在百无聊赖中,随手抓过一本书来,科学也好,文学也好,横竖什么都一样;看下去,看下去,忽而自己觉得,已经翻了十多页了,但是毫不记得书上所说的事。只是耳朵却分外地灵,仿佛听到大门外一切往来的履声,从中便有子君的,而且橐橐地逐渐临近,——但是,往往又逐渐渺茫,终于消失在别的步声的杂沓中了。我憎恶那不像子君鞋声的穿布底鞋的长班的儿子,我憎恶那太像子君鞋声的常常穿着新皮鞋的邻院的搽雪花膏的小东西!

莫非她翻了车么?莫非她被电车撞伤了么?……

我便要取了帽子去看她,然而她的胞叔就曾经当面骂过我。

蓦然，她的鞋声近来了，一步响于一步，迎出去时，却已经走过紫藤棚下，脸上带着微笑的酒窝。她在她叔子的家里大约并未受气；我的心宁帖了，默默地相视片时之后，破屋里便渐渐充满了我的语声，谈家庭专制，谈打破旧习惯，谈男女平等，谈伊孛生，谈泰戈尔，谈雪莱……。她总是微笑点头，两眼里弥漫着稚气的好奇的光泽。壁上就钉着一张铜板的雪莱半身像，是从杂志上裁下来的，是他的最美的一张像。当我指给她看时，她却只草草一看，便低了头，似乎不好意思了。这些地方，子君就大概还未脱尽旧思想的束缚，——我后来也想，倒不如换一张雪莱淹死在海里的记念像或是伊孛生的罢；但也终于没有换，现在是连这一张也不知那里去了。

"我是我自己的，他们谁也没有干涉我的权利！"

这是我们交际了半年，又谈起她在这里的胞叔和在家的父亲时，她默想了一会之后，分明地，坚决地，沉静地说了出来的话。其时是我已经说尽了我的意见，我的身世，我的缺点，很少隐瞒；她也完全了解的了。这几句话很震动了我的灵魂，此后许多天还在耳中发响，而且说不出的狂喜，知道中国女性，并不如厌世家所说那样的无法可施，在不远的将来，便要看见辉煌的曙色的。

送她出门，照例是相离十多步远；照例是那鲇鱼须的老东西的脸又紧帖在脏的窗玻璃上了，连鼻尖都挤成一个小平面；到外院，照例又是明晃晃的玻璃窗里的那小东西的脸，加厚的雪花膏。她目不邪视地骄傲地走了，没有看见；我骄傲地回来。

"我是我自己的，他们谁也没有干涉我的权利！"这彻底的思想就在她的脑里，比我还透澈，坚强得多。半瓶雪花膏和鼻尖的小平面，于她能算什么东西呢？

我已经记不清那时怎样地将我的纯真热烈的爱表示给她。岂但现在，那时的事后便已模胡，夜间回想，早只剩了一些断片了；同居以后一两月，便连这些断片也化作无可追踪的梦影。我只记得那时以前的十几天，曾经很仔细地研究过表示的态度，排列过措辞的先后，以及倘或遭了拒绝以后的情形。可是临时似乎都无用，在慌张中，身不由己地竟用了在电影上见过的方法了。后来一想到，就使我很愧恧，但在记忆上却偏只有这一点永远留遗，至今还如暗室的孤灯一般，照见我含泪握着她的手，一条腿跪了下去……。

不但我自己的，便是子君的言语举动，我那时就没有看得分明；仅知道她已经允许我了。但也还仿佛记得她脸色变成青白，后来又渐渐转作绯红，——没有见过，也没有再见的绯红；孩子似的眼里射出悲喜，但是夹着惊疑的光，虽然力避我的视线，张皇地似乎要破窗飞去。然而我知道她已经允许我了，没有知道她怎样说或是没有说。

她却是什么都记得：我的言辞，竟至于读熟了的一般，能够滔滔背诵；我的举动，就如有一张我所看不见的影片挂在眼下，叙述得如生，很细微，自然连那使我不愿再想的浅薄的电影的一闪。夜阑人静，是相对温习的时候了，我常是被质问，被考验，并且被命复述当时的言语，然而常须由她补足，由她纠正，像一个丁等的学生。

这温习后来也渐渐稀疏起来。但我只要看见她两眼注视空中，出神似的凝想着，于是神色越加柔和，笑窝也深下去，便知道她又在自修旧课了，只是我很怕她看到我那可笑的电影的一闪。但我又知道，她一定要看见，而且也非看不可的。

然而她并不觉得可笑。即使我自己以为可笑，甚而至于可鄙的，她也毫不以为可笑。这事我知道得很清楚，因为她爱我，是这样地热烈，这样地纯真。

去年的暮春是最为幸福，也是最为忙碌的时光。我的心平静下去了，但又有别一部分和身体一同忙碌起来。我们这时才在路上同行，也到过几回公园，最多的是寻住所。我觉得在路上时时遇到探索，讥笑，猥亵和轻蔑的眼光，一不小心，便使我的全身有些瑟缩，只得即刻提起我的骄傲和反抗来支持。她却是大无畏的，对于这些全不关心，只是镇静地缓缓前行，坦然如入无人之境。

寻住所实在不是容易事，大半是被托辞拒绝，小半是我们以为不相宜。起先我们选择得很苛酷，——也非苛酷，因为看去大抵不像是我们的安身之所；后来，便只要他们能相容了。看了二十多处，这才得到可以暂且敷衍的处所，是吉兆胡同一所小屋里的两间南屋；主人是一个小官，然而倒是明白人，自住着正屋和厢房。他只有夫人和一个不到周岁的女孩子，雇一个乡下的女工，只要孩子不啼哭，是极其安闲幽静的。

我们的家具很简单，但已经用去了我的筹来的款子的大半；子君还卖掉了她唯一的金戒指和耳环。我拦阻她，还是定要卖，我也就不再坚持下去了；我知道不给她加入一点股份去，她是住不舒服的。

和她的叔子，她早经闹开，至于使他气愤到不再认她做侄女；我也陆续和几个自以为忠告，其实是替我胆怯，或者竟是嫉妒的朋友绝了交。然而这倒很清静。每日办公散后，虽然已近黄昏，车夫又一定走得这样慢，但究竟还有二人相对的时候。我们先是沉默的相视，接着是放怀而亲密的交谈，后来又是沉默。大家低头沉思着，却并未想着什么事。我也渐渐清醒地读遍了她的身体，她的灵魂，不过三星期，我似乎于她已经更加了解，揭去许多先前以为了解而现在看来却是隔膜，即所谓真的隔膜了。

子君也逐日活泼起来。但她并不爱花，我在庙会时买来的两盆小草花，四天不浇，枯死在壁角了，我又没有照顾一切的闲暇。然而她爱动物，也许是从官太太那里传染的罢，不一月，我们的眷属便骤然加得很多，四只小油鸡，在小院子里和房主人的十多只在一同走。但她们却认识鸡的相貌，各知道那一只是自家的。还有一只花白的叭儿狗，从庙会买来，记得似乎原有名字，子君却给它另起了一个，叫作阿随。我就叫它阿随，但我不喜欢这名字。

这是真的，爱情必须时时更新，生长，创造。我和子君说起这，她也领会地点点头。

唉唉，那是怎样的宁静而幸福的夜呵！

安宁和幸福是要凝固的，永久是这样的安宁和幸福。我们在会馆里时，还偶有议论的冲突和意思的误会，自从到吉兆胡同以来，连这一点也没有了；我们只在灯下对坐的怀旧谭中，回味那时冲突以后的和解的重生一般的乐趣。

子君竟胖了起来，脸色也红活了；可惜的是忙。管了家务便连谈天的工夫也没有，何况读书和散步。我们常说，我们总还得雇一个女工。

这就使我也一样地不快活，傍晚回来，常见她包藏着不快活的颜色，尤其使我不乐的是她要装作勉强的笑容。幸而探听出来了，也还是和那小官太太的暗斗，导火线便是两家的小油鸡。但又何必硬不告诉我呢？人总该有一个独立的家庭。这样的处所,是不能居住的。

我的路也铸定了,每星期中的六天,是由家到局,又由局到家。在局里便坐在办公桌前钞,钞,钞些公文和信件;在家里是和她相对或帮她生白炉子,煮饭,蒸馒头。我的学会了煮饭,就在这时候。

但我的食品却比在会馆里时好得多了。做菜虽不是子君的特长,然而她于此却倾注着全力;对于她的日夜的操心,使我也不能不一同操心,来算作分甘共苦。况且她又这样地终日汗流满面,短发都粘在脑额上;两只手又只是这样地粗糙起来。

况且还要饲阿随,饲油鸡,……都是非她不可的工作。

我曾经忠告她:我不吃,倒也罢了;却万不可这样地操劳。她只看了我一眼,不开口,神色却似乎有点凄然;我也只好不开口。然而她还是这样地操劳。

我所豫期的打击果然到来。双十节的前一晚,我呆坐着,她在洗碗。听到打门声,我去开门时,是局里的信差,交给我一张油印的纸条。我就有些料到了,到灯下去一看,果然,印着的就是:

> 奉
> 局长谕史涓生着毋庸到局办事
> 秘书处启　十月九号

这在会馆里时,我就早已料到了;那雪花膏便是局长的儿子的赌友,一定要去添些谣言,设法报告的。到现在才发生效验,已经要算是很晚的了。其实这在我不能算是一个打击,因为我早就决定,可以给别人去钞写,或者教读,或者虽然费力,也还可以译点书,况且《自由之友》的总编辑便是见过几次的熟人,两月前还通过信。但我的心却跳跃着。那么一个无畏的子君也变了色,尤其使我痛心;她近来似乎也较为怯弱了。

"那算什么。哼,我们干新的。我们……。"她说。

她的话没有说完;不知怎地,那声音在我听去却只是浮浮的;灯光也觉得格外黯淡。人们真是可笑的动物,一点极微末的小事情,便会受着很深的影响。我们先是默默地相视,逐渐商量起来,终于决定将现有的钱竭力节省，一面登“小广告”去寻求钞写和教读，一面写信给《自由之友》的总编辑，说明我目下的遭遇，请他收用我的译本，给我帮一点艰辛时候的忙。

“说做，就做罢！来开一条新的路！”

我立刻转身向了书案，推开盛香油的瓶子和醋碟，子君便送过那黯淡的灯来。我先拟广告；其次是选定可译的书，迁移以来未曾翻阅过，每本的头上都满漫着灰尘了；最后才写信。

我很费踌躕，不知道怎样措辞好，当停笔凝思的时候，转眼去一瞥她的脸，在昏暗的灯光下，又很见得凄然。我真不料这样微细的小事情，竟会给坚决的，无畏的子君以这么显著的变化。她近来实在变得很怯弱了，但也并不是今夜才开始的。我的心因此更缭乱，忽然有安宁的生活的影像——会馆里的破屋的寂静，在眼前一闪，刚刚想定睛凝视，却又看见了昏暗的灯光。

许久之后，信也写成了，是一封颇长的信；很觉得疲劳，仿佛近来自己也较为怯弱了。于是我们决定，广告和发信，就在明日一同实行。大家不约而同地伸直了腰肢，在无言中，似乎又都感到彼此的坚忍崛强的精神，还看见从新萌芽起来的将来的希望。

外来的打击其实倒是振作了我们的新精神。局里的生活，原如鸟贩子手里的禽鸟一般，仅有一点小米维系残生，决不会肥胖；日子一久，只落得麻痹了翅子，即使放出笼外，早已不能奋飞。现在总算脱出这牢笼了，我从此要在新的开阔的天空中翱翔，趁我还未忘却了我的翅子的扇动。

小广告是一时自然不会发生效力的；但译书也不是容易事，先前看过，以为已经懂得的，一动手，却疑难百出了，进行得很慢。然而我决计努力地做，一本半新的字典，不到半月，边上便有了一大片乌黑的指痕，这就证明着我的工作的切实。《自由之友》的总编辑曾经说过，他的刊物是决不会埋没好稿子的。

可惜的是我没有一间静室，子君又没有先前那么幽静，善于体贴了，屋子里总是散乱着碗碟，弥漫着煤烟，使人不能安心做事，但是这自然还只能怨我自己无力置一间书斋。然而又加以阿随，加以油鸡们。加以油鸡们又大起来了，更容易成为两家争吵的引线。

加以每日的“川流不息”的吃饭；子君的功业，仿佛就完全建立在这吃饭中。吃了筹钱，筹来吃饭，还要喂阿随，饲油鸡；她似乎将先前所知道的全都忘掉了，也不想到我的构思就常常为了这催促吃饭而打断。即使在坐中给看一点怒色，她总是不改变，仍然毫无感触似的大嚼起来。

使她明白了我的作工不能受规定的吃饭的束缚，就费去五星期。她明白之后，大约很不高兴罢，可是没有说。我的工作果然从此较为迅速地进行，不久就共译了五万言，只要润色一回，便可以和做好的两篇小品，一同寄给《自由之友》去。只是吃饭却依然给我苦恼。菜冷，是无妨的，然而竟不够；有时连饭也不够，虽然我因为终日坐在家里用脑，饭量已经比先前要减少得多。这是先去喂了阿随了，有时还并那近来连自己也轻易不吃的羊肉。她说，阿随实在瘦得太可怜，房东太太还因此嗤笑我们了，她受不住这样的奚落。

于是吃我残饭的便只有油鸡们。这是我积久才看出来的，但同时也如赫胥黎的论定"人类在宇宙间的位置"一般，自觉了我在这里的位置：不过是叭儿狗和油鸡之间。

后来，经多次的抗争和催逼，油鸡们也逐渐成为肴馔，我们和阿随都享用了十多日的鲜肥；可是其实都很瘦，因为它们早已每日只能得到几粒高粱了。从此便清静得多。只有子君很颓唐，似乎常觉得凄苦和无聊，至于不大愿意开口。我想，人是多么容易改变呵！

但是阿随也将留不住了。我们已经不能再希望从什么地方会有来信，子君也早没有一点食物可以引它打拱或直立起来。冬季又逼近得这么快，火炉就要成为很大的问题；它的食量，在我们其实早是一个极易觉得的很重的负担。于是连它也留不住了。

倘使插了草标到庙市去出卖，也许能得几文钱罢，然而我们都不能，也不愿这样做。终于是用包袱蒙着头，由我带到西郊去放掉了，还要追上来，便推在一个并不很深的土坑里。

我一回寓，觉得又清静得多多了；但子君的凄惨的神色，却使我很吃惊。那是没有见过的神色，自然是为阿随。但又何至于此呢？我还没有说起推在土坑里的事。

到夜间，在她的凄惨的神色中，加上冰冷的分子了。

“奇怪。——子君,你怎么今天这样儿了?”我忍不住问。

“什么?”她连看也不看我。

“你的脸色……。”

“没有什么,——什么也没有。”

我终于从她言动上看出,她大概已经认定我是一个忍心的人。其实,我一个人,是容易生活的,虽然因为骄傲,向来不与世交来往,迁居以后,也疏远了所有旧识的人,然而只要能远走高飞,生路还宽广得很。现在忍受着这生活压迫的苦痛,大半倒是为她,便是放掉阿随,也何尝不如此。但子君的识见却似乎只是浅薄起来,竟至于连这一点也想不到了。

我拣了一个机会,将这些道理暗示她;她领会似的点头。然而看她后来的情形,她是没有懂,或者是并不相信的。

天气的冷和神情的冷,逼迫我不能在家庭中安身。但是往那里去呢?大道上,公园里,虽然没有冰冷的神情,冷风究竟也刺得人皮肤欲裂。我终于在通俗图书馆里觅得了我的天堂。

那里无须买票;阅书室里又装着两个铁火炉。纵使不过是烧着不死不活的煤的火炉,但单是看见装着它,精神上也就总觉得有些温暖。书却无可看:旧的陈腐,新的是几乎没有的。

好在我到那里去也并非为看书。另外时常还有几个人,多则十余人,都是单薄衣裳,正如我,各人看各人的书,作为取暖的口实。这于我尤为合式。道路上容易遇见熟人,得到轻蔑的一瞥,但此地却决无那样的横祸,因为他们是永远围在别的铁炉旁,或者靠在自家的白炉边的。

那里虽然没有书给我看,却还有安闲容得我想。待到孤身枯坐,回忆从前,这才觉得大半年来,只为了爱,——盲目的爱,——而将别的人生的要义全盘疏忽了。第一,便是生活。人必生活着,爱才有所附丽。世界上并非没有为了奋斗者而开的活路;我也还未忘却翅子的扇动,虽然比先前已经颓唐得多……。

屋子和读者渐渐消失了,我看见怒涛中的渔夫,战壕中的兵士,摩托车中的贵人,洋场上的投机家,深山密林中的豪杰,讲台上的教授,昏夜的运动者和深夜的偷儿……。子君,——不在近旁。她的勇气都失掉了,只为着阿随悲愤，为着做饭出神；然而奇怪的是倒也并不怎样瘦损……。

冷了起来，火炉里的不死不活的几片硬煤，也终于烧尽了，已是闭馆的时候。又须回到吉兆胡同，领略冰冷的颜色去了。近来也间或遇到温暖的神情，但这却反而增加我的苦痛。记得有一夜，子君的眼里忽而又发出久已不见的稚气的光来，笑着和我谈到还在会馆时候的情形，时时又很带些恐怖的神色。我知道我近来的超过她的冷漠，已经引起她的忧疑来，只得也勉力谈笑，想给她一点慰藉。然而我的笑貌一上脸，我的话一出口，却即刻变为空虚，这空虚又即刻发生反响，回向我的耳目里，给我一个难堪的恶毒的冷嘲。

子君似乎也觉得的，从此便失掉了她往常的麻木似的镇静，虽然竭力掩饰，总还是时时露出忧疑的神色来，但对我却温和得多了。

我要明告她，但我还没有敢，当决心要说的时候，看见她孩子一般的眼色，就使我只得暂且改作勉强的欢容。但是这又即刻来冷嘲我，并使我失却那冷漠的镇静。

她从此又开始了往事的温习和新的考验，逼我做出许多虚伪的温存的答案来，将温存示给她，虚伪的草稿便写在自己的心上。我的心渐被这些草稿填满了，常觉得难于呼吸。我在苦恼中常常想，说真实自然须有极大的勇气的；假如没有这勇气，而苟安于虚伪，那也便是不能开辟新的生路的人。不独不是这个，连这人也未尝有！

子君有怨色，在早晨，极冷的早晨，这是从未见过的，但也许是从我看来的怨色。我那时冷冷地气愤和暗笑了；她所磨练的思想和豁达无畏的言论，到底也还是一个空虚，而对于这空虚却并未自觉。她早已什么书也不看，已不知道人的生活的第一着是求生，向着这求生的道路，是必须携手同行，或奋身孤往的了，倘使只知道捶着一个人的衣角，那便是虽战士也难于战斗，只得一同灭亡。

我觉得新的希望就只在我们的分离；她应该决然舍去，——我也突然想到她的死，然而立刻自责，忏悔了。幸而是早晨，时间正多，我可以说我的真实。我们的新的道路的开辟，便在这一遭。

我和她闲谈，故意地引起我们的往事，提到文艺，于是涉及外国的文人，文人的作品:《诺拉》,《海的女人》。称扬诺拉的果决……。也还是去年在会馆的破屋里讲过的那些话,但现在已经变成空虚,从我的嘴传入自己的耳中,时时疑心有一个隐形的坏孩子,在背后恶意地刻毒地学舌。

她还是点头答应着倾听,后来沉默了。我也就断续地说完了我的话,连余音都消失在虚空中了。

"是的。"她又沉默了一会,说,"但是,……涓生,我觉得你近来很两样了。可是的?你,——你老实告诉我。"

我觉得这似乎给了我当头一击,但也立即定了神,说出我的意见和主张来:新的路的开辟,新的生活的再造,为的是免得一同灭亡。

临末,我用了十分的决心,加上这几句话:

"……况且你已经可以无须顾虑,勇往直前了。你要我老实说;是的,人是不该虚伪的。我老实说罢:因为,因为我已经不爱你了!但这于你倒好得多,因为你更可以毫无挂念地做事……。"

我同时豫期着大的变故的到来,然而只有沉默。她脸色陡然变成灰黄,死了似的;瞬间便又苏生,眼里也发了稚气的闪闪的光泽。这眼光射向四处,正如孩子在饥渴中寻求着慈爱的母亲,但只在空中寻求,恐怖地回避着我的眼。

我不能看下去了,幸而是早晨,我冒着寒风径奔通俗图书馆。

在那里看见《自由之友》,我的小品文都登出了。这使我一惊,仿佛得了一点生气。我想,生活的路还很多,——但是,现在这样也还是不行的。

我开始去访问久已不相闻问的熟人,但这也不过一两次;他们的屋子自然是暖和的,我在骨髓中却觉得寒冽。夜间,便蜷伏在比冰还冷的冷屋中。

冰的针刺着我的灵魂,使我永远苦于麻木的疼痛。生活的路还很多,我也还没有忘却翅子的扇动,我想。——我突然想到她的死,然而立刻自责,忏悔了。

在通俗图书馆里往往瞥见一闪的光明,新的生路横在前面。她勇猛地觉悟了,毅然走出这冰冷的家,而且,——毫无怨恨的神色。我便轻如行云,漂浮空际,上有蔚蓝的天,下是深山大海,广厦高楼,战场,摩托车,洋场,公馆,晴明的闹市,黑暗的夜……。

而且，真的，我豫感得这新生面便要来到了。

我们总算度过了极难忍受的冬天，这北京的冬天；就如蜻蜓落在恶作剧的坏孩子的手里一般，被系着细线，尽情玩弄，虐待，虽然幸而没有送掉性命，结果也还是躺在地上，只争着一个迟早之间。

写给《自由之友》的总编辑已经有三封信，这才得到回信，信封里只有两张书券：两角的和三角的。我却单是催，就用了九分的邮票，一天的饥饿，又都白挨给于己一无所得的空虚了。

然而觉得要来的事，却终于来到了。

这是冬春之交的事，风已没有这么冷，我也更久地在外面徘徊；待到回家，大概已经昏黑。就在这样一个昏黑的晚上，我照常没精打采地回来，一看见寓所的门，也照常更加丧气，使脚步放得更缓。但终于走进自己的屋子里了，没有灯火；摸火柴点起来时，是异样的寂寞和空虚！

正在错愕中，官太太便到窗外来叫我出去。

“今天子君的父亲来到这里，将她接回去了。”她很简单地说。

这似乎又不是意料中的事，我便如脑后受了一击，无言地站着。

“她去了么？”过了些时，我只问出这样一句话。

“她去了。”

“她，——她可说什么？”

“没说什么。单是托我见你回来时告诉你，说她去了。”

我不信；但是屋子里是异样的寂寞和空虚。我遍看各处，寻觅子君；只见几件破旧而黯淡的家具，都显得极其清疏，在证明着它们毫无隐匿一人一物的能力。我转念寻信或她留下的字迹，也没有；只是盐和干辣椒，面粉，半株白菜，却聚集在一处了，旁边还有几十枚铜元。这是我们两人生活材料的全副，现在她就郑重地将这留给我一个人，在不言中，教我借此去维持较久的生活。

我似乎被周围所排挤，奔到院子中间，有昏黑在我的周围；正屋的纸窗上映出明亮的灯光，他们正在逗着孩子玩笑。我的心也沉静下来，觉得在沉重的迫压中，渐渐隐约地现出脱走的路径：深山大泽，洋场，电灯下的盛筵，壕沟，最黑最黑的深夜，利刃的一击，毫无声响的脚步……。

心地有些轻松，舒展了，想到旅费，并且嘘一口气。

躺着，在合着的眼前经过的豫想的前途，不到半夜已经现尽；暗中忽然仿佛看见一堆食物，这之后，便浮出一个子君的灰黄的脸来，睁了孩子气的眼睛，恳托似的看着我。我一定神，什么也没有了。

但我的心却又觉得沉重。我为什么偏不忍耐几天，要这样急急地告诉她真话的呢？现在她知道，她以后所有的只是她父亲——儿女的债主——的烈日一般的严威和旁人的赛过冰霜的冷眼。此外便是虚空。负着虚空的重担，在严威和冷眼中走着所谓人生的路，这是怎么可怕的事呵！而况这路的尽头，又不过是——连墓碑也没有的坟墓。

我不应该将真实说给子君，我们相爱过，我应该永久奉献她我的说谎。如果真实可以宝贵，这在子君就不该是一个沉重的空虚。谎语当然也是一个空虚，然而临末，至多也不过这样地沉重。

我以为将真实说给子君，她便可以毫无顾虑，坚决地毅然前行，一如我们将要同居时那样。但这恐怕是我错误了。她当时的勇敢和无畏是因为爱。

我没有负着虚伪的重担的勇气，却将真实的重担卸给她了。她爱我之后，就要负了这重担，在严威和冷眼中走着所谓人生的路。

我想到她的死……。我看见我是一个卑怯者，应该被摈于强有力的人们，无论是真实者，虚伪者。然而她却自始至终，还希望我维持较久的生活……。

我要离开吉兆胡同，在这里是异样的空虚和寂寞。我想，只要离开这里，子君便如还在我的身边；至少，也如还在城中，有一天，将要出乎意表地访我，像住在会馆时候似的。

然而一切请托和书信，都是一无反响；我不得已，只好访问一个久不问候的世交去了。他是我伯父的幼年的同窗，以正经出名的拔贡，寓京很久，交游也广阔的。

大概因为衣服的破旧罢，一登门便很遭门房的白眼。好容易才相见，也还相识，但是很冷落。我们的往事，他全都知道了。

“自然，你也不能在这里了，”他听了我托他在别处觅事之后，冷冷地说，

"但那里去呢？很难。——你那，什么呢，你的朋友罢，子君，你可知道，她死了。"

我惊得没有话。

"真的？"我终于不自觉地问。

"哈哈。自然真的。我家的王升的家，就和她家同村。"

"但是，——不知道是怎么死的？"

"谁知道呢。总之是死了就是了。"

我已经忘却了怎样辞别他，回到自己的寓所。我知道他是不说谎话的；子君总不会再来的了，像去年那样。她虽是想在严威和冷眼中负着虚空的重担来走所谓人生的路，也已经不能。她的命运，已经决定她在我所给与的真实——无爱的人间死灭了！

自然，我不能在这里了；但是，"那里去呢？"

四围是广大的空虚，还有死的寂静。死于无爱的人们的眼前的黑暗，我仿佛一一看见，还听得一切苦闷和绝望的挣扎的声音。

我还期待着新的东西到来，无名的，意外的。但一天一天，无非是死的寂静。

我比先前已经不大出门，只坐卧在广大的空虚里，一任这死的寂静侵蚀着我的灵魂。死的寂静有时也自己战栗，自己退藏，于是在这绝续之交，便闪出无名的，意外的，新的期待。

一天是阴沉的上午，太阳还不能从云里面挣扎出来，连空气都疲乏着。耳中听到细碎的步声和咻咻的鼻息，使我睁开眼。大致一看，屋子里还是空虚；但偶然看到地面，却盘旋着一匹小小的动物，瘦弱的，半死的，满身灰土的……。

我一细看，我的心就一停，接着便直跳起来。

那是阿随。它回来了。

我的离开吉兆胡同，也不单是为了房主人们和他家女工的冷眼，大半就为着这阿随。但是，"那里去呢？"新的生路自然还很多，我约略知道，也间或依稀看见，觉得就在我面前，然而我还没有知道跨进那里去的第一步的方法。

经过许多回的思量和比较,也还只有会馆是还能相容的地方。依然是这样的破屋,这样的板床,这样的半枯的槐树和紫藤,但那时使我希望,欢欣,爱,生活的,却全都逝去了,只有一个虚空,我用真实去换来的虚空存在。

新的生路还很多,我必须跨进去,因为我还活着。但我还不知道怎样跨出那第一步。有时,仿佛看见那生路就像一条灰白的长蛇,自己蜿蜒地向我奔来,我等着,等着,看看临近,但忽然便消失在黑暗里了。

初春的夜,还是那么长。长久的枯坐中记起上午在街头所见的葬式,前面是纸人纸马,后面是唱歌一般的哭声。我现在已经知道他们的聪明了,这是多么轻松简截的事。

然而子君的葬式却又在我的眼前,是独自负着虚空的重担,在灰白的长路上前行,而又即刻消失在周围的严威和冷眼里了。

我愿意真有所谓鬼魂,真有所谓地狱,那么,即使在孽风怒吼之中,我也将寻觅子君,当面说出我的悔恨和悲哀,祈求她的饶恕;否则,地狱的毒焰将围绕我,猛烈地烧尽我的悔恨和悲哀。

我将在孽风和毒焰中拥抱子君,乞她宽容,或者使她快意……。

但是,这却更虚空于新的生路;现在所有的只是初春的夜,竟还是那么长。我活着,我总得向着新的生路跨出去,那第一步,——却不过是写下我的悔恨和悲哀,为子君,为自己。

我仍然只有唱歌一般的哭声,给子君送葬,葬在遗忘中。

我要遗忘;我为自己,并且要不再想到这用了遗忘给子君送葬。

我要向着新的生路跨进第一步去,我要将真实深深地藏在心的创伤中,默默地前行,用遗忘和说谎做我的前导……。

一九二五年十月二十一日毕。

铸 剑

一

眉间尺刚和他的母亲睡下，老鼠便出来咬锅盖，使他听得发烦。他轻轻地叱了几声，最初还有些效验，后来是简直不理他了，格支格支地径自咬。他又不敢大声赶，怕惊醒了白天做得劳乏，晚上一躺就睡着了的母亲。

许多时光之后，平静了；他也想睡去。忽然，扑通一声，惊得他又睁开眼。同时听到沙沙地响，是爪子抓着瓦器的声音。

"好！该死！"他想着，心里非常高兴，一面就轻轻地坐起来。

他跨下床，借着月光走向门背后，摸到钻火家伙，点上松明，向水瓮里一照。果然，一匹很大的老鼠落在那里面了；但是，存水已经不多，爬不出来，只沿着水瓮内壁，抓着，团团地转圈子。

"活该！"他一想到夜夜咬家具，闹得他不能安稳睡觉的便是它们，很觉得畅快。他将松明插在土墙的小孔里，赏玩着；然而那圆睁的小眼睛，又使他发生了憎恨，伸手抽出一根芦柴，将它直按到水底去。过了一会，才放手，那老鼠也随着浮了上来，还是抓着瓮壁转圈子。只是抓劲已经没有先前似的有力，眼睛也淹在水里面，单露出一点尖尖的通红的小鼻子，咻咻地急促地喘气。

他近来很有点不大喜欢红鼻子的人。但这回见了这尖尖的小红鼻子，却忽然觉得它可怜了，就又用那芦柴，伸到它的肚下去，老鼠抓着，歇了一回力，便沿着芦干爬了上来。待到他看见全身，——湿淋淋的黑毛，大的肚子，蚯蚓似的尾巴，——便又觉得可恨可憎得很，慌忙将芦柴一抖，扑通一声，老鼠又落在水瓮里，他接着就用芦柴在它头上捣了几下，叫它赶快沉下去。

换了六回松明之后，那老鼠已经不能动弹，不过沉浮在水中间，有时还向水面微微一跳。眉间尺又觉得很可怜，随即折断芦柴，好容易将它夹了出来，放在地面上。老鼠先是丝毫不动，后来才有一点呼吸；又许多时，四只脚运动了，一翻身，似乎要站起来逃走。这使眉间尺大吃一惊，不觉提起左脚，一脚踏下去。只听得吱的一声，他蹲下去仔细看时，只见口角上微有鲜血，大概是死掉了。

他又觉得很可怜，仿佛自己作了大恶似的，非常难受。他蹲着，呆看着，站不起来。

“尺儿，你在做什么？”他的母亲已经醒来了；在床上问。

“老鼠……。”他慌忙站起，回转身去，却只答了两个字。

“是的，老鼠。这我知道。可是你在做什么？杀它呢，还是在救它？”

他没有回答。松明烧尽了；他默默地立在暗中，渐看见月光的皎洁。

“唉！”他的母亲叹息说，“一交子时，你就是十六岁了，性情还是那样，不冷不热地，一点也不变。看来，你的父亲的仇是没有人报的了。”

他看见他的母亲坐在灰白色的月影中，仿佛身体都在颤动；低微的声音里，含着无限的悲哀，使他冷得毛骨悚然，而一转眼间，又觉得热血在全身中忽然腾沸。

“父亲的仇？父亲有什么仇呢？”他前进几步，惊急地问。

“有的。还要你去报。我早想告诉你的了；只因为你太小，没有说。现在你已经成人了，却还是那样的性情。这教我怎么办呢？你似的性情，能行大事的么？”

“能。说罢，母亲。我要改过……。”

“自然。我也只得说。你必须改过……。那么，走过来罢。”

他走过去；他的母亲端坐在床上，在暗白的月影里，两眼发出闪闪的光芒。

“听哪！”她严肃地说，“你的父亲原是一个铸剑的名工，天下第一。他的工具，我早已都卖掉了来救了穷了，你已经看不见一点遗迹；但他是一个世上无二的铸剑的名工。二十年前，王妃生下了一块铁，听说是抱了一回铁柱之后受孕的，是一块纯青透明的铁。大王知道是异宝，便决计用来铸一把剑，想用它保国，用它杀敌，用它防身。不幸你的父亲那时偏偏入了选，便将铁捧回家里来，日日夜夜地锻炼，费了整三年的精神，炼成两把剑。

“当最末次开炉的那一日，是怎样地骇人的景象呵！哗拉拉地腾上一道白气的时候，地面也觉得动摇。那白气到天半便变成白云，罩住了这处所，渐渐现出绯红颜色,映得一切都如桃花。我家的漆黑的炉子里,是躺着通红的两把剑。你父亲用井华水慢慢地滴下去,那剑嘶嘶地吼着,慢慢转成青色了。这样地七日七夜,就看不见了剑,仔细看时,却还在炉底里,纯青的,透明的,正像两条冰。

“大欢喜的光采,便从你父亲的眼睛里四射出来;他取起剑,拂拭着,拂拭着。然而悲惨的皱纹,却也从他的眉头和嘴角出现了。他将那两把剑分装在两个匣子里。

“‘你只要看这几天的景象,就明白无论是谁,都知道剑已炼就的了。’他悄悄地对我说。‘一到明天,我必须去献给大王。但献剑的一天,也就是我命尽的日子。怕我们从此要长别了。’

“‘你……。’我很骇异,猜不透他的意思,不知怎么说的好。我只是这样地说:‘你这回有了这么大的功劳……。’

“‘唉!你怎么知道呢!’他说。‘大王是向来善于猜疑,又极残忍的。这回我给他炼成了世间无二的剑,他一定要杀掉我,免得我再去给别人炼剑,来和他匹敌,或者超过他。’

“我掉泪了。

“‘你不要悲哀。这是无法逃避的。眼泪决不能洗掉运命。我可是早已有准备在这里了!’他的眼里忽然发出电火似的光芒,将一个剑匣放在我膝上。‘这是雄剑。’他说。‘你收着。明天,我只将这雌剑献给大王去。倘若我一去竟不回来了呢,那是我一定不再在人间了。你不是怀孕已经五六个月了么?不要悲哀;待生了孩子,好好地抚养。一到成人之后,你便交给他这雄剑,教他砍在大王的颈子上,给我报仇!’”

“那天父亲回来了没有呢?”眉间尺赶紧问。

“没有回来!”她冷静地说。“我四处打听,也杳无消息。后来听得人说,第一个用血来饲你父亲自己炼成的剑的人,就是他自己——你的父亲。还怕他鬼魂作怪,将他的身首分埋在前门和后苑了!”

眉间尺忽然全身都如烧着猛火,自己觉得每一枝毛发上都仿佛闪出火星来。他的双拳,在暗中捏得格格地作响。

他的母亲站起了,揭去床头的木板,下床点了松明,到门背后取过一把锄,交给眉间尺道:“掘下去!”

眉间尺心跳着,但很沉静的一锄一锄轻轻地掘下去。掘出来的都是黄土,约到五尺多深,土色有些不同了,似乎是烂掉的材木。

“看罢! 要小心!”他的母亲说。

眉间尺伏在掘开的洞穴旁边,伸手下去,谨慎小心地撮开烂树,待到指尖一冷,有如触着冰雪的时候,那纯青透明的剑也出现了。他看清了剑靶,捏着,提了出来。

窗外的星月和屋里的松明似乎都骤然失了光辉,惟有青光充塞宇内。那剑便溶在这青光中,看去好像一无所有。眉间尺凝神细视,这才仿佛看见长五尺余,却并不见得怎样锋利,剑口反而有些浑圆,正如一片韭叶。

“你从此要改变你的优柔的性情,用这剑报仇去!”他的母亲说。

“我已经改变了我的优柔的性情,要用这剑报仇去!”

“但愿如此。你穿了青衣,背上这剑,衣剑一色,谁也看不分明的。衣服我已经做在这里,明天就上你的路去罢。不要记念我!”她向床后的破衣箱一指,说。

眉间尺取出新衣,试去一穿,长短正很合式。他便重行叠好,裹了剑,放在枕边,沉静地躺下。他觉得自己已经改变了优柔的性情;他决心要并无心事一般,倒头便睡,清晨醒来,毫不改变常态,从容地去寻他不共戴天的仇雠。

但他醒着。他翻来复去,总想坐起来。他听到他母亲的失望的轻轻的长叹。他听到最初的鸡鸣;他知道已交子时,自己是上了十六岁了。

二

当眉间尺肿着眼眶,头也不回的跨出门外,穿着青衣,背着青剑,迈开大步,径奔城中的时候,东方还没有露出阳光。杉树林的每一片叶尖,都挂着露珠,其中隐藏着夜气。但是,待到走到树林的那一头,露珠里却闪出各样的光辉,渐渐幻成晓色了。远望前面,便依稀看见灰黑色的城墙和雉堞。

和挑葱卖菜的一同混入城里,街市上已经很热闹。男人们一排一排的呆站着;女人们也时时从门里探出头来。她们大半也肿着眼眶;蓬着头;黄黄的脸，连脂粉也不及涂抹。

眉间尺预觉到将有巨变降临，他们便都是焦躁而忍耐地等候着这巨变的。

他径自向前走；一个孩子突然跑过来，几乎碰着他背上的剑尖，使他吓出了一身汗。转出北方，离王宫不远，人们就挤得密密层层，都伸着脖子。人丛中还有女人和孩子哭嚷的声音。他怕那看不见的雄剑伤了人，不敢挤进去；然而人们却又在背后拥上来。他只得宛转地退避；面前只看见人们的背脊和伸长的脖子。

忽然，前面的人们都陆续跪倒了；远远地有两匹马并着跑过来。此后是拿着木棍，戈，刀，弓弩，旌旗的武人，走得满路黄尘滚滚。又来了一辆四匹马拉的大车，上面坐着一队人，有的打钟击鼓，有的嘴上吹着不知道叫什么名目的劳什子。此后又是车，里面的人都穿画衣，不是老头子，便是矮胖子，个个满脸油汗。接着又是一队拿刀枪剑戟的骑士。跪着的人们便都伏下去了。这时眉间尺正看见一辆黄盖的大车驰来，正中坐着一个画衣的胖子，花白胡子，小脑袋；腰间还依稀看见佩着和他背上一样的青剑。

他不觉全身一冷，但立刻又灼热起来，像是猛火焚烧着。他一面伸手向肩头捏住剑柄，一面提起脚，便从伏着的人们的脖子的空处跨出去。

但他只走得五六步，就跌了一个倒栽葱，因为有人突然捏住了他的一只脚。这一跌又正压在一个干瘪脸的少年身上；他正怕剑尖伤了他，吃惊地起来看的时候，肋下就挨了很重的两拳。他也不暇计较，再望路上，不但黄盖车已经走过，连拥护的骑士也过去了一大阵了。

路旁的一切人们也都爬起来。干瘪脸的少年却还扭住了眉间尺的衣领，不肯放手，说被他压坏了贵重的丹田，必须保险，倘若不到八十岁便死掉了，就得抵命。闲人们又即刻围上来，呆看着，但谁也不开口；后来有人从旁笑骂了几句，却全是附和干瘪脸少年的。眉间尺遇到了这样的敌人，真是怒不得，笑不得，只觉得无聊，却又脱身不得。这样地经过了煮熟一锅小米的时光，眉间尺早已焦躁得浑身发火，看的人却仍不见减，还是津津有味似的。

前面的人圈子动摇了，挤进一个黑色的人来，黑须黑眼睛，瘦得如铁。他并不言语，只向眉间尺冷冷地一笑，一面举手轻轻地一拨干瘪脸少年的下巴，并且看定了他的脸。那少年也向他看了一会，不觉慢慢地松了手，溜走了；那人也就溜走了；看的人们也都无聊地走散。只有几个人还来问眉间尺的年纪，住址，家里可有姊姊。眉间尺都不理他们。

他向南走着；心里想，城市中这么热闹，容易误伤，还不如在南门外等候他回来，给父亲报仇罢，那地方是地旷人稀，实在很便于施展。这时满城都议论着国王的游山，仪仗，威严，自己得见国王的荣耀，以及俯伏得有怎么低，应该采作国民的模范等等，很像蜜蜂的排衙。直至将近南门，这才渐渐地冷静。

他走出城外，坐在一株大桑树下，取出两个馒头来充了饥；吃着的时候忽然记起母亲来，不觉眼鼻一酸，然而此后倒也没有什么。周围是一步一步地静下去了，他至于很分明地听到自己的呼吸。

天色愈暗，他也愈不安，尽目力望着前方，毫不见有国王回来的影子。上城卖菜的村人，一个个挑着空担出城回家去了。

人迹绝了许久之后，忽然从城里闪出那一个黑色的人来。

“走罢，眉间尺！国王在捉你了！”他说，声音好像鸱鸮。

眉间尺浑身一颤，中了魔似的，立即跟着他走；后来是飞奔。他站定了喘息许多时，才明白已经到了杉树林边。后面远处有银白的条纹，是月亮已从那边出现；前面却仅有两点燐火一般的那黑色人的眼光。

“你怎么认识我？……”他极其惶骇地问。

“哈哈！我一向认识你。”那人的声音说。“我知道你背着雄剑，要给你的父亲报仇，我也知道你报不成。岂但报不成；今天已经有人告密，你的仇人早从东门还宫，下令捕拿你了。”

眉间尺不觉伤心起来。

“唉唉，母亲的叹息是无怪的。”他低声说。

“但她只知道一半。她不知道我要给你报仇。”

“你么？你肯给我报仇么，义士？”

“阿，你不要用这称呼来冤枉我。”

“那么，你同情于我们孤儿寡妇？……”

“唉，孩子，你再不要提这些受了污辱的名称。”他严冷地说，“仗义，同情,那些东西,先前曾经干净过,现在却都成了放鬼债的资本。我的心里全没有你所谓的那些。我只不过要给你报仇!"

"好。但你怎么给我报仇呢?"

"只要你给我两件东西。"两粒燐火下的声音说。"那两件么?你听着:一是你的剑,二是你的头!"

眉间尺虽然觉得奇怪,有些狐疑,却并不吃惊。他一时开不得口。

"你不要疑心我将骗取你的性命和宝贝。"暗中的声音又严冷地说。"这事全由你。你信我,我便去;你不信,我便住。"

"但你为什么给我去报仇的呢?你认识我的父亲么?"

"我一向认识你的父亲,也如一向认识你一样。但我要报仇,却并不为此。聪明的孩子,告诉你罢。你还不知道么,我怎么地善于报仇。你的就是我的;他也就是我。我的魂灵上是有这么多的,人我所加的伤,我已经憎恶了我自己!"

暗中的声音刚刚停止,眉间尺便举手向肩头抽取青色的剑,顺手从后项窝向前一削,头颅坠在地面的青苔上,一面将剑交给黑色人。

"呵呵!"他一手接剑,一手捏着头发,提起眉间尺的头来,对着那热的死掉的嘴唇,接吻两次,并且冷冷地尖利地笑。

笑声即刻散布在杉树林中,深处随着有一群燐火似的眼光闪动,倏忽临近,听到咻咻的饿狼的喘息。第一口撕尽了眉间尺的青衣,第二口便身体全都不见了,血痕也顷刻舔尽,只微微听得咀嚼骨头的声音。

最先头的一匹大狼就向黑色人扑过来。他用青剑一挥,狼头便坠在地面的青苔上。别的狼们第一口撕尽了它的皮,第二口便身体全都不见了,血痕也顷刻舔尽,只微微听得咀嚼骨头的声音。

他已经掣起地上的青衣,包了眉间尺的头,和青剑都背在背脊上,回转身,在暗中向王城扬长地走去。

狼们站定了,耸着肩,伸出舌头,咻咻地喘着,放着绿的眼光看他扬长地走。

他在暗中向王城扬长地走去,发出尖利的声音唱着歌:

哈哈爱兮爱乎爱乎！
爱青剑兮一个仇人自屠。
伙颐连翩兮多少一夫。
一夫爱青剑兮呜呼不孤。
头换头兮两个仇人自屠。
一夫则无兮爱乎呜呼！
爱乎呜呼兮呜呼阿呼，
阿呼呜呼兮呜呼呜呼！

三

游山并不能使国王觉得有趣；加上了路上将有刺客的密报，更使他扫兴而还。那夜他很生气，说是连第九个妃子的头发，也没有昨天那样的黑得好看了。幸而她撒娇坐在他的御膝上，特别扭了七十多回，这才使龙眉之间的皱纹渐渐地舒展。

午后，国王一起身，就又有些不高兴，待到用过午膳，简直现出怒容来。

“唉唉！无聊！”他打一个大呵欠之后，高声说。

上自王后，下至弄臣，看见这情形，都不觉手足无措。白须老臣的讲道，矮胖侏儒的打诨，王是早已听厌的了；近来便是走索，缘竿，抛丸，倒立，吞刀，吐火等等奇妙的把戏，也都看得毫无意味。他常常要发怒；一发怒，便按着青剑，总想寻点小错处，杀掉几个人。

偷空在宫外闲游的两个小宦官，刚刚回来，一看见宫里面大家的愁苦的情形，便知道又是照例的祸事临头了，一个吓得面如土色；一个却像是大有把握一般，不慌不忙，跑到国王的面前，俯伏着，说道：

“奴才刚才访得一个异人，很有异术，可以给大王解闷，因此特来奏闻。”

“什么?!”王说。他的话是一向很短的。

“那是一个黑瘦的，乞丐似的男子。穿一身青衣，背着一个圆圆的青包裹；嘴里唱着胡诌的歌。人问他。他说善于玩把戏，空前绝后，举世无双，人们从来就没有看见过；一见之后，便即解烦释闷，天下太平。但大家要他玩，他却又不肯。说是第一须有一条金龙,第二须有一个金鼎。……”

“金龙？我是的。金鼎？我有。”

“奴才也正是这样想。……”

“传进来!”

话声未绝,四个武士便跟着那小宦官疾趋而出。上自王后,下至弄臣,个个喜形于色。他们都愿意这把戏玩得解愁释闷,天下太平;即使玩不成,这回也有了那乞丐似的黑瘦男子来受祸,他们只要能挨到传了进来的时候就好了。

并不要许多工夫,就望见六个人向金阶趋进。先头是宦官,后面是四个武士,中间夹着一个黑色人。待到近来时,那人的衣服却是青的,须眉头发都黑;瘦得颧骨,眼圈骨,眉棱骨都高高地突出来。他恭敬地跪着俯伏下去时,果然看见背上有一个圆圆的小包袱,青色布,上面还画上一些暗红色的花纹。

“奏来!”王暴躁地说。他见他家伙简单,以为他未必会玩什么好把戏。

“臣名叫宴之敖者;生长汶汶乡。少无职业;晚遇明师,教臣把戏,是一个孩子的头。这把戏一个人玩不起来,必须在金龙之前,摆一个金鼎,注满清水,用兽炭煎熬。于是放下孩子的头去,一到水沸,这头便随波上下,跳舞百端,且发妙音,欢喜歌唱。这歌舞为一人所见,便解愁释闷,为万民所见,便天下太平。”

“玩来!”王大声命令说。

并不要许多工夫,一个煮牛的大金鼎便摆在殿外,注满水,下面堆了兽炭,点起火来。那黑色人站在旁边,见炭火一红,便解下包袱,打开,两手捧出孩子的头来,高高举起。那头是秀眉长眼,皓齿红唇;脸带笑容;头发蓬松,正如青烟一阵。黑色人捧着向四面转了一圈,便伸手擎到鼎上,动着嘴唇说了几句不知什么话,随即将手一松,只听得扑通一声,坠入水中去了。水花同时溅起,足有五尺多高,此后是一切平静。

许多工夫,还无动静。国王首先暴躁起来,接着是王后和妃子,大臣,宦官们也都有些焦急,矮胖的侏儒们则已经开始冷笑了。王一见他们的冷笑,便觉自己受愚,回顾武士,想命令他们就将那欺君的莠民掷入牛鼎里去煮杀。

但同时就听得水沸声；炭火也正旺，映着那黑色人变成红黑，如铁的烧到微红。王刚又回过脸来，他也已经伸起两手向天，眼光向着无物，舞蹈着，忽地发出尖利的声音唱起歌来：

> 哈哈爱兮爱乎爱乎！
> 爱兮血兮兮谁乎独无。
> 民萌冥行兮一夫壶卢。
> 彼用百头颅，千头颅兮用万头颅！
> 我用一头颅兮而无万夫。
> 爱一头颅兮血乎呜呼！
> 血乎呜呼兮呜呼阿呼，
> 阿呼呜呼兮呜呼呜呼！

随着歌声，水就从鼎口涌起，上尖下广，像一座小山，但自水尖至鼎底，不住地回旋运动。那头即随水上上下下，转着圈子，一面又滴溜溜自己翻筋斗，人们还可以隐约看见他玩得高兴的笑容。过了些时，突然变了逆水的游泳，打旋子夹着穿梭，激得水花向四面飞溅，满庭洒下一阵热雨来。一个侏儒忽然叫了一声，用手摸着自己的鼻子。他不幸被热水烫了一下，又不耐痛，终于免不得出声叫苦了。

黑色人的歌声才停，那头也就在水中央停住，面向王殿，颜色转成端庄。这样的有十余瞬息之久，才慢慢地上下抖动；从抖动加速而为起伏的游泳，但不很快，态度很雍容。绕着水边一高一低地游了三匝，忽然睁大眼睛，漆黑的眼珠显得格外精彩，同时也开口唱起歌来：

> 王泽流兮浩洋洋；
> 克服怨敌，怨敌克服兮，赫兮强！
> 宇宙有穷止兮万寿无疆。
> 幸我来也兮青其光！

青其光兮永不相忘。
异处异处兮堂哉皇！
堂哉皇哉兮嗳嗳唷，
嗟来归来，嗟来陪来兮青其光！

头忽然升到水的尖端停住；翻了几个筋斗之后，上下升降起来，眼珠向着左右瞥视，十分秀媚，嘴里仍然唱着歌：

阿呼呜呼兮呜呼呜呼，
爱乎呜呼兮呜呼阿呼！
血一头颅兮爱乎呜呼。
我用一头颅兮而无万夫！
彼用百头颅，千头颅……

唱到这里，是沉下去的时候，但不再浮上来了；歌词也不能辨别。涌起的水，也随着歌声的微弱，渐渐低落，像退潮一般，终至到鼎口以下，在远处什么也看不见。

"怎了?"等了一会，王不耐烦地问。

"大王，"那黑色人半跪着说。"他正在鼎底里作最神奇的团圆舞，不临近是看不见的。臣也没有法术使他上来，因为作团圆舞必须在鼎底里。"

王站起身，跨下金阶，冒着炎热立在鼎边，探头去看。只见水平如镜，那头仰面躺在水中间，两眼正看着他的脸。待到王的眼光射到他脸上时，他便嫣然一笑。这一笑使王觉得似曾相识，却又一时记不起是谁来。刚在惊疑，黑色人已经掣出了背着的青色的剑，只一挥，闪电般从后项窝直劈下去，扑通一声，王的头就落在鼎里了。

仇人相见，本来格外眼明，况且是相逢狭路。王头刚到水面，眉间尺的头便迎上来，狠命在他耳轮上咬了一口。鼎水即刻沸涌，澎湃有声；两头即在水中死战。约有二十回合，王头受了五个伤，眉间尺的头上却有七处。王又狡猾，总是设法绕到他的敌人的后面去。眉间尺偶一疏忽，终于被他咬住了后项窝，无法转身。这一回王的头可是咬定不放了，他只是连连蚕食进去；连鼎外面也仿佛听到孩子的失声叫痛的声音。

上自王后，下至弄臣，骇得凝结着的神色也应声活动起来，似乎感到暗无天日的悲哀，皮肤上都一粒一粒地起粟；然而又夹着秘密的欢喜，瞪了眼，像是等候着什么似的。

黑色人也仿佛有些惊慌，但是面不改色。他从从容容地伸开那捏着看不见的青剑的臂膊，如一段枯枝；伸长颈子，如在细看鼎底。臂膊忽然一弯，青剑便蓦地从他后面劈下，剑到头落，坠入鼎中，淜的一声，雪白的水花向着空中同时四射。

他的头一入水，即刻直奔王头，一口咬住了王的鼻子，几乎要咬下来。王忍不住叫一声“阿唷”，将嘴一张，眉间尺的头就乘机挣脱了，一转脸倒将王的下巴下死劲咬住。他们不但都不放，还用全力上下一撕，撕得王头再也合不上嘴。于是他们就如饿鸡啄米一般，一顿乱咬，咬得王头眼歪鼻塌，满脸鳞伤。先前还会在鼎里面四处乱滚，后来只能躺着呻吟，到底是一声不响，只有出气，没有进气了。

黑色人和眉间尺的头也慢慢地住了嘴，离开王头，沿鼎壁游了一匝，看他可是装死还是真死。待到知道了王头确已断气，便四目相视，微微一笑，随即合上眼睛，仰面向天，沉到水底里去了。

四

烟消火灭；水波不兴。特别的寂静倒使殿上殿下的人们警醒。他们中的一个首先叫了一声，大家也立刻迭连惊叫起来；一个迈开腿向金鼎走去，大家便争先恐后地拥上去了。有挤在后面的，只能从人脖子的空隙间向里面窥探。

热气还炙得人脸上发烧。鼎里的水却一平如镜，上面浮着一层油，照出许多人脸孔：王后，王妃，武士，老臣，侏儒，太监。……

“阿呀，天哪！咱们大王的头还在里面哪，唿唿唿！”第六个妃子忽然发狂似的哭嚷起来。

上自王后，下至弄臣，也都恍然大悟，仓皇散开，急得手足无措，各自转了四五个圈子。一个最有谋略的老臣独又上前，伸手向鼎边一摸，然而浑身一抖，立刻缩了回来，伸出两个指头，放在口边吹个不住。

大家定了定神，便在殿门外商议打捞办法。约略费去了煮熟三锅小米的工夫，总算得到一种结果，是：到大厨房去调集了铁丝勺子，命武士协力捞起来。

器具不久就调集了，铁丝勺，漏勺，金盘，擦桌布，都放在鼎旁边。武士们便揎起衣袖，有用铁丝勺的，有用漏勺的，一齐恭行打捞。有勺子相触的声音，有勺子刮着金鼎的声音；水是随着勺子的搅动而旋绕着。好一会，一个武士的脸色忽而很端庄了，极小心地两手慢慢举起了勺子，水滴从勺孔中珠子一般漏下，勺里面便显出雪白的头骨来。大家惊叫了一声；他便将头骨倒在金盘里。

"阿呀！我的大王呀！"王后，妃子，老臣，以至太监之类，都放声哭起来。但不久就陆续停止了，因为武士又捞起了一个同样的头骨。

他们泪眼模胡地四顾，只见武士们满脸油汗，还在打捞。此后捞出来的是一团糟的白头发和黑头发；还有几勺很短的东西，似乎是白胡须和黑胡须。此后又是一个头骨。此后是三枝簪。

直到鼎里面只剩下清汤，才始住手；将捞出的物件分盛了三金盘：一盘头骨，一盘须发，一盘簪。

"咱们大王只有一个头。那一个是咱们大王的呢？"第九个妃子焦急地问。

"是呵……。"老臣们都面面相觑。

"如果皮肉没有煮烂，那就容易辨别了。"一个侏儒跪着说。

大家只得平心静气，去细看那头骨，但是黑白大小，都差不多，连那孩子的头，也无从分辨。王后说王的右额上有一个疤，是做太子时候跌伤的，怕骨上也有痕迹。果然，侏儒在一个头骨上发见了；大家正在欢喜的时候，另外的一个侏儒却又在较黄的头骨的右额上看出相仿的瘢痕来。

"我有法子。"第三个王妃得意地说，"咱们大王的龙准是很高的。"

太监们即刻动手研究鼻准骨，有一个确也似乎比较地高，但究竟相差无几；最可惜的是右额上却并无跌伤的瘢痕。

“况且，”老臣们向太监说，“大王的后枕骨是这么尖的么？”

“奴才们向来就没有留心看过大王的后枕骨……。”

王后和妃子们也各自回想起来，有的说是尖的，有的说是平的。叫梳头太监来问的时候，却一句话也不说。

当夜便开了一个王公大臣会议，想决定那一个是王的头，但结果还同白天一样。并且连须发也发生了问题。白的自然是王的，然而因为花白，所以黑的也很难处置。讨论了小半夜，只将几根红色的胡子选出；接着因为第九个王妃抗议，说她确曾看见王有几根通黄的胡子，现在怎么能知道决没有一根红的呢。于是也只好重行归并，作为疑案了。

到后半夜，还是毫无结果。大家却居然一面打呵欠，一面继续讨论，直到第二次鸡鸣，这才决定了一个最慎重妥善的办法，是：只能将三个头骨都和王的身体放在金棺里落葬。

七天之后是落葬的日期，合城很热闹。城里的人民，远处的人民，都奔来瞻仰国王的“大出丧”。天一亮，道上已经挤满了男男女女；中间还夹着许多祭桌。待到上午，清道的骑士才缓辔而来。又过了不少工夫，才看见仪仗，什么旌旗，木棍，戈戟，弓弩，黄钺之类；此后是四辆鼓吹车。再后面是黄盖随着路的不平而起伏着，并且渐渐近来了，于是现出灵车，上载金棺，棺里面藏着三个头和一个身体。

百姓都跪下去，祭桌便一列一列地在人丛中出现。几个义民很忠愤，咽着泪，怕那两个大逆不道的逆贼的魂灵，此时也和王一同享受祭礼，然而也无法可施。

此后是王后和许多王妃的车。百姓看她们，她们也看百姓，但哭着。此后是大臣，太监，侏儒等辈，都装着哀戚的颜色。只是百姓已经不看他们，连行列也挤得乱七八糟，不成样子了。

一九二六年十月作。

第三讲

《野草》讲解

一、《〈野草〉英文译本序》所回避的

《野草》素称难解，但至少有一半言意浅白。作者后来在《二心集·〈野草〉英文译本序》里，对其中八篇的写作背景和寓意都有明确交代，“因为讽刺当时盛行的失恋诗，作《我的失恋》，因为憎恶社会上旁观者之多，作《复仇》第一篇，又因为惊异于青年之消沉，作《希望》。”其他几篇，如《淡淡的血痕中》作于“段祺瑞政府枪击徒手民众”之后，斥责“造物主”制造苦难却不敢使受苦者“永远记得”，使他们成为温顺的“良民”和“怯懦者”，作者呼唤“看透了造化的把戏”的“叛逆的猛士”起来，“使人类苏生，或者使人类灭尽”，并让造物主“羞惭”、“伏藏”，“天地在猛士的眼中于是变色”；《这样的战士》“有感于文人们帮助军阀而作”，激于“三·一八”惨案中那些躲在“各种旗帜”和“外套”底下的文人的阴毒巧滑，希望有敢于并善于向“无物之阵”开战、永远举起“投枪”的“这样的战士”；《腊叶》“是为爱我者的想要保存我而作”，暗示柔情的短暂和战士生命的粗糙必有的矛盾；《一觉》是在“直奉战争”中编校青年文学家出版的刊物的感想，“我爱这些流血和隐痛的魂灵，因为他使我觉得是在人间，是在人间活着”；《失掉的好地狱》写新的统治者以人类的名义战胜旧的恶魔而君临天下，地狱中的鬼魂却因此更加不幸，反而怀念先前“失掉的好地狱”，指责辛亥革命“换汤不换药”以及军阀们争权夺利而让百姓遭殃的历史循环和倒退现象[①]。

《狗的驳诘》、《立论》、《死后》、《聪明人和傻子和奴才》四篇，讽刺“人”的势利、贪婪、世故和深入骨髓的奴性，与上述八篇风格接近，论辩色彩强烈，所指明确，有的甚至就是杂文的变体，隐含作者也是读者熟悉的矗立在杂文中的不屈不挠的“战士”形象。

---

① 以上引文均见鲁迅《二心集·〈野草〉英文译本序》。

说《野草》难解，往往根据英译本序所谓“因为那时难于直说，所以有时措辞就很含糊了”，其实这番话只针对该序言所举八篇（也可以包括上述风格相近的四篇），背景寓意一经说破，就不再神秘了。

英译本序收在一般认为标志着鲁迅思想创作发生“转变”的《二心集》里，那时他已经从四五年前的《野草》脱离，开始全力以赴创作杂文。在杂文时代，他所面对的问题发生了巨变，1924—1926年“难于直说”的内容，有的已成过去，有的虽延续下来，但对代之而起的杂文来说，已无须“含糊”地加以影射了。英译本序站在1931年的“现在”来评价那些针对1924—1926年的“现在”而发的文字，当然有理由说，“后来，我不再作这样的东西了。日在变化的时代，已不许这样的文章，甚而至于这样的感想存在”。

但英译本序很容易给人一种印象，似乎《野草》的“感想”和因此而起的“文章”只有那八篇所呈现的一种样式。实际上该序言适应范围仅限于八篇，至多包括上述风格相近的其他四篇，而并不适用于包括《题辞》在内的另外十二篇。这正好是《野草》的另一半。为什么同一篇序言对这另一半只字不提？它们是否也为“日在变化的时代”所“不许”？为什么1930年代初，作者对1920年代写作《野草》时一部分“难以直说”的内容作了交代，对另一半《野草》却似乎仍然感到“难于直说”并有意回避不讲？

就像在许多场合一样，鲁迅的沉默往往是另一种样式的言说——英译本序恰恰就以暗示的手段将有心的读者引向他刻意回避的另一半。这另一半才是《野草》至今难解的部分，但其所以难解，并非因为现实压力“难于直说”所导致的“含糊”，否则，英译本序早就一并将它们解释清楚了。

那么，《野草》的另一半究竟隐藏着怎样的问题，以致作者在1930年代初仍然觉得“难于直说”？

二、《题辞》：忏悔“过去的生命”

英译本序没有提到的另一半《野草》，与作者所举八篇颇不相同——它们都跟“过去”有关,所展开的问题并不直接起源于1920年代创作《野草》时的“现在”,而是应该从那时的“现在”上溯的“过去”,即《题辞》所谓“过去的生命”。《野草》的许多“感想”都由这“过去的生命”孕育。因为不是当下感触,也不具有可以面向公众来言说的普遍性,故无法为执著于“现在”的杂文或杂文式的“散文诗”所表达。

就因为这个,英译本序才有意不讲它们。

“过去的生命”,作者不仅在1930年代初不想重提,就在动手写《野草》之前,也已“不愿追怀,甘愿使他们和我的脑一同消灭在泥土里的”①。在《野草》完成之后所作的《题辞》中,又一再宣布“过去的生命已经死亡”,“死亡的生命已经朽腐”,告别的姿态非常坚定。这样,《野草》就成了“过去的生命”得以表达的一道缝隙。但和同时创作的《彷徨》与稍后的《朝花夕拾》一样,即使在为“过去的生命”保留的表达缝隙中,鲁迅也并未简单地沉入“过去”,而是站在1920年代的“现在”的立场来努力扑灭依然不肯消失的“过去”的阴影。写《野草》的鲁迅既和1920年代的“现在”搏斗,又纠缠于“过去”的阴影,这就造成了《野草》明显不同的两半。

何谓“过去的生命”?《野草》要从“过去的生命”挖掘什么?为什么稍稍挖掘就放弃了?鲁迅经常在自己的文章中告诉读者直面现实的困难,何以在《野草》中直面自己“过去的生命”时,似乎遇到了某种极大的困难?为什么“过去的生命”会给决意执著于“现在”的鲁迅造成如此无法克服的困难?这究竟是怎样的困难?鲁迅为什么不能轻松地告别他“过去的生命”?“过去的生命”为什么没有随着作者主动沉入同样“日在变化的时代”而自行取消?为什么它竟有如此纠缠于“现在”的力量?

作为《野草》有机组成部分的《题辞》,是鲁迅在英译本序之外对《野草》的另一种解释,措辞没有英译本序那么确凿,却更贴近英译本序所回避的另一半《野草》,不妨从中寻出一些线索。

《题辞》努力显明的,正是另一半《野草》对“过去的生命”的言说。倘若英译本序是说可说者,对难说者与不可说者保持沉默,《题辞》则接着正文继续说那难说者与不可说者,而这正好可以帮助我们追问何为鲁迅的“过去的

---

① 《〈呐喊〉自序》。

生命”以及鲁迅对待这“过去的生命”的复杂态度。

当我沉默的时候，我觉得充实；我将开口，同时感到空虚。

1909年自日本归国，1918年发表《狂人日记》，鲁迅沉默了十年。十年沉默，他觉得“充实”。“充实”为何？可以从其反面——“空虚”——试为猜测。“空虚”被把握为“开口”的结果，“充实”则源于“开口”之前的“沉默”，因此对“空虚”和“充实”一切可能的思量，势必引出迄今为止的两次“开口”——1907年左右“提倡文学运动”和1918年以后投身新文化运动。这是文学家鲁迅“过去的生命”两个关键点。

1907年左右“提倡文学运动”，用1935年自传性的《亥年残秋偶作》中一句诗来概括，就是“曾经秋肃临天下，敢遣春温上笔端”。“秋肃”是青年周树人对那个时代中国知识界精神状况的整体把握，同样的概念，还有“扰攘”、“寂寞”、“凄如荒原”等，使用频率最高的是“寂寞”，相当于后来所说的“空虚”和“无聊”。那次“开口”本想战胜“寂寞”，结果呢？直到1922年底写《〈呐喊〉自序》，才以回忆的口吻坦言是失败了，“这是怎样的悲哀呵，我于是以我所感到的为寂寞”，“这寂寞又一天一天的长大起来，如大毒蛇，缠住了我的灵魂了”。为了战胜“寂寞”而第一次“开口”，收获的仍是“寂寞”，这个圆环运动——《在酒楼上》中吕纬甫所谓“绕了一点小圈子”——用了善于纠缠的“毒蛇”来形容。

“过去的生命”，始于不满“寂寞为政，天地闭矣”的时代精神而欲“振臂一呼”的自信，却终于此后像毒蛇似的纠缠着灵魂的难以驱除的“寂寞”。

驱除“寂寞”没有成功，反而让身外的“寂寞”占据了内心，成为灵魂的一部分，于是落入了十年“沉默”；但这沉默并非“灵魂”死亡，乃是“灵魂”用拒绝“开口”的“沉默”反身与“寂寞”相“纠缠”；“纠缠”是不出声的无人知晓的搏斗。这或许就是在“沉默”中所觉到的“充实”罢？反抗“寂寞”的失败，另一方面也可以说是胜利：将“寂寞”从外面，从自己看不起的别人的身上，引向自己内心，使之成为生命的一部分，就像某种永远跟定自己的顽症似的。此后，大声疾呼反抗外在的“寂寞”的战斗，就转换为坚持在自身内部进行无人知晓的沉默的搏斗。在自己的生命内部独自默默反抗生命的另一部分，显然比仅仅反抗与自己无干的客观现象更加深切，他觉得“充实”是有道理的。

十年之后，他还是经不住劝诱，再次“开口”了。也许这次“开口”多少帮助他缓解了“寂寞”的纠缠，但很快发现仍是骗局，新的“寂寞”像老朋友一样如期而至。这回，他干脆称之为“空虚”。

“当我沉默的时候，我觉得充实；我将开口，同时感到空虚。”这提示全部《野草》的警句，并非空洞的有关人类语言局限的哲学。倘若这里有哲学，也已经具体化了：抽象的语言哲学显现为和“开口”的经验有关的个人的历史，即“过去的生命”。

宽泛地讲，“过去的生命”包括作者自1881年出生直到1927年写这篇《题辞》的整个生命历程，其中，他在1907年前后所提倡的以及在1918年以后积极参与的两个“文学运动”（两次“开口”）作为自我意识的最高自觉，乃是关键的两个阶段。“过去的生命”，就鲁迅作为一个文学家自我意识的觉醒来说，即这两次“文学运动”的叠加，《野草》则是对这两次以同样的“寂寞”、“空虚”为结果的“开口”所曾经包含的全部自觉意识的反思。

《野草》动笔于1924年9月，这年只写了四篇，完成了似乎有点艰难的“起跳”之后，1925年一气写成了十五篇，1926年两篇已经是一段乐曲的余音。早在1922年为即将出版的第一本小说集《呐喊》所作的“自序”里，鲁迅旧事重提，经过多年沉默之后再次咀嚼十五年前“文学运动”的失败了。这种咀嚼并非散漫的回想，而是伴随着对一些“少作”的重读：作为第一次“文学运动”遗迹的1907年至1908年之间撰写的文言论文，正是在《野草》创作过程中被发掘，并直接促使作者将其中四篇跟1918年至1925年间所作的白话文论文、杂文合在一起编成《坟》出版，就在《坟》的“题记”和《写在〈坟〉后面》里，作者清楚地将这两个文学时代统称为“已经过去”的“生活的一部分”，反复说“我的生命的一部分，就这样地用去了”。他试图对1907至1925年间的小说与杂文创作进行超越的评判。不同于《〈呐喊〉自序》、《坟》的“题记”、《写在〈坟〉》后面》，《野草·题辞》用“诗”——作者在第一次文学运动中竭力提倡而在第二次文学运动中几乎完全舍弃的最高乃至唯一的文学形式——来体味主要由这两次“开口”所支撑的“过去的生命”：

> 过去的生命已经死亡。我对于这死亡有大欢喜，因为我借此知道它曾经存活。死亡的生命已经朽腐，我对于这朽腐有大欢喜，因为我借此知道它还并非空虚。

为什么“对于这死亡有大欢喜”？因为“死亡”也是生命过程的一部分，伴随着生命始终，足以证实生命的历史性存在。这样经验到的“死亡”，是从另一个角度理解的与“寂寞”长期纠缠着的“过去的生命”本身。

“死亡”又被经验为“朽腐”。“朽腐”是“死亡”的身体呈现。具有身体自觉的生命的“死亡”才谈得上“朽腐”，含糊的“曾经存活”因此进一步被把握为“并非空虚”——这虽不足以否定“空虚”，但毕竟将抽象的“空虚”转化为具象的概念，即身体“朽腐”的过程。这是《野草》从“过去”那里得到的一种肯定性价值，也是《野草》反复诉说“过去”的一个理由。

“过去的生命”的“死亡”和“朽腐”，终点是化为泥土。追怀“过去的生命”，便成为对那生长并朽腐于泥土的“野草”的逼视——

> 生命的泥委弃在地面上，不生乔木，只生野草，这是我的罪过。

中西方(女娲传说、《圣经》)对生命的理解都和“泥土”有关。“过去的生命”回复为泥土，以及泥土中生长的野草，并未长成原本期望的“乔木”，这个失败的历史，被领悟为“我的罪过”。弥漫于《野草》的怨毒之气有多重指向，由“过去的生命”而来的“我的罪过”首当其冲，这就暗示着《野草》首先将是一部关于“我的罪过”的忏悔之书。这是把自己设为敌人，与自己争战。

《野草》的作者不同于《文化偏至论》、《摩罗诗力说》、《破恶声论》中那个批驳他人而在理论上确立起来的颇为得意的“自我”。《野草》对“我”的讲述着眼于“罪过”，以“罪过”为核心，反思1907年左右开始提倡并寄予莫大希冀的“个人”与“我”。《野草》关于“我”的言说，消失了1907年第一次开口时主张“个人”与“我”的那种“发扬踔厉”之气，只剩下将怨毒引向自身的忏悔。

野草，根本不深，花叶不美，然而吸取露，吸取水，吸取陈死人的血和肉，各各夺取它的生存。当生存时，还是将遭践踏，将遭删刈，直至于死亡而朽腐。

“野草”为曾经“开口”的“过去的生命”所化，其缺点是“根本不深，花叶不美”，但主要还是“根本不深”，“花叶不美”是结果。“过去的生命”本以“掊物质而张灵明，任个人而排众数”的“立人”为目标，“立人”的关键是先立其人之“心”，那理想的“诗歌”(文章、文学、艺术)须扎根于“心”才根深叶茂，倘不，“和艺术的距离之远，也就可想而知了”。1918 年第二次“开口”，在作者看来，不幸正是偏离内心的“根本不深”的空虚的呐喊。先后两次“开口”都指望“乔木”，结果却仅得“野草”，“这是我的罪过”。显示为“过去的生命”的核心的“我的罪过”，可以理解为对于原本期待“乔木”的理想(“立人”思想)的背叛，以及对于成为“野草”的现实的承认。

但作者马上找到回环余地：“野草”也自有其可贵，它不仅是“过去的生命”的“朽腐”所致，也有天地自然(“露”、“水”)和社会(古往今来的“陈死人”的血肉)的养育，其破土而出又那般不易！于是，下面一句就不能理解为反语：

但我坦然，欣然，我将大笑，我将歌唱。

所谓“大欢喜”，大概也与此有关？“野草”不比“乔木”，但野草毕竟也如乔木那样贯通了天地自然和古往今来的生命，它还不是完全的死灭。

我自爱我的野草，但我憎恶这以野草作装饰的地面。

“自爱”者把“憎恶”留给“地面”，显然有悖于由自己来承担“罪过”的谦卑。既认识到“这是我的罪过”，又何以“自爱”并“憎恶这以野草作装饰的地面”？“爱”与“憎”突兀地对立着，说明他的忏悔注定不会彻底，而不彻底的忏悔者只能盼望更高的审判降临，扫除这种情感的分裂和对立——自爱野草而独憎地面的不彻底的忏悔者希望神奇的“地火”来结束这有限的爱与憎：

> 地火在地下运行，奔突；熔岩一旦喷出，将烧尽一切野草，以及乔木，于是并且无可朽腐。

这种来自天地间的大力的肆虐，再次使作者感到解放的愉悦：

> 但我坦然，欣然，我将大笑，我将歌唱。

从沉郁的自我忏悔开始，到期望获得来自客观力量的终极性解决，这是《题辞》的思想线索，也是《野草》的主体架构。

放在书前的“题辞”写在书成之后。较笨的方法，是列述全书内容，如其完备，则书可以不看；否则画蛇添足，故为智者所不取。《野草》“题辞”是另一种写法：营造一种并不彻底的自我怨怼的忏悔气氛，引逗阅读的兴趣，好比庭院深深，门口一无所陈，惟见烟雾弥漫，诸物掩于其中，神秘莫测。达此效果，“题辞”的使命也就完成，于是可以这样说——

> 去罢，野草，连着我的题辞！

三、“抉心自食”者的失败

《野草》的忏悔，究竟针对“过去的生命”中怎样的失败与罪过？为什么在肯定“死亡”和“朽腐”的价值之后，“过去的生命”仍然是一种失败乃至“罪过”？

让我们再回到“不生乔木，只生野草，这是我的罪过”这句深沉的叹息。

“乔木”自古隐喻伟岸之士，栋梁之材。文人感叹身世飘零，老大无成，则往往自比“野草”一类的“转蓬”。对生命应该达到的高度——成为乔木——而言,变为野草,乃是不可原谅的失败。“罪过”,就是指这失败。青年时代一篇“好的故事”,只能在颓唐的中年人午后昏睡的那一刻才依稀回忆起来,好像跟自己开了一个玩笑。作者青年时代的“立人”主张叫得那么响亮,固然首先是责成“众数”,但也不妨视为自我的期许。在揭露了当时“英雄”们的虚伪和空虚之后,他希望自己成为真正的英雄,但如今,他一再悲哀地承认自己并没有兑现自己的主张,这岂不惭愧!“罪过”的意识,就是这样产生的罢。一旦认识到自己就是一个被当时的自己所无情批判的“伪士”、“辁才小慧之徒”、“志士”、“英雄”,认识到自己就是在这样主要针对别人的虚妄的批判中浪费生命的失败者,则无论对于别人,还是对于自己,不都已经犯了罪吗?

《野草》的失败感和罪感,是作者对自己从 1907 年文学自觉时代开始直到二十世纪二十年代中期正式从事文学创作将近二十年间一连串的失败的体认。他希望由自己承担这一切,喝下自己酿造的苦酒,把一切怨毒都朝向自己。《野草》所特有的孤愤,就包含着在反思“过去的生命”时所引发的自我斥责、自我忏悔、自我怨怼、自我毁弃却又于心不甘而欲自我肯定、自我抚慰、自我解脱的复杂心绪。

主要针对自己的这种自我惩罚与自我拯救式的内心搏斗,以内心为界,当然不便使用专门攻击外部世界的“这样的战士”的“投枪”,而是靠自我攻击、“自啮其身”的精神的“毒牙”。“这样的战士”永远高举的“投枪”,是从《文化偏至论》、《摩罗诗力说》、《破恶声论》开始就已经挥舞起来的外在批判的武器,《野草》作者不仅没有放弃这武器,反而将它锻炼得更加锋利了,但是,在针对自己而发动的新的批判中,这种武器并不适合。

惩罚思想的失败和罪过只能使用思想本身的手段,这样才出现了《墓碣文》中“抉心自食”的场面。这是鲁迅到那时为止全部文学活动的新因素,即原本“发扬踔厉”的现代心灵对自身“罪过”的执著追问,并且这种追问被严格控制在思想内部,和指向外部世界的旧有的批判划然为二。

1907 年左右,在日本思想界和文学界的影响下,青年周树人对中国留学生和流亡海外的维新党人中间弥漫的科学救国、实业救国和政治改良思想产生了怀疑，由此开出了一条独立“沉思”的道路。他发现当时中国读书人对科学、实业和民主政治的热情掩盖了他们重视“物质”和“众数”而轻视“精神”和“个人”的思想隐患。他根据自己对西方科学发展与人文演变的研究，认为“精神”和“个人”才是西方近代科学和政治不断发展的“深无底极”的“本根”，但西方近代随着科技的发达，物质的丰富，民主政治的成熟，也渐渐发生了轻视精神和个人的“文化偏至”，这就进一步助长了中国读书人的误会，将西方文明“物质”和“众数”“奉为圭臬，视若一切存在之本根”。中国长期“屹立中央而无校雠”，思想传统本来已经出现了“本体自发之偏枯”，如今又因为对西方文明的误解而染上“交通传来之新疫”，“二患交伐，而中国之沉沦遂以益速矣”。这是青年周树人对当时中国思想危机的基本判断。他认为，中国思想界虽然出现了各种来自西方的学说，但持这些学说的人并不知道“本根之要”，只追求“枝叶”，徒自“扰攘”，而善于“扰攘”的“造言任事者”不过是一群“辁才小慧之徒”和自命的“志士”、“英雄”、“伪士”，他们“假改革公名，而阴以遂其私欲”，“灵府荒秽，徒炫耀耳食以罔当时”，“各提所学以干世”，“岸然曰善国善天下”却“兜牟深隐其面”而“羞白心于人前”。中国思想被这些人把持着，结果就“本根剥丧，神气旁皇……寂漠为政，天地闭矣”。在舆论思想一派繁荣的当时，他反复哀叹“而今之中国，则正一寂漠境哉”，“朊朊华土，凄如荒原”。

他因此感到当时很难找到同志，“呼维新既二十年，而新声迄不起于中国也”，那些舆论的操纵者“凡所然否，谬解为多”，“思想界之战士”并未出现。孤独、悲观、绝望中，只好把目光转向西方，在十九世纪末以德国的尼采、叔本华、斯蒂纳，丹麦的契开迦尔，挪威的伊勃生等为代表的西方现代极端个人主义和惟意志论哲学中找到他认为可以矫正上述“文化偏至”的“神思新宗”。他用中国传统的“心学”术语翻译和理解“神思新宗”，将它的精髓概括为“或崇奉主观，或张皇意力”，竭力壮大“内面之生活”，强调“根柢在人”的“立人”思想，认为这才真正代表了“二十世纪之新精神”，中国只有向此看齐，不再追求“肤浅凡庸之事物”，才能“外之既不后于世界之思潮，内之仍弗失固有之血脉”。他的结论是：“是故将生存两间，角逐列国是务，其首在立人，人立而后凡事举；若其道术，乃必尊个性而张精神”，“掊物质而张灵明,任个人而排众数”。

在这个批判性的思想体系中,“诗”(广义的文学)处于关键地位,因为只有表达作者“心声”同时又引发读者“内曜”的“诗”,才是“涵养神思”、深邃壮大“内面之生活”、激发“群之自觉”、使“沙聚之邦,由是转为人国”的最好方式。他于是义无返顾地“弃了学籍”,离开医学专门学校,用全部时间“提倡文艺运动了”。

《摩罗诗力说》从“人文之留遗后世者,最有力莫如心声”出发,阐述诗歌对民族生活的极端重要性,确定诗歌优于“学说”的地位,及其“涵养人之神思”、“实利离尽,究理弗存”的“不用之用”。在这种文学观念指导下,作者热情介绍了英国的拜伦、雪莱、济慈,挪威的易卜生,俄国的普希金、莱蒙托夫,波兰的密克威支和匈牙利的裴多菲这些十九世纪优秀诗人的生平与诗歌创作,认为这些“摩罗诗人”的共同点是“立意在反抗,指归在动作”,“无不刚健不挠,抱诚守真;不取媚与群,以随顺旧俗;发为雄声,以起其国人之新生”。与此相比,中国文学传统的弊端就在于以老子的“不撄人心”为尚,即使屈原这样的伟大诗人,“反抗挑战,则终其篇未能见”;在中国,真正的诗人“上下求索,几无见矣”,故不可有任何传统的优越感,而应该“置古事不道,别求新声于异邦”,以“摩罗诗人”为楷模。

因为失望于中国的文学传统,青年周树人的热情主要放在翻译上。继科幻和历史小说的翻译之后,他和周作人合作翻译并自费出版了中国现代第一本系统介绍外国现代文学的《域外小说集》(1909 年 2 月出第一册,1909 年 6 月出第二册),该书共收英国王尔德、美国爱伦·坡、法国莫泊桑和须华勃、丹麦安徒生、俄国斯蒂普虐克、迦尔洵、契诃夫、梭罗古勃、安特莱夫和波兰的显克微支等近代世界文坛有反抗精神而又讲求艺术独立性的作家十六部短篇小说。周作人承当了主要文字翻译,鲁迅只译了俄国作家安特莱夫的《谩》、《默》和迦尔洵的《四日》,但篇目皆经他审定,选材显然遵循着他已然成熟的文学观念与标准。他认为该书“收录至审慎,迻译亦期弗失文情。异域文术新宗,自此始入华土……中国译界,亦由是无迟暮之感矣”,对取材、译文及其在外国现代文学翻译界的地位,充满了自信。

但由于周氏兄弟那时听章太炎讲“小学”,受其影响,“大抵带些复古的倾向”，译文一反“近世名人译本”（指林纾），“古了起来”，好用“本字古意”，“词致朴呐”，增加了阅读难度，加上当时读书界对外国现代文学缺乏了解，两册《域外小说集》在上海和东京两地发售，一共只卖出四十来本，计划中的第三、第四册只好流产。这使鲁迅大感失望，有了一种“未尝经验的无聊”和大毒蛇一般纠缠着灵魂的“寂寞”，甚至觉得自己“已经并非一个切迫而不能已于言的人了”；他也正是在这种心境中进一步认清自己“决不是一个振臂一呼应者云集的英雄”。

但早期文学活动对于鲁迅的意义，并不只是一种想做英雄而不得的悲壮的惨败，而是他从这种惨败中认识到自己原本并不是那种想象中的英雄。不仅不是英雄，更坏的是，在批评别的冒牌的英雄而自己想做英雄的时候，自己其实一直就是那种冒牌的英雄。

如果说，初期文学活动给他带来的一开始只是某种足以引起悲壮感的失败的话，那么随着后来对于这种失败的不断反思，由失败而来的悲壮，乃至对于那些逃跑者和背叛者的指责，就慢慢消失了，取而代之的，倒是一种更加苦涩的自我认识，所谓“决不是一个振臂一呼应者云集的英雄”，就包含着这种更加苦涩的东西。“我的罪过”，说的大概就是这个。

这样看来，“罪过”的根源，在于批判别人的“心”时，忘记了把自己的“心”也作为批判的对象。从鲁迅 1907 年开始的创作与翻译中，我们确实看不到他在鼓吹“心”的“本根之要”，在大胆批判别人（“众数”和“伪士”）的“不肯白心于人前”，在高度赞扬“朴素之民，厥心纯白”和摩罗诗人“心声洋溢”时，对自己的内心有怎样深刻的自觉，更不用说无情的反思了。对一个才气纵横的青年批判者来说，这是很自然的，但等到这个青年批判者经过一连串的失败而进入中年之后，再来反思自己从前主要针对别人而忘记自己的片面的批判时，一种不可原谅的惭愧和犯罪感就油然而生了。

怀着这种如果别人不加揭露就无人知晓的精神隐秘，鲁迅创作了《狂人日记》、《孤独者》、《在酒楼上》、《伤逝》、《祝福》等一大批自审之作，这些作品无疑加强了小说集《呐喊》和《彷徨》的沉重感，但他似乎仍嫌不够，故再以《野草》现身说法，更直接地道出自己的“悔恨与悲哀”，更诚恳地投身于自我批判的“孽风和毒焰”。

这一回攻击的焦点仍然是“心”，但并非别人的“心”，而是自己的“心”，其精神批判的“毒牙”主要针对自己，“不以啮人，自啮其身”了。自我忏悔，并且意识到这种忏悔的无法完成，比如《风筝》中的哥哥“我”，无论弟弟是“怨”是“恕”，都永远也无法除去心中的悔恨，这即使在一般的忏悔文学中，也并不多见。

于是有了《墓碣文》描写的“抉心自食”的场面。

现代中国作家的心灵自审，多以中国传统“心学”为精神资源，有限地参以西方哲人的精神哲学。鲁迅也不例外。从 1907 年开始，他在以“立人”为目标建立独特的现代心学体系时，就是用中国传统心学术语译介十九世纪末叶发生在德国和欧洲的“新神思宗”。在严复、梁启超、章太炎主张提高“民智”、“民德”、“民力”而“强国保种”的思想影响下，鲁迅“取今复古，别立新宗”、嫁接中国心学传统和“新神思宗”的目的，主要是强化中国士人的“精神生活”、“内部之生活”，他看重的是中国传统心学的心力论（夸大人的内心力量）和“神思新宗”所张扬的“主观意力”，希望以此在“狂风怒浪之间”抟塑“二十世纪之新精神”[①]。其“发扬踔厉”的现代心学，因此主要仍是像文艺复兴以来人文主义者那样，在宗教神学之外孤立地发掘人自身的力量与可能性，也摒弃了中国传统心学以人心接通天心的宇宙整体思维，而像现代新儒学一样，把未知世界关在门外，收视返听，一心经营“宅”（中国文化关于“存在”最亲切的隐喻）里的诸般事务——其最精微者乃有“心宅”之深探，后人美其名曰“内在超越”。但那归趋实在颇有限，要么“无所为”，有生之年千方百计维持苏格拉底所谓“未经审视的卑微的生”，舍此无他。此即道教秘诀。得其反者，就是用各种方法装死，等死：也因为舍此无他。要么“无所不为”，反正“人死如灯灭”，谁也管不了谁，——土匪流氓的根基就是这个。鲁迅后来曾指出中国国民灵魂中“匪魂”占了很大成分。要么故作镇静，“都不要慌，我来告诉你们如何在‘宅’中生活”，圣贤的各种设计于是纷纷出笼，教人怎样打恭，怎样作揖，怎样下跪，怎样忍耐，怎样自愚……弱者躲到封闭的“心”里而用想象的方式完成一切，美其名曰“靠自己”，强者则发明了“返求

---

① 参见郜元宝著《鲁迅六讲》第一章《为天地立心——鲁迅著作所见“心”字通诠》，上海三联书店 2000 年 9 月初版。

诸己"、"自己可以改正自己"的东方式"政治正确性",使一切批评、怀疑与不满,转眼之间变成新的迷信。

莫测高深的巨大的"心"字,没收了超越人之上的一切情感与想象。

又或者,感得外面的启迪,意识到"铁屋子"——中国"心宅"——的气闷,于是呐喊,冲撞,挣扎,搏斗,探求,而有鲁迅《野草》的诞生。他用尽全部力量毁坏了"黑屋子",指明了作为"中国的奇想"的虚妄。但中国哲人的历史并没有到他结束。他只是亲证了这部心学历史的颓败。

《颓败线的颤动》中那个老妪,从为之愁苦一生的"宅"中冲出来,跑到荒原上无可如何地解散自我,自毁其仅存的生命。在骇人的甚至连天地也要为之变色的"颓败线的颤动"中,受辱者始终难得仰望头顶的天空,虽然其愤火已经超越了世俗的污秽,但烧炙人的多半还是人——首先是——"个人"的标准。"个人"的标准最后不得不落实为"心里的尺"。一切根基在"心","心"又以何事为根基呢?

鲁迅不是没有碰到这个问题,这才"抉心自食"。在这过程中,他感到了希望,也一样多地感到了绝望。问题不是希望和绝望的交战,而是希望和绝望共同的"虚妄",这使他终于惊讶于"心"的空空如也:他到底未能知道那被"徐徐"吃尽的"心"的"本味"。

这便是所谓鲁迅的怀疑精神。先是怀疑身外的一切,而执著个人内心,但几乎与此同时又不能不继续怀疑自己的怀疑,不能不怀疑在怀疑一切之后自以为可以凭籍的个人内心。怀疑者怀疑到此便无可怀疑了,而这正是怀疑者的失败:他已经找不到可以继续怀疑的对象了,从此走到思想的尽头。

但鲁迅的失败也未尝不可以说是成功的第一步——他成功地宣告了有数千年历史的封闭自足的"心学"之破产。所以,他毕竟不属于中国传统的哲人,他用从西方盗来的火"煮自己的肉",只有"抉心自食"的痛苦。"心"是他思考的极限,却不再是牢笼。

在他思考的终点,"心"已被吃光,被克服了。《墓碣文》中死者的墓穴所剩"死尸"已经没有"心肝"。这意味着什么?中国式的"心学"失败之后,新的出路在哪里?

这问题不妨换个角度提出:“抉心自食”的自我审问落空之后,“自我”这个意识主体将何以自处? 一部《野草》写到《墓碣文》,写到“自啮其身,终以殒颠”,写到“胸腹俱破,中无心肝”,写到“本味何能知?”、“本味又何由知?”,“抉心自食”的意识主体还继续存在吗? 如不存在,《野草》就写不下去了;如存在,则又以何种方式继续存在?

四、“大阙口”内外的“游魂”

这问题已经突显于《题辞》。“过去的生命”既然“委弃在地面上”,托生为“野草”,怎么还有一个依然思维着的现在之“我”跑来讲述过去之“我”,并为过去之“我”承担“罪过”呢? 这个希望告别过去之“我”的现在之“我”如何诞生的? 难道它已经成功地从“泥土”和“野草”中脱出,飘荡在半空某个位置,审视着曾经在其中“存活”过的躯体吗?

好像是这样。《题辞》最后说:“去罢,野草,连着我的题辞”,这就说明确实还有一个“我”,持存于全部《野草》包括《题辞》完成之后,也超越于全部《野草》包括《题辞》的意识水平之上,他应该是某个从“已经死亡”和“朽腐”的“过去的生命”与身体中脱出、暂时尚未找到新的附体、飘荡在半空的忏悔主体。

《题辞》中的“我”是这样,《影的告别》中的“影”是这样,《墓碣文》中的“我”也是这样。它们似乎都脱离了“死亡”和“朽腐”,却没有新的身体可以依附,只好作为“游魂”,停泊在某个不确定的虚空位置,并时时反顾“过去”,反顾那还在“死亡”和“朽腐”的身体,并不能完全斩断自己和过去的生命及朽腐的身体的联系,但其超越性和持存性,也仅仅表现为同一个自我的内在破裂 —— 一个“我”已经被判有“罪过”,被宣布“死去”,“朽腐”,同时另一个“我”则不甘“死去”和“朽腐”,努力拯救自己,脱身而去,不管去到哪里。

若把整部《野草》比为《墓碣文》所描写的那座颓坏的“孤坟”,值得注意的则是那个“大阙口”,这是“化为长蛇”的“游魂”脱身而出的通道,也是该

“游魂”假装成与己无干的梦中之“我”折回来窥视“死尸”——即反思“过去的生命”和“朽腐”的身体的一个窗口。

《野草》的灵魂,真正的意识主体,就是这个忽而在“孤坟”里面又忽而在“孤坟”外面的“游魂”。“游魂”的本质就在于“游”,这样才能自由地居于过去之“我”和反思过去之“我”的现在之“我”中间,从而使这两个“我”既分裂又统一。

抓住这个飘荡着的“游魂”对“过去的生命”的罪感体验,以及对未来的生命的筹划,应是解读《野草》的关键。

五、身体:精神之“影”无法“告别”的

“游魂”作为审视“过去的生命”的悬拟主体,有一个天然有利的位置,可以躲开我们的视线。在我们和游魂之间横躺着正被诉说、正被审视的“已经朽腐”的身体,我们首先必须关注这个被委弃的身体,才能据此推测“游魂”的去向。

鲁迅的文学,以 1907 年左右贬抑肉体的精神号召开始,到二十年代开始“抉心自食”,反思一意孤行的精神的偏至,在这样的思想转变中,身体(肉身)才鲜明地进入鲁迅的文学语言中。

《影的告别》是精神之“影”(“我”)对肉身之“你”发表的告别演说,精神之“影”宣布“不想跟随”身体,“不愿住”在身体里面,要离开身体,“独自远行”了。贬抑肉体而崇尚精神,本来就是鲁迅文学的起点,他曾经指责中国人过分注重物质而鄙弃“主观之内面精神”,“躯壳虽存,灵觉且失”,《影的告别》显然是继续这一思想主题,但在“影”不断指责身体、不断发表宣言、不断诉说其即将“独自远行”的各种方案并推测其结果的同时,身体始终沉默不语,既不响应也不反对,清楚地衬托出精神之“影”的傲慢、虚矫、软弱与迷惘。鲁迅当时并没有放弃崇尚精神的立场,但他显然已经感到孤立无援的精神本身的虚弱。

在《墓碣文》中,“我”梦见自己走到一座孤坟前面,从“大阙口”看到一具尸体,“胸腹俱破,中无心肝”,由碑文可知,此人生前是一“游魂”,因“抉心自食,欲知本味”,故“化为长蛇,口有毒牙,不以啮人,自啮其身,终以殒颠”,但到底还是不知道“心”的味道,这时候精神的游魂不仅不肯和身体一起来承担认识自己而不得的失败之苦,反而从“大阙口”逃走,化装成另一个不相干的“我”来鉴赏这出自己一手导演的悲剧,这就引起已经成为尸体的“其身”的愤怒,突然从坟墓中坐起,讽刺精神的逃兵:“待我成尘时,你将见我的微笑!”于是“我疾走,不敢反顾,生怕看见他的追随”。在《影的告别》中,精神之“影”不愿追随身体,在《墓碣文》中,精神之“我”却害怕肉体之“我”的追随,孤立无援的精神的可疑再次暴露出来,作者在东京留学时期开始建构的以“立人”为目标的现代心学遇到了无情挑战,濒临失败的边缘。

但《复仇》和《复仇》(其二)则展示了精神和肉体另一种关系状态。《复仇》写两个企图在精神上向看客社会“复仇”的男女,所用的方式却全是身体语言:他们各执一把利刃,长久裸立于旷野,似乎有所行动,而终于一无所动,从而让围观者们感到无聊。

《复仇(其二)》是对《圣经新约全书》讲述的耶稣被钉十字架事的改写,尖锐地指向耶稣被钉时的身体感觉。《新约》的四本福音书记录耶稣被捕、受辱和钉十字架,都未曾涉及耶稣的身体感受,鲁迅省略了前后许多细节,惟独突出耶稣被钉时的身体感觉,强调这感觉一方面是痛感,但亦有比痛感更高的快意。钉之前,行刑的人要给耶稣喝用“没药”调和的酒以减少痛苦,被耶稣拒绝了,他就是要“分明地玩味以色列人怎样对付他们的神之子,而且较永久地悲悯他们的前途,然而仇恨他们的现在”,他一边痛着一边玩味着:

> 丁丁地响,钉尖从掌心穿透,他们要钉杀他们的神之子了;可悯的人们啊,使他痛得柔和。丁丁地响,钉尖从脚背穿透,钉碎了一块骨,痛楚也透到心髓中。

最后到达高潮:

> 突然间,碎骨的大痛楚透到心髓了,他即沉酣于大欢喜和大悲悯中。

耶稣临死时说“成了”,他作为“神之子”向人世传播福音、“道成肉身”的使命圆满了,他感到无上快乐,但作为肉身的人毕竟非常痛楚,而倘若回避这种痛楚,就不能得到“成了”的快慰,那快慰只有穿越身体的极度痛楚才能被分明而确凿地经验到。

这一痛一快,犹如骨肉不能分离的奇怪交织,由灵与肉共同承担、共同表达。身体内部极致的痛楚并非精神升华的代价,而是精神升华不可迴避的必然方式。精神之花只能从肉体深处趋于极致的“痛”“快”交织的感受中绽放出来。

《影的告别》是精神之“影”单方面“告别”身体,身体并不理睬它的傲慢而自恋的告别演说,《墓碣文》是精神之“影”在和身体的一度合作失败之后不肯承担失败的结果却伶俐地假装成另一个“我”而“离开”身体,《复仇》及《复仇》(其二)说的是精神和肉体成功的“合作”。

这四篇怪异的文字依次展开了精神和身体的三种关系状态,主旨是反思过分鄙视身体的精神之“远行”及其失败,这是《野草》自我忏悔、“抉心自食”的又一个主题[①]。

六、“天地”之间的“求乞者”

“游魂”在鉴赏了其“过去的生命”的“死亡”与肉身的“朽腐”之后,发现自己已经茫无所归,别无所依,所以在是否重新和身体拥抱这个问题上犹豫不决。

---

① 这一节所讨论的问题,郜元宝文《从舍弃到承受——鲁迅著作中的身体语言》有详细论述,参见郜元宝著《为热带人语冰》,上海教育出版社 2004 年 5 月初版。近读日本学者中美野代子《鲁迅的肉体凝视》(《鲁迅研究动态》1988 年第 12 期),才知道这位日本学者十七年前,就已经注意到这个问题了。

但与此同时，“游魂”也在探寻身体以外的另一个寄托之所，这就是《野草》中不断描写的“天地”之境。

如前所述，《野草》忏悔所及，包括作者全部“过去的生命”，重点则是1907年前后所提倡以及1918年以来所投身的两次“文学运动”的叠加。因此，《野草》的构思不得不突破作者1918年投身“文学革命”以来的作品疆域，心理时间向前伸展近二十年，不仅复活了东京留学期间的思想观念并加以痛切反思，也复现了当时许多文字痕迹，其中就有《科学史教篇》、《文化偏至论》、《摩罗诗力说》、《破恶声论》所展开的“天地”之境。

“天地”意象始终是《野草》的超越性背景，这也是1907年左右几篇论文所设立的空间结构。早在完成《人之历史》之后，青年周树人就曾预告，他将在另一篇讨论“宇宙发生学”(Kosmogenie)的文章中，从生物界进到无生物界，追问天地宇宙之肇端，也即彻底究诘人的起始[①]。他虽然并没有兑现这个预告，但在后来关于“人”的种种讨论中，始终没有忘记天地宇宙。事实上，在日本留学后期所写的几篇论文中，他似乎已经习惯于用天地宇宙的某种伟大图景来领会人的处境。《摩罗诗力说》以“春温”、“秋肃”的季节轮换比喻中国文明历史的退化，“人有读古国文化史者，循代而下，至于卷末，必凄以有所觉，如脱春温而入于秋肃，勾萌绝朕，枯槁在前，吾无以名，姑谓之萧条而止”，而把“反抗挑战”、“争天拒俗”的“精神界之战士”之合法性，解释为他们的思想行为符合“无时无物，不禀杀机”的天地宇宙进化争存的法则，认为正因人置身于这个“可悲”的宇宙图景，方显其伟岸[②]。相反，人的精神的退化与萎缩，文明活动之失去根基，也有天地宇宙的特定图景与之匹配：“本根剥丧，神气旁皇……寂漠为政，天地闭矣”[③]。

一个更大的天地宇宙图景，也始终衬托着《野草》的全部思索，衬托着作者审视自我与渴望行动的双重精神指向。

《野草·题辞》，忏悔着上下二十年的生与死，也连通了辽阔高深的天与地：

---

① 《坟·人之历史》。
② 《坟·摩罗诗力说》。
③ 《集外集拾遗补编·破恶声论》。

> 天地有如此静穆，我不能大笑而且歌唱。天地即不如此静穆，我或者也将不能。我以这一丛野草，在明与暗，生与死，过去与未来之际，献于友与仇，人与兽，爱者与不爱者之前作证。

欲以“野草”为自己“作证”，所希望的，则是那超越“明与暗，生与死，过去与未来之际”，以及“友与仇，人与兽，爱者与不爱者”的“天地”之在场与监察——但又申明，他其实并不管天地的脸色如何，更无论天地“静穆”与否。

意识到天地的始终在场并欲与天地对话，却不对天地存有特别的敬畏，倒是用有意漠视的口吻邀请天地到场，这种基本的态度，也是《秋夜》中“天-地-人三位一体”的图画所显示的。“我的后园”有“两棵枣树”，上为“奇怪而高的天空”，下为爱做梦的“小粉红花”、爱说梦的“瘦的诗人”、“夜游的恶鸟”和“我”所托身的地面。这地面之值得“憎恶”，大概不成问题，至于“奇怪而高的天空”，对一切眨着“冷眼”的星星，被桀骜的枣树刺得“窘得发白”的月亮，显然也不可爱，——但又似乎不可或缺。《秋夜》这种极具绘画感的描写，实源于鲁迅前期文言论文中喜欢说的“生存两间”(即人生天地之间)的空间的自觉。

《淡淡的血痕》中，天地——“造化”——清楚地作为被控诉的对象呈现出来。本来，“天变地异”，无论在中国传统哲学和民间信仰中，还是在基督教文化中，都被把握为明显的神意显现或末日审判的异象，在这里却被理解为“造化的把戏”——怯弱的造物主吓唬同样怯弱的“良民们”的手法。但“叛逆的猛士出于人间”，看透了这“造化的把戏”，他的反抗，将要使造物主“羞惭”，“伏藏”，并取代造物主，使天地重新变色。

这样出场的天地，和“人间”相对，却并不具有多少神性，倒是带有更多的人间性，并且似乎可以因为人性的状况而改变。天地被人化了。

但是，反思着失败与罪过的战斗者，并不始终坚信其精神的强大与自足，因为他毕竟还是一个失败者、反思者和忏悔者。

一个失败者、反思者和忏悔者立于天地之间，目的就不再是单纯的不屈不挠的挑战，而是还有“求乞”。《求乞者》中就矗立着这样一个强硬的在战斗之后忽然想到或许也有必要来求乞的求乞者形象：

> 我想着我将用什么方法求乞：发声，用怎样声调？装哑，用怎样手势？……
>
> ……
>
> 我将用无所为和沉默求乞！……
>
> 我至少将得到虚无。

在《颓败线的颤动》中，年轻时不惜卖身而养活家人的老妇，最后只得到小辈的奚落和敌意。在人道尽失之后，她只好离开家人走向荒野，于是又有了一种更加凄厉的求乞：

> 她于是举两手尽量向天，口唇间漏出人与兽的，非人间所有，所以无词的言语。
>
> 当她说出无词的言语时，她那伟大如石像，然而已经荒废的，颓败的身躯的全面都颤动了。这颤动点点如鱼鳞，每一鳞都起伏如沸水在烈火上；空中也即刻一同振颤，仿佛暴风雨中的荒海的波涛。

《野草》中的求乞者，单知自己或许也需求乞，却不知向谁求乞，怎样求乞，求乞什么，他只能以"无所为和沉默"，向天地间不知道什么地方求乞连自己也不知道是何物的"虚无"。而且，像那老妇人一样，在"举两手尽量向天"时，还夹带着太多的不甘和愤懑，混杂着"眷念与决绝，爱抚与复仇，养育与歼除，祝福与咒诅。……"

这种不彻底的"求乞"，是一个现代东方无神论者暂时绝望于现代性的"人"的神话之后(《失去的好地狱》、《狗的驳诘》)，下意识里瞬间获得的竹内好所谓"非宗教的宗教性体验"。他可以向"天"，向"地"，向"虚无"求乞，甚至希望灵魂能够像"死去的雨"、"雨的精魂"那样"奋飞"、"旋转"、"升腾"、"弥漫"于"太空"(《雪》)，却并不真的融入神性的天地。

当"人"的悲剧达于极点之时，"天地"被临时姑且呼唤出来，正如在写

《破恶声论》时，因为痛感“人界之荒凉”，起而为宗教辩护，认为“人心必有所冯依，非信无以立，宗教之作，不可已矣”。作者那时候非常轻视狂妄的“科学者”对宇宙自然现象一知半解的研究，而对包括“敬天礼地”的中国传统信仰在内的世界各民族早期对宇宙天地的敬畏表示深切的理解和赞赏。但即便如此，他为宗教辩护，目的还是为了揭露“浇季士夫，精神滞塞”的现实，为了批判“心夺于人，信不由己”的“伪士”，初衷并非为了建立宗教和敬天礼地。

《破恶声论》的勇敢地为各种宗教提出辩护的作者并不是一个信仰主义者，《野草》中立于天地之间的求乞者也没有走向神。他只是偶尔仰望空虚的“太空”，或者寄托希望于同样虚妄的“地火”。《野草》中的“游魂”，终于不是敬畏天地的求乞者和忏悔者，而是准备重新拥抱土地的战士。这个一直以“指归在动作”的“摩罗诗人”为楷模的“过客”，年轻时就曾以宇宙万物无处不有的“杀机”来鼓动人们挑战命运的豪气，无限神往于来自天与地的粗暴的伟力：

> 平和为物，不见于人间。其强谓之平和者，不过战事方已或未始之时，外状若宁，暗流仍伏，时劫一会，动作始矣。故观之天然，则和风拂林，甘雨润物，似无不以降福祉于人世，然烈火在下，出为地囱，一旦偾兴，万有同坏①。

时隔二十年，他还是希望自己也融入这样的力量：

> 地火在地下运行，奔突；熔岩一旦喷出，将烧尽一切野草，以及乔木，于是并且无可朽腐。

但这就显露了《野草》本文所潜藏的一个绝大的问题：渴望行动的主体，并没有解决“心”之所“信”的问题。行动的主体(人)可以无“心”亦无“信”吗？无“心”亦无“信”的人，一旦义无反顾地投入行动，会有怎样的结果？

---

① 《坟·摩罗诗力说》。

在《破恶声论》中，作者曾经说过，“人心必有所冯依，非信无以立，宗教之作，不可已矣”，那时候，他所谓“冯依”与“信”，是在宗教意义上讲的，后来却并不希望在宗教意义上寻求答案，而是转换话题，通过在无神的现代世俗社会追求绝对之是非的杂文式的战斗，来强调“特操”的可能性与重要性，而《准风月谈·吃教》在宗教的反面作为最高价值提出来的“特操”，纯粹是人道主义的道德伦理范畴，是属乎血气的人的自我确认。

德国现代思想家海德格尔在《论人道主义的信》一开头就说，“迄今为止，我们还远没有足够果敢地来深思行动的本质。我们只是将行动看作是引出一种效果。效果的现实性则根据其有用性来评价。但行动的本质并不是完全的。”果如此，则鲁迅于投入新的“行动”之前向世人所奉献的这一丛“野草”，对深思其日后行动的本质，便显得特别重要。

【附录】

《野草》英文译本序

冯 Y·S·先生由他的友人给我看《野草》的英文译本，并且要我说几句话。可惜我不懂英文，只能自己说几句。但我希望，译者将不嫌我只做了他所希望的一半的。

这二十多篇小品，如每篇末尾所注，是一九二四至二六年在北京所作，陆续发表于期刊《语丝》上的。大抵仅仅是随时的小感想。因为那时难于直说，所以有时措辞就很含糊了。

现在举几个例罢。因为讽刺当时盛行的失恋诗，作《我的失恋》，因为憎恶社会上旁观者之多，作《复仇》第一篇，又因为惊异于青年之消沉，作《希望》。《这样的战士》，是有感于文人学士们帮助军阀而作。《腊叶》，是为爱我者的想要保存我而作的。段祺瑞政府枪击徒手民众后，作《淡淡的血痕中》，其时我已避居别处；奉天派和直隶派军阀战争的时候，作《一觉》，此后我就不能住在北京了。

所以，这也可以说，大半是废弛的地狱边沿的惨白色小花，当然不会美丽。但这地狱也必须失掉。这是由几个有雄辩和辣手，而那时还未得志的英雄们的脸色和语气所告诉我的。我于是作《失掉的好地狱》。

后来，我不再作这样的东西了。日在变化的时代，已不许这样的文章，甚而至于这样的感想存在。我想，这也许倒是好的罢。为译本而作的序言，也应该在这里结束了。

十一月五日。

题 辞

当我沉默着的时候,我觉得充实;我将开口,同时感到空虚。

过去的生命已经死亡。我对于这死亡有大欢喜,因为我借此知道它曾经存活。死亡的生命已经朽腐。我对于这朽腐有大欢喜,因为我借此知道它还非空虚。

生命的泥委弃在地面上,不生乔木,只生野草,这是我的罪过。

野草,根本不深,花叶不美,然而吸取露,吸取水,吸取陈死人的血和肉,各各夺取它的生存。当生存时,还是将遭践踏,将遭删刈,直至于死亡而朽腐。

但我坦然,欣然。我将大笑,我将歌唱。

我自爱我的野草,但我憎恶这以野草作装饰的地面。

地火在地下运行,奔突;熔岩一旦喷出,将烧尽一切野草,以及乔木,于是并且无可朽腐。

但我坦然,欣然。我将大笑,我将歌唱。

天地有如此静穆,我不能大笑而且歌唱。天地即不如此静穆,我或者也将不能。我以这一丛野草,在明与暗,生与死,过去与未来之际,献于友与仇,人与兽,爱者与不爱者之前作证。

为我自己,为友与仇,人与兽,爱者与不爱者,我希望这野草的死亡与朽腐,火速到来。要不然,我先就未曾生存,这实在比死亡与朽腐更其不幸。

去罢,野草,连着我的题辞!

一九二七年四月二十六日,鲁迅记于广州之白云楼上。

秋 夜

在我的后园，可以看见墙外有两株树，一株是枣树，还有一株也是枣树。

这上面的夜的天空，奇怪而高，我生平没有见过这样的奇怪而高的天空。他仿佛要离开人间而去，使人们仰面不再看见。然而现在却非常之蓝，闪闪地䀹着几十个星星的眼，冷眼。他的口角上现出微笑，似乎自以为大有深意，而将繁霜洒在我的园里的野花草上。

我不知道那些花草真叫什么名字，人们叫他们什么名字。我记得有一种开过极细小的粉红花，现在还开着，但是更极细小了，她在冷的夜气中，瑟缩地做梦，梦见春的到来，梦见秋的到来，梦见瘦的诗人将眼泪擦在她最末的花瓣上，告诉她秋虽然来，冬虽然来，而此后接着还是春，胡蝶乱飞，蜜蜂都唱起春词来了。她于是一笑，虽然颜色冻得红惨惨地，仍然瑟缩着。

枣树，他们简直落尽了叶子。先前，还有一两个孩子来打他们别人打剩的枣子，现在是一个也不剩了，连叶子也落尽了。他知道小粉红花的梦，秋后要有春；他也知道落叶的梦，春后还是秋。他简直落尽叶子，单剩干子，然而脱了当初满树是果实和叶子时候的弧形，欠伸得很舒服。但是，有几枝还低亚着，护定他从打枣的竿梢所得的皮伤，而最直最长的几枝，却已默默地铁似的直刺着奇怪而高的天空，使天空闪闪地鬼䀹眼；直刺着天空中圆满的月亮，使月亮窘得发白。

鬼䀹眼的天空越加非常之蓝，不安了，仿佛想离去人间，避开枣树，只将月亮剩下。然而月亮也暗暗地躲到东边去了。而一无所有的干子，却仍然默默地铁似的直刺着奇怪而高的天空，一意要制他的死命，不管他各式各样地䀹着许多蛊惑的眼睛。

哇的一声，夜游的恶鸟飞过了。

我忽而听到夜半的笑声，吃吃地，似乎不愿意惊动睡着的人，然而四围的空气都应和着笑。夜半，没有别的人，我即刻听出这声音就在我嘴里，我也即刻被这笑声所驱逐，回进自己的房。灯火的带子也即刻被我旋高了。

后窗的玻璃上丁丁地响，还有许多小飞虫乱撞。不多久，几个进来了，许是从窗纸的破孔进来的。他们一进来，又在玻璃的灯罩上撞得丁丁地响。一个从上面撞进去了，他于是遇到火，而且我以为这火是真的。两三个却休息在灯的纸罩上喘气。那罩是昨晚新换的罩，雪白的纸，折出波浪纹的叠痕，一角还画出一枝猩红色的栀子。

猩红的栀子开花时，枣树又要做小粉红花的梦，青葱地弯成弧形了……。我又听到夜半的笑声；我赶紧砍断我的心绪，看那老在白纸罩上的小青虫，头大尾小，向日葵子似的，只有半粒小麦那么大，遍身的颜色苍翠得可爱，可怜。

我打一个呵欠，点起一支纸烟，喷出烟来，对着灯默默地敬奠这些苍翠精致的英雄们。

一九二四年九月十五日。

影的告别

人睡到不知道时候的时候,就会有影来告别,说出那些话——

有我所不乐意的在天堂里,我不愿去;有我所不乐意的在地狱里,我不愿去;有我所不乐意的在你们将来的黄金世界里,我不愿去。

然而你就是我所不乐意的。

朋友,我不想跟随你了,我不愿住。

我不愿意!

呜乎呜乎,我不愿意,我不如彷徨于无地。

我不过一个影,要别你而沉没在黑暗里了。然而黑暗又会吞并我,然而光明又会使我消失。

然而我不愿彷徨于明暗之间,我不如在黑暗里沉没。

然而我终于彷徨于明暗之间,我不知道是黄昏还是黎明。我姑且举灰黑的手装作喝干一杯酒,我将在不知道时候的时候独自远行。

呜乎呜乎,倘若黄昏,黑夜自然会来沉没我,否则我要被白天消失,如果现是黎明。

朋友,时候近了。

我将向黑暗里彷徨于无地。

你还想我的赠品。我能献你甚么呢?无已,则仍是黑暗和虚空而已。但是,我愿意只是黑暗,或者会消失于你的白天;我愿意只是虚空,决不占你的心地。

我愿意这样,朋友——

我独自远行,不但没有你,并且再没有别的影在黑暗里。只有我被黑暗沉没,那世界全属于我自己。

一九二四年九月二十四日。

求 乞 者

我顺着剥落的高墙走路，踏着松的灰土。另外有几个人，各自走路。微风起来，露在墙头的高树的枝条带着还未干枯的叶子在我头上摇动。

微风起来，四面都是灰土。

一个孩子向我求乞，也穿着夹衣，也不见得悲戚，而拦着磕头，追着哀呼。

我厌恶他的声调，态度。我憎恶他并不悲哀，近于儿戏；我烦厌他这追着哀呼。

我走路。另外有几个人各自走路。微风起来，四面都是灰土。

一个孩子向我求乞，也穿着夹衣，也不见得悲戚，但是哑的，摊开手，装着手势。

我就憎恶他这手势。而且，他或者并不哑，这不过是一种求乞的法子。

我不布施，我无布施心，我但居布施者之上，给与烦腻，疑心，憎恶。

我顺着倒败的泥墙走路，断砖叠在墙缺口，墙里面没有什么。微风起来，送秋寒穿透我的夹衣；四面都是灰土。

我想着我将用什么方法求乞：发声，用怎样声调？装哑，用怎样手势？……

另外有几个人各自走路。

我将得不到布施，得不到布施心；我将得到自居于布施之上者的烦腻，疑心，憎恶。

我将用无所为和沉默求乞……

我至少将得到虚无。

微风起来，四面都是灰土。另外有几个人各自走路。

灰土，灰土，……

……

灰土……

一九二四年九月二十四日。

我的失恋

——拟古的新打油诗

我的所爱在山腰；
想去寻她山太高，
低头无法泪沾袍。
爱人赠我百蝶巾；
回她什么：猫头鹰。
从此翻脸不理我，
不知何故兮使我心惊。

我的所爱在闹市；
想去寻她人拥挤，
仰头无法泪沾耳。
爱人赠我双燕图；
回她什么：冰糖壶卢。
从此翻脸不理我，
不知何故兮使我胡涂。

我的所爱在河滨；
想去寻她河水深，
歪头无法泪沾襟。
爱人赠我金表索；
回她什么：发汗药。
从此翻脸不理我，
不知何故兮使我神经衰弱。

我的所爱在豪家；
想去寻她兮没有汽车，
摇头无法泪如麻。
爱人赠我玫瑰花；
回她什么：赤练蛇。
从此翻脸不理我，
不知何故兮——由她去罢。

一九二四年十月三日。

复 仇

人的皮肤之厚，大概不到半分，鲜红的热血，就循着那后面，在比密密层层地爬在墙壁上的槐蚕更其密的血管里奔流，散出温热。于是各以这温热互相蛊惑，煽动，牵引，拚命地希求偎倚，接吻，拥抱，以得生命的沉酣的大欢喜。

但倘若用一柄尖锐的利刃，只一击，穿透这桃红色的，菲薄的皮肤，将见那鲜红的热血激箭似的以所有温热直接灌溉杀戮者；其次，则给以冰冷的呼吸，示以淡白的嘴唇，使之人性茫然，得到生命的飞扬的极致的大欢喜；而其自身，则永远沉浸于生命的飞扬的极致的大欢喜中。

这样，所以，有他们俩裸着全身，捏着利刃，对立于广漠的旷野之上。

他们俩将要拥抱，将要杀戮……

路人们从四面奔来，密密层层地，如槐蚕爬上墙壁，如马蚁要扛鲞头。衣服都漂亮，手倒空的。然而从四面奔来，而且拚命地伸长颈子，要赏鉴这拥抱或杀戮。他们已经豫觉着事后的自己的舌上的汗或血的鲜味。

然而他们俩对立着，在广漠的旷野之上，裸着全身，捏着利刃，然而也不拥抱，也不杀戮，而且也不见有拥抱或杀戮之意。

他们俩这样地至于永久，圆活的身体，已将干枯，然而毫不见有拥抱或杀戮之意。

路人们于是乎无聊；觉得有无聊钻进他们的毛孔，觉得有无聊从他们自己的心中由毛孔钻出，爬满旷野，又钻进别人的毛孔中。他们于是觉得喉舌干燥，脖子也乏了；终至于面面相觑，慢慢走散；甚而至于居然觉得干枯到失了生趣。

于是只剩下广漠的旷野，而他们俩在其间裸着全身，捏着利刃，干枯地立着；以死人似的眼光，赏鉴这路人们的干枯，无血的大戮，而永远沉浸于生命的飞扬的极致的大欢喜中。

一九二四年十二月二十日。

复　　仇(其二)

因为他自以为神之子,以色列的王,所以去钉十字架。

兵丁们给他穿上紫袍,戴上荆冠,庆贺他;又拿一根苇子打他的头,吐他,屈膝拜他;戏弄完了,就给他脱了紫袍,仍穿他自己的衣服。

看哪,他们打他的头,吐他,拜他……

他不肯喝那用没药调和的酒,要分明地玩味以色列人怎样对付他们的神之子,而且较永久地悲悯他们的前途,然而仇恨他们的现在。

四面都是敌意,可悲悯的,可咒诅的。

丁丁地响,钉尖从掌心穿透,他们要钉杀他们的神之子了,可悯的人们呵,使他痛得柔和。丁丁地响,钉尖从脚背穿透,钉碎了一块骨,痛楚也透到心髓中,然而他们自己钉杀着他们的神之子了,可咒诅的人们呵,这使他痛得舒服。

十字架竖起来了;他悬在虚空中。

他没有喝那用没药调和的酒,要分明地玩味以色列人怎样对付他们的神之子,而且较永久地悲悯他们的前途,然而仇恨他们的现在。

路人都辱骂他,祭司长和文士也戏弄他,和他同钉的两个强盗也讥诮他。

看哪,和他同钉的……

四面都是敌意,可悲悯的,可咒诅的。

他在手足的痛楚中,玩味着可悯的人们的钉杀神之子的悲哀和可咒诅的人们要钉杀神之子,而神之子就要被钉杀了的欢喜。突然间,碎骨的大痛楚透到心髓了,他即沉酣于大欢喜和大悲悯中。

他腹部波动了,悲悯和咒诅的痛楚的波。

遍地都黑暗了。

"以罗伊,以罗伊,拉马撒巴各大尼?!"(翻出来,就是:我的上帝,你为甚么离弃我?!)

上帝离弃了他,他终于还是一个"人之子";然而以色列人连"人之子"都钉杀了。

钉杀了"人之子"的人们的身上,比钉杀了"神之子"的尤其血污,血腥。

一九二四年十二月二十日。

希　　望

我的心分外地寂寞。

然而我的心很平安：没有爱憎，没有哀乐，也没有颜色和声音。

我大概老了。我的头发已经苍白，不是很明白的事么？我的手颤抖着，不是很明白的事么？那么，我的魂灵的手一定也颤抖着，头发也一定苍白了。

然而这是许多年前的事了。

这以前，我的心也曾充满过血腥的歌声：血和铁，火焰和毒，恢复和报仇。而忽而这些都空虚了，但有时故意地填以没奈何的自欺的希望。希望，希望，用这希望的盾，抗拒那空虚中的暗夜的袭来，虽然盾后面也依然是空虚中的暗夜。然而就是如此，陆续地耗尽了我的青春。

我早先岂不知我的青春已经逝去了？但以为身外的青春固在：星，月光，僵坠的胡蝶，暗中的花，猫头鹰的不祥之言，杜鹃的啼血，笑的渺茫，爱的翔舞……。虽然是悲凉漂渺的青春罢，然而究竟是青春。

然而现在何以如此寂寞？难道连身外的青春也都逝去，世上的青年也多衰老了么？

我只得由我来肉薄这空虚中的暗夜了。我放下了希望之盾，我听到Petöfi Sándor(1823—1849)的“希望”之歌：

> 希望是甚么？是娼妓：
> 她对谁都蛊惑，将一切都献给；
> 待你牺牲了极多的宝贝——
> 你的青春——她就弃掉你。

这伟大的抒情诗人，匈牙利的爱国者，为了祖国而死在可萨克兵的矛尖上，已经七十五年了。悲哉死也，然而更可悲的是他的诗至今没有死。

但是，可惨的人生！桀骜英勇如 Petőfi，也终于对了暗夜止步，回顾着茫茫的东方了。他说：

绝望之为虚妄，正与希望相同。

倘使我还得偷生在不明不暗的这“虚妄”中，我就还要寻求那逝去的悲凉漂渺的青春，但不妨在我的身外。因为身外的青春倘一消灭，我身中的迟暮也即凋零了。

然而现在没有星和月光，没有僵坠的胡蝶以至笑的渺茫，爱的翔舞。然而青年们很平安。

我只得由我来肉薄这空虚中的暗夜了，纵使寻不到身外的青春，也总得自己来一掷我身中的迟暮。但暗夜又在那里呢？现在没有星，没有月光以至笑的渺茫和爱的翔舞；青年们很平安，而我的面前又竟至于并且没有真的暗夜。

绝望之为虚妄，正与希望相同！

一九二五年一月一日。

雪

暖国的雨,向来没有变过冰冷的坚硬的灿烂的雪花。博识的人们觉得他单调,他自己也以为不幸否耶?江南的雪,可是滋润美艳之至了;那是还在隐约着的青春的消息,是极壮健的处子的皮肤。雪野中有血红的宝珠山茶,白中隐青的单瓣梅花,深黄的磬口的蜡梅花;雪下面还有冷绿的杂草。胡蝶确乎没有;蜜蜂是否来采山茶花和梅花的蜜,我可记不真切了。但我的眼前仿佛看见冬花开在雪野中,有许多蜜蜂们忙碌地飞着,也听得他们嗡嗡地闹着。

孩子们呵着冻得通红,像紫芽姜一般的小手,七八个一齐来塑雪罗汉。因为不成功,谁的父亲也来帮忙了。罗汉就塑得比孩子们高得多,虽然不过是上小下大的一堆,终于分不清是壶卢还是罗汉;然而很洁白,很明艳,以自身的滋润相粘结,整个地闪闪地生光。孩子们用龙眼核给他做眼珠,又从谁的母亲的脂粉奁中偷得胭脂来涂在嘴唇上。这回确是一个大阿罗汉了。他也就目光灼灼地嘴唇通红地坐在雪地里。

第二天还有几个孩子来访问他;对了他拍手,点头,嘻笑。但他终于独自坐着了。晴天又来消释他的皮肤,寒夜又使他结一层冰,化作不透明的水晶模样;连续的晴天又使他成为不知道算什么,而嘴上的胭脂也褪尽了。

但是,朔方的雪花在纷飞之后,却永远如粉,如沙,他们决不粘连,撒在屋上,地上,枯草上,就是这样。屋上的雪是早已就有消化了的,因为屋里居人的火的温热。别的,在晴天之下,旋风忽来,便蓬勃地奋飞,在日光中灿灿地生光,如包藏火焰的大雾,旋转而且升腾,弥漫太空,使太空旋转而且升腾地闪烁。

在无边的旷野上,在凛冽的天宇下,闪闪地旋转升腾着的是雨的精魂……

是的,那是孤独的雪,是死掉的雨,是雨的精魂。

一九二五年一月十八日。

风 筝

北京的冬季，地上还有积雪，灰黑色的秃树枝丫叉于晴朗的天空中，而远处有一二风筝浮动，在我是一种惊异和悲哀。

故乡的风筝时节，是春二月，倘听到沙沙的风轮声，仰头便能看见一个淡墨色的蟹风筝或嫩蓝色的蜈蚣风筝。还有寂寞的瓦片风筝，没有风轮，又放得很低，伶仃地显出憔悴可怜模样。但此时地上的杨柳已经发芽，早的山桃也多吐蕾，和孩子们的天上的点缀相照应，打成一片春日的温和。我现在在哪里呢？四面都还是严冬的肃杀，而久经诀别的故乡的久经逝去的春天，却就在这天空中荡漾了。

但我是向来不爱放风筝的，不但不爱，并且嫌恶他，因为我以为这是没出息孩子所做的玩艺。和我相反的是我的小兄弟，他那时大概十岁内外罢，多病，瘦得不堪，然而最喜欢风筝，自己买不起，我又不许放，他只得张着小嘴，呆看着空中出神，有时至于小半日。远处的蟹风筝突然落下来了，他惊呼；两个瓦片风筝的缠绕解开了，他高兴得跳跃。他的这些，在我看来都是笑柄，可鄙的。

有一天，我忽然想起，似乎多日不很看见他了，但记得曾见他在后园拾枯竹。我恍然大悟似的，便跑向少有人去的一间堆积杂物的小屋去，推开门，果然就在尘封的什物堆中发见了他。他向着大方凳，坐在小凳上；便很惊惶地站了起来，失了色瑟缩着。大方凳旁靠着一个胡蝶风筝的竹骨，还没有糊上纸，凳上是一对做眼睛用的小风轮，正用红纸条装饰着，将要完工了。我在破获秘密的满足中，又很愤怒他的瞒了我的眼睛，这样苦心孤诣地来偷做没出息孩子的玩艺。我即刻伸手折断了胡蝶的一支翅骨，又将风轮掷在地下，踏扁了。论长幼，论力气，他是都敌不过我的，我当然得到完全的胜利，于是傲然走出，留他绝望地站在小屋里。后来他怎样，我不知道，也没有留心。

然而我的惩罚终于轮到了，在我们离别得很久之后，我已经是中年。我不幸偶而看了一本外国的讲论儿童的书，才知道游戏是儿童最正当的行为，玩具是儿童的天使。于是二十年来毫不忆及的幼小时候对于精神的虐杀的这一幕，忽地在眼前展开，而我的心也仿佛同时变了铅块，很重很重的堕下去了。

但心又不竟堕下去而至于断绝，他只是很重很重地堕着，堕着。

我也知道补过的方法的：送他风筝，赞成他放，劝他放，我和他一同放。我们嚷着，跑着，笑着。——然而他其时已经和我一样，早已有了胡子了。

我也知道还有一个补过的方法的：去讨他的宽恕，等他说，"我可是毫不怪你呵。"那么，我的心一定就轻松了，这确是一个可行的方法。有一回，我们会面的时候，是脸上都已添刻了许多"生"的辛苦的条纹，而我的心很沉重。我们渐渐谈起儿时的旧事来，我便叙述到这一节，自说少年时代的胡涂。"我可是毫不怪你呵。"我想，他要说了，我即刻便受了宽恕，我的心从此也宽松了罢。

"有过这样的事么？"他惊异地笑着说，就像旁听着别人的故事一样。他什么也不记得了。

全然忘却，毫无怨恨，又有什么宽恕之可言呢？无怨的恕，说谎罢了。

我还能希求什么呢？我的心只得沉重着。

现在，故乡的春天又在这异地的空中了，既给我久经逝去的儿时的回忆，而一并也带着无可把握的悲哀。我倒不如躲到肃杀的严冬中去罢，——但是，四面又明明是严冬，正给我非常的寒威和冷气。

一九二五年一月二十四日。

好 的 故 事

灯火渐渐地缩小了,在预告石油的已经不多;石油又不是老牌的,早熏得灯罩很昏暗。鞭爆的繁响在四近,烟草的烟雾在身边:是昏沉的夜。

我闭了眼睛,向后一仰,靠在椅背上;捏着《初学记》的手搁在膝髁上。

我在蒙胧中,看见一个好的故事。

这故事很美丽,幽雅,有趣。许多美的人和美的事,错综起来像一天云锦,而且万颗奔星似的飞动着,同时又展开去,以至于无穷。

我仿佛记得曾坐小船经过山阴道,两岸边的乌桕,新禾,野花,鸡,狗,丛树和枯树,茅屋,塔,伽蓝,农夫和村妇,村女,晒着的衣裳,和尚,蓑笠,天,云,竹,……都倒影在澄碧的小河中,随着每一打桨,各各夹带了闪烁的日光,并水里的萍藻游鱼,一同荡漾。诸影诸物,无不解散,而且摇动,扩大,互相融和;刚一融和,却又退缩,复近于原形。边缘都参差如夏云头,镶着日光,发出水银色焰。凡是我所经过的河,都是如此。

现在我所见的故事也如此。水中的青天的底子,一切事物统在上面交错,织成一篇,永是生动,永是展开,我看不见这一篇的结束。

河边枯柳树下的几株瘦削的一丈红,该是村女种的罢。大红花和斑红花,都在水里面浮动,忽而碎散,拉长了,缕缕的胭脂水,然而没有晕。茅屋,狗,塔,村女,云,……也都浮动着。大红花一朵朵全被拉长了,这时是泼刺奔迸的红锦带。带织入狗中,狗织入白云中,白云织入村女中……。在一瞬间,他们又将退缩了。但斑红花影也已碎散,伸长,就要织进塔,村女,狗,茅屋,云里去。

现在我所见的故事清楚起来了,美丽,幽雅,有趣,而且分明。青天上面,有无数美的人和美的事,我一一看见,一一知道。

我就要凝视他们……。

我正要凝视他们时,骤然一惊,睁开眼,云锦也已皱蹙,凌乱,仿佛有谁掷一块大石下河水中,水波陡然起立,将整篇的影子撕成片片了。我无意识地赶忙捏住几乎坠地的《初学记》,眼前还剩着几点虹霓色的碎影。

我真爱这一篇好的故事,趁碎影还在,我要追回他,完成他,留下他。我抛了书,欠身伸手去取笔,——何尝有一丝碎影,只见昏暗的灯光,我不在小船里了。

但我总记得见过这一篇好的故事,在昏沉的夜……。

一九二五年二月二十四日。

过　　客

时：

或一日的黄昏。

地：

或一处。

人：

老翁——约七十岁，白须发，黑长袍。

女孩——约十岁，紫发，乌眼珠，白地黑方格长衫。

过客——约三四十岁，状态困顿倔强，眼光阴沉，黑须，乱发，黑色短衣裤皆破碎，赤足著破鞋，胁下挂一个口袋，支着等身的竹杖。

东，是几株杂树和瓦砾；西，是荒凉破败的丛葬；其间有一条似路非路的痕迹。一间小土屋向这痕迹开着一扇门；门侧有一段枯树根。

（女孩正要将坐在树根上的老翁搀起。）

翁——孩子。喂，孩子！怎么不动了呢？

孩——（向东望着，）有谁走来了，看一看罢。

翁——不用看他。扶我进去罢。太阳要下去了。

孩——我，——看一看。

翁——唉，你这孩子！天天看见天，看见土，看见风，还不够好看么？什么也不比这些好看。你偏是要看谁。太阳下去时候出现的东西，不会给你什么好处的。……还是进去罢。

孩——可是，已经近来了。阿阿，是一个乞丐。

翁——乞丐？不见得罢。

（过客从东面的杂树间跄踉走出，暂时踌躇之后，慢慢地走近老翁去。）

客——老丈，你晚上好？

翁——阿，好！托福。你好？

客——老丈,我实在冒昧,我想在你那里讨一杯水喝。我走得渴极了。这地方又没有一个池塘,一个水洼。

翁——唔,可以可以。你请坐罢。(向女孩)孩子,你拿水来,杯子要洗干净。

(女孩默默地走进土屋去。)

翁——客官,你请坐。你是怎么称呼的。

客——称呼?——我不知道。从我还能记得的时候起,我就只一个人。我不知道我本来叫什么。我一路走,有时人们也随便称呼我,各式各样地,我也记不清楚了,况且相同的称呼也没有听到过第二回。

翁——阿阿。那么,你是从那里来的呢?

客——(略略迟疑,)我不知道。从我还能记得的时候起,我就在这么走。

翁——对了。那么,我可以问你到那里去么?

客——自然可以。——但是,我不知道。从我还能记得的时候起,我就在这么走,要走到一个地方去,这地方就在前面。我单记得走了许多路,现在来到这里了。我接着就要走向那边去,(西指,)前面!

(女孩小心地捧出一个木杯来,递去。)

客——(接杯,)多谢,姑娘。(将水两口喝尽,还杯,)多谢,姑娘。这真是少有的好意。我真不知道应该怎样感激!

翁——不要这么感激。这于你是没有好处的。

客——是的,这于我没有好处。可是我现在很恢复了些力气了。我就要前去。老丈,你大约是久住在这里的,你可知道前面是怎么一个所在么?

翁——前面?前面,是坟。

客——(诧异地,)坟?

孩——不,不,不的。那里有许多许多野百合,野蔷薇,我常常去玩,去看他们的。

客——(西顾,仿佛微笑,)不错。那些地方有许多许多野百合,野蔷薇,我也常常去玩过,去看过的。但是,那是坟。(向老翁,)老丈,走完了那坟地之后呢?

翁——走完之后？那我可不知道。我没有走过。

客——不知道?!

孩——我也不知道。

翁——我单知道南边;北边;东边,你的来路。那是我最熟悉的地方,也许倒是于你们最好的地方。你莫怪我多嘴,据我看来,你已经这么劳顿了,还不如回转去,因为你前去也料不定可能走完。

客——料不定可能走完？……(沉思,忽然惊起,)那不行！我只得走。回到那里去,就没一处没有名目,没一处没有地主,没一处没有驱逐和牢笼,没一处没有皮面的笑容,没一处没有眶外的眼泪。我憎恶他们,我不回转去！

翁——那也不然。你也会遇见心底的眼泪,为你的悲哀。

客——不。我不愿看见他们心底的眼泪,不要他们为我的悲哀！

翁——那么,你,(摇头,)你只得走了。

客——是的,我只得走了。况且还有声音常在前面催促我,叫唤我,使我息不下。可恨的是我的脚早经走破了,有许多伤,流了许多血。(举起一足给老人看,)因此,我的血不够了;我要喝些血。但血在那里呢？可是我也不愿意喝无论谁的血。我只得喝些水,来补充我的血。一路上总有水,我倒也并不感到什么不足。只是我的力气太稀薄了,血里面太多了水的缘故罢。今天连一个小水洼也遇不到,也就是少走了路的缘故罢。

翁——那也未必。太阳下去了,我想,还不如休息一会的好罢,像我似的。

客——但是,那前面的声音叫我走。

翁——我知道。

客——你知道？你知道那声音么？

翁——是的。他似乎曾经也叫过我。

客——那也就是现在叫我的声音么？

翁——那我可不知道。他也就是叫过几声,我不理他,他也就不叫了,我也就记不清楚了。

客——唉唉,不理他……。(沉思,忽然吃惊,倾听着,)不行！我还是走的好。我息不下。可恨我的脚早经走破了。(准备走路。)

孩——给你!(递给一片布,)裹上你的伤去。

客——多谢,(接取,)姑娘。这真是……。这真是极少有的好意。这能使我可以走更多的路。(就断砖坐下,要将布缠在踝上,)但是,不行!(竭力站起,)姑娘,还了你罢,还是裹不下。况且这太多的好意,我没法感激。

翁——你不要这么感激,这于你没有好处。

客——是的,这于我没有什么好处。但在我,这布施是最上的东西了。你看,我全身上可有这样的。

翁——你不要当真就是。

客——是的。但是我不能。我怕我会这样:倘使我得到了谁的布施,我就要像兀鹰看见死尸一样,在四近徘徊,祝愿她的灭亡,给我亲自看见;或者咒诅她以外的一切全都灭亡,连我自己,因为我就应该得到咒诅。但是我还没有这样的力量;即使有这力量,我也不愿意她有这样的境遇,因为她们大概总不愿意有这样的境遇。我想,这最稳当。(向女孩,)姑娘,你这布片太好,可是太小一点了,还了你罢。

孩——(惊惧,退后,)我不要了!你带走!

客——(似笑,)哦哦,……因为我拿过了?

孩——(点头,指口袋,)你装在那里,去玩玩。

客——(颓唐地退后,)但这背在身上,怎么走呢?……

翁——你息不下,也就背不动。——休息一会,就没有什么了。

客——对咧,休息……。(默想,但忽然惊醒,倾听。)不,我不能!我还是走好。

翁——你总不愿意休息么?

客——我愿意休息。

翁——那么,你就休息一会罢。

客——但是,我不能……。

翁——你总还是觉得走好么?

客——是的。还是走好。

翁——那么,你也还是走好罢。

客——(将腰一伸,)好,我告别了。我很感激你们。(向着女孩,)姑娘,这还你,请你收回去。

(女孩惊惧,敛手,要躲进土屋里去。)

翁——你带去罢。要是太重了,可以随时抛在坟地里面的。

孩——(走向前,)阿阿,那不行!

客——阿阿,那不行的。

翁——那么,你挂在野百合野蔷薇上就是了。

孩——(拍手,)哈哈!好!

翁——哦哦……。

(极暂时中,沉默。)

翁——那么,再见了。祝你平安。(站起,向女孩,)孩子,扶我进去罢。你看,太阳早已下去了。(转身向门。)

客——多谢你们。祝你们平安。(徘徊,沉思,忽然吃惊,)然而我不能!我只得走。我还是走好罢……。(即刻昂了头,奋然向西走去。)

(女孩扶老人走进土屋,随即阖了门。过客向野地里跄踉地闯进去,夜色跟在他后面。)

一九二五年三月二日。

死　　火

我梦见自己在冰山间奔驰。

这是高大的冰山，上接冰天，天上冻云弥漫，片片如鱼鳞模样。山麓有冰树林，枝叶都如松杉。一切冰冷，一切青白。

但我忽然坠在冰谷中。

上下四旁无不冰冷，青白。而一切青白冰上，却有红影无数，纠结如珊瑚网。我俯看脚下，有火焰在。

这是死火。有炎炎的形，但毫不摇动，全体冰结，像珊瑚枝；尖端还有凝固的黑烟，疑这才从火宅中出，所以枯焦。这样，映在冰的四壁，而且互相反映，化成无量数影，使这冰谷，成红珊瑚色。

哈哈！

当我幼小的时候，本就爱看快舰激起的浪花，洪炉喷出的烈焰。不但爱看，还想看清。可惜他们都息息变幻，永无定形。虽然凝视又凝视，总不留下怎样一定的迹象。

死的火焰，现在先得到了你了！

我拾起死火，正要细看，那冷气已使我的指头焦灼；但是，我还熬着，将他塞入衣袋中间。冰谷四面，登时完全青白。我一面思索着走出冰谷的法子。

我的身上喷出一缕黑烟，上升如铁线蛇。冰谷四面，又登时满有红焰流动，如大火聚，将我包围。我低头一看，死火已经燃烧，烧穿了我的衣裳，流在冰地上了。

“唉，朋友！你用了你的温热，将我惊醒了。”他说。

我连忙和他招呼，问他名姓。

“我原先被人遗弃在冰谷中，”他答非所问地说，“遗弃我的早已灭亡，消尽了。我也被冰冻冻得要死。倘使你不给我温热，使我重行烧起，我不久就须灭亡。”

“你的醒来，使我欢喜。我正在想着走出冰谷的方法；我愿意携带你去，使你永不冰结，永得燃烧。”

“唉唉！那么，我将烧完！”

“你的烧完，使我惋惜。我便将你留下，仍在这里罢。”

“唉唉！那么，我将冻灭了！”

“那么，怎么办呢？”

“但你自己，又怎么办呢？”他反而问。

“我说过了：我要出这冰谷……。”

“那我就不如烧完！”

他忽而跃起，如红彗星，并我都出冰谷口外。有大石车突然驰来，我终于碾死在车轮底下，但我还来得及看见那车就坠入冰谷中。

“哈哈！你们是再也遇不着死火了！”我得意地笑着说，仿佛就愿意这样似的。

一九二五年四月二十三日。

狗的驳诘

我梦见自己在隘巷中行走,衣履破碎,像乞食者。

一条狗在背后叫起来了。

我傲慢地回顾,叱咤说:

“呔! 住口! 你这势利的狗!”

“嘻嘻!”他笑了,还接着说,“不敢,愧不如人呢。”

“什么!?”我气愤了,觉得这是一个极端的侮辱。

“我惭愧:我终于还不知道分别铜和银;还不知道分别布和绸;还不知道分别官和民;还不知道分别主和奴;还不知道……”

我逃走了。

“且慢! 我们再谈谈……”他在后面大声挽留。

我一径逃走,尽力地走,直到逃出梦境,躺在自己的床上。

一九二五年四月二十三日。

失掉的好地狱

我梦见自己躺在床上，在荒寒的野外，地狱的旁边。一切鬼魂们的叫唤无不低微，然有秩序，与火焰的怒吼，油的沸腾，钢叉的震颤相和鸣，造成醉心的大乐，布告三界：地下太平。

有一伟大的男子站在我面前，美丽，慈悲，遍身有大光辉，然而我知道他是魔鬼。

"一切都已完结，一切都已完结！可怜的鬼魂们将那好的地狱失掉了！"他悲愤地说，于是坐下，讲给我一个他所知道的故事——

"天地作蜂蜜色的时候，就是魔鬼战胜天神，掌握了主宰一切的大威权的时候。他收得天国，收得人间，也收得地狱。他于是亲临地狱，坐在中央，遍身发大光辉，照见一切鬼众。

"地狱原已废弛得很久了：剑树消却光芒；沸油的边际早不腾涌；大火聚有时不过冒些青烟；远处还萌生曼陀罗花，花极细小，惨白可怜。——那是不足为奇的，因为地上曾经大被焚烧，自然失了他的肥沃。

"鬼魂们在冷油温火里醒来，从魔鬼的光辉中看见地狱小花，惨白可怜，被大蛊惑，倏忽间记起人世，默想至不知几多年，遂同时向着人间，发一声反狱的绝叫。

"人类便应声而起，仗义执言，与魔鬼战斗。战声遍满三界，远过雷霆。终于运大谋略，布大网罗，使魔鬼并且不得不从地狱出走。最后的胜利，是地狱门上也竖了人类的旌旗！

"当鬼魂们一齐欢呼时，人类的整饬地狱使者已临地狱，坐在中央，用了人类的威严，叱咤一切鬼众。

"当鬼魂们又发一声反狱的绝叫时，即已成为人类的叛徒，得到永劫沉沦的罚，迁入剑树林的中央。

"人类于是完全掌握了主宰地狱的大威权，那威棱且在魔鬼以上。人类于是整顿废弛，先给牛首阿旁以最高的俸草；而且，添薪加火，磨砺刀山，使地狱全体改观，一洗先前颓废的气象。

“曼陀罗花立即焦枯了。油一样沸；刀一样铦；火一样热；鬼众一样呻吟，一样宛转，至于都不暇记起失掉的好地狱。

“这是人类的成功，是鬼魂的不幸……。

“朋友，你在猜疑我了。是的，你是人！我且去寻野兽和恶鬼……。”

一九二五年六月十六日。

墓 碣 文

我梦见自己正和墓碣对立，读着上面的刻辞。那墓碣似是沙石所制，剥落很多，又有苔藓丛生，仅存有限的文句——

……于浩歌狂热之际中寒；于天上看见深渊。于一切眼中看见无所有；于无所希望中得救。……

……有一游魂，化为长蛇，口有毒牙。不以啮人，自啮其身，终以殒颠。……

……离开！……

我绕到碣后，才见孤坟，上无草木，且已颓坏。即从大阙口中，窥见死尸，胸腹俱破，中无心肝。而脸上却绝不显哀乐之状，但蒙蒙如烟然。

我在疑惧中不及回身，然而已看见墓碣阴面的残存的文句——

……抉心自食，欲知本味。创痛酷烈，本味何能知？……

……痛定之后，徐徐食之。然其心已陈旧，本味又何由知？……

……答我。否则，离开！……

我就要离开。而死尸已在坟中坐起，口唇不动，然而说——

待我成尘时，你将见我的微笑！

我疾走，不敢反顾，生怕看见他的追随。

一九二五年六月十七日。

颓败线的颤动

我梦见自己在做梦。自身不知所在，眼前却有一间在深夜中紧闭的小屋的内部，但也看见屋上瓦松的茂密的森林。

板桌上的灯罩是新拭的，照得屋子里分外明亮。在光明中，在破榻上，在初不相识的披毛的强悍的肉块底下，有瘦弱渺小的身躯，为饥饿，苦痛，惊异，羞辱，欢欣而颤动。弛缓，然而尚且丰腴的皮肤光润了；青白的两颊泛出轻红，如铅上涂了胭脂水。

灯火也因惊惧而缩小了，东方已经发白。

然而空中还弥漫地摇动着饥饿，苦痛，惊异，羞辱，欢欣的波涛……。

"妈！"约略两岁的女孩被门的开阖声惊醒，在草席围着的屋角的地上叫起来了。

"还早哩，再睡一会罢！"她惊惶地说。

"妈！我饿，肚子痛。我们今天能有什么吃的？"

"我们今天有吃的了。等一会有卖烧饼的来，妈就买给你。"她欣慰地更加紧捏着掌中的小银片，低微的声音悲凉地发抖，走近屋角去一看她的女儿，移开草席，抱起来放在破榻上。

"还早哩，再睡一会罢。"她说着，同时抬起眼睛，无可告诉地一看破旧的屋顶以上的天空。

空中突然另起了一个很大的波涛，和先前的相撞击，回旋而成旋涡，将一切并我尽行淹没，口鼻都不能呼吸。

我呻吟着醒来，窗外满是如银的月色，离天明还很辽远似的。

我自身不知所在，眼前却有一间在深夜中紧闭的小屋的内部，我自己知道是在续着残梦。可是梦的年代隔了许多年了。屋的内外已经这样整齐；里面是青年的夫妻，一群小孩子，都怨恨鄙夷地对着一个垂老的女人。

"我们没有脸见人，就只因为你，"男人气忿地说。"你还以为养大了她，其实正是害苦了她，倒不如小时候饿死的好！"

“使我委屈一世的就是你!”女的说。

“还要带累了我!”男的说。

“还要带累他们哩!”女的说,指着孩子们。

最小的一个正玩着一片干芦叶,这时便向空中一挥,仿佛一柄钢刀,大声说道:

“杀!”

那垂老的女人口角正在痉挛,登时一怔,接着便都平静,不多时候,她冷静地,骨立的石像似的站起来了。她开开板门,迈步在深夜中走出,遗弃了背后一切的冷骂和毒笑。

她在深夜中尽走,一直走到无边的荒野;四面都是荒野,头上只有高天,并无一个虫鸟飞过。她赤身露体地,石像似的站在荒野的中央,于一刹那间照见过往的一切:饥饿,苦痛,惊异,羞辱,欢欣,于是发抖;害苦,委屈,带累,于是痉挛;杀,于是平静。……又于一刹那间将一切并合:眷念与决绝,爱抚与复仇,养育与歼除,祝福与咒诅……。她于是举两手尽量向天,口唇间漏出人与兽的,非人间所有,所以无词的言语。

当她说出无词的言语时,她那伟大如石像,然而已经荒废的,颓败的身躯的全面都颤动了。这颤动点点如鱼鳞,每一鳞都起伏如沸水在烈火上;空中也即刻一同振颤,仿佛暴风雨中的荒海的波涛。

她于是抬起眼睛向着天空,并无词的言语也沉默尽绝,惟有颤动,辐射若太阳光,使空中的波涛立刻回旋,如遭飓风,汹涌奔腾于无边的荒野。

我梦魇了,自己却知道是因为将手搁在胸脯上了的缘故;我梦中还用尽平生之力,要将这十分沉重的手移开。

一九二五年六月二十九日。

立　　论

我梦见自己正在小学校的讲堂上预备作文,向老师请教立论的方法。

“难!”老师从眼镜圈外斜射出眼光来,看着我,说。“我告诉你一件事——

“一家人家生了一个男孩,合家高兴透顶了。满月的时候,抱出来给客人看,——大概自然是想得一点好兆头。

“一个说:‘这孩子将来要发财的。’他于是得到一番感谢。

“一个说:‘这孩子将来要做官的。’他于是收回几句恭维。

“一个说:‘这孩子将来是要死的。’他于是得到一顿大家合力的痛打。

“说要死的必然,说富贵的许谎。但说谎的得好报,说必然的遭打。你……”

“我愿意既不谎人,也不遭打。那么,老师,我得怎么说呢?”

“那么,你得说:‘啊呀!这孩子呵!您瞧!多么……。阿唷!哈哈!Hehe! he,hehehehe!’”

一九二五年七月八日。

死　　后

我梦见自己死在道路上。

这是那里，我怎么到这里来，怎么死的，这些事我全不明白。总之，待到我自己知道已经死掉的时候，就已经死在那里了。

听到几声喜鹊叫，接着是一阵乌老鸦。空气很清爽，——虽然也带些土气息，——大约正当黎明时候罢。我想睁开眼睛来，他却丝毫也不动，简直不像是我的眼睛；于是想抬手，也一样。

恐怖的利镞忽然穿透我的心了。在我生存时，曾经玩笑地设想：假使一个人的死亡，只是运动神经的废灭，而知觉还在，那就比全死了更可怕。谁知道我的预想竟的中了，我自己就在证实这预想。

听到脚步声，走路的罢。一辆独轮车从我的头边推过，大约是重载的，轧轧地叫得人心烦，还有些牙齿齼。很觉得满眼绯红，一定是太阳上来了。那么，我的脸是朝东的。但那都没有什么关系。切切嚓嚓的人声，看热闹的。他们踹起黄土来，飞进我的鼻孔，使我想打喷嚏了，但终于没有打，仅有想打的心。

陆陆续续地又是脚步声，都到近旁就停下，还有更多的低语声：看的人多起来了。我忽然很想听听他们的议论。但同时想，我生存时说的什么批评不值一笑的话，大概是违心之论罢：才死，就露了破绽了。然而还是听；然而毕竟得不到结论，归纳起来不过是这样——

"死了？……"

"嗡。——这……"

"哼！……"

"啧。……唉！……"

我十分高兴，因为始终没有听到一个熟识的声音。否则，或者害得他们伤心；或则要使他们快意；或则要使他们加添些饭后闲谈的材料，多破费宝贵的工夫；这都会使我很抱歉。现在谁也看不见，就是谁也不受影响。好了，总算对得起人了！

但是，大约是一个马蚁，在我的脊梁上爬着，痒痒的。我一点也不能动，已经没有除去他的能力了；倘在平时，只将身子一扭，就能使他退避。而且，大腿上又爬着一个哩！你们是做什么的？虫豸！？

事情可更坏了：嗡的一声，就有一个青蝇停在我的颧骨上，走了几步，又一飞，开口便舐我的鼻尖。我懊恼地想：足下，我不是什么伟人，你无须到我身上来寻做论的材料……。但是不能说出来。他却从鼻尖跑下，又用冷舌头来舐我的嘴唇了，不知道可是表示亲爱。还有几个则聚在眉毛上，跨一步，我的毛根就一摇。实在使我烦厌得不堪，——不堪之至。

忽然，一阵风，一片东西从上面盖下来，他们就一同飞开了，临走时还说——

"惜哉！……"

我愤怒得几乎昏厥过去。

木材摔在地上的钝重的声音同着地面的震动，使我忽然清醒，前额上感着芦席的条纹。但那芦席就被掀去了，又立刻感到了日光的灼热。还听得有人说——

"怎么要死在这里？……"

这声音离我很近，他正弯着腰罢。但人应该死在那里呢？我先前以为人在地上虽没有任意生存的权利，却总有任意死掉的权利的。现在才知道并不然，也很难适合人们的公意。可惜我久没了纸笔；即有也不能写，而且即使写了也没有地方发表了。只好就这样地抛开。

有人来抬我，也不知道是谁。听到刀鞘声，还有巡警在这里罢，在我所不应该"死在这里"的这里。我被翻了几个转身，便觉得向上一举，又往下一沉；又听得盖了盖，钉着钉。但是，奇怪，只钉了两个。难道这里的棺材钉，是只钉两个的么？

我想：这回是六面碰壁，外加钉子。真是完全失败，呜呼哀哉了！……

"气闷！……"我又想。

然而我其实却比先前已经宁静得多，虽然知不清埋了没有。在手背上触到草席的条纹，觉得这尸衾倒也不恶。只不知道是谁给我化钱的，可惜！

但是，可恶，收敛的小子们！我背后的小衫的一角皱起来了，他们并不给我拉平，现在抵得我很难受。你们以为死人无知，做事就这样地草率么？哈哈！

我的身体似乎比活的时候要重得多，所以压着衣皱便格外的不舒服。但我想，不久就可以习惯的；或者就要腐烂，不至于再有什么大麻烦。此刻还不如静静地静着想。

"您好？您死了么？"

是一个颇为耳熟的声音。睁眼看时，却是勃古斋旧书铺的跑外的小伙计。不见约有二十多年了，倒还是那一副老样子。我又看看六面的壁，委实太毛糙，简直毫没有加过一点修刮，锯绒还是毛毵毵的。

"那不碍事，那不要紧。"他说，一面打开暗蓝色布的包裹来。"这是明板《公羊传》，嘉靖黑口本，给您送来了。您留下他罢。这是……。"

"你！"我诧异地看定他的眼睛，说，"你莫非真正胡涂了？你看我这模样，还要看什么明板？……"

"那可以看，那不碍事。"

我即刻闭上眼睛，因为对他很烦厌。停了一会，没有声息，他大约走了。但是似乎一个马蚁又在脖子上爬起来，终于爬到脸上，只绕着眼眶转圈子。

万不料人的思想，是死掉之后也还会变化的。忽而，有一种力将我的心的平安冲破；同时，许多梦也都做在眼前了。几个朋友祝我安乐，几个仇敌祝我灭亡。我却总是既不安乐，也不灭亡地不上不下地生活下来，都不能副任何一面的期望。现在又影一般死掉了，连仇敌也不使知道，不肯赠给他们一点惠而不费的欢欣。……

我觉得在快意中要哭出来。这大概是我死后第一次的哭。

然而终于也没有眼泪流下；只看见眼前仿佛有火花一闪，我于是坐了起来。

一九二五年七月十二日。

这样的战士

要有这样的一种战士——

已不是蒙昧如非洲土人而背着雪亮的毛瑟枪的；也并不疲惫如中国绿营兵而却佩着盒子炮。他毫无乞灵于牛皮和废铁的甲胄；他只有自己，但拿着蛮人所用的，脱手一掷的投枪。

他走进无物之阵，所遇见的都对他一式点头。他知道这点头就是敌人的武器，是杀人不见血的武器，许多战士都在此灭亡，正如炮弹一般，使猛士无所用其力。

那些头上有各种旗帜，绣出各样好名称：慈善家，学者，文士，长者，青年，雅人，君子……。头下有各样外套，绣出各式好花样：学问，道德，国粹，民意，逻辑，公义，东方文明……。

但他举起了投枪。

他们都同声立了誓来讲说，他们的心都在胸膛的中央，和别的偏心的人类两样。他们都在胸前放着护心镜，就为自己也深信心在胸膛中央的事作证。

但他举起了投枪。

他微笑，偏侧一掷，却正中了他们的心窝。

一切都颓然倒地；——然而只有一件外套，其中无物。无物之物已经脱走，得了胜利，因为他这时成了戕害慈善家等类的罪人。

但他举起了投枪。

他在无物之阵中大踏步走，再见一式的点头，各种的旗帜，各样的外套……。

但他举起了投枪。

他终于在无物之阵中老衰，寿终。他终于不是战士，但无物之物则是胜者。

在这样的境地里，谁也不闻战叫：太平。

太平……。

但他举起了投枪!

一九二五年十二月十四日。

聪明人和傻子和奴才

奴才总不过是寻人诉苦。只要这样,也只能这样。有一日,他遇到一个聪明人。

"先生!"他悲哀地说,眼泪联成一线,就从眼角上直流下来。"你知道的。我所过的简直不是人的生活。吃的是一天未必有一餐,这一餐又不过是高粱皮,连猪狗都不要吃的,尚且只有一小碗……"

"这实在令人同情。"聪明人也惨然说。

"可不是么!"他高兴了。"可是做工是昼夜无休息的:清早担水晚烧饭,上午跑街夜磨面,晴洗衣裳雨张伞,冬烧汽炉夏打扇。半夜要煨银耳,侍候主人要钱;头钱从来没分,有时还挨皮鞭……。"

"唉唉……。"聪明人叹息着,眼圈有些发红,似乎要下泪。

"先生!我这样是敷衍不下去的。我总得另外想法子。可是什么法子呢?……"

"我想,你总会好起来……。"

"是么?但愿如此。可是我对先生诉了冤苦,又得你的同情和慰安,已经舒坦得不少了。可见天理没有灭绝……。"

但是,不几日,他又不平起来了,仍然寻人去诉苦。

"先生!"他流着眼泪说,"你知道的。我住的简直比猪窠还不如。主人并不将我当人;他对他的叭儿狗还要好到几万倍……。"

"混帐!"那人大叫起来,使他吃惊了。那人是一个傻子。

"先生,我住的只是一间破小屋,又湿,又阴,满是臭虫,睡下去就咬得真可以。秽气冲着鼻子,四面又没有一个窗……。"

"你不会要你的主人开一个窗的么?"

"这怎么行?……"

"那么,你带我去看去!"

傻子跟奴才到他屋外,动手就砸那泥墙。

“先生！你干什么?”他大惊地说。

“我给你打开一个窗洞来。”

“这不行！主人要骂的!”

“管他呢!”他仍然砸。

“人来呀！强盗在毁咱们的屋子了！快来呀！迟一点可要打出窟窿来了！……”他哭嚷着,在地上团团地打滚。

一群奴才都出来了,将傻子赶走。

听到了喊声,慢慢地最后出来的是主人。

“有强盗要来毁咱们的屋子,我首先叫喊起来,大家一同把他赶走了。”他恭敬而得胜地说。

“你不错。”主人这样夸奖他。

这一天就来了许多慰问的人,聪明人也在内。

“先生。这回因为我有功,主人夸奖了我了。你先前说我总会好起来,实在是有先见之明……。”他大有希望似的高兴地说。

“可不是么……。”聪明人也代为高兴似的回答他。

一九二五年十二月二十六日。

腊　　叶

灯下看《雁门集》,忽然翻出一片压干的枫叶来。

这使我记起去年的深秋。繁霜夜降,木叶多半凋零,庭前的一株小小的枫树也变成红色了。我曾绕树徘徊,细看叶片的颜色,当他青葱的时候是从没有这么注意的。他也并非全树通红,最多的是浅绛,有几片则在绯红地上,还带着几团浓绿。一片独有一点蛀孔,镶着乌黑的花边,在红,黄和绿的斑驳中,明眸似的向人凝视。我自念:这是病叶呵! 便将他摘了下来,夹在刚才买到的《雁门集》里。大概是愿使这将坠的被蚀而斑斓的颜色,暂得保存,不即与群叶一同飘散罢。

但今夜他却黄蜡似的躺在我的眼前,那眸子也不复似去年一般灼灼。假使再过几年,旧时的颜色在我记忆中消去,怕连我也不知道他何以夹在书里面的原因了。将坠的病叶的斑斓,似乎也只能在极短时中相对,更何况是葱郁的呢。看看窗外,很能耐寒的树木也早经秃尽了;枫树更何消说得。当深秋时,想来也许有和这去年的模样相似的病叶的罢,但可惜我今年竟没有赏玩秋树的余闲。

一九二五年十二月二十六日。

淡淡的血痕中

——记念几个死者和生者和未生者

目前的造物主，还是一个怯弱者。

他暗暗地使天变地异，却不敢毁灭一个这地球；暗暗地使生物衰亡，却不敢长存一切尸体；暗暗地使人类流血，却不敢使血色永远鲜秾；暗暗地使人类受苦，却不敢使人类永远记得。

他专为他的同类——人类中的怯弱者——设想，用废墟荒坟来衬托华屋，用时光来冲淡苦痛和血痕；日日斟出一杯微甘的苦酒，不太少，不太多，以能微醉为度，递给人间，使饮者可以哭，可以歌，也如醒，也如醉，若有知，若无知，也欲死，也欲生。他必须使一切也欲生；他还没有灭尽人类的勇气。

几片废墟和几个荒坟散在地上，映以淡淡的血痕，人们都在其间咀嚼着人我的渺茫的悲苦。但是不肯吐弃，以为究竟胜于空虚，各各自称为"天之僇民"，以作咀嚼着人我的渺茫的悲苦的辩解，而且悚息着静待新的悲苦的到来。新的，这就使他们恐惧，而又渴欲相遇。

这都是造物主的良民。他就需要这样。

叛逆的猛士出于人间；他屹立着，洞见一切已改和现有的废墟和荒坟，记得一切深广和久远的苦痛，正视一切重叠淤积的凝血，深知一切已死，方生，将生和未生。他看透了造化的把戏；他将要起来使人类苏生，或者使人类灭尽，这些造物主的良民们。

造物主，怯弱者，羞惭了，于是伏藏。天地在猛士的眼中于是变色。

一九二六年四月八日。

一　觉

飞机负了掷下炸弹的使命，像学校的上课似的，每日上午在北京城上飞行。每听得机件搏击空气的声音，我常觉到一种轻微的紧张，宛然目睹了“死”的袭来，但同时也深切地感着“生”的存在。

隐约听到一二爆发声以后，飞机嗡嗡地叫着，冉冉地飞去了。也许有人死伤了罢，然而天下却似乎更显得太平。窗外的白杨的嫩叶，在日光下发乌金光；榆叶梅也比昨日开得更烂漫。收拾了散乱满床的日报，拂去昨夜聚在书桌上的苍白的微尘，我的四方的小书斋，今日也依然是所谓“窗明几净”。

因为或一种原因，我开手编校那历来积压在我这里的青年作者的文稿了；我要全都给一个清理。我照作品的年月看下去，这些不肯涂脂抹粉的青年们的魂灵便依次屹立在我眼前。他们是绰约的，是纯真的，——阿，然而他们苦恼了，呻吟了，愤怒，而且终于粗暴了，我的可爱的青年们！

魂灵被风沙打击得粗暴，因为这是人的魂灵，我爱这样的魂灵；我愿意在无形无色的鲜血淋漓的粗暴上接吻。漂渺的名园中，奇花盛开着，红颜的静女正在超然无事地逍遥，鹤唳一声，白云郁然而起……。这自然使人神往的罢，然而我总记得我活在人间。

我忽然记起一件事：两三年前，我在北京大学的教员预备室里，看见进来了一个并不熟识的青年，默默地给我一包书，便出去了，打开看时，是一本《浅草》。就在这默默中，使我懂得了许多话。阿，这赠品是多么丰饶呵！可惜那《浅草》不再出版了，似乎只成了《沉钟》的前身。那《沉钟》就在这风沙澒洞中，深深地在人海的底里寂寞地鸣动。

野蓟经了几乎致命的摧折，还要开一朵小花，我记得托尔斯泰曾受了很大的感动，因此写出一篇小说来。但是，草木在旱干的沙漠中间，拚命伸长他的根，吸取深地中的水泉，来造成碧绿的林莽，自然是为了自己的“生”的，然而使疲劳枯渴的旅人，一见就怡然觉得遇到了暂时息肩之所，这是如何的可以感激，而且可以悲哀的事！？

《沉钟》的《无题》——代启事——说："有人说：我们的社会是一片沙漠。——如果当真是一片沙漠，这虽然荒漠一点也还静肃；虽然寂寞一点也还会使你感觉苍茫。何至于像这样的混沌，这样的阴沉，而且这样的离奇变幻！"

是的，青年的魂灵屹立在我眼前，他们已经粗暴了，或者将要粗暴了，然而我爱这些流血和隐痛的魂灵，因为他使我觉得是在人间，是在人间活着。

在编校中夕阳居然西下，灯火给我接续的光。各样的青春在眼前一一驰去了，身外但有昏黄环绕。我疲劳着，捏着纸烟，在无名的思想中静静地合了眼睛，看见很长的梦。忽而惊觉，身外也还是环绕着昏黄；烟篆在不动的空气中上升，如几片小小夏云，徐徐幻出难以指名的形象。

一九二六年四月十日。

第四讲

杂文

一、概念·问题结构·智慧形态

在鲁迅的文学生涯中,杂文举足轻重。1925年第二本小说集《彷徨》出版后,他的主要精力即倾注于杂文。鲁迅杂文都是编年出版,或数年一本,或一年数本,绝大多数是他生前手定,少数是死后由他人所编,计有十七种之多,九百五十余篇。在杂文中,鲁迅找到了更加无羁地发挥其才华的形式。鲁迅也以杂文赓续了中国传统的文章之道,并非仅仅开启了一个新的小说的时代,而导致所谓传统的"断裂"。

鲁迅所谓杂文,有广狭两义。狭义的杂文,或"杂感",是指用现代白话文写作的篇幅短小手法灵活的"社会批判和文明批判",强调在"切迫的"、"不从容"的时代,"对于有害的事物,立刻给以反响或抗争",这样的杂文,"是感应的神经,是攻守的手足"[①]。这是由鲁迅倡导和实践并提供了典范的一种文体,其内在精神,是流贯于鲁迅整个文学活动中的现实战斗精神与现代反抗意识,"生存的小品文,必须是匕首,是投枪,能和读者一同杀出一条生存的血路的东西"[②],鲁迅在批评勃兴于五四而大盛于二十世纪三十年代的小品文时提出的这一要求,也是对他自己杂文最好的说明。

广义的杂文,则泛指中国现代一切白话文的总合[③],但其内在精神,必须体现作者的独立意志和自由思想。"其实'杂文'也不是现代的新货色,是'古已有之'的。凡有文章,倘若分类,都有类可归,如果编年,那就只按作成的年月,不管文体,各种都杂在一起,于是成了'杂'"[④],就是说,杂文在中国,

---

① 鲁迅《且介亭杂文·序言》。

② 鲁迅《南腔北调集·小品文的危机》。

③ 说见卜立德《鲁迅的杂文》,乐黛云编《当代英语世界鲁迅研究》,页114,江西人民出版社1993年12月第1版。

④ 鲁迅《且介亭杂文·序言》。

历史悠久,古代文人“不管文体”的编年文集都可以称之为杂文,这显然比刘勰《文心雕龙》所标举的“杂文”含义更广[①],而接近章太炎所说的“文学”和“文章”。现代文体日趋多样,文学精神的同一性也日渐涣散,在中国古代无所不包的“文学”和“文章”的类似意义上提出“杂文”这个新的概念,无疑有利于现代文学在文体多样化状态中保持精神上的同一性。

鲁迅自编杂文集,基本“只按作成的年月,不管文体,各种都杂在一起”,但在具体的杂文集中,又会将体式相近的文章放在一起,如“忽然想到”、“无花的蔷薇”、“夜记”、论“文人相轻”、“题未定草”、“立此存照”等。“杂”中又“都有类可归”。就体裁而言,鲁迅杂文也确实包括了从古到今几乎所有可用于现代的文章格式。在鲁迅的编年体杂文集中,有《热风》中的“随感录”和《坟》中的《杂忆》那样“泛论一般”的思想札记,有《华盖集续编》中《不是信》、《杂论管闲事 · 做学问 · 灰色等》意在撕去绅士阶级的华服而偏偏“执滞于小事情”的辛辣的阻击文,有《“死地”》、《可惨与可笑》、《“友邦惊诧”论》、《华德焚书异同论》、《华德保粹优劣论》、《文章与题目》那样简洁鲜明直指当道的政论,有《“丧家的”“资本家的乏走狗”》和《“硬译”与“文学的阶级性”》那样严整堂皇的长篇驳议,有《马上日记》、《马上支日记》对传统文人日记形式的调侃性改造,有《答有恒先生》、《答徐懋庸并关于抗日统一战线问题》那样深沉严肃的书信,有《“立此存照”》那样剪裁报刊文章而略加评骘的创制,有《准风月谈》、《伪自由书》的“后记”大量摘抄论敌文字以暴露对方真实面目的跋文,有《夜颂》、《秋夜纪游》等寓哲理抒情议论描绘于一体的类似《野草》部分篇章的精致小品,有《〈尘影〉题辞》、《当陶元庆君的绘画展览时》、《叶永蓁作〈小小十年〉小引》、《〈穷人〉小引》那样借题发挥言浅意深的书评赞论,有《娜拉走后怎样》、《未有天才之前》、《革命时代的文学》、《文艺与政治的歧途》、《魏晋风度及文章与药及酒之关系》、《上海文艺之一瞥》、

---

① 刘勰《文心雕龙 · 杂文第十四》主要论述宋玉“对问”、枚乘“七发”和扬雄“连珠”三种韵散混用的文体,旁及“汉来杂文”,“或典诰誓问,或览略篇章,或曲操弄引,或吟讽谣咏,总括其名,并归杂文之区”,虽曰“总括”,但一为时代所限,也不包括另外独立论述的自“辨骚”以下至“书记”的二十种更加流行通用的文体,可见刘勰的“杂文”,并非无所不包。至于“杂文”和其他文章形式的区别,所论也不具体,要在是否流行通用则甚明。鲁迅提出自己的“杂文”概念,内涵和外延,都发生了很大的变化,故虽曰“古已有之”,却并不援用刘氏成说。

《帮忙文学与帮闲文学》那样谈笑自若结体谨严的演讲录，有《辞顾颉刚教授令"候审"》、《在上海的鲁迅启事》那样就事论事而不失诙谐幽默的文告申明，有《河南卢氏曹先生教泽碑文》、《镰田诚一墓记》那样高古的碑铭，有记事或思想的片段(《忽然想到》、《半夏小集》)，也有《宋民间之所谓小说及其后来》、《门外文谈》、《中国新文学大系·小说二集序》那样长篇学术论文，有类似中国传统悼念文章的《记念刘和珍君》、《为了忘却的记念》、《忆韦素园君》、《忆刘半农君》、《关于太炎先生二三事》、《我的第一个师父》和简短的人物记叙《柔石小传》，还有四谈"无花的蔷薇"，二论"京派"与"海派"，七讲"文人相轻"和九篇"'题未定'草"那样的系列短论。广义的杂文，甚至包括小说(《记"发薪"》、《阿金》)、报告文学(《记所谓"大内档案"》、《扣丝杂感》)、诗歌(《而已集·题辞》)和戏剧(《牺牲谟》、《论辩的灵魂》)。鲁迅杂文和他不同时期的小说、诗歌、戏剧在取材命意与写作方法上都有密切联系，自成体系，杂文则是这体系的灵魂。

杂文是文章形式的解放，也是文学精神的自觉，它是对可用于现代中国的所有文章形式的创造性综合，也是鲁迅一生文学成就的综合呈现。鲁迅明确反对现代西方"文学概论"之类对各体文章的严格限制[①]，强调既要发挥各体文章特殊的形式功能，更要注意互补融合，追求无所顾忌自由驱遣的恢弘气象。鲁迅晚年曾计划创作一部反映中国现代知识分子生活的长篇小说，他准备在这部作品中完全打破现代长篇小说形式的限制，作者可以"自由说话"，允许各种文体交叉使用，对人生进行"直剖明示"。鲁迅说他的小说也是当杂文来写[②]，这样理解的杂文的精神，类似他早年认为文学应该具备的"直语其事实法则"的"特殊之用"[③]，或者在二十世纪二十年代末所说的木刻的"放笔直干"[④]。

鲁迅杂文涉及问题极其宽广，涵盖了现代中国生活的各方面，核心是揭露现实生活中无处不在的奴役关系，大声疾呼人的自由与解放。

鲁迅杂文中最能刺激公共社会的，首推那些抨击时弊的政论文。但鲁

---

① 鲁迅《且介亭杂文二集·徐懋庸作〈打杂集〉序》。

② 参见冯雪峰《回忆鲁迅》，《雪峰文集》，第 262 页，人民文学出版社 1985 年版。

③ 鲁迅《坟·摩罗诗力说》。

④ 鲁迅《集外集拾遗·〈近代木刻选集〉(1)小引》。

迅最关心的所谓时弊，主要还是渗透到普通人日常生活每个角落的专制的毒液，抨击时弊的杂文，矛头直指专制的政府。鲁迅前期杂文抨击北洋军阀政府的腐败残暴，后期则抨击国民党政府一党专政，这类杂文涉及政治经济外交军事和意识形态各方面，而尤其集矢于落后腐败的政治在所有这些领域对广大群众施行的精神奴役和愚弄。鲁迅并不像一般的策士那样就事论事地批评政府某一措施的妥当与否，在大量政论性质的杂感中，鲁迅尽量从中华民族历史形成的文化心理结构入手，挖掘现实社会无处不在的奴役关系的精神根源，特别是善作诛心之论，大胆地披露当政者的用心；他目光犀利，判断正确，又形容得当，刻画生动，往往“寥寥数字”，就好像摸到了被批判者脑波的一闪，灵魂附体般与被批判者“不相离”，“跟了他跑到天涯海角”[1]，甚至跨越时间的阻隔，准确地罩在一切强暴者的头上。鲁迅把一般的政治评论转换和提升到国民性批判的高度，但在舆论极端不自由的现代中国，这样的政治评论往往面临极大的风险，不同于一般的“社会批判和文明批判”，特别显出评论者作为社会良知的道德勇气。

农民、妇女、儿童，是鲁迅杂文经常的谈论对象，因为他们是中国式的奴役关系中地位最低命运最悲惨而又最无力诉说的一群。鲁迅对他们的悲惨处境寄予了深厚的同情，但并不居高临下地布施，更不宣扬任何意义上的弱者的道德，而是在人格平等社会地位平等的理想上讨论他们的问题，所以他也一样冷静地剖析他们身上或有的缺点，以及别有用心者利用他们的特点而发表的各种似是而非的议论，比如《我谈“堕民”》批评农民的甘愿为奴，《难行和不信》批评农民一味的怀疑，《上海的儿童》、《上海的少女》揭露都市儿童学习大人以自身弱点投机取巧和出卖人格，《阿金》谴责底层妇女的愚蠢跋扈，《关于妇女解放》认为妇女在经济权上如果仍然和男人处于“‘养’和‘被养’”的关系，那么她们的所谓“解放”，往往不过是“一块招牌”，男权社会甚至因为她们“做女子便宜的地方”而制造一些妇女解放的假相。无情地解剖被压迫者灵魂上实际由压迫者强行植入的奴性，才能更深刻地揭露现实的奴役关系及其意识形态的毒害。鲁迅从不孤立地审视弱者，而是把他们放在整体的奴役关系中来考察，对弱者的认识是认识整个奴役关系的一个

① 鲁迅《且介亭杂文二集·五论“文人相轻”——明术》。

必要环节。

但鲁迅杂文谈论更多的还是现代知识分子。早期杂文经常抨击遗老遗少,但讽刺的对象很快就换成了现代知识分子。在现代社会,传统型读书人慢慢绝迹,他们的精神特点或者消失,或者转移到越来越占据知识界主流地位的新派知识分子身上,后者才是举国观瞻足以左右舆情塑造新的国民性的特殊社会群体,分析这些知识分子的心理,目的乃是鉴别民族的灵魂以促其自醒。鲁迅自己也是新派知识分子,深知他们的优点与缺点,所以他往往推己及人,通过对一些具体的对象的无情解剖,打击那些在他看来实际上属于新派知识分子群体的共通的精神病象,特别是他们源于传统的趋炎附势恃强凌弱并善于瞒和骗的奴隶性,他辛辣地将这些缺点概括为“帮忙”、“帮凶”、“帮闲”和“扯淡”。儒家的懦弱和善于自欺,道家同样自欺欺人的无为退让,特别是儒道两家缺点在“道教”上面的结合,是传统文人奴性的典型,也是现代知识分子用灵巧的伪装掩饰起来的奴性的根子。鲁迅批判的大多数是以青年导师或正人君子自居的新思想新文化的倡导者,批评他们,不同于批评老中国的“旧”(如五四时期的“顽固派”和“国粹派”),而是反思新派知识分子的自我意识,反思在他们的意识中正在被构造的现代中国的道德和文化理想。但鲁迅并不直接批评现代中国知识分子所追求的价值理想本身,而是更多地批评他们在追求这些价值理想时的实际表现,即不是单纯地看他们说什么做什么,而是追问他们怎样说、怎样做以及为什么那样说和为什么那样做。他特别善于将各种言论、学说、主义、名字、口号和言论、思想、行动的主体剥离开来,看他们实际的居心究竟怎样。剥离的结果往往使他失望,他发现主体多半是以种种好听的说辞作为“济私助焰之具”,并不真的相信,而只满足于字面上的玩弄:他称呼这种现象为“文字游戏”,而整个中国就是一个“文字游戏国”,“一切总爱玩些实际以上花样,把字和词的界说,弄得一团糟”[1]。

杂文的批评对象,往往也并无具体性别年龄或阶级特征,而是一般的“中国人”(其主体当然是汉人)。鲁迅坚持一贯不变地警惕和揭露“中国人”的愚黯、怯懦、冷漠、巧滑、凶残、善变、懒惰、夸张,异想天开,酷爱宣传,但一

---

① 鲁迅《且介亭杂文二集·逃名》。

面也竭力表彰“中国人”自古到今都不缺乏的“埋头苦干”、“拼命硬干”。所以这些都是从实际中得来，不同于理论推演，所以许多虽是概括的说明，却很容易还原为周围的事实，一如他的小说，在描写上达到高度的真实性。鲁迅很自信，他说“‘中国的大众的灵魂’，现在是反映在我的杂文里了”[①]。

另一项重要内容，是思考中国和世界的关系，探讨中国如何看齐世界前进大势而又不为先进国家所主宰的根本问题，亦即他早年希望的“外之既不后于世界之思潮，内之仍弗失固有之血脉”[②]。著名的《拿来主义》是这种思考宣言式的总结，多方设譬反复阐明此理的还有《看镜有感》、《当陶元庆君的绘画展览时》、《玩具》、《未来的光荣》、《难得糊涂》、《河南卢氏曹先生教泽碑文》等。这种思考，终其一生，未尝间断。鲁迅并非静止地研究或评价中国国民性，更专注于在世界文化格局中创造性地寻求改造国民性的现实的可能性。他是抱着为民族寻找出路的苦心来创作杂文的。

鲁迅杂文充满了具体的智慧，他特别善于从现实人生切近的问题展开思想，比如，从胡须、古镜、孩子的照相、儿童读物、电影广告、充耳不闻的一句“国骂”，说到隐微曲折的国民心理；从“毛笔之类”说到“禁用”洋货乃是不思“自造”的借口；从“江北人”备受讥笑的简易儿童玩具，说到立足本土的发明创造之难能可贵；从雷峰塔的倒掉，说到压制、反抗、“十景病”和中国式的破坏；从上海小市民对外国电影的兴趣的转移，说到“要觉悟着被描写，还要觉悟着被描写的光荣还要多起来，还要觉悟着将来会有人以有这样的事为有趣”；从报刊的片言只语或零星报道，说到舆论的堕落、政客的用心和民心的愚黯；由中国女人的脚，推定中国人之非中庸；从“火”说到中国人的善于屈从、崇拜暴力与破坏却轻视默默无闻的劳动与创造；从监狱说到监狱内外对于人心的严密控制和疯狂扼杀；从广州人过年大放鞭炮，说到中国有些人即使迷信也要搀假。

……

鲁迅的杂文知识面广，思想性强，但核心是运用各种现代的知识和理想来讨论活生生的现实问题，而不作抽象悬空的纯理论辨析，或毫无现实针对

① 鲁迅《准风月谈·后记》。
② 鲁迅《坟·文化偏至论》。

性的所谓纯粹的学术研究。鲁迅很早就非常警惕当时中国正在兴起的各种现代“学说”，他认为有些问题只有通过文学才能讲清楚，而“不能假口于学子”[①]；他后来发现，所谓“学术”，很容易蜕变成仅仅关心“邻猫生子”之类的“噉饭之道”，因此他的杂文乃是和现代中国学术分途演进的强调“直剖明示”、“直语其事实法则”的“文学”；他一般不太写长篇大论，而喜欢起讫自如，有话则长，无话则短，谈言微中，寸铁杀人。正如他的学生胡风所说，一切外在的名词概念在鲁迅的杂文中都“消失得无影无踪”[②]，剩下来的，便是脚踏实地的具体智慧。具体的智慧使鲁迅得以推开种种障碍耳目的悬浮性观念、学说、名字、主义和标语口号，深深扎根于生活大地，成为现代中国忠实而卓越的发言人。

二、杂文十四讲

1.《坟・我们现在怎样做父亲》讲解

这是五四新文学运动以后鲁迅撰写的为数不多的长篇论文之一，反映了五四时期知识分子典型的“启蒙”心态。

所谓“启蒙”，就是用真理性的认识照亮人类在智慧与情感方面的蒙蔽，使人类能够更正确地认识世界，更合理更美好地安排生活。“启蒙”，是文艺复兴以来中西方知识分子的共同理想。

鲁迅这篇论文，旨在揭开中国人在家庭伦理主要是父母和子女关系上的蒙蔽，但全文讨论的全是父子关系，母子和母女关系很少论及——作者想当然地将这包含在父子关系里了。在今日的女权主义者看来，也许鲁迅这种论述方式本身，也有值得启蒙的地方罢。

本文的主题，是认为中国传统社会父权太重，一切以父亲为本位，强调

---

① 鲁迅《坟・摩罗诗力说》。

② 《胡风评论集》。

父母对子女的“恩”以及子女必须行“孝”报答“恩”。鲁迅从进化论的立场出发，认为“后起的生命，总比以前的更有意义，更近完全，因此也更有价值，更可宝贵；前者的生命，应该牺牲于他”，“但可惜的是中国的旧见解，又恰恰与这道理完全相反。本位应在幼者，却反在长者；置重应在将来，却反在过去”，因此启蒙的目标，主要就是要建立“幼者本位的道德”。这就有了那句已经被反复引用的名言：鲁迅号召当时的中国的父亲们，“各自解放了自己的孩子。自己背着因袭的重担，肩住了黑暗的闸门，放他们到宽阔光明的地方去；此后幸福的度日，合理的做人。”

要达此目标，必须把以往“恩”的观念（父母对子女有恩）转变为“爱”，他说，“我现在心以为然的，便只有这‘爱’”，“独有‘爱’是真的”。

什么是“爱”？鲁迅说这乃是“生物学的真理”：“自然界的安排，虽不免也有缺点，但结合长幼的方法，却并无错误。他并不用‘恩’，却给予生物以一种天性，我们称他为‘爱’。动物界中除了生子数目太多——爱不周到的如鱼类之外，总是挚爱他的幼子，不但绝无利益心情，甚或至于牺牲了自己，让他的将来的生命，去上那发展的长途”。父母爱他们的子女，就必须放弃自己的权利，更多地讲义务和牺牲，具体分三阶段，“应该健全的产生，尽力的教育，完全的解放”，即通过唯一合理的“爱己”——父母保持健康的身体和人格——给子女一个健康的生命，然后尽力给子女提供尽可能好的教育，等他们成人之后，就完全让他们独立。“总而言之，觉醒的父母，完全应该是义务的，利他的，牺牲的”。

在这样的“爱”里，父母本身的生存价值和幸福是什么呢？就是看到子女超过自己，过上了比自己更幸福更健康的生活，“去上那发展的长途”。换言之，这样去“爱”的父母只能得到牺牲者奉献者意识到自己的牺牲和奉献时的幸福与价值，即确证自己遵循了“生物学的真理”，符合了“进化论”的规定，促使了人类在进化的链条上的前进。

可以说，这是超越父母们的自我、取消和否定父母们的自我、至少是以将来的子女的自我完全抹杀现在的父母的自我的一种特别的价值观。

但鲁迅至少忽略了三点。

一，他所谓“幼者本位的道德”，实际上是以人类整体的价值（所谓“进化”和“发展”)来压抑和取消人类个体的价值。因为着眼于人类群体的发展和进化,就号召牺牲同样作为个体的父母们的幸福,这种观点显然和他在《文化偏至论》中提倡的“任个人而排众数”相抵触,也和“五四”时期强烈的个性解放思想不相符合。

二,父母的“现在”和子女的“将来”,因为在进化论的时间观念上处于先后两个不同阶段,在鲁迅看来,他们的同样是生命体的价值就应该依此而定出高下。这种否定现在、仅仅指望将来的做法,和鲁迅《热风》中的另一篇杂文《现在的屠杀者》中为各人的“现在”进行辩护的立场,难以吻合。以子女的将来抹杀父母的现在,这和以过去抹杀现在,并无质的不同。

三,鲁迅批评中国传统社会父权思想严重,老的要少的为自己牺牲,这当然正确。但传统中国家庭伦理的另一面——也许更普遍——恰恰是“幼者本位的道德”,所谓“可怜天下父母心”,多少父母“望子成龙”,甘愿做一世的牺牲,由此酿成无数的家庭悲剧。难道鲁迅没有注意到这个事实吗?他所谓的“爱”,如果仅仅基于“生物学的真理”,其价值必然很有限。作为一个现代的启蒙者,他要为现代社会提供的“人伦的索子”,难道仅仅是和动物一样的长者对幼者的“爱”吗?家庭伦理方面这种动物性的“爱”,如何才能扩充为家庭之外的人类之爱呢?人类伦理的基石,如果仅仅来自对于动物之爱的模仿,岂不过于脆弱?动物之间,除了亲子之爱,不是还有“弱肉强食”吗?鲁迅为人之爱所定的标准,是否太低了点?

1919年,鲁迅思想上之所以会出现上述“偏至”和混乱,首先与他的强烈的忏悔心理有关。他觉得传统中国之所以落后愚昧,作为社会主干的“父亲”肯定难辞其咎,所以他要以一个“候补之父”的身份(当时他还没有儿子)代全体中国的父辈忏悔,以自我嫌恶、自我赎罪的心理,将自己无价值的有罪的生命牺牲于将来的无玷污的人类。我们在小说《狂人日记》中可以很清楚地看到这种忏悔的心理。正是这种心理促使鲁迅将中国人笼统地分为“青年”和“老人”,热情地肯定前者,偏激地否定后者。这种议论虽然打中了许多自私昏聩的“老人”的要害,却也为自己的思想混乱和不彻底埋下了伏笔。

其次,这篇早期白话杂文的另一个特点是“泛论一般”,没有切实的现实针对，没有锁定一个对象加以定向爆破，这就很容易流于表面的理论纠葛和枝蔓，而作者以复数“我们”而非单数“我”的身份出面说话，也容易空洞不切己。

鲁迅后来对于早期杂文的这种薄弱之点，有深刻的反思，实际上，他后来确实陆续修正或部分放弃了本文的某些观点，包括文章做法。比如“幼者本位的道德”，所谓年轻的生命比年老的生命更有价值，更近于完全，后者应该主动牺牲于前者，在多次经历过青年人的利用、暗算、陷害之后，特别是1927年在广州亲眼看到青年人自相残杀之后，这个说法就已经被“轰毁”了，“我的一种妄想破灭了。我至今为止，时时有一种乐观，以为压迫，杀戮青年的，大概是老人。这种老人渐渐死去，中国总可比较地有生气。现在我知道不然了……”，“总而言之，现在倘再发那些四平八稳的‘救救孩子’似的议论，连我自己听去，也觉得空空洞洞了”[①]。

据冯雪峰回忆，直到晚年，鲁迅还在反思中国的父母对于子女的无条件的爱，他曾经打算写一篇杂文，专门讨论“母爱的伟大和可怕”，更不用说他对中国家长特有的“溺爱”的轻蔑了。

另外自《华盖集》以后，鲁迅杂文的个性色彩越来越明显，他再也不愿意戴着“我们”的面具说话了，而是坦然无惧地以“我”的身份说话，并且尽量避免“泛论一般”，总是尽可能地就事论事，谈论那些与“我”有关也牵涉到具体的别人的具体问题。

作为一个真诚的启蒙者，鲁迅不仅启蒙别人，也在这过程中不断启蒙他自己。他所谓必须喝干自己酿造的苦酒，就包括这个。

收在《坟》里的这篇《我们现在怎样做父亲》还算是一篇“论文”，和《华盖集》以后的杂文，有明显的区别。我们着眼于这种区别，或者可以更准确地把握杂文的真精神。

2.《华盖集续编·杂论管闲事·做学问·灰色等》、《有趣的消息》、《不是信》、《我还不能“带住”》讲解

我们看过1919年的《我们现在怎样做父亲》，再读1926年收在《华盖集

① 《而已集·答有恒先生》。

续编》里的这一组文章，当会发现，鲁迅杂文的风味有了巨大的变化。

最显著的一点，就是作者不再以“我们”的身份来“泛论一般”，而处处以“我”的身份口吻来谈论与“我”直接有关并牵涉到具体的别人的具体事情，或回击别人的诽谤，或辩解自己的黑白曲直，用他自己的话说，就是“执滞在几件小事情上……而偏有执滞于小事情的脾气”[①]。

在《华盖集续编》这组文章中，鲁迅完全放弃了《我们现在怎样做父亲》那样摆开堂堂正正的阵势来阐明人生基本道理的雄心。他不想教训人，转而“释愤抒情”[②]，解决自己的人生问题。他也不想追求“心开意豁”，“公允妥洽，平正通达”，只是从自己做起，抚慰“活在人间”、“交着‘华盖运’”而得的“小创伤”，那离开人生过于遥远的“艺术之宫”已经不是他所向往的了，他希望自己“还是站在沙漠上，看看飞沙走石，乐则大笑，悲则大叫，愤则大骂”。这样执笔为文，完全为自己负责，虽然他悲哀地承认，“我的生命，至少是一部分的生命，已经耗费在写这些无聊的东西中，而我所获得的，乃是我自己的灵魂的荒凉和粗糙。但我并不惧惮这些，也不想遮盖这些，而且实在有些爱他们了，因为这是我转辗而生活于风沙中的瘢痕。凡有自己也觉得在风沙中转辗而生活着的，会知道这意思”[③]。

前面说过，写《我们现在怎样做父亲》的鲁迅，是“我们”中的一分子，但是，经过 1924—1925 年的“女师大学潮”和 1925 年的“三一八惨案”之后，鲁迅不再属于“我们”，即不再属于那自命为“青年导师”、代表现代价值理想、作为“觉醒了的人类”而向传统中国宣战的新派知识分子群体，用鲁迅自己的话说，就是被“挤出了集团之外”，他继续向传统中国价值体系宣战的同时，又不得不冷静地面对孤独的自我，以及这个自己一度从属的那个“集团”，于是他必须两面作战，不仅仅“毁坏旧物”，还要“戳破新盒子而露出里面所藏的旧物”[④]。二十世纪二十年代中期以后，鲁迅反思了五四初期的合唱，再一次回归到他在 1908 年左右所提倡的“自我”、“个人”和“自性”，而他的杂文的真精神，随着这种身份的转换就正式诞生了。

---

① 《华盖集·题记》。
② 《华盖集续编·小引》。
③ 《华盖集·题记》。
④ 《三闲集·我和〈语丝〉的始终》。

二十世纪头一二十年，是一个“王纲解纽的时代”[1]，清政府雷霆万钧之势已去，民间久蓄的反抗精神已达极点，知识分子再也不像明末清初遗民那样迂回曲折地抒泄愤懑，更不像清朝鼎盛期那样如履如临，把一生精力贯注于考据文章。这一时期中国精神的特点是无法无天的旷野上的呼叫，激昂慷慨，发扬踔厉，人格个性得到前所未有的伸张，狂傲不逊的岂止鲁迅一人而已。

从《华盖集》到《华盖集续编》，指名道姓、近身肉搏、“执滞在几件小事情上面”的文字越来越多，成为此后鲁迅杂文的一大特色。这固然开了后来“文人相轻”的先河，但积极意义则在于张扬个性，绝然独立于天壤间，不肯催眉折腰，低首下心，敢于放胆在文章中将自己整个摆进去，也逼迫对方无可推诿地现身于大众广庭之前，“只要不再串戏，不再摆臭架子，忘却了你们的教授的头衔，且不做指导青年的前辈，将你们的‘公理’的旗帜插到‘粪车’上去，将你们的绅士衣装抛到‘臭毛厕’里去，除了假面具，赤条条地站出来说几句真话就够了”[2]，所谓妍媸互见，物无遁形，虽无望于终极的审判，却各自尽了原告或被告的权利和义务。鲁迅的理想，是启蒙者首先以自己为对象，用胡风所谓“神圣的愤火”彼此烧去身上虚伪的衣装，各各回归“白心”，赎去自己身上的罪恶。

他既然给自己定了这样一个“为道日损”的底线，对于无论新与旧的“真理”、“正义”、“公理”之类，就都无一例外地做减法，从一切“名”中剥离出“真的人”。这样不“俨然”的率真态度，促使他放下身段，无所顾忌地冲锋陷阵，对于那些多少要假装“俨然”、多少要依靠或新或旧的“名”的现代知识分子，他的杂文自然具有一种所向披靡的凌厉。

在没有法律保护也较少强权干涉，没有宗教的终极审判的信念，但也较少虚伪欺诈的社会空气中，这种粗暴的互相实施报复的文章，所祈向的乃是于无神的世俗乱世中真实的个人之间某种替代性的公正。如果引进法律的名誉权之类，特别是如果两人对决，旁边立着社会政治或道德的权威随时予以干涉，或者人人心中存着爱惜羽毛的念头与宗教的终极审判的信念，这样

---

① 参见周作人《中国新文学的源流》及《〈中国新文学大系·散文一集〉序》。
② 《华盖集续编·我还不能“带住”》。

的文章就不必做,即使做,也无法避免非当事人所乐意接受的更其病态的不公。鲁迅在1925年所做的一篇杂感中说,"报复,谁来裁判,怎能公平呢?便又立刻自答:自己裁判,自己执行;既没有上帝来主持,人便不妨以目偿头,也不妨以头偿目"[1]。"以目偿头"或"以头偿目",意思是说,人的相互"报复"固然不可能做到绝对公平,但即使这样也总比虚伪地禁止报复和提倡宽恕强得多:"有时也觉得宽恕是美德,但立刻也疑心这话是怯汉所发明,因为他没有报复的勇气;或者倒是卑怯的坏人所创造,因为他贻害于人而怕人来报复,便骗以宽恕的美名"(同上)。这段话本来针对"排满"而发,但范围很广,包括一切人间矛盾的解决。直到晚年,鲁迅仍然坚持类似的想法,比如"遗嘱"第七条所谓"损着别人的牙眼,却反对报复,主张宽容的人,万勿和他接近"[2]。

这样的文章,文网密布的古文时代不可能有,而1940年代初,毛泽东就严厉批评了"现在还是杂文的时代"的论调[3],因此恐怕也行将匿迹于"文明日进"的现代的"无物之阵",所以鲁迅式的曾经被诬为"漫骂"的与仇敌近身肉搏非要辩明是非曲直的杂文[4],只是中国现代文坛昙花一现的特有现象,大有空前绝后之势。

3.《而已集·当陶元庆君的绘画展览时》讲解

陶元庆(1893—1929),字璇卿,浙江绍兴人,美术家,曾为鲁迅前期著译《彷徨》、《朝花夕拾》、《坟》、《苦闷的象征》等画封面,很得鲁迅欣赏。他的第一次画展1925年在北京举行,鲁迅特地写了《〈陶元庆氏西洋绘画展览会目录〉序》,肯定他在努力学习西洋绘画时自然而然地融入以往擅长的中国画的"情调"和"丰神"[5]。1927年,上海举行第二次陶元庆画展,鲁迅写了本文,重申两年前的观点,并在理论上加以发挥,进一步谈到他对当时中国人"要出而参与世界的事业"的理想的看法。文章虽短,而且限于"文艺之业",但

---

① 《坟·杂忆》。

② 《且介亭子杂文末编附集·死》。

③ 毛泽东《在延安文艺座谈会上的讲话》。

④ 参看《花边文学·漫骂》。

⑤ 《集外集拾遗·陶元庆氏西洋绘画展览会目录》。

言简意赅，谈言微中，可以看作鲁迅从“文艺之业”(中国现代绘画与现代“欧化语体”)的角度对现代中国文化的一次集中阐述，在鲁迅综论现代中国文化的一系列杂文中占有特别重要的地位——以往鲁迅研究往往忽略了这一点。

鲁迅先从陶元庆绘画讲到当时中国文艺界两个普遍问题：一者“以各时代各民族的固有的尺，来量各时代各民族的艺术”，与现代文艺新潮隔绝，落入“旧日的桎梏里，”一者“迟暮”的中国艺术家因为“不能不感服”现代艺术的“勇猛的反叛”却又并没有“参与过先前的事业”，对于现代艺术没有切身体会，只是被动地“敬谨接收”，本来意味着进步与解放的现代艺术，到了中国艺术家手里反而成为“一种可敬的身外的新桎梏”。鲁迅在这里所分析的是现代中国艺术家的两难境地：继承传统，却被传统所拘限；学习现代，又被自己并不了解的现代所拘限，遂陷入新与旧“两重桎梏”。他认为陶元庆绘画的价值就在于陶氏在保留中国绘画传统与学习西洋绘画新法时成功地突破了这“两重桎梏”，“内外两面，都和世界的时代思潮合流，而又并未梏亡中国的民族性”。

为了更清楚地说明这个问题，鲁迅又举了他作为一个作家更熟悉的现代中国语言文字问题为例。五四以后，新生的白话文不断受到各方面的压力，其中最大的一种攻击是说现代白话文属于“欧化语体”，即明明是中国人，写起文章来却不中不西，既失去中国传统文章固有的语言的成熟，又毕竟不是欧洲人，而是“皮肤不白，鼻梁不高”的中国人在写“欧化”文章，因此不伦不类。鲁迅的回答很干脆：

> 皮肤一白，鼻梁一高，他用的大概是欧文，不是欧化语体了。正唯其皮不白，鼻不高而偏要“的呵吗呢”，并且一句里用许多的“的”字，这才是为世诟病的今日的中国的我辈。

反对新文化运动的章士钊曾经于1923年发表过一篇有名的文章，《评新文化运动》，攻击那些“为适之之学者”(学胡适之写白话文的人)“遂乃一味于胡氏文存中求文章义法，于《尝试集》中求诗歌律令，目无旁骛，笔不暂停，以致酿成今日的底他她吗呢吧咧之文变,有时难读"[1],鲁迅针对章的论调,故意在这段话里连用三个"的"字,而且用得非常恰当有效,这就以语体文实际的成功驳斥了对于语体文的攻击。

从语体文再回到陶元庆绘画,鲁迅进而提出如何衡量、批评、判断现代中国艺术的标准和尺度问题:

> 他并非"之乎者也",因为用的是新的形和新的色;而又不是"Yes""No",因为他究竟是中国人。所以,用密达尺来量,是不对的,但也不能用什么汉朝的虑傂尺或清朝的营造尺,因为他又已经是现今的人。我想,必须用存在于现今想要参与世界上的事业的中国人的心里的尺来量,这才懂得他的艺术。

无论是谈语体文,还是谈绘画,鲁迅都没有摆什么高深理论,只是道出现代中国人进行文化探索与文化建设时的实际处境,基于这实际处境的不得不然的选择,以及几乎难以确说的自我判断的标准。

特别是自我判断标准的问题,虽然只拈出"心里的尺"四个字,实则是鲁迅长期以来深思熟虑的结果。

何谓"心里的尺"?

1919年发表的《我们现在怎样做父亲》的一段话,可以帮助我们理解这个概念:

> 我辈评论事情,总须先评论了自己,不要冒充,才能像一篇说话,对得起自己和别人。我自己知道,不特并非创作者,并且也不是真理的发见者。凡有所说所写,只是就平日见闻的事理里面,取了一点心以为然的道理;至于终极究竟的事,却不能知。

从自己出发,凭借"平日见闻"的直接经验,不以"真理的发见者"自居,由此得出一点"心以为然的道理",便是"心里的尺"了。

---

① 章士钊《评新文化运动》,原载《新闻报》,参见《中国新文学大系·文学论争集》。

1907年《文化偏至论》的一段话，也可以做“心里的尺”的注脚：

> 则思虑动作，咸离外物，独往来于自心之天地，确信在是，满足亦在是。

始终将个人可以感知、可以验证、可以把握却难以明言的“确信”、“满足”和“心以为然的道理”绝对地置于“外物”、“真理”、“终极究竟的事”之上，这是鲁迅思想最具有个性的一点，也是我们读这篇《当陶元庆君的绘画展览时》时最值得注意的问题。

我们读《破恶声论》，已经知道，在鲁迅看来，现代中国是一个“扰攘世”，因为骤然失去传统秩序，人们普遍彷徨无靠，于是纷纷寻找新秩序，希望安顿自己。在向外寻求的时候，个人内心的是非好恶，乃至聪明才智往往都被看轻，而众人迷信的诸如“绝对真理”、“历史必然性”等概念，则被看得很重。中国古代知识分子本来就有“天理”、“天道”、“天命”之说，这个传统一旦和西方近代理性主义潮流汇合，就自然结成一张几乎无所不包的现代中国意识形态的罗网。文学家鲁迅的可贵，就在于他能够看清这种情势，用一己之“心”取代众数之“理”，用活的有生命的标准取代机械的反生命的标准。在他看来，越是“扰攘世”，就越是应该尊重个人内心的灵明，“心”是我们“说话”、“评论事情”的基准，而离开这一基准的堂皇的“终极究竟之事”、“真理”，个人的内心总是有权力审判之。“心”好像一个过滤器，一切都必须通过这个过滤器的检验，才能证明其合法性。特别是一种新的文化创造，不可能有现成的道路。走一条不是现成的道路，必须有自由无畏的心，这颗心不固执于陈规旧习，也不迷信各种权威，而是始终根据自己的实际来定出自我判断的活的标尺。

“心里的尺”，寥寥四字，胜过多少堂皇的“文化哲学”。

4.《二心集·上海文艺之一瞥》讲解

近代以来，上海作为中国最大的通商口岸，不仅是国际性金融商务中心，也是中西方文化交汇点，现代教育和新闻出版业最发达的地方。二十年代末国民党南京政府成立之后，上海因为靠近南京，又成为重要的政治舞台，各路人马汇集于此，加上相对自由的外国租界的存在，理所当然地迅速取代北京，成为全国的文化中心。

1927 年 10 月鲁迅定居上海，直到 1936 年病逝，在这个当时中国最大的现代都市里度过了一生中丰富而短促的最后十年。鲁迅对上海的态度相当复杂，既称它为各色人等"漂聚"的"秽区"，也承认它别有一番生意。二十世纪二十年代末以后，鲁迅对中国的认识，很大程度上就是一个放大的上海，就好像他在《呐喊》、《彷徨》中透过故乡绍兴认识中国一样。鲁迅晚年的工作与上海结下了不解之缘，尤其在杂文中，他有意识地观察上海的众生相，记录下来，作为国民性批判的新的一步。

这篇《上海文艺之一瞥》，从文艺的角度宏观考察上海文化六十年间的变化，高屋建瓴，既有分阶段史的叙述，又有对于各阶段各文艺形式和重要作者的传神写照，充分显示了鲁迅作为一个具有历史眼光和艺术鉴别力的批评家的独特功力。这篇演讲以上海为中心，实际包含了全国文坛，是一部简明扼要的现代中国文艺史和文学史。

鲁迅谈现代上海文艺的发源，先从《申报》说起。近年学术界确实有人十分强调现代文学和现代出版的密切关系，但鲁迅虽然论到出版，并不限于出版对文学生产的制约，他提出《申报》的地位，目的是由此牵出当时在上海从事文艺创作的作家群体——从传统的"君子"分化出来的落魄的"才子"，后者放弃了传统科举考试的仕进之路，从乡间跑来上海，开辟新的生路。谈上海文艺，一上来抓住"才子"这个创作的主体，极具历史眼光。这些才子的生活道路以及由此养成的与"君子"不同的习气，深刻决定了中国现代文学的品质。

至于文学活动的空间，则是和传统乡村社会迥异的十里洋场上海，不过"才子"们来上海，并不到处乱跑，而是直奔妓院——他们毕竟没有一下子摆脱白居易《琵琶行》里所谓"同是天涯沦落人"的文人结习，这就产生了"才子"的第一阶段文学：才子佳人小说，以及大量的翻印古书。第二阶段，十里洋场毕竟不是传统的温柔富贵乡，而上海的婊子又毕竟不是传统的青楼艺妓，更不是大观园里围绕贾宝玉的佳人，才子在她们面前吃亏是迟早的事，才子佳人的小说一变就成了"嫖学教科书"——鲁迅在《中国小说史略》第二十六篇给它们定的名称是"狭邪小说"。到了这一步,风流自赏的才子就堕落为"才子+流氓"了,充满幻想的读书人沾染了商业社会的各种习气。

和这一时期文学配合的是通俗画报,它的美学特征也是"一副流氓气",并影响到三十年代初的漫画和电影,而林译小说又为这种美学趣味增添了活力,新的才子佳人小说——鸳鸯蝴蝶派的言情小说——应运而生。

但鲁迅并没有在这里多做停留,而是很快滑过去,落脚在"新才子派的创造社"上面。这篇讲演的主角,到这时候才算正式登场,前面不过是铺垫,犹如为创造社的才子修一份家谱。

但鲁迅也不想正面论述创造社的文学成就,他的目标,是把创造社和后来与创造社关系密切的"革命文学"放在一起,揭示它们的来龙去脉,和内在的精神品格。所以他叙述创造社的事情,绕开作品,专谈创造社如何处理自己和文学研究会、商务印书馆的关系,他认为在这些地方,创造社"是也有些才子+流氓式的"。

这是他为创造社画的第一幅像。所谓"才子+流氓",是鲁迅研究现代中国文人的一个大发现。"才子"只是他们的身份,"流氓"才是他们的精神。鲁迅认为"流氓"在中国有其源远流长的传统[①],其实我们在他早期文言论文中读到的那些没有特操而惯于用各种好听的理论包着自己吓唬别人从而牟利的"伪士"、"英雄"、"志士"、"辁才小慧",也就是三十年代的流氓的前身了。

创造社、留学欧美的资产阶级趣味的学者和鸳鸯蝴蝶派联合起来,对立意为人生的文学研究会进行攻击,表面上以创造社占得上风而结束,但"为艺术而艺术"的创造社很快发现自己不过是资本家盈利的工具,一度企图在经济上独立,未能成功,而"为艺术而艺术"的立场又难以坚持,于是转而投身革命,于是而有"革命文学"。到了"革命文学"阶段,创造社以及他们的同调们的"才子+流氓"的习气,就更加厉害了:

将革命使一般人理解为非常可怕的事,摆着一种极左倾的凶恶的

① 参看《三闲集·流氓的变迁》。

面貌，好似革命一到，一切非革命者就都得死，令人对革命只抱着恐怖。其实革命是并非教人死而是教人活的。这种令人“知道点革命的厉害”，只图自己说得畅快的态度，也还是中了才子+流氓的毒。

激烈得快的，也平和得快，甚至于也颓废得快。倘在文人，他总有一番辩护自己的变化的理由，引经据典。譬如说，要人帮忙时候用克鲁巴金的互助论，要和人争闹的时候就用达尔文的生存竞争说。无论古今，凡是没有一定的理论，或主张的变化并无线索可寻，而随时拿了各种各派的理论来作武器的人，都可以称之为流氓。

……

这样的翻着筋斗的小资产阶级，即使是在做革命文学家，写着革命文学的时候，也最容易将革命写歪；写歪了，反于革命文学有害……

鲁迅本来就不相信有“革命文学”，只承认“革命时代的文学”[①]，在这里他算是完全否定了从创造社而来的“革命文学”。1930年3月，“中国左翼作家联盟”在上海成立，鲁迅被推为当然的盟主，以这个身份在一年零四个月之后如此解剖“革命文学”，可见加入“左联”的鲁迅仍然保持着他思想的独立性。那么，他又是如何看待“左联”所追求的比二十年代末的“革命文学”更进一步的“无产阶级文学”呢？鲁迅的回答，再次显示了他的硬骨头精神：他鄙视根底不正的“创造社”的“革命文学”，也一点不偏袒具有正确的政治理论和革命的党派组织背景的“左联作家”：

但现存的左翼作家，能写出好的无产阶级文学来么？我想，也很难。这是因为现在的左翼作家还都是读书人——智识阶级，他们要写出革命的实际来，是很不容易的缘故。

那么，当时最有希望出现的是什么样的文学呢？鲁迅的回答真是出人意料：

① 参见《而已集·革命时代的文学》。

> 在现在中国这样的社会中，最容易希望出现的，是反叛的小资产阶级的反抗的，或暴露的作品。因为他生长在这正在灭亡着的阶级中，所以他有甚深的了解，甚大的憎恶，而向这刺下去的刀也最为致命与有力……对于这些的作品，我以为实在无须称之为无产阶级文学，作者也无须为了将来的名誉起见，自称为无产阶级作家的。

即使是作为一种推测，他也没有把出现优秀文学的希望赠予他在政治上已经完全认同的左翼作家，更不用说先前的创造社的革命文学了，而是实事求是地寄希望于“反叛的小资产阶级的反抗的，或暴露的作品”。如果说鲁迅和创造社之间或许因为1928年前后的革命文学论争而存有芥蒂，那他对于新生的左翼作家，实在是抱有殷切的希望的。尽管如此，谈到文艺，鲁迅还是坚持他的独立精神，始终拒绝用简单的政治原则代替社会历史的客观分析与艺术发展的规律性认识。政治上落后的作家的创作力往往高于政治上进步的作家，这也是文艺史上常见的现象，但敢于说出这个真实来的人并不多。

接下来，鲁迅因为文坛的沉寂而向国民党政府(他称之为“奴才做了主人”)提出强烈抗议。鲁迅毕竟是人的灵魂的审判者，他的政治抗议，不仅仅是就事论事，抗议国民党政府的文化高压而已，前面说过，他还试图揭露这种高压政策的精神谱系与心理依据。在精神谱系上他已经说过这乃是“奴才做了主人，是决不肯废去‘老爷’的称呼的，他的摆架子，恐怕比他的主人还十足，还可笑”，历代的统治者所争夺的，无非是那把陈旧不堪的“交椅”罢了。至于在心理依据上，鲁迅只引用明朝一个神经过敏随便怀疑别人的武官的故事，说“现在的统治者也神经衰弱到像这武官一样，什么都怕，因而在出版界上也布置了比先前更进步的流氓，令人看不出流氓的形式而却用着更厉害的流氓手段”，在这样的由于自己神经衰弱和惧怕一切而采取的政治高压下，表面繁荣的上海文坛“其实却等于空虚”，以至于人们要了解真实的社会状态，不得不从压迫者的公开的无聊出版物的反面来推测。他举了《申报》上某法官对某女子控告丈夫强迫鸡奸案所作的荒诞不经的判词为例，认为这样的东西倒是很能够帮助读者“知道社会上的一部分现象，胜于一篇平凡的小说或长诗了”。

这当然是愤激的反话。不过,在严肃文艺凋零的时代,人们确实往往只能姑且用许诺廉价的“真实”的各种下劣出版物作为替代品。这个例子提醒我们,各种样式的“纪实文学”大流行之际,往往就是显示人类精神活力的文学创造凋敝之时。

晚清至三十年代初上海文艺界的一段历史,就这样被鲁迅轻松幽默地讲完了,但鲁迅的讲演包含的异端色彩,至今还挑战着某些定型的文学史叙述。他用“才子+流氓”来形容创造社和革命文学作家的精神气质,就是许多人不能接受的;他认为三十年代最具优势的文学创作队伍仍然是“反叛的小资产阶级”的作家,几乎无视革命文学家和无产阶级作家在文学上的成就与潜能,某种程度上也匪夷所思。今天,别说三十多年的历史,就是几年的文学发展,如果做宏观的勾勒,起码也得厚厚几本大书以及无数的材料和无数的理论才堪胜任,但鲁迅全不用这些,他只是抓住了历史天幕上的几个亮点,根据自己的独立判断,就将它们生动有力地串联起来。这种历史叙述的魄力,现在已经越来越少见。

5.《南腔北调集·谁的矛盾》、《南腔北调集·看萧和“看萧的人们”记》、《南腔北调集·〈萧伯纳在上海〉序》、《伪自由书·颂萧》讲解

1933年2月,萧伯纳到上海,引起上海文坛、新闻界大兴奋。鲁迅虽然应蔡元培之邀也参加了接待萧伯纳的活动,但他对萧伯纳本人没有什么议论,倒是从中国人如何对待萧伯纳这一面看出了许多值得议论的东西,于是接连写了《谁的矛盾》、《看萧和“看萧的人们”记》、《〈萧伯纳在上海〉序》、《颂萧》。前三篇收入《南腔北调集》,后一篇收入同一年的《伪自由书》。

鲁迅通过长年的观察发现,“五四运动以后,好象中国人就发生了一种新脾气,是:倘有外国的名人或阔人新到,就喜欢打听他对于中国的印象”。打听印象者虽然存了“求签问卜”的心,但他们希望于外国人的,却只是关于中国的好话;如果对方讲了什么不中听的,就要受到各种诬蔑。滑稽的是,恰恰这些喜欢打听外国人对中国的印象的成天生活在中国的中国人,对自

己的中国倒没什么印象,或者有印象也说不出来[①]。萧伯纳在上海掀起一阵闹忙,很好地说明了所谓文化交往或国际交流中往往存在的这种问题。

鲁迅关于萧伯纳的一组文章,主要针对中国"记者"。他不无刻薄地说,当记者们围绕萧伯纳坐成一圈而问这问那时,实际上是让萧伯纳在看一场记者们的嘴脸的展览。坐在边上的鲁迅沾光免费看了这展览,自然对这些"看萧的人们"深有感触,主要的一点就是新闻记者的可怕。

正如鲁迅后来在《花边文学·论秦理斋夫人事》、《且介亭杂文二集·论"人言可畏"》中论述的那样,新闻记者经常扮演二丑角色,对于群众,他们往往讨好地将自己打扮成弱者,由此轻轻松松地推卸自己不敢对抗强权而报道真实的责任。但这些自封的弱者对于弱势群众却是货真价实的强者,他们的生花妙笔,舌底波澜,轻易就能让阮玲玉们毙命,或者让根本看不到也看不懂报纸的当事人受尽奚落与嘲弄。新闻记者是现代中国的一种特殊的文化现象,他们实际代表了某种公意,是认识国民性的一个好窗口,鲁迅围绕新闻记者做文章,确实见出他惊人的敏感。

这组文章的妙处,在于避开正题萧伯纳而一把抓住副题"看萧的人们",这样一来就将笔墨落到实处,将一个可能很平板的题目做活了。中国人对萧伯纳或者别的外国名人与阔人其实并不感兴趣,当时的翻译成绩也不允许让鲁迅以足够的材料面对足够多的了解萧伯纳的读者来讲解一通关于萧伯纳的事。落脚在这,文章肯定就做死了,而"看萧的人们"的"嘴脸的展览"却是实际发生的,也为鲁迅所熟悉,稍加描摹,就是一篇好文章了。

好文章,不是勉强写自己不能写的,而是因为作者聪明地绕开了自己不能写的却写活了在不能写的旁边那能够写也应该写的内容。

6.《伪自由书·透底》、《花边文学·"彻底"的底子》讲解

这两篇短文,提示我们注意鲁迅的文章,许多用语都有特殊含义,很难和别的作家笔下同样的用语等同,也不能仅取字典上固定的解释;而且,即使他本人的不同文章,也会因地制宜,给同一个词规定不同的含义。

我们先看《透底》中的"彻底"一词,并不是西方哲学或宗教意义上的不

① 参见《准风月谈·打听印象》。

断超越具体现实的绝对之物。从鲁迅所举的一些例子看，他所谓的“彻底”，其实就是“认真”，即“认真”地就事论事，具体问题具体对待，反对把仅仅适应某个场合的办法无限制地推而广之，变成普遍真理，或者将仅仅在某个问题上被证明是有效的逻辑推向极端，凝固下来。如果那样的话，“彻底”就变成“透底”，即变成脱离实际的空谈，或者过犹不及的僵化的教条了。

这样的“透底”，也就是《“彻底”的底子》一文所讽刺的取消问题的界限从而导致取消问题本身的“‘彻底’论者”的所谓“彻底”，而不是《透底》一文中与“透底”相对立的“彻底”了。

从这种思考问题和运用语言的方法，我们可以约略推想鲁迅的智慧是多么务实。超出实际以上的纯粹理论，绝对标准，普遍逻辑，在他的思考里都不占地位。

但是，在鲁迅所肯定的有限而相对的“彻底”和鲁迅所讽刺的不切实际的“透底”之外，世界上果真就没有无限而绝对、非“透底”的“彻底”吗？在人类的思考力所能达到的地方，在世俗生活的极限处，果真没有一个可以思议的超越性的“底”吗？崇尚具体、实际、相对的智慧的鲁迅，恐怕回避不了这个问题。

现代中国的智者们，虽然学习了不少西方的东西，继承了不少传统的东西，但无论西方还是中国思维传统的那种超乎具体、实际、相对之上的绝对之物，都不是他们所喜欢的。鲁迅就是这样一个智者的典型。

鲁迅的智慧形态、思维模式、价值观念，之所以偏向于相对、具体和实际，而拒绝绝对之物，主要是因为鲁迅在他的时代很少碰到真正绝对之物的挑战。许多人不过是由于头脑糊涂，或者出于自私自利的考虑，假借一个好听的连自己也不理解更不赞同的绝对之物，来哄骗别人，或者干扰那些真正为解决具体问题而殚智竭虑的老实人。鲁迅对于这些“空腹高心”的人保持警惕，提醒大家不要上当，是可以理解的，但另一面也确实和他的反对者一起，与真正的绝对之物，超越之物，失之交臂了。

《透底》一文本来是瞿秋白所作，由鲁迅以自己的笔名发表。因为很可能瞿秋白写作此文时和鲁迅交换过意见，或者由鲁迅做过文字上的修改，观点、文风，都很像鲁迅的作品，所以同时收入《准风月谈》和瞿秋白的文集。

7.《准风月谈·由聋而哑》讲解

1927年,鲁迅曾经在香港做过一次有名的讲演,叫《无声的中国》,主要是感叹中国历代政治压迫过严,加以汉字难学难用,传统思想的因循停滞,弄得多数中国人"不能说话",以至于"人是有的,没有声音,寂寞得很"。他希望青年们起来,"将中国变成一个有声的中国。大胆地说话,勇敢地进行,忘掉了一切利害,推开了古人,将自己的真心的话发表出来。"不过他又马上意识到,这样的希望很不容易实现,所以他感叹中国仍然是一个"无声的中国",而人如果没有声音,也就等于死了;"倘要说得客气一点,那就是:已经哑了。"

六年之后,鲁迅再一次提到中国人的"哑"。不过这回,那造成"哑"的原因有所不同,主要是"聋",是"由聋而哑",即因为翻译的停顿不前,"凡是运输精神的粮食的航路,现在几乎都被聋哑的制造者们堵塞了",其结果——他引用勃兰兑斯的话说——就是"精神上的'聋',那结果,就也招致了'哑'来"。

二十世纪三十年代,按照现在某些文学史和学术史家的看法,已经算是现代中国文化的流金岁月了。鲁迅也看到当时"文章的形式"确实已经"比较的整齐起来",但他仍然感觉到文界的"荒凉",因为他一直以为,中国现代文化的发展一刻也不能离开从外面输入"精神的粮食",什么时候关起门来自我欣赏,什么时候中国现代文化的发展就失去了推动力,就不会有"强烈的独创的创作",只有"心的腐烂",和尼采所谓的"末人"。

在鲁迅一生的文字工作中,翻译的比重甚至要超过创作。一个具有罕见的创造力和思想力的作家,竟然将自己大量的精神毫不顾惜地投入翻译,这本身就已经很能说明鲁迅对待"精神的粮食"的态度了。

现代中国,像鲁迅这样兼做创作和翻译的作家实在很多,而这样的文化景观今天几乎已经绝迹。我们多半已经习惯于以"分工不同"来解释这一现象,普遍视翻译与创作的分流为理所当然,甚至轻视翻译,沾沾自喜于撇开翻译的本土文化创作的成就。但是,如果换一个角度看,情况恐怕并非如此。轻视翻译,自然会像鲁迅所说,"由聋而哑",而创作者的不弄翻译,撇开翻译，只从第二手的翻译获得零星的“精神的粮食”，这自然不利于提高他们的创作质量，而翻译资源的浪费，也势所必然，因为被创作所撇开的翻译，只能成为一种文化的摆设和商家赚钱的工具，很难直接成为“精神的粮食”。

8.《花边文学·未来的光荣》讲解

《未来的光荣》是鲁迅 1935 年底编辑、收入他 1934 年所作杂文、1936 年出版的杂文集《花边文学》首篇。该文原本针对电影而发。二十世纪三十年代上海电影是好莱坞的天下，据鲁迅观察，观众口味虽杂而满足倒也容易：“侦探片子演厌了，爱情片子烂熟了，战争片子看腻了，滑稽片子无聊了，于是乎有《人猿泰山》，有《兽林怪人》，有《斐洲探险》等等……”鲁迅预言，以后登场的将是华人，因为在洋作家路单上或洋导演镜头前，非洲之后就是中国、南洋、南美。

他于是发出那样咬牙切齿的警告：

> 我们要觉悟着被描写，还要觉悟着被描写的光荣还要多起来，还要觉悟着将来会有人以有这样的事为有趣。

这篇文章可能篇幅太小，措辞又过于曲折，历来不为研究者所重，但其观察之精到，思想之深刻，在鲁迅著作中实在应该占据一个重要地位。尤其结语的警告，包含了鲁迅对现代中国文化内在危机的体认，可以作为我们解说其思想的一个基点。

强烈的危机意识浓缩在“被描写”三字中。“描写”，通常是文字上的勾当，尤指叙事类文学作品的技法，但此处“被描写”超出了文字和文学范围，涉及电影制作，间接所指则不单在电影，还关系到“我们”（中国人）在电影或其他文化领域某种悲剧性遭遇。“描写”的原意被放大，这在鲁迅著作中并不常见，尤其和“被”字连用，只此一回。

《未来的光荣》写于 1934 年 1 月，脱稿后九个月，《译文》月刊发表了鲁迅从日文转译的法国作家纪德（Andre Gide）一则题为《描写自己》的短文，其中有言：“没有比孤独更好的了。我最不愿意拿出去的是‘我的意见’。一发议论,我在得胜之前,就完全不行……但我独自对着白纸的时候,就拿回了自己。所以我所挑选的,是与其言语,不如文章,与其新闻杂志,不如单行本,与其投时好的东西,不如艺术品”[①]。纪德强调公共话语对私人话语的侵害,和鲁迅——比如在《野草·题辞》、《无花的蔷薇》、《忆韦素园君》等文中反复诉说的文人易被歪曲而沉默与孤独最为可贵——不是很相近吗?看来鲁迅翻译这则小品并非无故,译文题目中同样被放大了原意的“描写”,和《未来的光荣》的用法相似。译文具体翻译时间不可考,我怀疑从接触日本学者石川涌译文[②]到亲手翻成中文直至发表的周期,正与《未来的光荣》的写作重合,而罕见于鲁迅著作、有点怪怪的“被描写”,也与同时的这篇译文使用的“描写”有关。

现在暂时撇开纪德,看看和《未来的光荣》立意相近的另一篇文章。马克思在《路易·波拿巴的雾月十八日》中认为那时候的农民过于分散,缺乏技能、财富和社会交往,更未建立全国性联系,不懂得如何表达本阶级利益要求,“他们不能代表他们自己,一定要别人来代表他们。他们的代表一定要同时是他们的主宰,是高高站在他们上面的权威”。这里关键不在一方由另一方“代表”,而在当一方“代表”另一方时,代表者必须是被代表者的“主宰”和“高高站在他们上面的权威”。透过当时法国政治中代表和被代表的不平等现象,马克思揭露了米歇尔·福柯所说的话语\权利关系。代表者是主宰,他们向被代表者颁布话语,就像“从上面赐给他们雨水和阳光”,一定要收取被代表者双手献出的权利[③]。被代表者起初对代表者也许感到陌生,隔膜,但代表资格一经确立,被代表者也会转变态度,甚至以“被代表”为自我存在的确证,而实际上被话语颁布者剥夺其权利、掩盖其真实存在的境遇,却遭到了可悲的忽略。

“代表”(represent)和“被代表”(be represented),字面上也可以表述为“描写”与“被描写”。从中文字面上说,若想取得代表别人的资格,必须首先完成对别人的存在的权威性描写。英文 represent 正好兼有“代表”和“描写”

① 《鲁迅译文集·译丛补》第 848—849 页。

② 原载《文化集团》第二卷第八号。

③ 《马克思恩格斯选集》卷一,第 693 页,人民出版社 1972 年 5 月版。

二义。

我并不想暗示鲁迅受了马克思的影响。就我所了解的鲁迅藏书,还不能证实他曾经读过《路易·波拿巴的雾月十八日》(当然也不排除他有可能通过各种相关的宣传介绍接触到该篇文章)。

这是另一个问题。我只想说,鲁迅和马克思思考同类问题,用语竟如此相似!

"他们不能代表他们自己,一定要别人来代表他们",爱德华·赛伊德(E. W. Said)把这句话特别抄在他的《东方主义》扉页上,借以概括他所研究的东方/西方不平等的话语/权利关系。赛伊德并非纯粹地"借用",马克思确实多次论到东西方这种不平等关系,只是没有表述为"代表"与"被代表"罢了。关于这个问题,赛氏 1994 年出版的讲演集《知识分子的申述》(Representations of the Intellectual)还有更充分的阐述。这本小册子反复讨论的含义多重的中心概念"Representation",词根就是"present"("描写")。

福柯、赛伊德所讲都不是什么新发现,马克思在一百多年前、纪德在九十多年前、鲁迅在六十多年前早就注意到了。

但我想知道:1. 鲁迅用"被描写"这个词究竟希望揭示现代中国何种危机?2. 他认为应该如何对待"被描写"?面对"被描写",他是怎么做的?

单从《未来的光荣》这篇文章看,"被描写"的意思很明确,就是指中国人被外国人所描写。在这过程中,中国人处于受欺瞒、被歪曲的地位,不能以本来面目示人,因而蒙受损失或屈辱。作者还告诉我们,外国人是用文艺(电影)来描写的,所以"被描写"最初发生在文艺方面,和文艺作品提供的某种形象有关。

但我们不妨将外国人推广到自己以外所有别人,将文艺推广到文化、话语或广义的语言领域。

鲁迅对外国人因为不了解情况,或出于傲慢、偏见与自身利益考虑,用歪曲、不真实的方式谈论中国的事情,确实十分警惕。这在他看来,大概就使中国人处于"被描写"的境地了吧。比如日本学者安冈秀夫《从小说看来的支那民族性》引用了 Williams 所著 Middle Kingdom 一书对中国人的食物与色情之关系的议论，安冈氏自己关于竹笋也有一通“挺然翘然”的发挥，对此鲁迅就予以严正批驳[①]。再如香港总督金文泰称赞中国的“国粹”，瑞典学者高本汉推重文言文[②]，杜威、罗素等谈论中国国情与民情，鲁迅都曾以他特有的敏感，或客气地澄清其误解，或愤怒地揭露其歪曲。鲁迅一直爱看西方小说与包括好莱坞在内的西方电影，但并没有因此原谅西方文艺家们以其偏狭的逻辑对“非我族类”的歪曲。《未来的光荣》就指出，西方许多反映非西方国家或地区人民生活而在形式上往往采取“探险式的旅行”的电影和文学作品，总爱夸大非西方世界的“奇特的(grotesque)、色情的(erotic)东西”，投本国主顾所好。该文提到法国小说家兼新闻记者德歌派拉(M. Dekobra)，鲁迅在另一个场合曾经轻蔑地称之为“法国礼拜六派”，“其到中国来，大概确是收集小说材料……来看支那土人，做书卖钱。”[③]

但这类文章为数甚少，谈到外国人的中国观，倒是赞同的居多，如写过《支那人气质》的司密斯，著有《活中国的姿态》的内山完造，让喜欢“打听印象”的中国记者碰钉子的萧伯纳，鲁迅都给以高度评价。他明确说过，外国人到中国来，很快就大唱赞美歌的，他会觉得别有居心，而说坏话、皱眉头的，他倒以为是真心想让中国好，因而诚恳地表示欢迎。就是看了“不能不失笑”的安冈氏和 Williams 的书，有些部分他也并不觉得可笑，而是很老实地说，自己一边看一边不免“汗流浃背”了。1927 年 4 月初在广州作的《略论中国人的脸》，谈到他所见的《天方夜谭》与《安徒生童话》中关于中国人(汉人)的“插画”，说其中的中国人形象，虽然由于受满洲人的“连累”而被西洋人歪曲，如“头上戴着拖花翎的红缨帽，一条鞭子在空中飞扬，朝靴的粉底非常之厚”，但他承认，“两眼歪斜，张嘴露齿，却是我们本来的面貌”，这就指出了：“被描写”并不一定是被人歪曲。

“被描写”的深意，并不在“被别人(包括外国人)所描写”。

“被别人描写”，是“别人”分内事，“我”无从干涉，“我”只能就“别人”的描写发表或赞与否的看法。“别人”的描写，好，坏，真，伪，都足资参考。在

---

① 《华盖集续编·马上支日记》。

② 《而已集·略谈香港》。

③ 1933 年 12 月 28 日致王志之信，转引自《鲁迅年谱》(卷四)第 3 页，人民文学出版社 1984 年第 1 版。

各种"被描写'中,实在不能排除也有被别人如实、正确而且深刻地描写的可能,何况在许多情况下,"被描写"乃是"描写自己"所必需的凭借,不借鉴别人对"我"的描写,"我"便无法"描写自己"。另外,还可以把任何意义上的"被描写"当作"别人"的"描写自己",由此知道别人是怎么想的——就好像"选本",固然不能据以见出被选("被描写")的一时代或一作家的全貌,却可以见出选者("描写'者)的眼光与机心[①]。

客观上"被别人描写"并不可怕,可怕的倒是一见别人描写自己,就心惊肉跳,全盘拒绝,这样非要弄到神经衰弱、"道路以目"不可。如果发展到阿Q、王胡之流有了缺陷就拼命遮掩,忌讳别人议论,则更是无自信、没出息的标志。

"被描写"主要说的是自己一方,指自己不积极地认识自己,表达自己,不积极地发出声音来"描写自己",在文化创造上陷入虚空,因而不得不专等别人恩赐,积久成习,不仅不以为耻,反而以为"有趣",觉得"光荣"。

鲁迅曾经在一篇杂文中谈到 1929 年上海电影公会给美国影星范朋克(Douglas Fairbanks)的公开信,可以作为这种"被描写"的典型。

当时上海一班小市民和代表他们欣赏趣味的文化人听说在电影《月宫宝盒》(The Thief of Bedad)中扮演摔死蒙古太子的英雄因而就是"辱没了中国"的范氏来华,纷纷表示要趁机予以谴责;谴责不成,又想感化这位美国的"武侠明星",就在公开信中一面委屈地申明电影中的蒙古太子不代表"东方中华民国人民之状况",一面恳请范氏"于东游之后,以所得真实之情状,介绍于贵国之同业,进而介绍于世界"。鲁迅认为这班愚人以"中华民国人民"而偏以蒙古王孙苗裔自居,又忘了范氏不过"花旗国里发了财的电影员",且无视内忧外患的现实,觉得可以用"四千余年历史文化"和"中华民国"的"真实之情状"骄人,实在暴露了"被压迫的故国人民的精神":"因为被压服了,所以自视无力,只好托人向世界去宣传,而不免有些谄;但又因为自以为是'经过四千余年历史文化训练'的,还可以托人去宣传,所以仍然有些骄"。到这地步,当然只能希望别人来描写,而且也只有"没落的古国人民的精神

---

① 《集外集·选本》。

的特色”可供“被描写”[①]。

“被描写”揭示的是主体“我”的一种困境和劣根性。

其实《未来的光荣》一文提请同胞们“觉悟”的，也不是被外国人描写的危险，而是将来在“我们”中间还会有人因为不觉悟而以有这样的事为有趣和光荣。鲁迅毕竟不是写文章给外国人看，他希望觉悟的并不是“他们”，而是“我们”，特别是“我们”中的“我”与“你”。

鲁迅论及外国作者或艺术家的这类杂文，开头往往说别人，笔锋一转，针对的就不再是别人，而是本国人了。比如，像美国派拉蒙公司著名导演斯坦伯格(Josef von Sternberg)的电影 Shanghai Express(《上海快车》)，鲁迅认为固然是给“饱暖了的白人”主顾们提供“搔痒的娱乐”的下劣之作，但在中国记者抗议所谓“辱华影片”而希望外国导演说中国“好”的声浪中，鲁迅痛加针砭的却是中国人自己“安于‘自欺’，由此并想‘欺人’”的劣根性；他甚至不避嫌疑地说，“不看‘辱华影片’，于自己是并无益处的，不过自己不看见，闭了眼睛浮肿着而已。但看了而不反省，却也并无益处……看了这些，而自省，分析，明白那几点说的对，变革，挣扎，自己做工夫，却不求别人的原谅和称赞，来证明究竟怎样的是中国人”[②]。从别人加给“我”的屈辱中发现“我”的不足，在愤恨别人的同时更愤恨受辱者的奴隶劣根性，由此认识到反抗“被描写”的屈辱，必须从反抗自身的昏聩与奴隶性开始，“自己做工夫”，自己给自己树立认同标准，“来证明究竟怎样的是中国人”。这正是鲁迅思想特有的品格。

为什么会发生“被描写”？具体地说：为什么在刚刚跨入“现代”的中国会发生“被描写”？外国人的猎奇心理、无知和优越感无疑是直接原因，但我们自己不积极地“描写自己”，留下空白让外国人随意发挥想象，或者像上海电影公会那样恭请外国人来代我们“描写自己”，难道不是根本的内因吗？

从日本留学期间执笔为文开始，鲁迅就常常焦虑中国人不肯发出声来，“寂漠为政，天地闭矣”，“华国”因此将和埃及、印度一样沦为“影国”。1927年，也就是五四运动过去八年后，他还以“无声的中国”为题向青年们发表演

① 《二心集·现代电影与有产阶级》。

② 《且介亭杂文末编·“立此存照”(三)》。

说，呼吁他们“说些较真的话”，只有这样，中国“才能和世界的人同在世界上生活”①。不发出自己的声音而专门等待甚至专门追求“被描写”，这正是现代中国的耻辱与悲哀。觉醒者在这耻辱与悲哀里首先感到的是“寂寞”。

如果事情到此为止，还不会引起鲁迅在悲哀寂寞之余的愤怒。问题是许多人安于现状，而且觉得“光荣”和“有趣”，甚至为了满足私利，亲手造成种种“被描写”。这就不是被动的无辜的悲剧，而是主动的应该加以诅咒的可悲和可耻了。

“被描写”的“被”只是表面现象，其实倒是由“我们”自己人制造的居多。所谓“自己人”，大多是“知识分子”，或学者，或翻译，或新闻记者，或仅仅替外国老板打工的“西崽”。这个特殊人群自中外交通就应运而生，鲁迅认为他们的前身至少可以上溯到元朝。蒙古人入主中原时，凡和汉人交涉必借助“通事”，于是就有了这类事情：“一个和尚告状追债，而债户商同通事，将他的状子改为自愿焚身了。官说道好；于是这和尚便被推入烈火中”②。“翻译”——现代“通事”——站在外国人和中国百姓之间，“外国人说‘yes’，翻译道‘他在说打一个耳光’，外国人说‘no’，翻译出来却是他说‘去枪毙’”，一群奴才围住权威的外国人，用由此获得的话语权随意篡改“自己人”的意思，使“自己人”陷入“被描写”的境地。学者们也大同小异，都抱住某个外国人——“梁实秋有一个白璧德，徐志摩有一个泰戈尔，胡适之有一个杜威，——是的，徐志摩还有一个曼殊斐尔，他到她坟上去哭过，——创造社有革命文学”③——然后用各自认可的权威话语任意解释中国的事情，好像一旦从外国权威那里“零零碎碎贩运一点回来”，“就变了中国的呵斥八极的学者”④，无所不能谈论，无所不能指导，无所不能解释。在这班“倚徙华洋之间，往来主奴之界”⑤的大小权威学者们一片“呵斥”声中，中国当然只能“被描写”。

---

① 《三闲集·无声的中国》。
② 《而已集·略谈香港》。
③ 《三闲集·现今的新文学概况》。
④ 《南腔北调集·大家降一级试试看》。
⑤ 《且介亭杂文二集·“题未定”草(二)》。

中国的“现代”，是现代民族国家建构的历史，又是仿照西方以建构取消差异的现代意识形态一体化的历史。在此过程中，一个为东方所特有的现象产生了，那就是国中巧滑之辈乘势而起，正如鲁迅在《河南卢氏曹先生教泽碑文》所说的“巧黠因时，鹦枪鹊起”，将东西方交流与碰撞产生的不平等话语/权力关系合法化，普适化：“每一新制度，新学术，新名词，传入中国，便如落在黑色染缸，立刻乌黑一团，化为济私助焰之具”[1]，因为许多人出于私利的考虑，借不同文化交往与碰撞容易造成权力真空，自树权威，在“自己人”中制造更具奴役色彩的新的不平等。

这是中国现代各种“被描写”的深因，也是现代中国一切创造性活动的直接对立面。鲁迅和他的追随者们首先就致力于反抗这种“被描写”，用他们的话说，就是“不做自己人的奴隶”。现代文坛许多纷争和悲剧，因而也就可以解释成一些富于自主精神的创造者们对于各种有意造成的“被描写”处境的反抗。

除了在外国人面前使自己人陷入“被描写”，其他还有比如历代权势者用“种种的白粉”给孔夫子“化妆”，让他面目全非[2]，“文化山上的学者”向官府上条陈，说竹排上的灾民日子过得还颇有情趣[3]，新闻记者“发挥才藻”，对别人的隐私“偏要加上些描写”，以致逼使无告者服药自杀[4]，文人在同行死后也不放过，“谬托知己，是非蜂起，既以自炫，又以卖钱，连死尸也成了他们的沽名获利之具”[5]……则是并无外国人在场而同样使自己人陷于“被描写”的话语暴政。至乎其极便是借口“保护正当的舆论”而公然限制言论自由，连普通的“news”也要出口转内销，直至发明“暗暗的死”，令仁人志士身死而名不彰，叫他们坠入“惨苦到谁也看不见的地狱”[6]。这种情况下面，就连“被描写”的资格也被剥夺了，别人想从反面推知真相都不可能。

---

① 《花边文学·偶感》。
② 《且介亭杂文二集·在现代中国的孔夫子》。
③ 《故事新编·理水》。
④ 《且介亭杂文二集·论“人言可畏”》。
⑤ 《且介亭杂文·忆韦素园君》。
⑥ 《且介亭杂文末编·写于深夜里》。

懒惰、欺瞒、堕落、恶毒之外，也有因为“自己描写”不成功而在客观上沦入“被描写”的情况。谈到此类现象，鲁迅就没有道德谴责的义愤，而更多地陷入深沉的苦思。

“被描写”或“被代表”，确实是现代东方的世纪性焦虑。“被描写”之厄无处不在，何以东方要比西方承受更多？

鲁迅的学生胡风解释道：“在落后的东方，特别是这落后的中国，启蒙的思想斗争总是在一种‘赶路’的过程上面。”许多人，因为思想能力、知识水准跟不上连续“赶路”的中国式节奏，只好满足于仅仅在思想和知识本身的平面拔足飞奔，从知识到知识地贩运，从思想到思想地演绎，离开生活的地面，“坐着概念的飞机去抢夺思想锦标的头奖”①。在带着“东方”种种落后的面相而进行现代西方的“启蒙的思想斗争”的中国，思想者目不转睛地盯住跑在前面的“西方”，追着，赶着，难以摆脱这种单纯依赖西方概念词语的“思想锦标”式的惯性约束，渐渐就飞离了脚下的道路，无法通过现实的挣扎一点一滴地生长出“描写自己”的“自己的语言”，相反，倒很容易静止地玩赏、依附、屈从于西方先进的话语系统，被架空，“被描写”。

现代西方的思想、主义、学说、艺术，挟其强大的政治、经济、军事、文化威势闯入中国这块除旧布新的白地，很容易给急于建构意识形态的人们带来不平等的话语/权力关系，多元的思想影响转眼就变为多重的思想压迫（更不必说现实政治在这过程中所起的推波助澜的作用）。面向西方，中国现代思想者必然首先是怀着布鲁姆所谓“影响的焦虑”（anxiety of influence）的求学者，处在先天的文化弱势地位，因而更多地承受着“被描写”的困厄。

这不是被西方人有意地描写，也不是因为懒惰、欺瞒、堕落与恶毒，而是“我们”在追求“描写自己”的努力中不自觉地陷入了“被描写”。

胡风的解释很符合鲁迅的观点。可以说，这个意义上的“被描写”乃是鲁迅从东京留学时期决定以文学为终生事业一直到死主要关心的问题。但鲁迅的表述更严谨。他不仅警惕着现代中国人意识中的“西方”，还一直警惕着在现代中国人意识中和完美的“西方”一样具有值得效仿的完美性的“国粹”。他经常说，在中国从事艺术创造，写文章，乃至平常说话，稍加留

---

① 《胡风评论集》（中），第165页，人民文学出版社1984年第1版。

心,都会感到意想不到的困难:被来自意识深处这两个完美典范拘束着而动弹不得。比如二十世纪三十年代,一般作家只能用五四以来渐渐上路然而远未成熟的“欧化语体”(当时唯一现实的“白话文”)写作,往往躲不开左右两面的攻击:右的国粹派以文言的灿烂成就讥笑它稚嫩,左的激进的语言革命论者批评它不够口语化和大众化。其实作家们真的听从了无论哪一派的意见,结果要么只能退回“呼吸不通于今”的文言的怀抱,要么逃进永远不会到来的“大众语”的太虚幻境,落入僵死的文言或虚幻的“大众语”(其实只是以大众为名义的政治话语)的彀中,而放弃现代中国“描写自己”的可能性追求,失掉五四新文化的本体。鲁迅精辟地阐述了这种阻碍中国文艺家“描写自己”的“两重桎梏”:一是本国固有的“三千年陈的桎梏”,一是西方先进的文艺形式由于我们并不了解其产生的艰难过程而只知“敬谨接收”因此蜕变而成的“新桎梏”。“两重桎梏”的说法不仅阐明了在现代中国“被描写”是由于难以抗拒的“新”的和“旧”的文化优势压抑着“活人”的创造力这一令人难堪的事实,更揭示了主体方面的原因:不肯走一条没有现成尺度可以衡量因而必须自己给自己树立标准的创造之路①。

后一点尤其抓住了现代中国文化危机的总根。

无论鲁迅还是胡风,都没有把“被描写”片面地解释成凝固的现实存在从而屈服于它的历史合理性,而是把“被描写”归结为可以转变、可以改善的主体态度和创造方式,并以此为基点,向现代中国文化提出了最高要求:挣脱来自古代和西方的“两重桎梏”,撇开争抢“思想锦标”(平庸的年代或者还有“学问锦标”)的游戏规则,在现实的挣扎中创造属于现代中国自己的文化,创造足以“描写自己”但又只能“用存在于现今想要参与世界上的事业的中国人的心里的尺来量”的思想,表达思想的形式。

9.《花边文学·水性》讲解

从小事出发,远兜近转,突然绕到某个严肃问题上去,使人觉得曲径通幽,别有洞天,茅塞顿开,豁然开朗:这是我们读鲁迅杂文经常有的感受。

和鲁迅的许多杂文一样,这篇短文也是从报纸上的一则新闻——夏天

---

① 《而已集·当陶元庆君的绘画展览时》。

上海每天都有人下河洗浴溺水身亡——来展开。我们按照平时的阅读习惯,以为鲁迅用这样的新闻做材料,肯定会出人意料地引出什么微言大义来。但是,且看他一路写来,态度俨然,端正不苟,翻来覆去,不厌其烦,却始终不过是告诉读者:“水有能淹死不会游泳的人的性质”!

如此简单的道理,难道也要掰开,拆碎,由鲁迅这样的智者向聪明的中国人——而且是上海人——再三阐明吗?

鲁迅的目的,就是要把文章写得好像要考验读者的耐心,引起并且强化读者这样的疑问。看看时机成熟,他才轻轻地抖开包袱——

原来,自以为不缺乏常识的聪明的中国人,往往就因为没有起码的常识,而变得令人难以置信的愚蠢,就像那些溺水者一样。

为什么会导致这样的现象呢?很简单,一,因为大家平时太不重视常识,或者自以为有丰富的常识,而实际并非如此,所以常常犯十分低级的错误,而低级错误往往又是致命的错误。二,因为文化界、舆论界乃至整个社会在轻视常识的同时又过于迷信那些超越常识以上的“豪语”。这样的“豪语”堆积太厚,使人们深陷其中,不能自拔,不知不觉地就变得更加轻视常识,缺乏常识。这时候,就非有人站出来,一语惊醒梦中人不可了。而逼迫鲁迅这样的智者出马,晓谕大家一些基本常识,这个社会缺乏理性到什么程度,也就可想而知。

仅仅拥有常识当然不够,然而如果因为追求常识以上的高超的知识反而丢失了起码的常识,那才是真的不幸,真的愚蠢。更可怕的愚蠢,并非因为理解不了复杂奥妙的道理,而是自以为聪明,反成为愚拙,看不见那些根本不用动脑筋的简单的事实。

由此我们可以看出鲁迅杂文的一个特点:很多时候,他并不是要把中国人的精神引向脱离实际的高深理论,而是要把中国人的视线牵到一直被忽视被遗忘的鼻子底下的事实。

赤子之心,往往如此,也不过如此。

10.《且介亭杂文·隔膜》、《且介亭杂文·买〈小学大全〉记》讲解

鲁迅一直认为,现代中国人的昏迷与奴性,是历史上逐渐养成的。这一

方面得感谢历代文人的善于粉饰，自欺欺人，使大家不能明白历史真相，在假相中生活太久，慢慢就真假不分，成为昏迷的傻瓜了。其次便是因为同族与异族统治者的残暴，他们纷纷用了异常毒辣的手段，迫使普通中国人往往"想做奴隶而不得"，由此养成了深刻的难以消除的奴性。

但《隔膜》一篇，从另一个叫人意想不到的角度切入，所揭发的，乃是清代"文字狱"背后更加本质性的隐情，即文字之祸，往往并非因为文人"笑骂了清朝"，而是因为奴才对主人的心理不了解，有"隔膜"，以至于言谈举止不慎越过主人为奴才所画定的界限，冒犯了主威，由此获罪。这是"暂时做稳了奴隶"却忘记了自己的奴隶身份的一种不自觉状态，我们也由此可以想象一切真的以"忠臣"自居的人的末路，虽然他们的下场，并不一定像这个自以为可以对着皇帝老子"亲亲热热的撒娇讨好"的山西生员冯起炎。

《买〈小学大全〉记》也是讨论封建君臣之间臣子对君主的"隔膜"，但集中于君与臣关于"道学"的不同理解。我们在通常的历史教科书上，往往能够读到后人站在现代价值立场，对"假道学"展开批判，但也许我们没有想到，乾隆皇帝和善于体会圣意的办案臣僚们竟然也反对"假道学"，不仅反，简直要将"假道学"赶尽杀绝。

这是为什么呢？难道满清的君臣们已经拥有反对"假道学"的现代价值立场了吗？不是的。他们反对"假道学"另有原因。

鲁迅的解释是：

> 清朝虽然尊崇朱子，但止于"尊崇"，却不许"学样"，因为一"学样"，就要讲学，于是而有学说，于是而有门徒，于是而有门户，于是而有门户之争，这就足为"太平盛世"之累。况且以这样的"名儒"而做官，便不免以"名臣"自居，"妄自尊大"。乾隆是不承认清朝会有"名臣"的，他自己是"英主"，是"名君"，所以在他的统治之下，不能有奸臣，既没有特别坏的奸臣，也就没有特别好的名臣，一律都是不好不坏，无所谓好坏的奴子。

原来，在乾隆这样的"英主"看来，"假道学"其实十分可厌，而它之所以可厌，还是因为“隔膜”，即不知道恪守奴才本分，因而也就有碍于“英主”的统治的完满。这样的“英主”，连帮助他对于天下老百姓施行精神统治和道德管束的“假道学”都不能容忍，其钳制人心的策略的“博大和恶辣”，也就可想而知了。

鲁迅给予“隔膜”的臣子们的判词，是“可怜”，而给予无情地惩办不能善体圣意的臣子的“英主”的判词，是“辣手”，“恶辣”，憎恶之意，还是有轻重之别的。

研究历史，角度很多，鲁迅抓住的乃是历史事件背后隐藏着的历史人物的微妙心理，往往能够见人所未见，即使他所拥有的材料，并非代价昂贵的什么孤本秘籍。

11.《且介亭杂文·病后杂谈》讲解

这篇文章属于典型的鲁迅式的考古之作，讲述明代“流寇”张献忠、孙可望和永乐皇帝的“剥皮”以及清代“文字狱”，主旨甚明，一是揭露中国历史上有权力者怎样横暴凶残，一是痛斥那些不愿正视残酷事实的士大夫“不但歌舞升平，还粉饰黑暗”，以至“从血泊里寻出闲适”的“天大的本领”。

所以这当然不是单纯的考古，他驳斥历史上的闲适派，是为了给三十年代风靡一时的“闲适文学”泼点冷水，正好其提倡者如周作人、林语堂等就特别喜欢标榜晚明小品的闲适趣味，鲁迅揭露“大明一朝，以剥皮始，以剥皮终，可谓始终不变”，与他们针锋相对。

鲁迅读史，向来主张要绕过“等于为帝王将相作家谱的所谓‘正史’”①，多读“野史”，虽然这“野史”也有“正史”式的作伪和涂饰，但因为毕竟不是官修，还是比较能够看到漏出来的一点真实的亮光。

《病后杂谈》就采取这个办法，结果确实看到了许多令人不忍目睹的残酷真相，以至于使一贯冷静的鲁迅发出这样的感叹：

> 真也无怪有些慈悲心肠人不愿意看野史，听故事；有些事情，真也不像人世，要令人毛骨悚然，心里受伤，永不全愈的。

① 《且介亭杂文·中国人失掉自信力了吗》。

但更令鲁迅悲哀的还不只是这“不像人世”的惨状，而是有些“在这样的治下，这样的地狱里”生活着的文人，拼命将铁一样的事实加以篡改，粉饰，“自欺欺人”。

比如篡位的永乐皇帝惨杀建文帝的忠臣，“景清剥皮，铁铉油炸，他的两个女儿则发付了教坊，叫她们做婊子”，这本来很可以使士大夫很不舒服了，但没想到，马上就有好事者起来作伪，说“后来二女献诗于原问官，被永乐所知，赦出，嫁给士人了”，于是似乎大松一口气，甚至令人忘记残酷，启发不明真相者“如释重负，觉得天皇毕竟圣明，好人也终于得救”。如此篡改粉饰，不啻做了横暴凶残者的帮手，而人性的没有希望也暴露无遗，从而益增人世的悲凉。

《病后杂谈》的基调当然是愤激，对事实的冷静揭发，沉痛的评骘，包括诸如“脍炙人口的虐政”、“那皇泽之长也就可想而知”、“悠然见烟囱”、“为遗老而遗老”之类反语，无不充满着愤激之情。但是，也许鲁迅和中国历史的黑暗周旋太久，心理上反而生出了一种自卫能力，能够一面不断展览凶残秽恶以及文人们的粉饰篡改，一面却并没有在强敌面前先将自己气得半死，或被伤害惊恐得乱了方寸，在精神上先缴了械。鲁迅不是这样的，他虽然无比震惊，愤怒，但始终还是保持了高度冷静的态度。这冷静使他立定脚跟，精神上有足够的余裕，不放过一切有利于表现自己思想的可能，行文中自然带出丰富的细节，像散落的珍珠尽被作者收集起来，从各自的侧面映照主题。这就像一个从容镇定的散步者在不偏离正道的前提下将两旁风景尽收眼底。如此涉笔成趣，不仅没有弱化反而加强了全文的批判力度。

从容，余裕，镇定，丰富，是打不倒的精神力量的体现。

最后鲁迅建议印几部野史或笔记，“倒是于大家很有益处的”。

他似乎很不经意地补充道：

> 但是要认真，用点工夫，标点不要错。

我们知道，鲁迅写了不少批评今人乱点古书的辛辣的杂文。这固然也是必须认真对待的问题，但放在《病后杂谈》这样谈论严肃的大问题的大文章中，就显得小了，属于一种闲笔。然而，以闲笔结束谈论大问题的大文章，比起“曲终奏雅”、尾巴翘得老高的那种结尾，更能显示作者的从容镇定，精力弥漫。类似的结尾，我们在《上海文艺之一瞥》中也可以看到。

12.《且介亭杂文·阿金》讲解

这篇杂文比较难懂。

难懂，不是因为写得晦涩，奥妙，高远，相反倒是因为写得过于浅白，以至于让一般了解鲁迅的人难以相信：他当真是这个意思吗？

原来鲁迅写这篇杂文，主旨竟是公然对一个女人——而且是处于弱者地位的无产阶级的女人——发泄他的“讨厌”。这“讨厌”还非同小可：

> 我的讨厌她是因为不消几日，她就摇动了我三十年来的信念和主张。
>
> 仿佛她塞住了我的一条路。

所谓“塞住了我的一条路”，是说阿金让鲁迅的思想没法顺着原来的路走下去了。所谓“摇动了我三十年来的信念和主张”，是说改变了鲁迅一直以来对于中国男权社会中的女性命运的思考：

> 我一向不相信昭君出塞会安汉，木兰从军就可以保隋；也不信妲己亡殷，西施沼吴，杨妃乱唐的那些古老话。我以为在男权社会里，女人是决不会有这种大力量的，兴亡的责任，都应该男的负。但向来的男性的作者，大抵将败亡的大罪，推在女性身上，这真是一钱不值的没有出息的男人。

“三十年来的信念和主张”显然是比较偏袒女性的。

但鲁迅现在却宣布，因为阿金，他要彻底修改关于女人的三十年不变的思想了！这种决绝的口气，确实有点突兀，似乎小题大做了。

我们翻开《鲁迅全集》，首先看杂文，涉及女性的地方很不少，比如《坟》

里的《我之节烈观》、《娜拉走后怎样》、《寡妇主义》,《华盖集续编》里的《记念刘和珍君》,《二心集》里的《以脚报国》、《新的“女将”》,《南腔北调集》里的《关于女人》、《上海的少女》、《关于妇女解放》、《准风月谈》里的《男人的进化》,《花边文学》里的《女人未必多说谎》、《论秦理斋夫人》,《且介亭杂文二集》里的《论“人言可畏”》、《再论“人言可畏”》,《且介亭杂文末编附集》里的《女吊》,《集外集拾遗》里的《女校长的男女梦》,《集外集拾遗补编》里的《娘儿们也不行》。在这些杂文里,除了对杨荫榆多有微词、对一些牺牲了的新女性不吝褒词、对复仇的“女吊”大加赞赏以外,鲁迅也常常涉及女性身上明显的弱点,但他一概将这些算在男人的账上,认为都是男权社会的必然产物。

议论女人,目标在于批判男性和整个社会,这是鲁迅杂文涉及女性问题时一个始终不变的宗旨。像《阿金》这样单独批评女性,革命革到女子身上,应该说是个例外。

在《呐喊》、《彷徨》里,鲁迅主要关注的是下层社会女性的无助与悲惨,如《祝福》里的祥林嫂、《明天》里的单四嫂子,《伤逝》里的子君,《离婚》里的爱姑,基本都属于善良无辜的“被侮辱与被损害者”。“反面人物”也有,像《故乡》里的“豆腐西施”杨二嫂,《朝花夕拾 · 琐记》里的“衍太太”,《故事新编 · 采薇》里的“阿金”,对于这些爱贪小便宜、翻覆无常、舌底伤人的“流言家”,鲁迅虽有讥刺,却并没有提到像《阿金》这样吓人的高度。《阿金》里的阿金对鲁迅整个的思想的“摇动”,大概只有 1927 年在广州看到青年人互相残杀对他的进化论的“轰毁”,可以相提并论。

阿金何以有如此伟力?她到底有哪些“讨厌”之处?

这篇类似小说的杂文所提供的有关阿金的材料(或者说“罪状”)大致如下:

阿金是鲁迅寓所斜对门的外国人雇的中国乡下女人,但她绝无普通乡下女人的柔顺老实,她活得相当恣肆,跋扈,动辄呼朋引类,“大声会议,嘻嘻哈哈”,对因写作而喜欢清净的鲁迅的“警告”置若罔闻,不知道眼前这个黑瘦矮小的男人乃当代大文豪,“连看也不对我看一看”,自顾自地说话闹事。她虽是下人,“无产阶级”,但似乎并未获得“革命文学”所谓“普罗列塔利亚”

(按指二十世纪二十年代末三十年代初通行的 proletary 即“无产阶级”一词的汉译)的“意德沃罗基”(按指当时通行的 ideology 即“意识形态”一词的汉译),——或者太多地获得了——干活的时候连楼梯都懒得走,“竹竿,木板,还有别的什么,常常从晒台上直摔下来,使我走过去的时候,必须十分小心,先看一看这位阿金可在晒台上面,倘在,就得绕远些”——简直“以邻为壑”了。据鲁迅推测,这可能是因为“她的主子是外国人”,敢如此欺负邻居的中国人,可见她即使获得了“普罗列塔利亚”的“意德沃罗基”,至少还没有受到“民族主义文学”的熏陶。她是否像张爱玲小说《桂花蒸　阿小悲秋》里描写的同样在洋人家里做事的苏州娘姨“丁阿小”那样死心塌地地为洋主人撑门面未得而知,不过事实是,她的洋主人后来还是将他解雇了。肯定也惹得洋人不顺心——虽然能够讲“一连串的洋话”。单从她痛骂“纸烟店里的老女人”来看,她对于同阶级的同性是毫无同情心的,所以有无“意德沃罗基”,终于还是说不上。她的恣肆跋扈的另一面,是喜欢“轧姘头”,而且“好像颇有几个”,还公开宣布:“弗轧姘头,到上海来做啥呢?”。但她又并不真“爱”那些姘头,当其中的一个因她的缘故被人追打,“逃到他爱人这里来了”时,竟然见死不救,“赶紧把后门关上了”,显得“无情,也没有魄力”。

对于阿金这样身份的女性的这些“罪状”,上面说过,在以前三十年里,鲁迅即使偶有涉及,也总是从轻发落,而把讽刺、批判的笔墨,撒向男性,并且认为女性身上之所以有这些缺点,完全是因为男权社会造成的,男子应负主要责任。

这样的观点并非鲁迅一人所有,而是中国现代大多数男性作家在公开场合对于女性的共同的进步的看法。其进步之处就在于,首先对女性的悲惨地位给以充分理解,其次是对女性给以充分的尊重和特别的原谅,一切都让男子承当,这岂不是非常宽宏大量吗?而且这样的女性观点,和新知识分子所认识到的传统士大夫对于女性的种种攻击和蔑视形成鲜明对照,益发显得文明和进步了。如果谁胆敢不这么说,而实事求是地表明自己对女性的不满,则很有自我作古、自绝于历史进步潮流的危险。

鲁迅在他自己所说的“三十年”里,之所以少讲女性的坏话,而多讲好话,或者即使讲坏话,也从轻发落,甚至掉转枪头,指向男性,这,除了他明白说出来的理由之外，是否也因为被上述那股潮流裹挟，不敢面对女性的缺点说真话呢？是否因为自己先站在了人道主义的同情女性的立场，以一种自以为是的大男子主义的优越感来宽容女性的缺点呢？如果这样，他就并没有把女性当作一个平等的、独立的个人来看待。有这种心思，先就应该忏悔。

鲁迅通过阿金的事来修改自己三十年来对于女性的看法，我想他首先要表达的，可能就是这种忏悔的心情，其次才是对某一类女性的真的"讨厌"。我以为，即使这样的心情包含着错误，也总比假惺惺地歌颂、宽容、怜悯，来得更真实。

冲破现代知识分子群体有关女性的意识形态的束缚，把女子当作平等、独立的个人而直接说出自己心中真实的想法，也是需要勇气的。

男性作家面对无论怎样的女性，也必须先"睁了眼看"，否则凡有发言，就都很容易变成违心的好话，或随意的诽谤。

13.《且介亭杂文二集·陀思妥夫斯基的事》、《集外集·〈穷人〉小引》讲解

在影响鲁迅的外国作家中，陀思妥夫斯基似乎并不是特别重要的一位，不像英国的拜伦以"摩罗诗人"的反抗、德国的尼采以"超人"的主张，俄国的安特莱夫以世纪末的"阴冷"的情绪，那么深刻地进入鲁迅的作品。关于陀思妥夫斯基，鲁迅一共只写过两篇文章，其一是1935年的这篇，应日本三笠书房之托，作为对陀思妥夫斯基书的介绍，以日文写成；另一篇则是写于1926年、后收入《集外集》中的《〈穷人〉小引》，为韦丛芜所译的陀氏第一部长篇《穷人》而作，也是介绍性的文字。然而这只是表面现象，实际上鲁迅和陀思妥夫斯基的关系很密切，只不过这"密切"的意思，不是说鲁迅完全同意陀思妥夫斯基的主张，受了陀思妥夫斯基很大的影响，而是指鲁迅特别能够理解陀思妥夫斯基，并且在说出他对于陀思妥夫斯基的理解时，充分暴露了他自己的思想秘密，而这秘密在别的场合是并不怎么轻易流露的。换言之，只有陀思妥夫斯基才能激发鲁迅埋在心底的思想隐秘。

在《〈穷人〉小引》中，鲁迅借用陀氏自己在创作手记中提出的概念——"高的意义上的写实主义者"——对陀氏文学特质进行了精彩分析。他首先

指出,陀氏善于“显示灵魂的深”,其方法,则是将人物“置之万难忍受的,没有活路的,不堪设想的境地,使他们什么事都做不出来。用了精神的苦刑,送他们到那犯罪,痴呆,酗酒,发狂,自杀的路上去。有时候,竟至于似乎并无目的,只为了手造的牺牲者的苦恼,而使他们受苦,在骇人的卑污的状态上,表示出人们的心来”。他说陀氏并不“描写外貌”却能达到这一点,主要是因为他敢于正视灵魂深处“并不平安”。而且,陀氏所正视所解剖的主要是“贫病的人们”,“他所爱,所同情的是这些……所记得的是这些,所描写的是这些;而他所毫无顾忌地解剖,详检,甚而至于鉴赏的也是这些”。在那些“柔软无力的读者”看来,这就显出没有“慈悲”,因而不得不惊呼他为“残酷的天才”了,但鲁迅以为,“在甚深的灵魂中,无所谓‘残酷’,更无所谓‘慈悲’”,不这样,就不能显示“灵魂的深”,也不能令人一读那作品,就“发生精神的变化”。

鲁迅自己不也这样吗？他不也是在人物的外形上少有着笔,而主要关注他们的内心吗？他固然在杂文中刻画了中国现代“知识阶级”和当权者的灵魂,但描写的更多的还是那些“贫病的人们”,他在写这些处于弱势的人群时,并不以廉价的道德同情和所谓“慈悲”来无视其灵魂深处的实际,他说自己不布施,也无布施心[①],这些都可以和陀思妥夫斯基相通。

鲁迅佩服陀思妥夫斯基的还有一点,就是陀思妥夫斯基作为“人的灵魂的伟大的审问者”,所审问的不仅是别人,也包括自己,“不但这些,其实,他早就将自己也加以精神底苦刑了,从年青时候起,一直拷问到死灭”:

> 凡是人的灵魂的伟大的审问者,同时也一定是伟大的犯人。审问者在堂上举劾着他的恶,犯人在阶下陈述他自己的善;审问者在灵魂中揭发污秽,犯人在所揭发的污秽中阐明那埋藏的光耀。这样,就显示出灵魂的深。

如果只是审问别人,却不触及自己的灵魂,那样的审问者是不可能真诚而彻底的。鲁迅要求于现代中国作家的,就是不仅要担任中国国民性的批

---

① 参看《野草·求乞者》。

判者，更要从自己出发，通过审判自己的灵魂而改造国民性，用他的话说，就是不要满足于“隔岸观火”，还要“连自己也烧在这里面”[①]。

这也就是鲁迅在另一个场合所说的“抉心自食”[②]。他还说过，“我的确时时解剖别人，然而更多的是无情面地解剖我自己”[③]。在中国现代文学史上，解剖自己，几乎成为一句口号，然而实际去做而且做得彻底的，大概只有鲁迅一人。站在这样的立场，鲁迅毫不保留地佩服陀思妥夫斯基，并赞叹他“天才的心诚然是博大的”，也就很自然了。

九年以后，当鲁迅再来论述陀思妥夫斯基时，他对陀思妥夫斯基文学特质的理解并没有什么修正，但认识陀思妥夫斯基的角度以及评价，却发生了微妙的变化。

这里有三点尤其值得注意。

其一，是鲁迅比九年前更加重视陀思妥夫斯基和俄国社会的联系，将陀思妥夫斯基式的文学的出现，解释为“俄国专制时代”的“重压”的结果，不再提“天才”了。这是鲁迅晚年受了马克思主义文艺社会学影响所致。

其二，也是受马克思主义文艺学的阶级分析观念的影响，他对于陀思妥夫斯基的基督教道德观——“对于横逆之来的真正的忍从”——提出了怀疑。他承认作为一个中国的读者，他对于这种忍从是“不能熟悉”的，“在中国没有俄国的基督。在中国，君临的是‘礼’，不是神。”因此陀思妥夫斯基式的“百分之百的忍从”，在中国是没有的，一定要强迫自己忍从，如果按照陀思妥夫斯基的方式一直“掘下去”，“我以为恐怕也还是虚伪”。而这“虚伪”，亦即被压迫者表面的忍从所掩盖的内里的不忍从，“对于被压迫者自己，却是道德的”。在《且介亭杂文二集·后记》里，鲁迅特别点出这一层，作为他做这篇文章的宗旨。

其三，尽管如此，鲁迅仍然不想因为自己的“不能熟悉”，或者简单地指为“说教”，就悍然抹杀了“陀思妥夫斯基式的忍从”。他只是将陀思妥夫斯基置于中国语境而说了上述两点意见，目的是抨击中国的“中庸”和中国的

---

① 《集外集·文艺与政治的歧途》。

② 参见《野草·墓碣文》。

③ 《坟·写在〈坟〉后面》。

“礼”。也就是说，在评价像陀思妥夫斯基这样的伟大作家时，鲁迅不仅注意到阶级差别，更注意到文化差异。一旦跳开阶级的差别与文化的差异所造成的局限，他对于陀思妥夫斯基的“当不住的忍从，太伟大的忍从”还是深表敬意的。

鲁迅虽然不相信陀思妥夫斯基所相信的基督教，但他站在无神论的现代中国知识分子的立场，还是对此显示了相当的真诚的谦逊，这是我们读这篇文章时，尤其应该注意的一点。

14.《集外集拾遗补编·关于知识阶级》讲解

这是鲁迅 1927 年 10 月 25 日在上海劳动大学的一篇讲演录。那时候，鲁迅从广州来上海不到一个月，此前他由北京到厦门，再由厦门到广州，先后经历了在北京政治和文艺界的许多“碰壁”，在厦门大学和同样来自北京的一些教授的不愉快交往，特别是在广州看到国共分裂时国民党的残酷大屠杀，思想发生了巨大震荡，这篇刚到上海的讲演，从一个侧面反映了鲁迅思想的变化，有助于我们理解鲁迅后期在上海的生活与创作。

讲演开始，鲁迅用他一贯的幽默，说自己“这回来上海并无什么意义，只是跑来跑去偶然到上海就是了”，这样“卑之无甚高论”，就放下架子，拉近了和青年学生的距离，同时现身说法，暗示“知识阶级”首先应该是普通人，“自己走路都走不清楚”，如何可以指导别人？鲁迅这就也把自己和他不喜欢的那种自以为是的“知识阶级”区别开来，而自以为是一直就是知识阶级的通病。恐怕在一般中国人的想象中，鲁迅的形象总是很高大，态度总是很严肃，很“俨然”，其实从这一篇讲演的开头，我们就可以知道完全不是这样。鲁迅最不喜欢的恰恰就是那些态度“俨然”、“像煞有介事”的“鸟导师”①，他从来不喜欢居高临下地教训别人，总是自居于一个探路者的地位，和读者一起思考人生的问题。鲁迅作为一个现代“知识阶级”的特点，就在于此。而这，也是他接下来批评中国的所谓“知识阶级”的立场。

他首先告诉学生们“知识阶级”的概念原来由俄国传入，并非中国所固有，因此中国人所谓的“知识阶级”和俄国的“知识阶级”不同，这不同，就是

---

① 《华盖集·导师》。

中国的所谓"知识阶级"的缺点,主要表现在俄国"知识阶级"愿意为平民说话,中国所谓"知识阶级"则不然。但他也指出,俄国的"知识阶级"因为受到平民欢迎,地位升高,反而变成依附贵族的"贵族的知识阶级"了。这是"知识阶级"的第一个缺点。第二个缺点,是思想太多,不敢行动。第三个缺点,是对于社会问题,本身没有主见,只是一味地提出反对意见,不满一切,而这也是"知识阶级"缺乏力量的表现。第四,"知识阶级"唯一可以自夸的是有个人的思想,懂得思想自由的价值,但"思想一自由,能力要减少,民族就站不住,他的自身也站不住了!"这一段议论,好像和鲁迅在日本时期的"任个人而排众数"、五四时期的拥护个性解放与思想自由的主张背道而驰,其实重点只是在反思"知识阶级"的耽于空想而不切实际,并非真的主张取消思想自由,搞舆论一律。否则,他就不会说,"真的知识阶级是不顾利害的,如想到种种利害,就是假的,冒充的知识阶级"了。但1927年鲁迅说这样的话,也确实反映了他思想上的重要"转变",即并非无条件地强调个人和个性的重要,而毫不在意群众和集体。

"知识阶级"应该怎么办?鲁迅主要有两点正面意见。一,说真话,不听"指挥刀"的命令,"发表倾向民众的思想",而且要"想到什么就说什么"(包括不听群众的错误命令)。他接着提醒大家,知识阶级如果要讲真话,就必须保持自己思想的一致性,"像今天发表这个主张,明天发表那个意见的人,思想似乎天天在进步,只是真的知识阶级的进步,决不能如此的"。理解这段话,可以参考他1931年的另一篇讲演录《上海文艺之一瞥》,在那篇讲演中,他说"无论古今,凡是没有一定的理论,或主张的变化并无线索可寻,而随时拿了各种各派的理论来作武器的人,都可以称之为流氓",在别的场合,鲁迅还称这样的人为"无特操",可以随时变化自己的主张。二,"知识阶级"无论主张什么,都不能故意唱高调,"己所不欲,勿施于人",自己做不到的就不能鼓动别人去做。他举了一个极端的例子,就是"自己活着的人没有劝别人去死的权利,假使你自己以为死是好的,那么请你自己去死吧……我们穷人唯一的资本就是生命。以生命来投资,为什么做一点事,总得多赚一点利才好"。这话说得何等平凡,但又何等切实!

鲁迅所谓"知识阶级",也就是我们今天所谓"知识分子"。鲁迅反复说,中国没有“真的知识阶级”,他说这话并不完全以俄国“知识阶级”为参考,俄国“知识阶级”的成分也很复杂;他说这话,是基于他自己心目中对于“知识阶级”的理想,而这理想其实是相当平凡相当平实的。今天我们的“知识分子”,和鲁迅所理想的“知识阶级”,是否也有根本的不同呢?

按照今天的说法,我们大学生、研究生,也都可以算是知识分子了,所以这个问题,我们完全可以自己来回答。你不一定非要以鲁迅的话为最终答案,但你在寻找最终答案的时候,会发现鲁迅的意见,还是具有相当的参考价值的。

【附录】

我们现在怎样做父亲

我作这一篇文的本意,其实是想研究怎样改革家庭;又因为中国亲权重,父权更重,所以尤想对于从来认为神圣不可侵犯的父子问题,发表一点意见。总而言之:只是革命要革到老子身上罢了。但何以大模大样,用了这九个字的题目呢?这有两个理由:

第一,中国的"圣人之徒",最恨人动摇他的两样东西。一样不必说,也与我辈绝不相干;一样便是他的伦常,我辈却不免偶然发几句议论,所以株连牵扯,很得了许多"铲伦常""禽兽行"之类的恶名。他们以为父对于子,有绝对的权力和威严;若是老子说话,当然无所不可,儿子有话,却在未说之前早已错了。但祖父子孙,本来各各都只是生命的桥梁的一级,决不是固定不易的。现在的子,便是将来的父,也便是将来的祖。我知道我辈和读者,若不是现任之父,也一定是候补之父,而且也都有做祖宗的希望,所差只在一个时间。为想省却许多麻烦起见,我们便该无须客气,尽可先行占住了上风,摆出父亲的尊严,谈谈我们和我们子女的事;不但将来着手实行,可以减少困难,在中国也顺理成章,免得"圣人之徒"听了害怕,总算是一举两得之至的事了。所以说,"我们怎样做父亲。"

第二,对于家庭问题,我在《新青年》的《随感录》(二五,四十,四九)中,曾经略略说及,总括大意,便只是从我们起,解放了后来的人。论到解放子女,本是极平常的事,当然不必有什么讨论。但中国的老年,中了旧习惯旧思想的毒太深了,决定悟不过来。譬如早晨听到乌鸦叫,少年毫不介意,迷信的老人,却总须颓唐半天。虽然很可怜,然而也无法可救。没有法,便只能先从觉醒的人开手,各自解放了自己的孩子。自己背着因袭的重担,肩住了黑暗的闸门,放他们到宽阔光明的地方去;此后幸福的度日,合理的做人。

还有,我曾经说,自己并非创作者,便在上海报纸的《新教训》里,挨了一顿骂。但我辈评论事情,总须先评论了自己,不要冒充,才能像一篇说话,对得起自己和别人。我自己知道,不特并非创作者,并且也不是真理的发见者。凡有所说所写,只是就平日见闻的事理里面,取了一点心以为然的道理;至于终极究竟的事,却不能知。便是对于数年以后的学说的进步和变迁,也说不出会到如何地步,单相信比现在总该还有进步还有变迁罢了。所以说,"我们现在怎样做父亲。"

我现在心以为然的道理,极其简单。便是依据生物界的现象,一,要保存生命;二,要延续这生命;三,要发展这生命(就是进化)。生物都这样做,父亲也就是这样做。

生命的价值和生命价值的高下,现在可以不论。单照常识判断,便知道既是生物,第一要紧的自然是生命。因为生物之所以为生物,全在有这生命,否则失了生物的意义。生物为保存生命起见,具有种种本能,最显著的是食欲。因有食欲才摄取食物,因有食物才发生温热,保存了生命。但生物的个体,总免不了老衰和死亡,为继续生命起见,又有一种本能,便是性欲。因性欲才有性交,因有性交才发生苗裔,继续了生命。所以食欲是保存自己,保存现在生命的事;性欲是保存后裔,保存永久生命的事。饮食并非罪恶,并非不净;性交也就并非罪恶,并非不净。饮食的结果,养活了自己,对于自己没有恩;性交的结果,生出子女,对于子女当然也算不了恩。——前前后后,都向生命的长途走去,仅有先后的不同,分不出谁受谁的恩典。

可惜的是中国的旧见解,竟与这道理完全相反。夫妇是"人伦之中",却说是"人伦之始";性交是常事,却以为不净;生育也是常事,却以为天大的大功。人人对于婚姻,大抵先夹带着不净的思想。亲戚朋友有许多戏谑,自己也有许多羞涩,直到生了孩子,还是躲躲闪闪,怕敢声明;独有对于孩子,却威严十足。这种行径,简直可以说是和偷了钱发迹的财主,不相上下了。我并不是说,——如他们攻击者所意想的,——人类的性交也应如别种动物,随便举行;或如无耻流氓,专做些下流举动,自鸣得意。是说,此后觉醒的人,应该先洗净了东方固有的不净思想,再纯洁明白一些,了解夫妇是伴侣,是共同劳动者,又是新生命创造者的意义。所生的子女,固然是受领新生命的人,但他也不永久占领,将来还要交付子女,像他们的父母一般。只是前前后后,都做一个过付的经手人罢了。

生命何以必需继续呢？就是因为要发展，要进化。个体既然免不了死亡，进化又毫无止境，所以只能延续着，在这进化的路上走。走这路须有一种内的努力，有如单细胞动物有内的努力，积久才会繁复，无脊椎动物有内的努力，积久才会发生脊椎。所以后起的生命，总比以前的更有意义，更近完全，因此也更有价值，更可宝贵；前者的生命，应该牺牲于他。

但可惜的是中国的旧见解，又恰恰与这道理完全相反。本位应在幼者，却反在长者；置重应在将来，却反在过去。前者做了更前者的牺牲，自己无力生存，却苛责后者又来专做他的牺牲，毁灭了一切发展本身的能力。我也不是说，——如他们攻击者所意想的，——孙子理应终日痛打他的祖父，女儿必须时时咒骂他的亲娘。是说，此后觉醒的人，应该先洗净了东方古传的谬误思想，对于子女，义务思想须加多，而权利思想却大可切实核减，以准备改作幼者本位的道德。况且幼者受了权利，也并非永久占有，将来还要对于他们的幼者，仍尽义务。只是前前后后，都做一切过付的经手人罢了。

"父子间没有什么恩"这一个断语，实是招致"圣人之徒"面红耳赤的一大原因。他们的误点，便在长者本位与利己思想，权利思想很重，义务思想和责任心却很轻。以为父子关系，只须"父兮生我"一件事，幼者的全部，便应为长者所有。尤其堕落的，是因此责望报偿，以为幼者的全部，理该做长者的牺牲。殊不知自然界的安排，却件件与这要求反对，我们从古以来，逆天行事，于是人的能力，十分萎缩，社会的进步，也就跟着停顿。我们虽不能说停顿便要灭亡，但较之进步，总是停顿与灭亡的路相近。

自然界的安排，虽不免也有缺点，但结合长幼的方法，却并无错误。他并不用"恩"，却给与生物以一种天性，我们称他为"爱"。动物界中除了生子数目太多——爱不周到的如鱼类之外，总是挚爱他的幼子，不但绝无利益心情，甚或至于牺牲了自己，让他的将来的生命，去上那发展的长途。

人类也不外此，欧美家庭，大抵以幼者弱者为本位，便是最合于这生物学的真理的办法。便在中国，只要心思纯白，未曾经过"圣人之徒"作践的人，也都自然而然的能发现这一种天性。例如一个村妇哺乳婴儿的时候，决不想到自己正在施恩；一个农夫娶妻的时候，也决不以为将要放债。只是有了子女，即天然相爱，愿他生存；更进一步的，便还要愿他比自己更好，就是进化。这离绝了交换关系利害关系的爱,便是人伦的索子,便是所谓"纲"。倘如旧说,抹煞了"爱",一味说"恩",又因此责望报偿,那便不但败坏了父子间的道德,而且也大反于做父母的实际的真情,播下乖剌的种子。有人做了乐府,说是"劝孝",大意是什么"儿子上学堂,母亲在家磨杏仁,预备回来给他喝,你还不孝么"之类,自以为"拚命卫道"。殊不知富翁的杏酪和穷人的豆浆,在爱情上价值同等,而其价值却正在父母当时并无求报的心思;否则变成买卖行为,虽然喝了杏酪,也不异"人乳喂猪",无非要猪肉肥美,在人伦道德上,丝毫没有价值了。

所以我现在心以为然的,便只是"爱"。

无论何国何人,大都承认"爱己"是一件应当的事。这便是保存生命的要义,也就是继续生命的根基。因为将来的运命,早在现在决定,故父母的缺点,便是子孙灭亡的伏线,生命的危机。易卜生做的《群鬼》(有潘家洵君译本,载在《新朝》一卷五号)虽然重在男女问题,但我们也可以看出遗传的可怕。欧士华本是要生活,能创作的人,因为父亲的不检,先天得了病毒,中途不能做人了。他又很爱母亲,不忍劳他服侍,便藏着吗啡,想待发作时候,由使女瑞琴帮他吃下,毒杀了自己;可是瑞琴走了。他于是只好托他母亲了。

欧　"母亲,现在应该你帮我的忙了。"

阿夫人　"我吗?"

欧　"谁能及得上你。"

阿夫人　"我!你的母亲!"

欧　"正为那个。"

阿夫人　"我,生你的人!"

欧　"我不曾教你生我。并且给我的是一种什么日子?我不要他!你拿回去罢!"

这一段描写,实在是我们做父亲的人应该震惊戒惧佩服的;决不能昧了良心,说儿子理应受罪。这种事情,中国也很多,只要在医院做事,便能时时看见先天梅毒性病儿的惨状;而且傲然的送来的,又大抵是他的父母。但可怕的遗传,并不只是梅毒,另外许多精神上体质上的缺点,也可以传之子孙,而且久而久之,连社会都蒙着影响。我们且不高谈人群,单为子女说,便可以说凡是不爱己的人,实在欠缺做父亲的资格。就令硬做了父亲,也不过如古代的草寇称王一般,万万算不了正统。将来学问发达,社会改造时,他们侥幸留下的苗裔,恐怕总不免要受善种学(Eugenics)者的处置。

倘若现在父母并没有将什么精神上体质上的缺点交给子女,又不遇意外的事,子女便当然健康,总算已经达到了继续生命的目的。但父母的责任还没有完,因为生命虽然继续了,却是停顿不得,所以还须教这新生命去发展。凡动物较高等的,对于幼雏,除了养育保护以外,往往还教他们生存上必需的本领。例如飞禽便教飞翔,鸷兽便教搏击。人类更高几等,便也有愿意子孙更进一层的天性。这也是爱,上文所说的是对于现在,这是对于将来。只要思想未遭锢蔽的人,谁也喜欢子女比自己更强,更健康,更聪明高尚,——更幸福;就是超越了自己,超越了过去。超越便须改变,所以子孙对于祖先的事,应该改变,"三年无改于父之道可谓孝矣",当然是曲说,是退婴的病根。假使古代的单细胞动物,也遵着这教训,那便永远不敢分裂繁复,世界上再也不会有人类了。

幸而这一类教训,虽然害过许多人,却还未能完全扫尽了一切人的天性。没有读过"圣贤书"的人,还能将这天性在名教的斧钺底下,时时流露,时时萌蘖;这便是中国人虽然凋落萎缩,却未灭绝的原因。

所以觉醒的人,此后应将这天性的爱,更加扩张,更加醇化;用无我的爱,自己牺牲于后起新人。开宗第一,便是理解。往昔的欧人对于孩子的误解,是以为成人的预备;中国人的误解,是以为缩小的成人。直到近来,经过许多学者的研究,才知道孩子的世界,与成人截然不同;倘不先行理解,一味蛮做,便大碍于孩子的发达。所以一切设施,都应该以孩子为本位,日本近来,觉悟的也很不少;对于儿童的设施,研究儿童的事业,都非常兴盛了。第二,便是指导。时势既有改变,生活也必须进化;所以后起的人物,一定尤异于前,决不能用同一模型,无理嵌定。长者须是指导者协商者,却不该是命令者。不但不该责幼者供奉自己;而且还须用全副精神,专为他们自己,养成他们有耐劳作的体力,纯洁高尚的道德,广博自由能容纳新潮流的精神,也就是能在世界新潮流中游泳,不被淹没的力量。第三,便是解放。子女是即我非我的人，但既已分立，也便是人类中的人。因为即我，所以更应该尽教育的义务，交给他们自立的能力；因为非我，所以也应同时解放，全部为他们自己所有，成一个独立的人。

这样，便是父母对于子女，应该健全的产生，尽力的教育，完全的解放。

但有人会怕，仿佛父母从此以后，一无所有，无聊之极了。这种空虚的恐怖和无聊的感想，也即从谬误的旧思想发生；倘明白了生物学的真理，自然便会消灭。但要做解放子女的父母，也应预备一种能力。便是自己虽然已经带着过去的色彩，却不失独立的本领和精神，有广博的趣味，高尚的娱乐。要幸福么？连你的将来的生命都幸福了。要“返老还童”，要“老复丁”么？子女便是“复丁”，都已独立而且更好了。这才是完了长者的任务，得了人生的慰安。倘若思想本领，样样照旧，专以“勃谿”为业，行辈自豪，那便自然免不了空虚无聊的苦痛。

或者又怕，解放之后，父子间要疏隔了。欧美的家庭，专制不及中国，早已大家知道；往者虽有人比之禽兽，现在却连“卫道”的圣徒，也曾替他们辩护，说并无“逆子叛弟”了。因此可知：惟其解放，所以相亲；惟其没有“拘挛”子弟的父兄，所以也没有反抗“拘挛”的“逆子叛弟”。若威逼利诱，便无论如何，决不能有“万年有道之长”。例便如我中国，汉有举孝，唐有孝悌力田科，清末也还有孝廉方正，都能换到官做。父恩谕之于先，皇恩施之于后，然而割股的人物，究属寥寥。足可证明中国的旧学说旧手段，实在从古以来，并无良效，无非使坏人增长些虚伪，好人无端的多受些人我都无利益的苦痛罢了。

独有“爱”是真的。路粹引孔融说，“父之于子，当有何亲？论其本意，实为情欲发耳。子之于母，亦复奚为，譬如寄物瓶中，出则离矣。”(汉末的孔府上，很出过几个有特色的奇人，不像现在这般冷落，这话也许确是北海先生所说；只是攻击他的偏是路粹和曹操，教人发笑罢了。)虽然也是一种对于旧说的打击，但实于事理不合。因为父母生了子女，同时又有天性的爱，这爱又很深广很长久，不会即离。现在世界没有大同，相爱还有差等，子女对于父母，也便最爱，最关切，不会即离。所以疏隔一层，不劳多虑。至于一种例外的人，或者非爱所能钩连。但若爱力尚且不能钩连，那便任凭什么“恩威，名分,天经,地义”之类,更是钩连不住。

或者又怕,解放之后,长者要吃苦了。这事可分两层:第一,中国的社会,虽说“道德好”,实际却太缺乏相爱相助的心思。便是“孝”“烈”这类道德,也都是旁人毫不负责,一味收拾幼者弱者的方法。在这样社会中,不独老者难于生活,既解放的幼者,也难于生活。第二,中国的男女,大抵未老先衰,甚至不到二十岁,早已老态可掬,待到真实衰老,便更须别人扶持。所以我说,解放子女的父母,应该先有一番预备;而对于如此社会,尤应该改造,使他能适于合理的生活。许多人预备着,改造着,久而久之,自然可望实现了。单就别国的往时而言,斯宾塞未曾结婚,不闻他侘傺无聊;瓦特早没有了子女,也居然“寿终正寝”,何况在将来,更何况有儿女的人呢?

或者又怕,解放之后,子女要吃苦了。这事也有两层,全如上文所说,不过一是因为老而无能,一是因为少不更事罢了。因此觉醒的人,愈觉有改造社会的任务。中国相传的成法,谬误很多:一种是锢闭,以为可以与社会隔离,不受影响,一种是教给他恶本领,以为如此才能在社会中生活。用这类方法的长者,虽然也含有继续生命的好意,但比照事理,却决定谬误。此外还有一种,是传授些周旋方法,教他们顺应社会。这与数年前讲“实用主义”的人,因为市上有假洋钱,便要在学校里遍教学生看洋钱的法子之类,同一错误。社会虽然不能不偶然顺应,但决不是正当办法。因为社会不良,恶现象便很多,势不能一一顺应;倘都顺应了,又违反了合理的生活,倒走了进化的路。所以根本方法,只有改良社会。

就实际上说,中国旧理想的家族关系父子关系之类,其实早已崩溃。这也非“于今为烈”,正是“在昔已然”。历来都竭力表彰“五世同堂”,便足见实际上同居的为难;拼命的劝孝,也足见事实上孝子的缺少。而其原因,便全在一意提倡虚伪道德,蔑视了真的人情。我们试一翻大族的家谱,便知道始迁祖宗,大抵是单身迁居,成家立业;一到聚族而居,家谱出版,却已在零落的中途了。况在将来,迷信破了,便没有哭竹,卧冰;医学发达了,也不必尝秽,割股。又因为经济关系,结婚不得不迟,生育因此也迟,或者子女才能自存,父母已经衰老,不及依赖他们供养,事实上也就是父母反尽了义务。世界潮流逼拶着,这样做的可以生存,不然的便都衰落;无非觉醒者多,加些人力,便危机可望较少就是了。

但既如上言,中国家庭,实际久已崩溃,并不如“圣人之徒”纸上的空谈,则何以至今依然如故,一无进步呢?这事很容易解答。第一,崩溃者自崩溃,纠缠者自纠缠,设立者又自设立;毫无戒心,也不想到改革,所以如故。第二,以前的家庭中间,本来常有勃谿,到了新名词流行之后,便都改称“革命”,然而其实也仍是讨嫖钱至于相骂,要赌本至于相打之类,与觉醒者的改革,截然两途。这一类自称“革命”的勃谿子弟,纯属旧式,待到自己有了子女,也决不解放;或者毫不管理,或者反要寻出《孝经》,勒令诵读,想他们“学于古训”,都做牺牲。这只能全归旧道德旧习惯旧方法负责,生物学的真理决不能妄任其咎。

既如上言,生物为要进化,应该继续生命,那便“不孝有三无后为大”,三妻四妾,也极合理了。这事也很容易解答。人类因为无后,绝了将来的生命,虽然不幸,但若用不正当的方法手段,苟延生命而害及人群,便该比一人无后,尤其“不孝”。因为现在的社会,一夫一妻制最为合理,而多妻主义,实能使人群堕落。堕落近于退化,与继续生命的目的,恰恰完全相反。无后只是灭绝了自己,退化状态的有后,便会毁到他人。人类总有些为他人牺牲自己的精神,而况生物自发生以来,交互关联,一人的血统,大抵总与他人有多少关系,不会完全灭绝。所以生物学的真理,决非多妻主义的护符。

总而言之,觉醒的父母,完全应该是义务的,利他的,牺牲的,很不易做;而在中国尤不易做。中国觉醒的人,为想随顺长者解放幼者,便须一面清结旧账,一面开辟新路。就是开首所说的“自己背着因袭的重担,肩住了黑暗的闸门,放他们到宽阔光明的地方去;此后幸福的度日,合理的做人”。这是一件极伟大的要紧的事,也是一件极困苦艰难的事。

但世间又有一类长者,不但不肯解放子女,并且不准子女解放他们自己的子女;就是并要孙子曾孙都做无谓的牺牲。这也是一个问题;而我是愿意平和的人,所以对于这问题,现在不能解答。

一九一九年十月。

杂论管闲事·做学问·灰色等

1

听说从今年起,陈源(即西滢)教授要不管闲事了;这豫言就见于《现代评论》五十六期的《闲话》里。惭愧我没有拜读这一期,因此也不知其详。要是确的呢,那么,除了用那照例的客套说声"可惜"之外,真的倒实在很诧异自己之胡涂:年纪这么大了,竟不知道阳历的十二月三十一日和一月一日之交在别人是可以发生这样的大变动。我近来对于年关颇有些神经过钝了,全不觉得怎样。其实,倘要觉得罢,可是也不胜其觉得。大家挂上五色旗,大街上搭起几坐彩坊,中间还有四个字道:"普天同庆",据说这算是过年。大家关了门,贴上门神,爆竹毕剥砰硧的放起来,据说这也是过年。要是言行真跟着过年为转移,怕要转移不迭,势必至于成为转圈子。所以,神经过钝虽然有落伍之虑,但有弊必有利,却也很占一点小小的便宜的。

但是,还有些事我终于想不明白:即如天下有闲事,有人管闲事之类。我现在觉得世上是仿佛没有所谓闲事的,有人来管,便都和自己有点关系;即便是爱人类,也因为自己是人。假使我们知道了火星里张龙和赵虎打架,便即大有作为,请酒开会,维持张龙,或否认赵虎,那自然是颇近于管闲事了。然而火星上事,既然能够"知道",则至少必须已经可以通信,关系也密切起来,算不得闲事了。因为既能通信,也许将来就能交通,他们终于会在我们的头顶上打架。至于咱们地球之上,即无论那一处,事事都和我们相关,然而竟不管者,或因不知道,或因管不着,非以其"闲"也。譬如英国有刘千昭雇了爱尔兰老妈子在伦敦拉出女生,在我们是闲事似的罢,其实并不,也会影响到我们这里来。留学生不是多多,多多了么?倘有合宜之处,就要引以为例,正如在文学上的引用什么莎士比亚呀,塞文狄斯呀,芮恩施呀一般。

(不对,错了。芮恩施是美国的驻华公使,不是文学家。我大约因为在讲什么文艺学术的一篇论文上见过他的名字,所以一不小心便带出来了。

合即订正于此,尚希读者谅之。)

即使是动物,也怎能和我们不相干?青蝇的脚上有一个霍乱菌,蚊子的唾沫里有两个疟疾菌,就说不定会钻进谁的血里去。管到"邻猫生子",很有人以为笑谈,其实却正与自己大有相关。譬如我的院子里,现在就有四匹邻猫常常吵架了,倘使这些太太们之一又诞育四匹,则三四月后,我就得常听到八匹猫们常常吵闹,比现在加倍地心烦。

所以我就有了一种偏见,以为天下本无所谓闲事,只因为没有这许多遍管的精神和力量,于是便只好抓一点来管。为什么独抓这一点呢?自然是最和自己相关的,大则因为同是人类,或是同类,同志;小则,因为是同学,亲戚,同乡,——至少,也大概叨光过什么,虽然自己的显在意识上并不了然,或者其实了然,而故意装痴作傻。

但陈源教授据说是去年却管了闲事了,要是我上文所说的并不错,那就确是一个超人。今年不问世事,也委实是可惜之至,真是斯人不管,"如苍生何"了。幸而阴历的过年又快到了,除夕的亥时一过,也许又可望心回意转的罢。

2

昨天下午我从沙滩回家的时候,知道大琦君来访过我了。这使我很高兴,因为我是猜想他进了病院的了,现在知道并没有。而尤其使我高兴的是他还留赠我一本《现代评论增刊》,只要一看见封面上画着的一枝细长的蜡烛,便明白这是光明之象,更何况还有许多名人学者的著作,更何况其中还有陈源教授的一篇《做学问的工具》呢?这是正论,至少可以赛过"闲话"的;至少,是我觉得赛过"闲话",因为它给了我许多东西。

我现在才知道南池子的"政治学会图书馆"去年"因为时局的关系,借书的成绩长进了三至七倍"了,但他"家翰笙"却还"用'平时不烧香,临时抱佛脚'十个字形容当今学术界大部分的状况"。这很改正了我许多误解。我先已说过,现在的留学生是多多,多多了,但我总疑心他们大部分是在外国租了房子,关起门来燉牛肉吃的,而且在东京实在也看见过。那时我想:燉牛肉吃,在中国就可以,何必路远迢迢,跑到外国来呢?虽然外国讲究畜牧,或者肉里面的寄生虫可以少些，但燉烂了，即使多也就没有关系。所以，我看见回国的学者，头两年穿洋服，后来穿皮袍，昂头而走的，总疑心他是在外国亲手燉过几年牛肉的人物，而且即使有了什么事，连“佛脚”也未必肯抱的。现在知道并不然，至少是“留学欧美归国的人”并不然。但可惜中国的图书馆里的书太少了，据说北京“三十多个大学，不论国立私立，还不及我们私人的书多”云。这“我们”里面，据说第一要数“溥仪先生的教师庄士敦先生”，第二大概是“孤桐先生”即章士钊，因为在德国柏林时候，陈源教授就亲眼看见他两间屋里“几乎满床满架满桌满地，都是关于社会主义的德文书”。现在呢，想来一定是更多的了。这真教我欣羡佩服。记得自己留学时候，官费每月三十六元，支付衣食学费之外，简直没有赢余，混了几年，所有的书连一壁也遮不满，而且还是杂书，并非专而又专，如“都是关于社会主义的德文书”之类。

但是很可惜，据说当民众“再毁”这位“孤桐先生”的“寒家”时，“好象他们夫妇两位的藏书都散失了”。想那时一定是拉了几十车，向各处走散，可惜我没有去看，否则倒也是一个壮观。

所以“暴民”之为“正人君子”所深恶痛绝，也实在有理由，即如这回之“散失”了“孤桐先生”夫妇的藏书，其加于中国的损失，就在毁坏了三十多个国立及私立大学的图书馆之上。和这一比较，刘百昭司长的失少了家藏的公款八千元，要算小事件了，但我们所引为遗憾的是偏是章士钊、刘百昭有这么多的储藏，而这些储藏偏又全都遭了劫。

在幼小时候曾有一个老于世故的长辈告诫过我：你不要和没出息的担子或摊子为难，他会自己摔了，却诬赖你，说不清，也赔不完。这话于我似乎到现在还有影响，我新年去逛火神庙的庙会时，总不敢挤近玉器摊去，即使它不过摆着寥寥的几件。怕的是一不小心，将它碰倒了，或者摔碎了一两件，就要变成宝贝，一辈子赔不完，那罪孽之重，会在毁坏一坐博物馆之上。而且推而广之，连热闹场中也不大去了，那一回的示威运动时，虽有“打落门牙”的“流言”，其实却躺在家里，托福无恙。但那两屋子“关于社会主义的德文书”以及其他从“孤桐先生”府上陆续散出的壮观，却也因此“交臂失之”了。这实在也就是所谓“有一利必有一弊”，无法两全的。

现在是收藏洋书之富，私人要数庄士敦先生，公团要推“政治学会图书馆”了，只可惜一个是外国人，一个是靠着美国公使芮恩施竭力提倡出来的。“北京国立图书馆”将要扩张，实在是再好没有的事，但听说所依靠的还是美国退还的赔款，常年经费又不过三万元，每月二千余。要用美国的赔款，也是非同小可的事，第一，馆长就必须学贯中西，世界闻名的学者。据说，这自然只有梁启超先生了，但可惜西学不大贯，所以配上一个北大教授李四光先生做副馆长，凑成一个中外兼通的完人。然而两位的薪水每月就要一千多，所以此后也似乎不大能够多买书籍。这也就是所谓“有利必有弊”罢，想到这里，我们就更不能不痛切地感到“孤桐先生”独力购置的几房子好书惨遭散失之可惜了。

总之，在近几年中，是未必能有较好的“做学问的工具”的，学者要用功，只好是自己买书读，但又没有钱。听说“孤桐先生”倒是想到了这一节，曾经发表过文章，然而下台了，很可惜。学者们另外还有什么法子呢，自然“也难怪他们除了说说‘闲话’便没有什么可干”，虽然北京三十多个大学还不及他们“私人的书多”。为什么呢？要知道做学问不是容易事，“也许一个小小的题目得参考百十种书”，连“孤桐先生”的藏书也未必够用。陈源教授就举着一个例：“就以《四书》来说”罢，“不研究汉、宋、明、清许多儒家的注疏理论，《四书》的真正意义是不易领会的。短短的一部《四书》，如果细细的研究起来，就得用得着几百几千种参考书”。

这就足见“学问之道，浩如烟海”了，那“短短的一部《四书》”，我是读过的，至于汉人的《四书》注疏或理论，却连听也没有听到过。陈源教授所推许为“那样提倡风雅的疆藩大臣”之一张之洞先生在做给“束发小生”们看的《书目答问》上曾经说：“《四书》，南宋以后之名。”我向来就相信他的话，此后翻翻《汉书·艺文志》，《隋书·经籍志》之类，也只有“五经”，“六经”，“七经”，“六艺”，却没有“四书”，更何况汉人所做的注疏和理论。但我所参考的，自然不过是通常书，北京大学的图书馆里就有，见闻寡陋，也未可知，然而也只得这样就算了，因为即使要“抱”，却连“佛脚”都没有。由此想来，那能“抱佛脚”的，肯“抱佛脚”的，的确还是真正的福人，真正的学者了。他“家翰笙”还慨乎言之，大约是“《春秋》责备贤者”之意罢。

完

现在不高兴写下去了，只好就此完结。总之：将《现代评论增刊》略翻一遍，就觉得五光十色，正如看见有一回广告上所开列的作者的名单。例如李仲揆教授的《生命的研究》呀，胡适教授的《译诗三首》呀，徐志摩先生的译诗一首呀，西林氏的《压迫》呀，陶孟和教授的要到二〇二五年才发表而必须我们的玄孙才能全部拜读的大著作的一部分呀……。但是，翻下去时，不知怎的我的眼睛却看见灰色了，于是乎抛开。

现在的小学生就能玩七色板，将七种颜色涂在圆板上，停着的时候，是好看的，一转，便变成灰色，——本该是白色的罢，可是涂得不得法，变成灰色了。收罗许多著名学者的大著作的大报，自然是光怪陆离，但也是转不得，转一周，就不免要显出灰色来，虽然也许这倒正是它的特色。

一月三日。

有趣的消息

虽说北京象一片大沙漠，青年们却还向这里跑；老年们也不大走，即或有到别处去走一趟的，不久就转回来了，仿佛倒是北京还很有什么可以留恋。厌世诗人的怨人生，真是“感慨系之矣”，然而他总活着；连祖述释迦牟尼先生的哲人勗本华尔也不免暗地里吃一种医治什么病症的药，不肯轻易“涅槃”。俗话说：“好死不如恶活，”这当然不过是俗人的俗见罢了，可是文人学者之流也何尝不这样。所不同的，只是他总有一面辞严义正的军旗，还有一条尤其义正辞严的逃路。真的，倘不这样，人生可真要无聊透顶，无话可说了。

北京就是一天一天地百物昂贵起来；自己的“区区佥事”，又因为“妄有主张”，被章士钊先生革掉了。向来所遭遇的呢，借了安特来夫的话来说，是“没有花，没有诗”，就只有百物昂贵。然而也还是“妄有主张”，没法回头；倘使有一个妹子，如《晨报副刊》上所艳称的“闲话先生”的家事似的，叫道：“阿哥！”那声音正如“银铃之响于幽谷”，向我求告，“你不要再做文章得罪人家了，好不好？”我也许可以借此拨转马头，躲到别墅里去研究汉朝人所做的《四书》注疏和理论去。然而，惜哉，没有这样的好妹子；“女嬃之婵媛兮，申申其詈予，曰：鲧婞直以亡身兮，终然殀乎羽之野。”连有一个那样凶姊姊的幸福也不及屈灵均。我的终于“妄有主张”，或者也许是无可推托之故罢。然而这关系非同小可，将来怕要遭殃了，因为我知道，得罪人是要得到报应的。

话要回到释迦先生的教训去了，据说：活在人间，还不如下地狱的稳妥。做人有“作”就是动作（＝造孽），下地狱却只有“报”（＝报应）了；所以生活是下地狱的原因，而下地狱倒是出地狱的起点。这样说来，实在令人有些想做和尚，但这自然也只限于“有根”（据说，这是“一句天津话”）的大人物，我却不大相信这一类鬼画符。活在沙漠似的北京城里，枯燥当然是枯燥的，但偶然看看世态，除了百物昂贵之外，究竟还是五花八门，创造艺术的也有，制造流言的也有,肉麻的也有,有趣的也有……这大概就是北京之所以为北京的缘故,也就是人们总还要奔凑聚集的缘故。可惜的是只有一些小玩意,老实一点的朋友就难于给自己竖起一杆辞严义正的军旗来。

我一向以为下地狱的事,待死后再对付,只有目前的生活的枯燥是最可怕的,于是便不免于有时得罪人,有时则寻些小玩意儿来开开笑口,但这也就是得罪人。得罪人当然要受报,那也只好准备着,因为寻些小玩意儿来开开笑口的是更不能竖起辞严义正的军旗来的。其实,这里也何尝没有国家大事的消息呢,"关外战事不日将发生"呀,"国军一致拥段"哪,有些报纸上都用了头号字煌煌地排印着,可以刺得人们头昏,但于我却都没有什么鸟趣味。人的眼界之狭是不大有药可救的,我近来觉得有趣的倒要算看见那在德国手格盗匪若干人,在北京率领三河县老妈子一大队的武士刘百昭校长居然做骈文,大有偃武修文之意了;而且"百昭海邦求学,教部备员,多艺之誉愧不如人,审美之情差堪自信",还是一位文武全才,我先前实在没有料想到。第二,就是去年肯管闲事的"学者",今年不管闲事了,在年底结清帐目的办法,原来不止是掌柜之于流水簿,也可以适用于"正人君子"的行为的。或者,"阿哥!"这一声叫,正在中华民国十四年十二月卅一日的夜间十二点钟罢。

但是,这些趣味,刹那间也即消失了,就是我自己的思想的变动,也诚然是可恨。我想,照着境遇,思想言行当然要迁移,一迁移,当然会有所以迁移的道理。况且世界上的国庆很不少,古今中外名流尤其多,他们的军旗,是全都早经竖定了的。前人之勤,后人之乐,要做事的时候可以援引孔丘墨翟,不做事的时候另外有老聃,要被杀的时候我是关龙逢,要杀人的时候他是少正卯,有些力气的时候看看达尔文赫胥黎的书,要人帮忙就有克鲁巴金的《互助论》,勃朗宁夫妇岂不是讲恋爱的模范么,勗本华尔和尼采又是咒诅女人的名人,……归根结蒂,如果杨荫榆或章士钊可以比附到犹太人特莱孚斯去,则他的篾片就可以等于左拉等辈了。这个时候,可怜的左拉要被中国人背出来;幸而杨荫榆或章士钊是否等于特莱孚斯,也还是一个大疑问。

然而事情还没有这么简单,中国的坏人(如水平线下的文人和学棍学匪之类),似乎将来要大吃其苦了,虽然也许要在身后,象下地狱一般。但是,深谋远虑的人，总还以从此小心，不要多说为稳妥。你以为“闲话先生”真是不管闲事了么？并不然的。据说他是要“到那天这班出锋头的人们脱尽了锐气的日子，我们这位闲话先生正在从容的从事他那‘完工的拂拭’（The finishing touch），笑吟吟的擎着他那枝从铁杠磨成的绣针，讽刺我们情急是多么不经济的一个态度，反面说只有无限的耐心才是天才唯一的凭证”。（《晨报副刊》一四二三）

后出者胜于前者，本是天下的平常事情，但除了堕落的民族。即以衣服而论，也是由裸体而用会阴带或围裙，于是有衣裳，衮冕。我们将来的天才却特异的，别人系了围裙狂跳时，他却躲在绣房里刺绣，——不，磨绣针。待到别人的围裙全数破旧，他却穿了绣花衫子站出来了。大家只好说道“阿！”可怜的性急的野蛮人，竟连围裙也不知道换一条，怪不得锐气终于脱尽；脱尽犹可，还要看那“笑吟吟”的“讽刺”的“天才”脸哩，这实在是对于灵魂的鞭责，虽说还在辽远的将来。

还有更可怕的，是我们风闻二〇二五年一到，陶孟和教授要发表一部著作。内容如何，只有百年后的我们的曾孙或玄孙们知道罢了，但幸而在《现代评论增刊》上提前发表了几节，所以我们竟还能“管中窥豹”似的，略见这一部新书的大概。那是讲“现代教育界的特色”的，连教员的“兼课”之多也说在内。他问：“我的议论太悲观，太刻薄，太荒诞吗？我深愿受这个批评，假使事实可以证明。”这些批评我们且俟之百年之后，虽然那时也许无从知道事实；典籍呢，大概也只有“笑吟吟的”佳作留传。要是当真这样，那大半是“英雄所见略同”的，后人总不至于以为刻薄罢。但我们也难于悬揣，不过就今论今，似乎颇有些“孔子作《春秋》，而乱臣贼子惧”之意了。人们不逢如此盛事者，盖已将二千四百年云。

总之，百年以内，将有陈源教授的许多（?）书，百年以后，将有陶孟和教授的一部书出现。内容虽然不知道怎样，但据目下所走漏的风声看起来，大概总是讽刺“那班出锋头的人们”，或“驰驱九城”的教授的。

我常常感叹，印度小乘教的方法何等厉害：它立了地狱之说，借着和尚，尼姑，念佛老妪的嘴来宣扬，恐吓异端，使心志不坚定者害怕。那诀窍是在说报应并非眼前，却在将来百年之后，至少也须到锐气脱尽之时。这时候你已经不能动弹了，只好听别人摆布，流下鬼泪，深悔生前之妄出锋头；而且这时候，这才认识阎罗大王的尊严和伟大。

这些信仰，也许是迷信罢，但神道设教，于"挽世道而正人心"的事，或者也还是不无裨益。况且，未能将坏人"投畀豺虎"于生前，当然也只好口诛笔伐之于身后，孔子一车两马，倦游各国以还，抽出钢笔来作《春秋》，盖亦此志也。

但是，时代迁流了，到现在，我以为这些老玩意，也只好骗骗极端老实人。连闹这些玩意儿的人们自己尚且未必信，更何况所谓坏人们。得罪人要受报应，平平常常，并不见得怎样奇特，有时说些宛转的话，是姑且客气客气的，何尝想借此免于下地狱。这是无法可想的，在我们不从容的人们的世界中，实在没有那许多工夫来摆臭绅士的臭架子了，要做就做，与其说明年喝酒，不如立刻喝水；待廿一世纪的剖拨戮尸，倒不如马上就给他一个嘴巴。至于将来，自有后起的人们，决不是现在人即将来所谓古人的世界，如果还是现在的世界，中国就会完！

一月十四日。

不　是　信

一个朋友忽然寄给我一张《晨报副刊》，我就觉得有些特别，因为他是知道我懒得看这种东西的。但既然特别寄来了，姑且看题目罢：《关于下面一束通信告读者们》。署名是：志摩。哈哈，这是寄来和我开玩笑的，我想；赶紧翻转，便是几封信，这寄那，那寄这，看了几行，才知道似乎还是什么"闲话……闲话"问题。这问题我仅知道一点儿，就是曾在新潮社看见陈源教授即西滢先生的信，说及我"捏造的事实，传布的'流言'，本来已经说不胜说"。不禁好笑；人就苦于不能将自己的灵魂砍成酱，因此能有记忆，也因此而有感慨或滑稽。记得首先根据了"流言"，来判决杨荫榆事件即女师大风潮的，正是这位西滢先生，那大文便登在去年五月三十日发行的《现代评论》上。我不该生长"某籍"又在"某系"教书，所以也被归入"暗中挑剔风潮"者之列，虽然他说还不相信，不过觉得可惜。在这里声明一句罢，以免读者的误解："某系"云者，大约是指国文系，不是说研究系。那时我见了"流言"字样，曾经很愤然，立刻加以驳正，虽然也很自愧没有"十年读书十年养气的工夫"。不料过了半年，这些"流言"却变成由我传布的了，自造自己的"流言"，这真是自己掘坑埋自己，不必说聪明人，便是傻子也想不通。倘说这回的所谓"流言"，并非关于"某籍某系"的，乃是关于不信"流言"的陈源教授的了，则我实在不知道陈教授有怎样的被捏造的事实和流言在社会上传布。说起来惭愧煞人，我不赴宴会，很少往来，也不奔走，也不结什么文艺学术的社团，实在最不合式于做捏造事实和传布流言的枢纽。只是弄弄笔墨是在所不免的，但也不肯以流言为根据，故意给它传布开来，虽然偶有些"耳食之言"，又大抵是无关大体的事；要是错了，即使月久年深，也决不惜追加订正，例如对于汪原放先生"已作古人"一案，其间竟隔了几乎有两年。——但这自然是只对于看过《热风》的读者说的。

这几天，我的"捏……言"罪案，仿佛只等于昙花一现了，《一束通信》的主要部分中，似乎也承情没有将我"流"进去，不过在后屁股的《西滢致志摩》

是附带的对我的专论，虽然并非一案，却因为亲属关系而灭族，或文字狱的株连一般。灭族呀，株连呀，又有点"刑名师爷"口吻了，其实这是事实，法家不过给他起了一个名，所谓"正人君子"是不肯说的，虽然不妨这样做。此外如甲对乙先用流言，后来却说乙制造流言这一类事，"刑名师爷"的笔下就简括到只有两个字："反噬"。呜呼，这实在形容得痛快淋漓。然而古语说，"察见渊鱼者不祥"，所以"刑名师爷"总没有好结果，这是我早经知道的。

我猜想那位寄给我《晨报副刊》的朋友的意思了：来刺激我，讥讽我，通知我的，还是要我也说几句话呢？终于不得而知。好，好在现在正须还笔债，就用这一点事来搪塞一通罢，说话最方便的题目是《鲁迅致□□》，既非根据学理和事实的论文，也不是"笑吟吟"的天才的讽刺，不过是私人通信而已，自己何尝愿意发表；无论怎么说，粪坑也好，毛厕也好，决定与"人气"无关。即不然，也是因为生气发热，被别人逼成的，正如别的副刊将被《晨报副刊》"逼死"一样。我的镜子真可恨，照出来的总是要使陈源教授呕吐的东西，但若以赵子昂——"是不是他？"——画马为例，自然恐怕正是我自己。自己是没有什么要紧的，不过总得替□□想一想。现在不是要谈到《西滢致志摩》么，那可是极其危险的事，一不小心就要跌入"泥潭中"，遇到"悻悻的狗"，暂时再也看不见"笑吟吟"。至少，一关涉陈源两个字，你总不免要被公理家认为"某籍"，"某系"，"某党"，"喽罗"，"重女轻男"……等；而且还得小心记住，倘有人说过他是文士，是法兰斯，你便万不可再用"文士"或"法兰斯"字样，否则，——自然，当然又有"某籍"……等等的嫌疑了，我何必如此陷害无辜，《鲁迅致□□》决计不用，所以一直写到这里，还没有题目，且待写下去看罢。

我先前不是刚说我没有"捏造事实"么？那封信里举的却有。说是我说他"同杨荫榆女士有亲戚朋友的关系，并且吃了她许多的酒饭"了，其实都不对。杨荫榆女士的善于请酒，我说过的，或者别人也说过，并且偶见于新闻上。现在的有些公论家，自以为中立，其实却偏，或者和事主倒有亲戚，朋友，同学，同乡，……等等关系，甚至于叨光了酒饭，我也说过的。这不是明明白白的么，报社收津贴，连同业中也互讦过，但大家仍都自称为公论。至于陈教授和杨女士是亲戚而且吃了酒饭，那是陈教授自己连结起来的，我没有说曾经吃酒饭，也不能保证未曾吃酒饭，没有说他们是亲戚，也不能保证他们不是亲戚，大概不过是同乡罢，但只要不是“某籍”，同乡有什么要紧呢。绍兴有“刑名师爷”，绍兴人便都是“刑名师爷”的例，是只适用于绍兴的人们的。

我有时泛论一般现状，而无意中触着了别人的伤疤，实在是非常抱歉的事。但这也是没法补救，除非我真去读书养气，一共廿年，被人们骗得老死牖下；或者自己甘心倒掉；或者遭了阴谋。即如上文虽然说明了他们是亲戚并不是我说的话，但因为列举的名词太多了，“同乡”两字，也足以招人“生气”，只要看自己愤然于“流言”中的“某籍”两字，就可想而知。照此看来，这一回的说“叭儿狗”(《莽原半月刊》第一期)，怕又有人猜想我是指着他自己，在那里“悻悻”了。其实我不过是泛论，说社会上有神似这个东西的人，因此多说些它的主人：阔人，太监，太太，小姐。本以为这足见我是泛论了，名人们现在那里还有肯跟太监的呢，但是有些人怕仍要忽略了这一层，各各认定了其中的主人之一，而以“叭儿狗”自命。时势实在艰难，我似乎只有专讲上帝，才可以免于危险，而这事又非我所长。但是，倘使所有的只是暴戾之气，还是让它尽量发出来罢，“一群悻悻的狗”，在后面也好，在对面也好。我也知道将什么之气都放在心里，脸上笔下却全都“笑吟吟”，是极其好看的；可是掘不得，小小的挖一个洞，便什么之气都出来了。但其实这倒是真面目。

第二种罪案是“近一些的一个例”，陈教授曾“泛论图书馆的重要”，“说孤桐先生在他未下台以前发表的两篇文章里，这一层‘他似乎没看到’”。我却轻轻地改为“听说孤桐先生倒是想到了这一节，曾经发表过文章，然而下台了，很可惜”了。而且还问道：“你看见吗，那刀笔吏的笔尖？”“刀笔吏”是不会有漏洞的，我却与陈教授的原文不合，所以成了罪案，或者也就不成其为“刀笔吏”了罢。《现代评论》早已不见，全文无从查考，现在就据这一回的话，敬谨改正，为“据说孤桐先生在未下台以前发表的文章里竟也没想到；现在又下了台，目前无法补救了，很可惜”罢。这里附带地声明，我的文字中，大概是用别人的原文用引号，举大意用“据说”，述听来的类似“流言”的用“听说”，和《晨报》大将文例不相同。

第三种罪案是关于我说“北大教授兼京师图书馆副馆长月薪至少五六

百元的李四光"的事,据说已告了一年的假,假期内不支薪,副馆长的月薪又不过二百五十元。别一张《晨副》上又有本人的声明,话也差不多,不过说月薪确有五百元,只是他"只拿二百五十元",其余的"捐予图书馆购买某种书籍"了。此外还给我许多忠告,这使我非常感谢,但愿意奉还"文士"的称号,我是不属于这一类的。只是我以为告假和辞职不同,无论支薪与否,教授也仍然是教授,这是不待"刀笔吏"才能知道的。至于图书馆的月薪,我确信李教授(或副馆长)现在每月"只拿二百五十元"的现钱,是美国那面的;中国这面的一半,真说不定要拖欠到什么时候才有。但欠帐究竟也是钱,别人的兼差,大抵多是欠帐,连一半现钱也没有,可是早成了有些论客的口实了,虽然其缺点是在不肯及早捐出去。我想,如果此后每月必发,而以学校欠薪作比例,中国的一半是明年的正月间会有的,倘以教育部欠俸作比例,则须十七年正月间才有,那时购买书籍来,我一定就更正,只要我还在做"官僚",因为这容易得知,我也自信还有这样的记性,不至于今年忘了去年事。但是,倘若又被章士钊们革掉,那就莫明其妙,更正的事也只好作罢了。可是我所说的职衔和钱数,在今日却是事实。

第四种的罪案是……。陈源教授说,"好了,不举例了。"为什么呢?大约是因为"本来已经说不胜说",或者是在矫正"打笔墨官司的时候,谁写得多,骂得下流,捏造得新奇就是谁的理由大"的恶习之故罢,所以就用三个例来概其全般,正如中国戏上用四个兵卒来象征十万大军一样。此后,就可以结束,漫骂——"正人君子"一定另有名称,但我不知道,只好暂用这加于"下流"人等的行为上的话——了。原文很可以做"正人君子"的真相的标本,删之可惜,扯下来粘在后面罢——

> 有人同我说,鲁迅先生缺乏的是一面大镜子,所以永远见不到他的尊容。我说他说错了。鲁迅先生的所以这样,正因为他有了一面大镜子。你听见过赵子昂——是不是他?——画马的故事罢?他要画一个姿势,就对镜伏地做出那个姿势来。鲁迅先生的文章也是对了他的大镜子写的,没有一句骂人的话不能应用在他自己的身上。要是你不信,我可以同你打一个赌。

这一段意思很了然，犹言我写马则自己就是马，写狗自己就是狗，说别人的缺点就是自己的缺点，写法兰斯自己就是法兰斯，说“臭毛厕”自己就是臭毛厕，说别人和杨荫榆女士同乡，就是自己和她同乡。赵子昂也实在可笑，要画马，看看真马就够了，何必定作畜生的姿势；他终于还是人，并不沦入马类，总算是侥幸的。不过赵子昂也是“某籍”，所以这也许还是一种“流言”，或自造，或那时的“正人君子”所造都说不定。这只能看作一种无稽之谈。倘若陈源教授似的信以为真，自己也照样做，则写法兰斯的时候坐下做一个法姿势，讲“孤桐先生”的时候立起作一个孤姿势，倒还堂哉皇哉；可是讲“粪车”也就得伏地变成粪车，说“毛厕”即须翻身充当便所，未免连臭架子也有些失掉罢，虽然肚子里本来满是这样的货色。

> 不是有一次一个报馆访员称我们为“文士”吗？鲁迅先生为了那名字几乎笑掉了牙。可是后来某报天天鼓吹他是“思想界的权威者”他倒又不笑了。
>
> 他没有一篇文章里不放几枝冷箭，但是他自己常常的说人“放冷箭”，并且说“放冷箭”是卑劣的行为。
>
> 他常常“散布流言”和“捏造事实”，如上面举出来的几个例，但是他自己又常常的骂人“散布流言”“捏造事实”，并且承认那样是“下流”。
>
> 他常常的无故骂人，要是那人生气，他就说人家没有“幽默”。可是要是有人侵犯了他一言半语，他就跳到半天空，骂得你体无完肤——还不肯罢休。

这是根据了三条例和一个赵子昂故事的结论。其实是称别个为“文士”我也笑，称我为“思想界的权威者”我也笑，但牙却并非“笑掉”，据说是“打掉”的，这较可以使他们快意些。至于“思想界的权威者”等等，我连夜梦里也没有想做过，无奈我和“鼓吹”的人不相识，无从劝止他，不象唱双簧的朋友，可以彼此心照；况且自然会有“文士”来骂倒，更无须自己费力。我也不想借这些头衔去发财发福，有了它于实利上是并无什么好处的。我也曾反对过将自己的小说采入教科书，怕的是教错了青年，记得曾在报上发表；不过这本不是对上流人说的，他们当然不知道。冷箭呢，先是不肯的，后来也放过几枝，但总是对于先“放冷箭”用“流言”的如陈源教授之辈，“请君入瓮”，也给他尝尝这滋味。不过虽然对于他们，也还是明说的时候多，例如《语丝》上的《音乐》就说明是指徐志摩先生，《我的籍和系》和《并非闲话》也分明对西滢即陈源教授而发；此后也还要射，并无悔祸之心。至于署名，则去年以来只用一个，就是陈教授之所谓“鲁迅，即教育部佥事周树人”就是。但在下半年，应将“教育部佥事”五字删去，因为被“孤桐先生”所革；今年却又变了“暂署佥事”了，还未去做，然而豫备去做的，目的是在弄几文俸钱，因为我祖宗没有遗产，老婆没有奁田，文章又不值钱，只好以此暂且糊口。还有一个小目的，是在对于以我去年的免官为“痛快”者，给他一个不舒服，使他恨得扒耳搔腮，忍不住露出本相。至于“流言”，则先已说过，正是陈源教授首先发明的专卖品，独有他听到过许多；在我呢，心术是看不见的东西，且勿说，我的躲在家里的生活即不利于作“捏……言”的枢纽。剩下的只有“幽默”问题了，我又没有说过这些话，也没有主张过“幽默”，也许将这两字连写，今天还算第一回。我对人是“骂人”，人对我是“侵犯了一言半语”，这真使我记起我的同乡“刑名师爷”来，而且还是弄着不正经的“出重出轻”的玩意儿的时候。这样看来，一面镜子确是该有的，无论生在那一县。还有罪状哩——

> 他常常挖苦别人家抄袭。有一个学生钞了沫若的几句诗，他老先生骂得刻骨镂心的痛快，可是他自己的《中国小说史略》，却就是根据日本人盐谷温的《支那文学概论讲话》里面的“小说”一部分。其实拿人家的著述做你自己的蓝本，本可以原谅，只要你在书中有那样的声明，可是鲁迅先生就没有那样的声明。在我们看来，你自己做了不正当的事也就罢了，何苦再去挖苦一个可怜的学生，可是他还尽量的把人家刻薄。“窃钩者诛，窃国者侯”，本是自古已有的道理。

这“流言”早听到过了；后来见于《闲话》，说是“整大本的摽窃”，但不直指我，而同时有些人的口头上，却相传是指我的《中国小说史略》。我相信陈源教授是一定会干这样勾当的。但他既不指名，我也就只回敬他一通骂街，这可实在不止“侵犯了他一言半语”。这回说出来了；我的“以小人之心”也没有猜错了“君子之腹”。但那罪名却改为“做你自己的蓝本”了，比先前轻得多，仿佛比自谦为“一言半语”的“冷箭”钝了一点似的。盐谷氏的书，确是我的参考书之一，我的《小说史略》二十八篇的第二篇，是根据它的，还有论《红楼梦》的几点和一张《贾氏系图》，也是根据它的，但不过是大意，次序和意见就很不同。其他二十六篇，我都有我独立的准备，证据是和他的所说还时常相反。例如现有的汉人小说，他以为真，我以为假；唐人小说的分类他据森槐南，我却用我法。六朝小说他据《汉魏丛书》，我据别本及自己的辑本，这工夫曾经费去两年多，稿本有十册在这里；唐人小说他据谬误最多的《唐人说荟》，我是用《太平广记》的，此外还一本一本搜起来……。其余分量，取舍，考证的不同，尤难枚举。自然，大致是不能不同的，例如他说汉后有唐，唐后有宋，我也这样说，因为都以中国史实为“蓝本”。我无法“捏造得新奇”，虽然塞文狄斯的事实和《四书》合成的时代也不妨创造。但我的意见，却以为似乎不可，因为历史和诗歌小说是两样的。诗歌小说虽有人说同是天才即不妨所见略同，所作相象，但我以为究竟也以独创为贵；历史则是纪事，固然不当偷成书，但也不必全两样。说诗歌小说相类不妨，历史有几点近似便是“摽窃”，那是“正人君子”的特别意见，只在以“一言半语”“侵犯”“鲁迅先生”时才适用的。好在盐谷氏的书听说(!)已有人译成(?)中文，两书的异点如何，怎样“整大本的摽窃”，还是做“蓝本”，不久(?)就可以明白。在这以前，我以为恐怕连陈源教授自己也不知道这些底细，因为不过是听来的“耳食之言”。不知道对不对？(盐谷教授的《支那文学概论讲话》的译本，今年夏天看见了，将五百余页的原书，译成了薄薄的一本，那小说一部分，和我的也无从对比了。广告上却道“选译”。措辞实在聪明得很。十月十四日补记。)

但我还要对于“一个学生钞了沫若的几句诗”这事说几句话；“骂得刻骨镂心的痛快”的，似乎并不是我。因为我于诗向不留心，所以也没有看过“沫若的诗”，因此即更不知道别人的是否钞袭。陈源教授的那些话，说得坏一点，就是“捏造事实”，故意挑拨别人对我的恶感，真可以说发挥着他的真本领。说得客气一点呢，他自说写这信时是在“发热”，那一定是热度太高，发了昏，忘记装腔了，不幸显出本相；并且因为自己爬着，所以觉得我“跳到半天空”，自己抓破了皮肤或者一向就破着，却以为被我“骂”破了。——但是，我在有意或无意中碰破了一角纸糊绅士服，那也许倒是有的；此后也保不定。彼此迎面而来，总不免要挤擦，碰磕，也并非“还不肯罢休”。

绅士的跳踉丑态，实在特别好看，因为历来隐藏蕴蓄着，所以一来就比下等人更浓厚。因这一回的放泄，我才悟到陈源教授大概是以为揭发叔华女士的剽窃小说图画的文章，也是我做的，所以早就将“大盗”两字挂在“冷箭”上，射向“思想界的权威者”。殊不知这也不是我做的，我并不看这些小说。“琵亚词侣”的画，我是爱看的，但是没有书，直到那“剽窃”问题发生后，才刺激我去买了一本 Art of A. Beardsley 来，化钱一元七。可怜教授的心目中所看见的并不是我的影，叫跳竟都白费了。遇见的“粪车”，也是境由心造的，正是自己脑子里的货色，要吐的唾沫，还是静静的咽下去罢。

太费纸张了，虽然我不至于娇贵到会发热，但也得赶紧的收梢，然而还得粘上一段大罪状——

> 据他自己的自传，他从民国元年便做了教育部的官，从没脱离过。所以袁世凯称帝，他在教育部，曹锟贿选，他在教育部，“代表无耻的彭允彝”做总长，他也在教育部，甚而至于“代表无耻的章士钊”免了他的职后，他还大嚷“佥事这一个官儿倒也并不算怎样的‘区区’”，怎样有人在那里钻谋补他的缺，怎样以为无足轻重的人是“慷他人之慨”，如是如是，这样这样……这象“青年叛徒的领袖”吗？
>
> 其实一个人做官也不大要紧，做了官再装出这样的面孔来可叫人有些恶心吧了。
>
> 现在又有人送他“土匪”的名号了。好一个“土匪”。

苦心孤诣给我加了上去的“土匪”的恶名，这一回忽又否认了，可见唾沫还是静静的咽下去好，免得后来自己舐回去。但是，“文士”别有慧心，那里会给我便宜呢，自然即代以自“袁世凯称帝”以来的罪恶，仿佛“称帝”“贿选”

那类事,我既在教育部,即等于全由我一手包办似的。这是真的,从那时以来,我确没有带兵独立过,但我也没有冷笑云南起义,也没有希望国民军失败;对于教育部,其实是脱离过两回,一是张勋复辟时,一就是章士钊长部时,前一回以教授的一点才力自然不知道,后一回却忘却得有些离奇。我向来就"装出这样的面孔",不但毫不顾忌陈源教授可"有些恶心",对于"孤桐先生"也一样。要在我的面孔上寻出些有趣来,本来是没头脑的妄想,还是去看别的面孔罢。

这类误解似乎不止陈源教授,有些人也往往如此,以为教员清高,官僚是卑下的。真所谓"得意忘形","官僚官僚"的骂着。可悲的就在此,现在的骂官僚的人里面,到外国去炸大过一回而且做教员的就很多:所谓"钻谋补他的缺"的也就是这一流,那时我说"佥事这一个官儿倒也并不算怎样的'区区'",就为此人的乘机想做官而发,刺他一针,聊且快意,不提防竟又被陈教授"刻骨镂心"的记住了,也许又疑心我向他在"放冷箭"了罢。

我并非因为自己是官僚,定要上侪于清高的教授之列,官僚的高下也因人而异,如所谓"孤桐先生",做官时办《甲寅》,佩服的人就很多,下台之后,听说更有生气了。而我"下台"时所做的文章,岂不是不但并不更有生气,还招了陈源教授的一顿"教训",而且罪孽深重,延祸"面孔"了么?这是以文才和面孔言;至于从别一方面看,则官僚与教授就有"一丘之貉"之叹,这就是说:钱的来源。国家行政机关的事务官所得的所谓俸钱,国立学校的教授所得的所谓薪水,还不是同一来源,出于国库的么?在曹锟政府下做国立学校的教员,和做官的没有大区别。难道教员的是捐给了学校,所以特别清高了?袁世凯称帝时代,陈源教授或者还在外国的研究室里,是到了曹锟贿选前后才做教授的,比我到北京迟得多,福气也比我好得多。曹锟贿选,他做教授,"'代表无耻的彭允彝'做总长",他做教授,"甚而至于'代表无耻的章士钊'做总长",他自然做教授,我可是被革掉了,甚而至于待到那"甚而至于'代表无耻的章士钊'"不做总长了,他自然还做教授,归国以来,一帆风顺,一个小钉子也没有碰。这当然是因为有适宜的面孔,不"叫人有些恶心"之故喽。看他脸上既无我一样的可厌的"八字胡子",也可以说没有"官僚的神情",所以对于他的面孔,却连我也并没有什么大"恶心",而且仿佛还觉得有趣。这一类的面孔,只要再白胖一点,也许在中国就不可多得了。

不免招我说几句费话的不过是他对镜装成的姿势和“爆发”出来的蕴蓄,但又即刻掩了起来,关上大门,据说“大约不再打这样的笔墨官司”了。前面的香车既经杳然,我且不做叫门的事,因为这些时候所遇到的大概不过几个家丁;而且已是往“国立北京女子师范大学复校纪念会”的时候了,就这样的算收束。

二月一日。

我还不能“带住”

一月三十日《晨报副刊》上满载着一些东西，现在有人称它为“攻周专号”，真是些有趣的玩意儿，倒可以看见绅士的本色。不知怎的，今天的《晨副》忽然将这事结束，照例用通信，李四光教授开场白，徐志摩“诗哲”接后段，一唱一和，说道“带住！让我们对着混斗的双方猛喝一声，带住！”了。还“声明一句，本刊此后不登载对人攻击的文字”云。

他们的什么“闲话……闲话”问题，本与我没有什么鸟相干，“带住”也好，放开也好，拉拢也好，自然大可以随便玩把戏。但是，前几天不是因为“令兄”关系，连我的“面孔”都攻击过了么？我本没有去“混斗”，倒是株连了我。现在我还没有怎样开口呢，怎么忽然又要“带住”了？从绅士们看来，这自然不过是“侵犯”了我“一言半语”，正无须“跳到半天空”，然而我其实也并没有“跳到半天空”，只是还不能这样地谨听指挥，你要“带住”了，我也就“带住”。

对不起，那些文字我无心细看，“诗哲”所说的要点，似乎是这样闹下去，要失了大学教授的体统，丢了“负有指导青年重责的前辈”的丑，使学生不相信，青年不耐烦了。可怜可怜，有臭赶紧遮起来。“负有指导青年重责的前辈”，有这么多的丑可丢，有那么多的丑怕丢么？用绅士服将“丑”层层包裹，装着好面孔，就是教授，就是青年的导师么？中国的青年不要高帽皮袍，装腔作势的导师；要并无伪饰，——倘没有，也得少有伪饰的导师。倘有戴着假面，以导师自居的，就得叫他除下来，否则，便将它撕下来，互相撕下来。撕得鲜血淋漓，臭架子打得粉碎，然后可以谈后话。这时候，即使只值半文钱，却是真价值；即使丑得要使人“恶心”，却是真面目。略一揭开，便又赶忙装进缎子盒里去，虽然可以使人疑是钻石，也可以猜作粪土，纵使外面满贴着好招牌，法兰斯呀，萧伯讷呀，……毫不中用的！

李四光教授先劝我“十年读书十年养气”。还一句绅士话罢：盛意可感。书是读过的，不止十年，气也养过的，不到十年，可是读也读不好，养也养不好。我是李教授所早认为应当“投畀豺虎”者之一，此时本已不必温言劝谕，说什么“弄到人家无故受累”，难道真以为自己是“公理”的化身，判我以这样巨罚之后，还要我叩谢天恩么？还有，李教授以为我“东方文学家的风味，似乎格外的充足，……所以总要写到露骨到底，才尽他的兴会。”我自己的意见却绝不同。我正因为生在东方，而且生在中国，所以“中庸”“稳妥”的余毒，还沦肌浃髓，比起法国的勃罗亚——他简直称大报的记者为“蛆虫”——来，真是“小巫见大巫”，使我自惭究竟不及白人之毒辣勇猛。即以李教授的事为例罢：一，因为我知道李教授是科学家，不很“打笔墨官司”的，所以只要可以不提，便不提；只因为要回敬贵会友一杯酒，这才说出“兼差”的事来。二，关于兼差和薪水一节，已在《语丝》（六五）上答复了，但也还没有“写到露骨到底”。

我自己也知道，在中国，我的笔要算较为尖刻的，说话有时也不留情面。但我又知道人们怎样地用了公理正义的美名，正人君子的徽号，温良敦厚的假脸，流言公论的武器，吞吐曲折的文字，行私利己，使无刀无笔的弱者不得喘息。倘使我没有这笔，也就是被欺侮到赴诉无门的一个；我觉悟了，所以要常用，尤其是用于使麒麟皮下露出马脚。万一那些虚伪者居然觉得一点痛苦，有些省悟，知道技俩也有穷时，少装些假面目，则用了陈源教授的话来说，就是一个“教训”。只要谁露出真价值来，即使只值半文，我决不敢轻薄半句。但是，想用了串戏的方法来哄骗，那是不行的；我知道的，不和你们来敷衍。

“诗哲”为援助陈源教授起见，似乎引过罗曼罗兰的话，大意是各人的身上都有鬼，但人却只知道打别人身上的鬼。没有细看，说不清了，要是差不多，那就是一并承认了陈源教授的身上也有鬼，李四光教授自然也难逃。他们先前是自以为没有鬼的。假使真知道了自己身上也有鬼，“带住”的事可就容易办了。只要不再串戏，不再摆臭架子，忘却了你们的教授的头衔，且不做指导青年的前辈，将你们的“公理”的旗插到“粪车”上去，将你们的绅士衣装抛到“臭毛厕”里去，除下假面具，赤条条地站出来说几句真话就够了！

二月三日。

当陶元庆君的绘画展览时

我所要说的几句话

陶元庆君绘画的展览，我在北京所见的是第一回。记得那时曾经说过这样意思的话：他以新的形，尤其是新的色来写出他自己的世界，而其中仍有中国向来的魂灵——要字面免得流于玄虚，则就是：民族性。

我觉得我的话在上海也没有改正的必要。

中国现今的一部分人，确是很有些苦闷。我想，这是古国的青年的迟暮之感。世界的时代思潮早已六面袭来，而自己还拘禁在三千年陈的桎梏里。于是觉醒，挣扎，反叛，要出而参与世界的事业——我要范围说得小一点：文艺之业。倘使中国之在世界上不算在错，则这样的情形我以为也是对的。

然而现在外面的许多艺术界中人，已经对于自然反叛，将自然割裂，改造了。而文艺史界中人，则舍了用惯的向来以为是“永久”的旧尺，另以各时代各民族的固有的尺，来量各时代各民族的艺术，于是向埃及坟中的绘画赞叹，对黑人刀柄上的雕刻点头，这往往使我们误解，以为要再回到旧日的桎梏里。而新艺术家们勇猛的反叛，则震惊我们的耳目，又往往不能不感服。但是，我们是迟暮了，并未参与过先前的事业，于是有时就不过敬谨接收，又成了一种可敬的身外的新桎梏。

陶元庆君的绘画，是没有这两重桎梏的。就因为内外两面，都和世界的时代思潮合流，而又并未梏亡中国的民族性。

我于艺术界的事知道得极少，关于文字的事较为留心些。就如白话，从中，更就世所谓“欧化语体”来说罢。有人斥道：你用这样的语体，可惜皮肤不白，鼻梁不高呀！诚然，这教训是严厉的。但是，皮肤一白，鼻梁一高，他用的大概是欧文，不是欧化语体了。正唯其皮不白，鼻不高而偏要“的呵吗呢”，并且一句里用许多的“的”字，这才是为世诟病的今日的中国的我辈。

但我并非将欧化文来比拟陶元庆君的绘画。意思只在说：他并非“之乎者也”，因为用的是新的形和新的色；而又不是“Yes”“No”，因为他究竟是中国人。所以,用密达尺来量,是不对的,但也不能用什么汉朝的虑傂尺或清朝的营造尺,因为他又已经是现今的人。我想,必须用存在于现今想要参与世界上的事业的中国人的心里的尺来量,这才懂得他的艺术。

一九二七年十二月十三日,鲁迅于上海记。

上海文艺之一瞥

——八月十二日在社会科学研究会讲

上海过去的文艺，开始的是《申报》。要讲《申报》，是必须追溯到六十年以前的，但这些事我不知道。我所能记得的，是三十年以前，那时的《申报》，还是用中国竹纸的，单面印，而在那里做文章的，则多是从别处跑来的“才子”。

那时的读书人，大概可以分他为两种，就是君子和才子。君子是只读四书五经，做八股，非常规矩的。而才子却此外还要看小说，例如《红楼梦》，还要做考试上用不着的古今体诗之类。这是说，才子是公开的看《红楼梦》的，但君子是否在背地里也看《红楼梦》，则我无从知道。有了上海的租界，——那时叫作“洋场”，也叫“夷场”，后来有怕犯讳的，便往往写作“彝场”——有些才子们便跑到上海来，因为才子是旷达的，那里都去；君子则对于外国人的东西总有点厌恶，而且正在想求正路的功名，所以决不轻易的乱跑。孔子曰，“道不行，乘桴浮于海”，从才子们看来，就是有点才子气的，所以君子们的行径，在才子就谓之“迂”。

才子原是多愁多病，要闻鸡生气，见月伤心的。一到上海，又遇见了婊子。去嫖的时候，可以叫十个二十个的年青姑娘聚集在一处，样子很有些象《红楼梦》，于是他就觉得自己好象贾宝玉；自己是才子，那么婊子当然是佳人，于是才子佳人的书就产生了。内容多半是，惟才子能怜这些风尘沦落的佳人，惟佳人能识坎轲不遇的才子，受尽千辛万苦之后，终于成了佳偶，或者是都成了神仙。

他们又帮申报馆印行些明清的小品书出售，自己也立文社，出灯谜，有入选的，就用这些书做赠品，所以那流通很广远。也有大部书，如《儒林外史》，《三宝太监西洋记》，《快心编》等。现在我们在旧书摊上，有时还看见第一页印有“上海申报馆仿聚珍板印”字样的小本子，那就都是的。

佳人才子的书盛行的好几年，后一辈的才子的心思就渐渐改变了。他们发见了佳人并非因为“爱才若渴”而做婊子的，佳人只为的是钱。然而佳人要才子的钱，是不应该的，才子于是想了种种制伏婊子的妙法，不但不上当，还占了她们的便宜，叙述这各种手段的小说就出现了，社会上也很风行，因为可以做嫖学教科书去读。这些书里面的主人公，不再是才子＋(加)呆子，而是在婊子那里得了胜利的英雄豪杰，是才子＋流氓。

在这之前，早已出现了一种画报，名目就叫《点石斋画报》，是吴友如主笔的，神仙人物，内外新闻，无所不画，但对于外国事情，他很不明白，例如画战舰罢，是一只商船，而舱面上摆着野战炮；画决斗则两个穿礼服的军人在客厅里拔长刀相击，至于将花瓶也打落跌碎。然而他画“老鸨虐妓”，“流氓拆梢”之类，却实在画得很好的，我想，这是因为他看得太多了的缘故；就是在现在，我们在上海也常常看到和他所画一般的脸孔。这画报的势力，当时是很大的，流行各省，算是要知道“时务”——这名称在那时就如现在之所谓“新学”——的人们的耳目。前几年又翻印了，叫作《吴友如墨宝》，而影响到后来也实在利害，小说上的绣像不必说了，就是在教科书的插画上，也常常看见所画的孩子大抵是歪戴帽，斜视眼，满脸横肉，一副流氓气。在现在，新的流氓画家又出了叶灵凤先生，叶先生的画是从英国的毕亚兹莱(Aubrey Beardsley)剥来的，毕亚兹莱是“为艺术的艺术”派，他的画极受日本的“浮世绘”(Ukiyoe)的影响。浮世绘虽是民间艺术，但所画的多是妓女和戏子，胖胖的身体，斜视的眼睛——Erotic(色情的)眼睛。不过毕亚兹莱画的人物却瘦瘦的，那是因为他是颓废派(Decadence)的缘故。颓废派的人们多是瘦削的，颓丧的，对于壮健的女人他有点惭愧，所以不喜欢。我们的叶先生的新斜眼画，正和吴友如的老斜眼画合流，那自然应该流行好几年。但他也并不只画流氓的，有一个时期也画过普罗列塔利亚，不过所画的工人也还是斜视眼，伸着特别大的拳头。但我以为画普罗列塔利亚应该是写实的，照工人原来的面貌，并不须画得拳头比脑袋还要大。

现在的中国电影，还在很受着这“才子＋流氓”式的影响，里面的英雄，作为“好人”的英雄，也都是油头滑脑的，和一些住惯了上海，晓得怎样“拆梢”，“揩油”，“吊膀子”的滑头少年一样。看了之后，令人觉得现在倘要做英雄，做好人，也必须是流氓。

才子+流氓的小说,但也渐渐的衰退了。那原因,我想,一则因为总是这一套老调子——妓女要钱,嫖客用手段,原不会写不完的,二则因为所用的是苏白,如什么倪=我,耐=你,阿是=是否之类,除了老上海和江浙的人们之外,谁也看不懂。

然而才子+佳人的书,却又出了一本当时震动一时的小说,那就是从英文翻译过来的《迦茵小传》(H. R. Haggard:Joan Haste)。但只有上半本,据译者说,原本从旧书摊上得来,非常之好,可惜觅不到下册,无可奈何了。果然,这很打动了才子佳人们的芳心,流行得很广很广。后来还至于打动了林琴南先生,将全部译出,仍旧名为《迦茵小传》。而同时受了先译者的大骂,说他不该全译,使迦茵的价值降低,给读者以不快的。于是才知道先前之所以只有半部,实非原本残缺,乃是因为记着迦茵生了一个私生子,译者故意不译的。其实这样的一部并不很长的书,外国也不至于分印成两本。但是,即此一端,也很可以看出当时中国对于婚姻的见解了。

这时新的才子+佳人小说便又流行起来,但佳人已是良家女子了,和才子相悦相恋,分拆不开,柳阴花下,象一对蝴蝶,一双鸳鸯一样,但有时因为严亲,或者因为薄命,也竟至于偶见悲剧的结局,不再都成神仙了,——这实在不能不说是一个大进步。到了近来是在制造兼可擦脸的牙粉了的天虚我生先生所编的月刊杂志《眉语》出现的时候,是这鸳鸯蝴蝶式文学的极盛时期。后来《眉语》虽遭禁止,势力却并不消退,直待《新青年》盛行起来,这才受了打击。这时有伊孛生的剧本的绍介和胡适之先生的《终身大事》的别一形式的出现,虽然并不是故意的,然而鸳鸯蝴蝶派作为命根的那婚姻问题,却也因此而诺拉(Nora)似的跑掉了。

这后来,就有新才子派的创造社的出现。创造社是尊贵天才的,为艺术而艺术的,专重自我的,崇创作,恶翻译,尤其憎恶重译的,与同时上海的文学研究会相对立。那出马的第一个广告上,说有人"垄断"着文坛,就是指着文学研究会。文学研究会却也正相反,是主张为人生的艺术的,是一面创作,一面也看重翻译的,是注意于绍介被压迫民族文学的,这些都是小国度,没有人懂得他们的文字,因此也几乎全都是重译的。并且因为曾经声援过《新青年》,新仇夹旧仇,所以文学研究会这时就受了三方面的攻击。一方面就是创造社，既然是天才的艺术，那么看那为人生的艺术的文学研究会自然就是多管闲事，不免有些“俗”气，而且还以为无能，所以倘被发见一处误译，有时竟至于特做一篇长长的专论。一方面是留学过美国的绅士派，他们以为文艺是专给老爷太太们看的，所以主角除老爷太太之外，只配有文人，学士，艺术家，教授，小姐等等，要会说 Yes，No，这才是绅士的庄严，那时吴宓先生就曾经发表过文章，说是真不懂为什么有些人竟喜欢描写下流社会。第三方面，则就是以前说过的鸳鸯蝴蝶派，我不知道他们用的是什么方法，到底使书店老板将编辑《小说月报》的一个文学研究会会员撤换，还出了《小说世界》，去流布他们的文章。这一种刊物，是到了去年才停刊的。

创造社的这一战，从表面看来，是胜利的。许多作品，既和当时的自命才子们的心情相合，加以出版者的帮助，势力雄厚起来了。势力一雄厚，就看见大商店如商务印书馆，也有创造社员的译著的出版，——这是说，郭沫若和张资平两位先生的稿件。这以来，据我所记得，是创造社也不再审查商务印书馆出版物的误译之处，来作专论了。这些地方，我想，是也有些才子＋流氓式的。然而，“新上海”是究竟敌不过“老上海”的，创造社员在凯歌声中，终于觉到了自己就在做自己们的出版者的商品，种种努力，在老板看来，就等于眼镜铺大玻璃窗里纸人的睐眼，不过是“以广招徕”。待到希图独立出版的时候，老板就给吃了一场官司，虽然也终于独立，说是一切书籍，大加改订，另行印刷，从新开张了，然而旧老板却还是永远用了旧版子，只是印，卖，而且年年是什么纪念的大廉价。

商品固然是做不下去的，独立也活不下去。创造社的人们的去路，自然是在较有希望的“革命策源地”的广东。在广东，于是也有“革命文学”这名词的出现，然而并无什么作品，在上海，则并且还没有这名词。

到了前年，“革命文学”这名目这才旺盛起来了，主张的是从“革命策源地”回来的几个创造社元老和若干新份子。革命文学之所以旺盛起来，自然是因为由于社会的背景，一般群众，青年有了这样的要求。当从广东开始北伐的时候，一般积极的青年都跑到实际工作去了，那时还没有什么显著的革命文学运动，到了政治环境突然改变，革命遭了挫折，阶级的分化非常显明，国民党以“清党”之名，大戮共产党及革命群众，而死剩的青年们再入于被迫压的境遇，于是革命文学在上海这才有了强烈的活动。所以这革命文学的旺盛起来，在表面上和别国不同，并非由于革命的高扬，而是因为革命的挫折；虽然其中也有些是旧文人解下指挥刀来重理笔墨的旧业，有些是几个青年被从实际工作排出，只好借此谋生，但因为实在具有社会的基础，所以在新份子里，是很有极坚实正确的人存在的。但那时的革命文学运动，据我的意见，是未经好好的计划，很有些错误之处的。例如，第一，他们对于中国社会，未曾加以细密的分析，便将在苏维埃政权之下才能运用的方法，来机械地运用了。再则他们，尤其是成仿吾先生，将革命使一般人理解为非常可怕的事，摆着一种极左倾的凶恶的面貌，好似革命一到，一切非革命者就都得死，令人对革命只抱着恐怖。其实革命是并非教人死而是教人活的。这种令人“知道点革命的厉害”，只图自己说得畅快的态度，也还是中了才子＋流氓的毒。

激烈得快的，也平和得快，甚至于也颓废得快。倘在文人，他总有一番辩护自己的变化的理由，引经据典。譬如说，要人帮忙时候用克鲁巴金的互助论，要和人争闹的时候就用达尔文的生存竞争说。无论古今，凡是没有一定的理论，或主张的变化并无线索可寻，而随时拿了各种各派的理论来作武器的人，都可以称之为流氓。例如上海的流氓，看见一男一女的乡下人在走路，他就说，“喂，你们这样子，有伤风化，你们犯了法了！”他用的是中国法。倘看见一个乡下人在路旁小便呢，他就说，“喂，这是不准的，你犯了法，该捉到捕房去！”这时所用的又是外国法。但结果是无所谓法不法，只要被他敲去了几个钱就都完事。

在中国，去年的革命文学者和前年很有点不同了。这固然由于境遇的改变，但有些“革命文学者”的本身里，还藏着容易犯到的病根。“革命”和“文学”，若断若续，好象两只靠近的船，一只是“革命”，一只是“文学”，而作者的每一只脚就站在每一只船上面。当环境较好的时候，作者就在革命这一只船上踏得重一点，分明是革命者，待到革命一被压迫，则在文学的船上踏得重一点，他变了不过是文学家了。所以前年的主张十分激烈，以为凡非革命文学，统得扫荡的人，去年却记得了列宁爱看冈却罗夫(I. A. Gontcharov)的作品的故事，觉得非革命文学，意义倒也十分深长；还有最彻底的革命文学家叶灵凤先生,他描写革命家,彻底到每次上茅厕时候都用我的《呐喊》去揩屁股,现在却竟会莫名其妙的跟在所谓民族主义文学家屁股后面了。

类似的例,还可以举出向培良先生来。在革命渐渐高扬的时候,他是很革命的;他在先前,还曾经说,青年人不但嗥叫,还要露出狼牙来。这自然也不坏,但也应该小心,因为狼是狗的祖宗,一到被人驯服的时候,是就要变而为狗的,向培良先生现在在提倡人类的艺术了,他反对有阶级的艺术的存在,而在人类中分出好人和坏人来,这艺术是"好坏斗争"的武器。狗也是将人分为两种的,豢养它的主人之类是好人,别的穷人和乞丐在它的眼里就是坏人,不是叫,便是咬。然而这也还不算坏,因为究竟还有一点野性,如果再一变而为吧儿狗,好象不管闲事,而其实在给主子尽职,那就正如现在的自称不问俗事的为艺术而艺术的名人们一样,只好去点缀大学教室了。

这样的翻着筋斗的小资产阶级,即使是在做革命文学家,写着革命文学的时候,也最容易将革命写歪;写歪了,反于革命有害,所以他们的转变,是毫不足惜的,当革命文学的运动勃兴时,许多小资产阶级的文学家忽然变过来了,那时用来解释这现象的,是突变之说。但我们知道,所谓突变者,是说A要变B,几个条件已经完备,而独缺其一的时候,这一个条件一出现,于是就变成了B。譬如水的结冰,温度须到零点,同时又须有空气的振动,倘没有这,则即便到了零点,也还是不结冰,这时空气一振动,这才突变而为冰了。所以外面虽然好象突变,其实是并非突然的事。倘没有应具的条件的,那就是即使自说已变,实际上却并没有变,所以有些忽然一天晚上自称突变过来的小资产阶级革命文学家,不久就又突变回去了。

去年左翼作家联盟在上海的成立,是一件重要的事实。因为这时已经输入了蒲力汗诺夫,卢那卡尔斯基等的理论,给大家能够互相切磋,更加坚实而有力,但也正因为更加坚实而有力了,就受到世界上古今所少有的压迫和摧残,因为有了这样的压迫和摧残,就使那时以为左翼文学将大出风头,作家就要吃劳动者供献上来的黄油面包了的所谓革命文学家立刻现出原形,有的写悔过书,有的是反转来攻击左联,以显出他今年的见识又进了一步。这虽然并非左联直接的自动,然而也是一种扫荡,这些作者,是无论变与不变,总写不出好的作品来的。

但现存的左翼作家,能写出好的无产阶级文学来么?我想,也很难。这是因为现在的左翼作家还都是读书人——智识阶级,他们要写出革命的实际来,是很不容易的缘故。日本的厨川白村(H. Kuriyakawa)曾经提出过一个问题,说:作家之所描写,必得是自已经验过的么?他自答道,不必,因为他能够体察。所以要写偷,他不必亲自去做贼,要写通奸,他不必亲自去私通。但我以为这是因为作家生长在旧社会里,熟悉了旧社会的情形,看惯了旧社会的人物的缘故,所以他能够体察;对于和他向来没有关系的无产阶级的情形和人物,他就会无能,或者弄成错误的描写了。所以革命文学家,至少是必须和革命共同着生命,或深切地感受着革命的脉搏的。(最近左联的提出了"作家的无产阶级化"的口号,就是对于这一点的很正确的理解。)

在现在中国这样的社会中,最容易希望出现的,是反叛的小资产阶级的反抗的,或暴露的作品。因为他生长在这正在灭亡着的阶级中,所以他有甚深的了解,甚大的憎恶,而向这刺下去的刀也最为致命与有力。固然,有些貌似革命的作品,也并非要将本阶级或资产阶级推翻,倒在憎恨或失望于他们的不能改良,不能较长久的保持地位,所以从无产阶级的见地看来,不过是"兄弟阋于墙",两方一样是敌对。但是,那结果,却也能在革命的潮流中,成为一粒泡沫的。对于这些的作品,我以为实在无须称之为无产阶级文学,作者也无须为了将来的名誉起见,自称为无产阶级的作家的。

但是,虽是仅仅攻击旧社会的作品,倘若知不清缺点,看不透病根,也就于革命有害,但可惜的是现在的作家,连革命的作家和批评家,也往往不能,或不敢正视现社会,知道它的底细,尤其是认为敌人的底细。随手举一个例罢,先前的《列宁青年》上,有一篇评论中国文学界的文章,将这分为三派,首先是创造社,作为无产阶级文学派,讲得很长,其次是语丝社,作为小资产阶级文学派,可就说得短了,第三是新月社,作为资产阶级文学派,却说得更短,到不了一页。这就在表明:这位青年批评家对于愈认为敌人的,就愈是无话可说,也就是愈没有细看。自然,我们看书,倘看反对的东西,总不如看同派的东西的舒服,爽快,有益;但倘是一个战斗者,我以为,在了解革命和敌人上,倒是必须更多的去解剖当面的敌人的。要写文学作品也一样,不但应该知道革命的实际,也必须深知敌人的情形,现在的各方面的状况,再去断定革命的前途。惟有明白旧的,看到新的,了解过去,推断将来,我们的文学的发展才有希望。我想,这是在现在环境下的作家,只要努力,还可以做得到的。

在现在,如先前所说,文艺是在受着少有的压迫与摧残,广泛地现出了饥馑状态。文艺不但是革命的,连那略带些不平色彩的,不但是指摘现状的,连那些攻击旧来积弊的,也往往就受迫害。这情形,即在说明至今为止的统治阶级的革命,不过是争夺一把旧椅子。去推的时候,好象这椅子很可恨,一夺到手,就又觉得是宝贝了,而同时也自觉得自己正和这"旧的"一气。二十多年前,都说朱元璋(明太祖)是民族的革命者,其实是并不然的,他做了皇帝以后,称蒙古朝为"大元",杀汉人比蒙古人还厉害。奴才做了主人,是决不肯废去"老爷"的称呼的,他的摆架子,恐怕比他的主人还十足,还可笑。这正如上海的工人赚了几文钱,开起小小的工厂来,对付工人反而凶到绝顶一样。

在一部旧的笔记小说——我忘了它的书名了——上,曾经载有一个故事,说明朝有一个武官叫说书人讲故事,他便对他讲檀道济——晋朝的一个将军,讲完之后,那武官就吩咐打说书人一顿,人问他什么缘故,他说道:"他既然对我讲檀道济,那么,对檀道济是一定去讲我的了。"现在的统治者也神经衰弱到象这武官一样,什么他都怕,因而在出版界上也布置了比先前更进步的流氓,令人看不出流氓的形式而却用着更厉害的流氓手段:用广告,用诬陷,用恐吓;甚至于有几个文学者还拜了流氓做老子,以图得到安稳和利益。因此革命的文学者,就不但应该留心迎面的敌人,还必须防备自己一面的三翻四复的暗探了,较之简单地用着文艺的斗争,就非常费力,而因此也就影响到文艺上面来。

现在上海虽然还出版着一大堆的所谓文艺杂志,其实却等于空虚。以营业为目的的书店所出的东西,因为怕遭殃,就竭力选些不关痛痒的文章,如说"命固不可以不革,而亦不可以太革"之类,那特色是在令人从头看到末尾,终于等于不看。至于官办的,或对官场去凑趣的杂志呢,作者又都是乌合之众,共同的目的只在捞几文稿费,什么"英国维多利亚朝的文学"呀,"论刘易士得到诺贝尔奖金"呀,连自己也并不相信所发的议论,连自己也并不看重所做的文章。所以，我说，现在上海所出的文艺杂志都等于空虚，革命者的文艺固然被压迫了，而压迫者所办的文艺杂志上也没有什么文艺可见。然而，压迫者当真没有文艺么？有是有的，不过并非这些，而是通电，告示，新闻，民族主义的“文学”，法官的判词等。例如前几天，《申报》上就记着一个女人控诉她的丈夫强迫鸡奸并殴打得皮肤上成了青伤的事，而法官的判词却道，法律上并无禁止丈夫鸡奸妻子的明文，而皮肤打得发青，也并不算毁损了生理的机能，所以那控诉就不能成立。现在是那男人反在控诉他的女人的“诬告”了。法律我不知道，至于生理学，却学过一点，皮肤被打得发青，肺，肝，或肠胃的生理的机能固然不至于毁损，然而发青之处的皮肤的生理的机能却是毁损了的。这在中国的现在，虽然常常遇见，不算什么稀奇事，但我以为这就已经能够很明白的知道社会上的一部分现象，胜于一篇平凡的小说或长诗了。

除以上所说之外，那所谓民族主义文学，和闹得已经很久了的武侠小说之类，是也还应该详细解剖的。但现在时间已经不够，只得待将来有机会再讲了。今天就这样为止罢。

谁的矛盾

萧(George Bernard Shaw)并不在周游世界,是在历览世界上新闻记者们的嘴脸,应世界上新闻记者们的口试,——然而落了第。

他不愿意受欢迎,见新闻记者,却偏要欢迎他,访问他,访问之后,却又都多少讲些俏皮话。

他躲来躲去,却偏要寻来寻去,寻到之后,大做一通文章,却偏要说他自己善于登广告。

他不高兴说话,偏要同他去说话,他不多谈,偏要拉他来多谈,谈得多了,报上又不敢照样登载了,却又怪他多说话。

他说的是真话,偏要说他是在说笑话,对他哈哈的笑,还要怪他自己倒不笑。

他说的是直话,偏要说他是讽刺,对他哈哈的笑,还要怪他自以为聪明。

他本不是讽刺家,偏要说他是讽刺家,而又看不起讽刺家,而又用了无聊的讽刺想来讽刺他一下。

他本不是百科全书,偏要当他百科全书,问长问短,问天问地,听了回答,又鸣不平,好像自己原来比他还明白。

他本是来玩玩的,偏要逼他讲道理,讲了几句,听的又不高兴了,说他是来"宣传赤化"了。

有的看不起他,因为他不是一个马克思主义文学者,然而倘是马克思主义文学者,看不起他的人可就不要看他了。

有的看不起他,因为他不去做工人,然而倘若做工人,就不会到上海,看不起他的人可就看不见他了。

有的又看不起他,因为他不是实行的革命者,然而倘是实行者,就会和牛兰一同关在牢监里,看不起他的人可就不愿提他了。

他有钱,他偏讲社会主义,他偏不去做工,他偏来游历,他偏到上海,他偏讲革命,他偏谈苏联,他偏不给人们舒服……

于是乎可恶。

身子长也可恶，年纪大也可恶，须发白也可恶，不受欢迎也可恶，逃避访问也可恶，连和夫人的感情好也可恶。

然而他走了，这一位被人们公认为“矛盾”的萧。

然而我想，还是熬一下子，姑且将这样的萧，当作现在的世界的文豪罢，唠唠叨叨，鬼鬼祟祟，是打不倒文豪的。而且为给大家可以唠叨起见，也还是有他在着的好。

因为矛盾的萧没落时，或萧的矛盾解决时，也便是社会的矛盾解决的时候，那可不是玩意儿也。

二月十九夜。

看萧和“看萧的人们”记

我是喜欢萧的。这并不是因为看了他的作品或传记，佩服得喜欢起来，仅仅是在什么地方见过一点警句，从什么人听说他往往撕掉绅士们的假面，这就喜欢了他了。还有一层，是因为中国也常有模仿西洋绅士的人物的，而他们却大抵不喜欢萧。被我自己所讨厌的人们所讨厌的人，我有时会觉得他就是好人物。

现在，这萧就要到中国来，但特地搜寻着去看一看的意思倒也并没有。

十六日的午后，内山完造君将改造社的电报给我看，说是去见一见萧怎么样。我就决定说，有这样地要我去见一见，那就见一见罢。

十七日的早晨，萧该已在上海登陆了，但谁也不知道他躲着的处所。这样地过了好半天，好像到底不会看见似的。到了午后，得到蔡先生的信，说萧现就在孙夫人的家里吃午饭，教我赶紧去。

我就跑到孙夫人的家里去。一走进客厅隔壁的一间小小的屋子里，萧就坐在圆桌的上首，和别的五个人在吃饭。因为早就在什么地方见过照相，听说是世界的名人的，所以便电光一般觉得是文豪，而其实是什么标记也没有。但是，雪白的须发，健康的血色，和气的面貌，我想，倘若作为肖像画的模范，倒是很出色的。

午餐像是吃了一半了。是素菜，又简单。白俄的新闻上，曾经猜有无数的侍者，但只有一个厨子在搬菜。

萧吃得并不多，但也许开始的时候，已经很吃了一通了也难说。到中途，他用起筷子来了，很不顺手，总是夹不住。然而令人佩服的是他竟逐渐巧妙，终于紧紧的夹住了一块什么东西，于是得意的遍看着大家的脸，可是谁也没有看见这成功。

在吃饭时候的萧，我毫不觉得他是讽刺家。谈话也平平常常。例如说：朋友最好，可以久远的往还，父母和兄弟都不是自己自由选择的，所以非离开不可之类。

午餐一完，照了三张相。并排一站，我就觉得自己的矮小了。虽然心里想，假如再年青三十年，我得来做伸长身体的体操……。

两点光景，笔会(Pen Club)有欢迎。也趁了摩托车一同去看时，原来是在叫作"世界学院"的大洋房里。走到楼上，早有为文艺的文艺家，民族主义文学家，交际明星，伶界大王等等，大约五十个人在那里了。合起围来，向他质问各色各样的事，好像翻检《大英百科全书》似的。

萧也演说了几句：诸君也是文士，所以这玩艺儿是全都知道的。至于扮演者，则因为是实行的，所以比起自己似的只是写写的人来，还要更明白。此外还有什么可说的呢。总之，今天就如看看动物园里的动物一样，现在已经看见了，这就可以了罢。云云。

大家都哄笑了，大约又以为这是讽刺。

也还有一点梅兰芳博士和别的名人的问答，但在这里，略之。

此后是将赠品送给萧的仪式。这是由有着美男子之誉的邵洵美君拿上去的，是泥土做的戏子的脸谱的小模型，收在一个盒子里。还有一种，听说是演戏用的衣裳，但因为是用纸包好了的，所以没有见。萧很高兴的接受了。据张若谷君后来发表出来的文章，则萧还问了几句话，张君也刺了他一下，可惜萧不听见云。但是，我实在也没有听见。

有人问他菜食主义的理由。这时很有了几个来照照相的人，我想，我这烟卷的烟是不行的，便走到外面的屋子去了。

还有面会新闻记者的约束，三点光景便又回到孙夫人的家里来。早有四五十个人在等候了，但放进的却只有一半。首先是木村毅君和四五个文士，新闻记者是中国的六人，英国的一人，白俄一人，此外还有照相师三四个。

在后园的草地上，以萧为中心，记者们排成半圆阵，替代着世界的周游，开了记者的嘴脸展览会。萧又遇到了各色各样的质问，好像翻检《大英百科全书》似的。

萧似乎并不想多话。但不说，记者们是决不干休的，于是终于说起来了，说得一多，这回是记者那面的笔记的分量，就渐渐的减少了下去。

我想，萧并不是真的讽刺家，因为他就会说得那么多。

试验是大约四点半钟完结的。萧好像已经很疲倦，我就和木村君都回到内山书店里去了。

第二天的新闻，却比萧的话还要出色得远远。在同一的时候，同一的地方，听着同一的话，写了出来的记事，却是各不相同的。似乎英文的解释，也会由于听者的耳朵，而变换花样。例如，关于中国的政府罢，英字新闻的萧，说的是中国人应该挑选自己们所佩服的人，作为统治者；日本字新闻的萧，说的是中国政府有好几个；汉字新闻的萧，说的是凡是好政府，总不会得人民的欢心的。

从这一点看起来，萧就并不是讽刺家，而是一面镜。

但是，在新闻上的对于萧的评论，大体是坏的。人们是各各去听自己所喜欢的，有益的讽刺去的，而同时也给听了自己所讨厌的，有损的讽刺。于是就各各用了讽刺来讽刺道，萧不过是一个讽刺家而已。

在讽刺竞赛这一点上，我以为还是萧这一面伟大。

我对于萧，什么都没有问；萧对于我，也什么都没有问。不料木村君却要我写一篇萧的印象记。别人做的印象记，我是常看的，写得仿佛一见便窥见了那人的真心一般，我实在佩服其观察之锐敏。至于自己，却连相书也没有翻阅过，所以即使遇见了名人罢，倘要我滔滔的来说印象，可就穷矣了。

但是，因为是特地从东京到上海来要我写的，我就只得寄一点这样的东西，算是一个对付。

一九三三年二月二十三夜。

（三月二十五日，许霞译自《改造》四月特辑，更由作者校定。）

《萧伯纳在上海》序

现在的所谓“人”，身体外面总得包上一点东西，绸缎，毡布，纱葛都可以。就是穷到做乞丐，至少也得有一条破裤子；就是被称为野蛮人的，小肚前后也多有了一排草叶子。要是在大庭广众之前自己脱去了，或是被人撕去了，这就叫作不成人样子。

虽然不像样，可是还有人要看，站着看的也有，跟着看的也有，绅士淑女们一齐掩住了眼睛，然而从手指缝里偷瞥几眼的也有，总之是要看看别人的赤条条，却小心着自己的整齐的衣裤。

人们的讲话，也大抵包着绸缎以至草叶子的，假如将这撕去了，人们就也爱听，也怕听。因为爱，所以围拢来，因为怕，就特地给它起了一个对于自己们可以减少力量的名目，称说这类的话的人曰“讽刺家”。

伯纳·萧一到上海，热闹得比泰戈尔还利害，不必说毕力涅克(Boris Pilniak)和穆杭(Paul Morand)了，我以为原因就在此。

还有一层，是“专制使人们变成冷嘲”，但这是英国的事情，古来只能“道路以目”的人们是不敢的。不过时候也到底不同了，就要听洋讽刺家来“幽默”一回，大家哈哈一下子。

还有一层，我在这里不想提。

但先要提防自己的衣裤。于是各人的希望就不同起来了。蹩脚愿意他主张拿拐杖，癞子希望他赞成戴帽子，涂了脂粉的想他讽刺黄脸婆，民族主义文学者要靠他来压服了日本的军队。但结果如何呢？结果只要看唠叨的多，就知道不见得十分圆满了。

萧的伟大可又在这地方。英系报，日系报，白俄系报，虽然造了一些谣言，而终于全都攻击起来，就知道他决不为帝国主义所利用。至于有些中国报，那是无须多说的，因为原是洋大人的跟丁。这跟也跟得长久了，只在“不抵抗”或“战略关系”上，这才走在他们军队的前面。

萧在上海不到一整天，而故事竟有这么多，倘是别的文人，恐怕不见得会这样的。这不是一件小事情,所以这一本书,也确是重要的文献。在前三个部门之中,就将文人,政客,军阀,流氓,叭儿的各式各样的相貌,都在一个平面镜里映出来了。说萧是凹凸镜,我也不以为确凿。

余波流到北平,还给大英国的记者一个教训:他不高兴中国人欢迎他。二十日路透电说北平报章多登关于萧的文章,是"足证华人传统的不感觉苦痛性"。胡适博士尤其超脱,说是不加招待,倒是最高尚的欢迎。

"打是不打,不打是打!"

这真是一面大镜子,真是令人们觉得好像一面大镜子的大镜子,从去照或不愿去照里,都装模作样的显出了藏着的原形。在上海的一部分,虽然用笔和舌的还没有北平的外国记者和中国学者的巧妙,但已经有不少的花样。旧传的脸谱本来也有限,虽有未曾收录的,或后来发表的东西,大致恐怕总在这谱里的了。

一九三三年二月二十八日灯下,鲁迅。

颂 萧

萧伯纳未到中国之前,《大晚报》希望日本在华北的军事行动会因此而暂行停止,呼之曰“和平老翁”。

萧伯纳既到香港之后,各报由“路透电”译出他对青年们的谈话,题之曰“宣传共产”。

萧伯纳“语路透访员曰,君甚不像华人,萧并以中国报界中人全无一人访之为异,问曰,彼等其幼稚至于未识余乎?”(十一日路透电)

我们其实是老练的,我们很知道香港总督的德政,上海工部局的章程,要人的谁和谁是亲友,谁和谁是仇雠,谁的太太的生日是那一天,爱吃的是什么。但对于萧,——惜哉,就是作品的译本也只有三四种。

所以我们不能识他在欧洲大战以前和以后的思想,也不能深识他游历苏联以后的思想。但只就十四日香港“路透电”所传,在香港大学对学生说的“如汝在二十岁时不为赤色革命家,则在五十岁时将成不可能之僵石,汝欲在二十岁时成一赤色革命家,则汝可得在四十岁时不致落伍之机会”的话,就知道他的伟大。

但我所谓伟大的,并不在他要令人成为赤色革命家,因为我们有“特别国情”,不必赤色,只要汝今天成为革命家,明天汝就失掉了性命,无从到四十岁。我所谓伟大的,是他竟替我们二十岁的青年,想到了四五十岁的时候,而且并不离开了现在。

阔人们会搬财产进外国银行,坐飞机离开中国地面,或者是想到明天的罢;“政如飘风,民如野鹿”,穷人们可简直连明天也不能想了,况且也不准想,不敢想。

又何况二十年,三十年之后呢?这问题极平常,然而是伟大的。

此之所以为萧伯纳!

二月十五日。

透　底

凡事彻底是好的，而“透底”就不见得高明。因为连续的向左转，结果碰见了向右转的朋友，那时候彼此点头会意，脸上会要辣辣的。要自由的人，忽然要保障复辟的自由，或者屠杀大众的自由，——透底是透底的了，却连自由的本身也漏掉了，原来只剩得一个无底洞。

譬如反对八股是极应该的。八股原是蠢笨的产物。一来是考官嫌麻烦——他们的头脑大半是阴沉木做的，——甚么代圣贤立言，甚么起承转合，文章气韵，都没有一定的标准，难以捉摸，因此，一股一股地定出来，算是合于功令的格式，用这格式来“衡文”，一眼就看得出多少轻重。二来，连应试的人也觉得又省力，又不费事了。这样的八股，无论新旧，都应当扫荡。但是，这是为着要聪明，不是要更蠢笨些。

不过要保存蠢笨的人，却有一种策略。他们说：“我不行，而他和我一样。”——大家活不成，拉倒大吉！而等“他”拉倒之后，旧的蠢笨的“我”却总是偷偷地又站起来，实惠是属于蠢笨的。好比要打倒偶像，偶像急了，就指着一切活人说，“他们都像我”，于是你跑去把貌似偶像的活人，统统打倒；回来，偶像会赞赏一番，说打倒偶像而打倒“打倒”者，确是透底之至。其实，这时候更大的蠢笨，笼罩了全世界。

开口诗云子曰，这是老八股；而有人把“达尔文说，蒲力汗诺夫曰”也算做新八股。于是要知道地球是圆的，人人都要自己去环游地球一周；要制造汽机的，也要先坐在开水壶前格物……。这自然透底之极。其实，从前反对卫道文学，原是说那样吃人的“道”不应该卫，而有人要透底，就说什么道也不卫；这“什么道也不卫”难道不也是一种“道”么？所以，真正最透底的，还是下列的一个故事：

古时候一个国度里革命了，旧的政府倒下去，新的站上来。旁人说，“你这革命党，原先是反对有政府主义的，怎么自己又来做政府？”那革命党立刻拔出剑来，割下了自己的头；但是，他的身体并不倒，而变成了僵尸，直立着，喉管里吞吞吐吐地似乎是说:这主义的实现原本要等三千年之后呢。

四月十一日。

“彻底”的底子

现在对于一个人的立论，如果说它是“高超”，恐怕有些要招论者的反感了，但若说它是“彻底”，是“非常前进”，却似乎还没有什么。

现在也正是“彻底”的，“非常前进”的议论，替代了“高超”的时光。

文艺本来都有一个对象的界限。譬如文学，原是以懂得文字的读者为对象的，懂得文字的多少有不同，文章当然要有深浅。而主张用字要平常，作文要明白，自然也还是作者的本分。然而这时“彻底”论者站出来了，他却说中国有许多文盲，问你怎么办？这实在是对于文学家的当头一棍，只好立刻闷死给他看。

不过还可以另外请一支救兵来，也就是辩解。因为文盲是已经在文学作用的范围之外的了，这时只好请画家，演剧家，电影作家出马，给他看文字以外的形象的东西。然而这还不足以塞“彻底”论者的嘴的，他就说文盲中还有色盲，有瞎子，问你怎么办？于是艺术家们也遭了当头一棍，只好立刻闷死给他看。

那么，作为最后的挣扎，说是对于色盲瞎子之类，须用讲演，唱歌，说书罢。说是也说得过去的。然而他就要问你：莫非你忘记了中国还有聋子吗？

又是当头一棍，闷死，都闷死了。

于是“彻底”论者就得到一个结论：现在的一切文艺，全都无用，非彻底改革不可！

他立定了这个结论之后，不知道到那里去了。谁来“彻底”改革呢？那自然是文艺家。然而文艺家又是不“彻底”的多，于是中国就永远没有对于文盲，色盲，瞎子，聋子，无不有效的——“彻底”的好的文艺。

但“彻底”论者却有时又会伸出头来责备一顿文艺家。

弄文艺的人，如果遇见这样的大人物而不能撕掉他的鬼脸，那么，文艺不但不会前进，并且只会萎缩，终于被他消灭的。切实的文艺家必须认清这一种“彻底”论者的真面目！

七月八日。

由聋而哑

医生告诉我们：有许多哑子，是并非喉舌不能说话的，只因为从小就耳朵聋，听不见大人的言语，无可师法，就以为谁也不过张着口呜呜哑哑，他自然也只好呜呜哑哑了。所以勃兰兑斯叹丹麦文学的衰微时，曾经说：文学的创作，几乎完全死灭了。人间的或社会的无论怎样的问题，都不能提起感兴，或则除在新闻和杂志之外，绝不能惹起一点论争。我们看不见强烈的独创的创作。加以对于获得外国的精神生活的事，现在几乎绝对的不加顾及。于是精神上的"聋"，那结果，就也招致了"哑"来。(《十九世纪文学的主朝》第一卷自序)

这几句话，也可以移来批评中国的文艺界，这现象，并不能全归罪于压迫者的压迫，五四运动时代的启蒙运动者和以后的反对者，都应该分负责任的。前者急于事功，竟没有译出什么有价值的书籍来，后者则故意迁怒，至骂翻译者为媒婆，有些青年更推波助澜，有一时期，还至于连人地名下注一原文，以便读者参考时，也就诋之曰"衒学"。

今竟何如？三开间店面的书铺，四马路上还不算少，但那里面满架是薄薄的小本子，倘要寻一部巨册，真如披沙拣金之难。自然，生得又高又胖并不就是伟人，做得多而且繁也决不就是名著，而况还有"剪贴"。但是，小小的一本"什么 ABC"里，却也决不能包罗一切学术文艺的。一道浊流，固然不如一杯清水的干净而澄明，但蒸溜了浊流的一部分，却就有许多杯净水在。

因为多年买空卖空的结果，文界就荒凉了，文章的形式虽然比较的整齐起来，但战斗的精神却较前有退无进。文人虽因捐班或互捧，很快的成名，但为了出力的吹，壳子大了，里面反显得更加空洞。于是误认这空虚为寂寞，像煞有介事的说给读者们；其甚者还至于摆出他心的腐烂来，算是一种内面的宝贝。散文，在文苑中算是成功的，但试看今年的选本，便是前三名，也即令人有"貂不足，狗尾续"之感。用秕谷来养青年，是决不会壮大的，将来的成就，且要更渺小，那模样，可看尼采所描写的"末人"。

但绍介国外思潮,翻译世界名作,凡是运输精神的粮食的航路,现在几乎都被聋哑的制造者们堵塞了,连洋人走狗,富户赘郎,也会来哼哼的冷笑一下。他们要掩住青年的耳朵,使之由聋而哑,枯涸渺小,成为“末人”,非弄到大家只能看富家儿和小瘪三所卖的春宫,不肯罢手。甘为泥土的作者和译者的奋斗,是已经到了万不可缓的时候了,这就是竭力运输些切实的精神的粮食,放在青年们的周围,一面将那些聋哑的制造者送回黑洞和朱门里面去。

八月二十九日。

未来的光荣

现在几乎每年总有外国的文学家到中国来，一到中国，总惹出一点小乱子。前有萧伯纳，后有德哥派拉；只有伐扬古久列，大家不愿提，或者不能提。

德哥派拉不谈政治，本以为可以跳在是非圈外的了，不料因为恭维了食与色，又挣得"外国文氓"的恶谥，让我们的论客，在这里议论纷纷。他大约就要做小说去了。

鼻子生得平而小，没有欧洲人那么高峻，那是没有法子的，然而倘使我们身边有几角钱，却一样的可以看电影。侦探片子演厌了，爱情片子烂熟了，战争片子看腻了，滑稽片子无聊了，于是乎有《人猿泰山》，有《兽林怪人》，有《斐洲探险》等等，要野兽和野蛮登场。然而在蛮地中，也还一定要穿插一点蛮婆子的蛮曲线。如果我们也还爱看，那就可见无论怎样奚落，也还是有些恋恋不舍的了，"性"之于市侩，是很要紧的。

文学在西欧，其碰壁和电影也并不两样；有些所谓文学家也者，也得找寻些奇特的(grotesque)，色情的(erotic)东西，去给他们的主顾满足，因此就有探险式的旅行，目的倒并不在地主的打拱或请酒。然而倘遇呆问，则以笑话了之，他其实也知道不了这些，他也不必知道。德哥派拉不过是这些人们中的一人。

但中国人，在这类文学家的作品里，是要和各种所谓"土人"一同登场的，只要看报上所载的德哥派拉先生的路由单就知道——中国，南洋，南美。英，德之类太平常了。我们要觉悟着被描写，还要觉悟着被描写的光荣还要多起来，还要觉悟着将来会有人以有这样的事为有趣。

一月八日。

水 性

天气接连的大热了近二十天，看上海报，几乎每天都有下河洗浴，淹死了人的记载。这在水村里，是很少见的。

水村多水，对于水的知识多，能浮水的也多。倘若不会浮水，是轻易不下水去的。这一种能浮水的本领，俗语谓之“识水性”。

这“识水性”，如果用了“买办”的白话文，加以较详的说明，则：一，是知道火能烧死人，水也能淹死人，但水的模样柔和，好像容易亲近，因而也容易上当；二，知道水虽能淹死人，却也能浮起人，现在就设法操纵它，专来利用它浮起人的这一面；三，便是学得操纵法，此法一熟，“识水性”的事就完全了。

但在都会里的人们，却不但不能浮水，而且似乎连水能淹死人的事情也都忘却了。平时毫无准备，临时又不先一测水的深浅，遇到热不可耐时，便脱衣一跳，倘不幸而正值深处，那当然是要死的。而且我觉得，当这时候，肯设法救助的人，好像都会里也比乡下少。

但救都会人恐怕也较难，因为救者固然必须“识水性”，被救者也得相当的“识水性”的。他应该毫不用力，一任救者托着他的下巴，往浅处浮。倘若过于性急，拚命的向救者的身上爬，则救者倘不是好手，便只好连自己也沉下去。

所以我想，要下河，最好是预先学一点浮水工夫，不必到什么公园的游泳场，只要在河滩边就行，但必须有内行人指导。其次，倘因了种种关系，不能学浮水，那就用竹竿先探一下河水的浅深，只在浅处敷衍敷衍；或者最稳当是舀起水来，只在河边冲一冲，而最要紧的是要知道水有能淹死不会游泳的人的性质，并且还要牢牢的记住！

现在还要主张宣传这样的常识，看起来好像发疯，或是志在“花边”罢，但事实却证明着断断不如此。许多事是不能为了讨前进的批评家喜欢，一味闭了眼睛作豪语的。

七月十七日。

隔　膜

清朝初年的文字之狱,到清朝末年才被从新提起。最起劲的是"南社"里的有几个人,为被害者辑印遗集;还有些留学生,也争从日本搬回文证来。待到孟森的《心史丛刊》出,我们这才明白了较详细的状况,大家向来的意见,总以为文字之祸,是起于笑骂了清朝。然而,其实是不尽然的。

这一两年来,故宫博物院的故事似乎不大能够令人敬服,但它却印给了我们一种好书,曰《清代文字狱档》,去年已经出到八辑。其中的案件,真是五花八门,而最有趣的,则莫如乾隆四十八年二月"冯起炎注解易诗二经欲行投呈案"。

冯起炎是山西临汾县的生员,闻乾隆将谒泰陵,便身怀著作,在路上徘徊,意图呈进,不料先以"形迹可疑"被捕了。那著作,是以《易》解《诗》,实则信口开河,在这里犯不上抄录,惟结尾有"自传"似的文章一大段,却是十分特别的——

> 又,臣之来也,不愿如何如何,亦别无愿求之事,惟有一事未决,请对陛下一叙其缘由。臣……名曰冯起炎,字是南州,尝到臣张三姨母家,见一女,可娶,而恨力不足以办此。此女名曰小女,年十七岁,方当待字之年,而正在未字之时,乃原籍东关春牛厂长兴号张守忭之次女也。又到臣杜五姨母家,见一女,可娶,而恨力不足以办此。此女名小凤,年十三岁,虽非必字之年,而已在可字之时,乃本京东城闹市口瑞生号杜月之次女也。若以陛下之力,差干员一人,选快马一匹,克日长驱到临邑,问彼临邑之地方官:"其东关春牛厂长兴号中果有张守忭一人否?"诚如是也,则此事谐矣。再问:"东城闹市口瑞生号中果有杜月一人否?"诚如是也,则此事谐矣。二事谐,则臣之愿毕矣。然臣之来也,方不知陛下纳臣之言耶否耶,而必以此等事相强乎?特进言之际,一叙及之。

这何尝有丝毫恶意?不过着了当时通行的才子佳人小说的迷,想一举成名，天子做媒，表妹入抱而已。不料事实结局却不大好，署直隶总督袁守侗拟奏罪名是“阅其呈首，胆敢于圣主之前，混讲经书，而呈尾措词，尤属狂妄。核其情罪，较冲突仪仗为更重。冯起炎一犯，应从重发往黑龙江等处，给披甲人为奴。俟部复到日，照例解部刺字发遣。”这位才子，后来大约终于单身出关做西崽去了。

此外的案情，虽然没有这么风雅，但并非反动的还不少。有的是卤莽；有的是发疯；有的是乡曲迂儒，真的不识讳忌；有的则是草野愚民，实在关心皇家。而运命大概很悲惨，不是凌迟，灭族，便是立刻杀头，或者“斩监候”，也仍然活不出。

凡这等事，粗略的一看，先使我们觉得清朝的凶虐，其次，是死者的可怜。但再来一想，事情是并不这么简单的。这些惨案的来由，都只为了“隔膜”。

满洲人自己，就严分着主奴，大臣奏事，必称“奴才”，而汉人却称“臣”就好。这并非因为是“炎黄之胄”，特地优待，锡以嘉名的，其实是所以别于满人的“奴才”，其地位还下于“奴才”数等。奴隶只能奉行，不许言议；评论固然不可，妄自颂扬也不可，这就是“思不出其位”。譬如说：主子，您这袍角有些儿破了，拖下去怕更要破烂，还是补一补好。进言者方自以为在尽忠，而其实却犯了罪，因为另有准其讲这样的话的人在，不是谁都可说的。一乱说，便是“越俎代谋”，当然“罪有应得”。倘自以为是“忠而获咎”，那不过是自己的胡涂。

但是，清朝的开国之君是十分聪明的，他们虽然打定了这样的主意，嘴里却并不照样说，用的是中国的古训：“爱民如子”，“一视同仁”。一部分的大臣，士大夫，是明白这奥妙的，并不敢相信。但有一些简单愚蠢的人们却上了当，真以为“陛下”是自己的老子，亲亲热热的撒娇讨好去了。他那里要这被征服者做儿子呢？于是乎杀掉。不久，儿子们吓得不再开口了，计划居然成功；直到光绪时康有为们的上书，才又冲破了“祖宗的成法”。然而这奥妙，好像至今还没有人来说明。

施蛰存先生在《文艺风景》创刊号里，很为“忠而获咎”者不平，就因为还不免有些“隔膜”的缘故。这是《颜氏家训》或《庄子》《文选》里所没有的。

六月十日。

买《小学大全》记

线装书真是买不起了。乾隆时候的刻本的价钱，几乎等于那时的宋本。明版小说，是五四运动以后飞涨的；从今年起，洪运怕要轮到小品文身上去了。至于清朝禁书，则民元革命后就是宝贝，即使并无足观的著作，也常要百余元至数十元。我向来也走走旧书坊，但对于这类宝书，却从不敢作非分之想。端午节前，在四马路一带闲逛，竟无意之间买到了一种，曰《小学大全》，共五本，价七角，看这名目，是不大有人会欢迎的，然而，却是清朝的禁书。

这书的编纂者尹嘉铨，博野人；他父亲尹会一，是有名的孝子，乾隆皇帝曾经给过褒扬的诗。他本身也是孝子，又是道学家，官又做到大理寺卿稽察觉罗学。还请令旗籍子弟也讲读朱子的《小学》，而"荷蒙朱批：所奏是。钦此。"这部书便成于两年之后的，加疏的《小学》六卷，《考证》和《释文》，《或问》各一卷，《后编》二卷，合成一函，是为《大全》。也曾进呈，终于在乾隆四十二年九月十七日奉旨："好！知道了。钦此。"那明明是得了皇帝的嘉许的。

到乾隆四十六年，他已经致仕回家了，但真所谓"及其老也，戒之在得"罢，虽然欲得的乃是"名"，也还是一样的招了大祸。这年三月，乾隆行经保定，尹嘉铨便使儿子送了一本奏章，为他的父亲请谥，朱批是"与谥乃国家定典，岂可妄求。此奏本当交部治罪，念汝为父私情，姑免之。若再不安分家居，汝罪不可逭矣！钦此。"不过他豫先料不到会碰这样的大钉子，所以接着还有一本，是请许"我朝"名臣汤斌范文程李光地顾八代张伯行等从祀孔庙，"至于臣父尹会一，既蒙御制诗章褒嘉称孝，已在德行之科，自可从祀，非臣所敢请也。"这回可真出了大岔子，三月十八日的朱批是："竟大肆狂吠，不可恕矣！钦此。"

乾隆时代的一定办法，是凡以文字获罪者，一面拿办，一面就查抄，这并非着重他的家产，乃在查看藏书和另外的文字，如果别有"狂吠"，便可以一并治罪。因为乾隆的意见,是以为既敢“狂吠”,必不止于一两声,非彻底根究不可的。尹嘉铨当然逃不出例外,和自己的被捕同时,他那博野的老家和北京的寓所,都被查抄了。藏书和别项著作,实在不少,但其实也并无什么干碍之作。不过那时是决不能这样就算的,经大学士三宝等再三审讯之后,定为“相应请旨将尹嘉铨照大逆律凌迟处死”,幸而结果很宽大:“尹嘉铨著加恩免其凌迟之罪,改为处绞立决,其家属一并加恩免其缘坐”就完结了。

这也还是名儒兼孝子的尹嘉铨所不及料的。

这一回的文字狱,只绞杀了一个人,比起别的案子来,决不能算是大狱,但乾隆皇帝却颇费心机,发表了几篇文字。从这些文字和奏章(均见《清代文字狱档》第六辑)看来,这回的祸机虽然发于他的“不安分”,但大原因,却在既以名儒自居,又请将名臣从祀:这都是大“不可恕”的地方。清朝虽然尊崇朱子,但止于“尊崇”,却不许“学样”,因为一学样,就要讲学,于是而有学说,于是而有门徒,于是而有门户,于是而有门户之争,这就足为“太平盛世”之累。况且以这样的“名儒”而做官,便不免以“名臣”自居,“妄自尊大”。乾隆是不承认清朝会有“名臣”的,他自己是“英主”,是“明君”,所以在他的统治之下,不能有奸臣,既没有特别坏的奸臣,也就没有特别好的名臣,一律都是不好不坏,无所谓好坏的奴子。

特别攻击道学先生,所以是那时的一种潮流,也就是“圣意”。我们所常见的,是纪昀总纂的《四库全书总目提要》和自著的《阅微草堂笔记》里的时时的排击。这就是迎合着这种潮流的,倘以为他秉性平易近人,所以憎恨了道学先生的谿刻,那是一种误解。大学士三宝们也很明白这潮流,当会审尹嘉铨时,曾奏道:“查该犯如此狂悖不法,若即行定罪正法,尚不足以泄公愤而快人心。该犯曾任三品大员,相应遵例奏明,将该犯严加夹讯,多受刑法,问其究属何心,录取供词,具奏,再请旨立正典刑,方足以昭炯戒。”后来究竟用了夹棍没有,未曾查考,但看所录供词,却于用他的“丑行”来打倒他的道学的策略,是做得非常起劲的。现在抄三条在下面——

问:尹嘉铨!你所书李孝女暮年不字事一篇,说“年逾五十,依然待字,吾妻李恭人闻而贤之,欲求淑女以相助,仲女固辞不就”等语。这处

> 女既立志不嫁，已年过五旬，你为何叫你女人遣媒说合，要他做妾？这样没廉耻的事，难道是讲正经人干的么？据供：我说的李孝女年逾五十，依然待字，原因素日间知道雄县有个姓李的女子，守贞不字。吾女人要聘他为妾，我那时在京候补，并不知道；后来我女人告诉我，才知道的，所以替他做了这篇文字，要表扬他，实在我并没有见过他的面。但他年过五十，我还将要他做妾的话，做在文字内，这就是我廉耻丧尽，还有何辩。
>
> 问：你当时在皇上跟前讨赏翎子，说是没有翎子，就回去见不得你妻小。你这假道学怕老婆，到底皇上没有给你翎子，你如何回去的呢？据供：我当初在家时，曾向我妻子说过，要见皇上讨翎子，所以我彼时不辞冒昧，就妄求恩典，原想得了翎子回家，可以夸耀。后来皇上没有赏我，我回到家里，实在觉得害羞，难见妻子。这都是我假道学，怕老婆，是实。
>
> 问：你女人平日妒悍，所以替你娶妾，也要娶这五十岁女人给你，知道这女人断不肯嫁，他又得了不妒之名。总是你这假道学居常做惯这欺世盗名之事，你女人也学了你欺世盗名。你难道不知道么？供：我女人要替我讨妾，这五十岁李氏女子既已立志不嫁，断不肯做我的妾，我女人是明知的，所以借此要得不妒之名。总是我平日所做的事，俱系欺世盗名，所以我女人也学做此欺世盗名之事，难逃皇上洞鉴。

还有一件要紧事是销毁和他有关的书。他的著述也真太多，计应“销毁”者有书籍八十六种，石刻七种，都是著作；应“撤毁”者有书籍六种，都是古书，而有他的序跋。《小学大全》虽不过“疏辑”，然而是在“销毁”之列的。

但我所得的《小学大全》，却是光绪二十二年开雕，二十五年刊竣，而“宣统丁巳”（实是中华民国六年）重校的遗老本，有张锡恭跋云：“世风不古若矣，愿读是书者，有以转移之。……”又有刘安涛跋云：“晚近凌夷，益加甚焉，异言喧豗，显与是书相悖，一唱百和，……驯致家与国均蒙其害，唐虞三代以来先圣先贤蒙以养正之遗意，扫地尽矣。剥极必复，天地之心见焉。……”为了文字狱，使士子不敢治史，尤不敢言近代事，但一面却也使昧于掌故，乾隆朝所竭力“销毁”的书，虽遗老也不复明白，不到一百三十年，又从新奉为宝典了。这莫非也是“剥极必复”么？恐怕是遗老们的乾隆皇帝所不及料的罢。

但是，清的康熙，雍正和乾隆三个，尤其是后两个皇帝，对于“文艺政策”或说得较大一点的“文化统制”，却真尽了很大的努力的。文字狱不过是消极的一方面，积极的一面，则如钦定四库全书，于汉人的著作，无不加以取舍，所取的书，凡有涉及金元之处者，又大抵加以修改，作为定本。此外，对于“七经”，“二十四史”，《通鉴》，文士的诗文，和尚的语录，也都不肯放过，不是鉴定，便是评选，文苑中实在没有不被蹂躏的处所了。而且他们是深通汉文的异族的君主，以胜者的看法，来批评被征服的汉族的文化和人情，也鄙夷，但也恐惧，有苛论，但也有确评，文字狱只是由此而来的辣手的一种，那成果，由满洲这方面言，是的确不能说它没有效的。

现在这影响好像是淡下去了，遗老们的重刻《小学大全》，就是一个证据，但也可见被愚弄了的性灵，又终于并不清醒过来。近来明人小品，清代禁书，市价之高，决非穷读书人所敢窥觇，但《东华录》，《御批通鉴辑览》，《上谕八旗》，《雍正朱批谕旨》……等，却好像无人过问，其低廉为别的一切大部书所不及。倘有有心人加以收集，一一钩稽，将其中的关于驾御汉人，批评文化，利用文艺之处，分别排比，辑成一书，我想，我们不但可以看见那策略的博大和恶辣，并且还能够明白我们怎样受异族主子的驯扰，以及遗留至今的奴性的由来的罢。

自然，这决不及赏玩性灵文字的有趣，然而借此知道一点演成了现在的所谓性灵的历史，却也十分有益的。

七月十日。

病后杂谈

一

生一点病，的确也是一种福气。不过这里有两个必要条件：一要病是小病，并非什么霍乱吐泻，黑死病，或脑膜炎之类；二要至少手头有一点现款，不至于躺一天，就饿一天。这二者缺一，便是俗人，不足与言生病之雅趣的。

我曾经爱管闲事，知道过许多人，这些人物，都怀着一个大愿。大愿，原是每个人都有的，不过有些人却模模胡胡，自己抓不住，说不出。他们中最特别的有两位：一位是愿天下的人都死掉，只剩下他自己和一个好看的姑娘，还有一个卖大饼的；另一位是愿秋天薄暮，吐半口血，两个侍儿扶着，恹恹的到阶前去看秋海棠。这种志向，一看好像离奇，其实却照顾得很周到。第一位姑且不谈他罢，第二位的“吐半口血”，就有很大的道理。才子本来多病，但要“多”，就不能重，假使一吐就是一碗或几升，一个人的血，能有几回好吐呢？过不几天，就雅不下去了。

我一向很少生病，上月却生了一点点。开初是每晚发热，没有力，不想吃东西，一礼拜不肯好，只得看医生。医生说是流行性感冒。好罢，就是流行性感冒。但过了流行性感冒一定退热的时期，我的热却还不退。医生从他那大皮包里取出玻璃管来，要取我的血液，我知道他在疑心我生伤寒病了，自己也有些发愁。然而他第二天对我说，血里没有一粒伤寒菌；于是注意的听肺，平常；听心，上等。这似乎很使他为难。我说，也许是疲劳罢；他也不甚反对，只是沉吟着说，但是疲劳的发热，还应该低一点。……

好几回检查了全体，没有死症，不至于呜呼哀哉是明明白白的，不过是每晚发热，没有力，不想吃东西而已，这真无异于“吐半口血”，大可享生病之福了。因为既不必写遗嘱，又没有大痛苦，然而可以不看正经书，不管柴米账，玩他几天，名称又好听，叫作“养病”。从这一天起，我就自己觉得好像有点儿“雅”了；那一位愿吐半口血的才子，也就是那时躺着无事，忽然记了起来的。

光是胡思乱想也不是事，不如看点不劳精神的书，要不然，也不成其为“养病”。像这样的时候，我赞成中国纸的线装书，这也就是有点儿“雅”起来了的证据。洋装书便于插架，便于保存，现在不但有洋装二十五六史，连《四部备要》也硬领而皮靴了，——原是不为无见的。但看洋装书要年富力强，正襟危坐，有严肃的态度。假使你躺着看，那就好像两只手捧着一块大砖头，不多工夫，就两臂酸麻，只好叹一口气，将它放下。所以，我在叹气之后，就去寻线装书。

一寻，寻到了久不见面的《世说新语》之类一大堆，躺着来看，轻飘飘的毫不费力了，魏晋人的豪放潇洒的风姿，也仿佛在眼前浮动。由此想到阮嗣宗的听到步兵厨善于酿酒，就求为步兵校尉；陶渊明的做了彭泽令，就教官田都种秫，以便做酒，因了太太的抗议，这才种了一点秔。这真是天趣盎然，决非现在的“站在云端里呐喊”者们所能望其项背。但是，“雅”要想到适可而止，再想便不行。例如阮嗣宗可以求做步兵校尉，陶渊明补了彭泽令，他们的地位，就不是一个平常人，要“雅”，也还是要地位。“采菊东篱下，悠然见南山”是渊明的好句，但我们在上海学起来可就难了。没有南山，我们还可以改作“悠然见洋房”或“悠然见烟囱”的，然而要租一所院子里有点竹篱，可以种菊的房子，租钱就每月总得一百两，水电在外；巡捕捐按房租百分之十四，每月十四两。单是这两项，每月就是一百十四两，每两作一元四角算，等于一百五十九元六。近来的文稿又不值钱，每千字最低的只有四五角，因为是学陶渊明的雅人的稿子，现在算他每千字三大元罢，但标点，洋文，空白除外。那么，单单为了采菊，他就得每月译作净五万三千二百字。吃饭呢？要另外想法子生发，否则，他只好“饥来驱我去，不知竟何之”了。

“雅”要地位，也要钱，古今并不两样的，但古代的买雅，自然比现在便宜；办法也并不两样，书要摆在书架上，或者抛几本在地板上，酒杯要摆在桌子上，但算盘却要收在抽屉里，或者最好是在肚子里。

此之谓“空灵”。

二

为了“雅”，本来不想说这些话的。后来一想，这于“雅”并无伤，不过是在证明我自己的“俗”。王夷甫口不言钱，还是一个不干不净人物，雅人打算盘，当然也无损其为雅人。不过他应该有时收起算盘，或者最妙是暂时忘却算盘，那么，那时的一言一笑，就都是灵机天成的一言一笑，如果念念不忘世间的利害，那可就成为“杭育杭育派”了。这关键，只在一者能够忽而放开，一者却是永远执着，因此也就大有了雅俗和高下之分。我想，这和时而“敦伦”者不失为圣贤，连白天也在想女人的就要被称为“登徒子”的道理，大概是一样的。

所以我恐怕只好自己承认“俗”，因为随手翻了一通《世说新语》，看过“娵隅跃清池”的时候，千不该万不该的竟从“养病”想到“养病费”上去了，于是一骨碌爬起来，写信讨版税，催稿费。写完之后，觉得和魏晋人有点隔膜，自己想，假使此刻有阮嗣宗或陶渊明在面前出现，我们也一定谈不来的。于是另换了几本书，大抵是明末清初的野史，时代较近，看起来也许较有趣味。第一本拿在手里的是《蜀碧》。

这是蜀宾从成都带来送我的，还有一部《蜀龟鉴》，都是讲张献忠祸蜀的书，其实是不但四川人，而是凡有中国人都该翻一下的著作，可惜刻的太坏，错字颇不少。翻了一遍，在卷三里看见了这样的一条——

> 又，剥皮者，从头至尻，一缕裂之，张于前，如鸟展翅，率逾日始绝。有即毙者，行刑之人坐死。

也还是为了自己生病的缘故罢，这时就想到了人体解剖。医术和虐刑，是都要生理学和解剖学智识的。中国却怪得很，固有的医书上的人身五脏图，真是草率错误到见不得人，但虐刑的方法，则往往好像古人早懂得了现代的科学。例如罢，谁都知道从周到汉，有一种施于男子的“宫刑”，也叫“腐刑”，次于“大辟”一等。对于女性就叫“幽闭”，向来不大有人提起那方法，但总之，是决非将她关起来，或者将它缝起来。近时好像被我查出一点大概来了，那办法的凶恶，妥当，而又合乎解剖学，真使我不得不吃惊。但妇科的医书呢？几乎都不明白女性下半身的解剖学的构造，他们只将肚子看作一个大口袋，里面装着莫名其妙的东西。

单说剥皮法,中国就有种种。上面所抄的是张献忠式;还有孙可望式,见于屈大均的《安龙逸史》,也是这回在病中翻到的。其时是永历六年,即清顺治九年,永历帝已经躲在安隆(那时改为安龙),秦王孙可望杀了陈邦传父子,御史李如月就弹劾他"擅杀勋将,无人臣礼",皇帝反打了如月四十板。可是事情还不能完,又给孙党张应科知道了,就去报告了孙可望。

> 可望得应科报,即令应科杀如月,剥皮示众。俄缚如月至朝门,有负石灰一筐,稻草一捆,置于其前。如月问,"如何用此?"其人曰,"是揎你的草!"如月叱曰,"瞎奴! 此株株是文章,节节是忠肠也!"既而应科立右角门阶,捧可望令旨,喝如月跪。如月叱曰,"我是朝廷命官,岂跪贼令!?"乃步至中门,向阙再拜。……应科促令仆地,剖脊,及臀,如月大呼曰:"死得快活,浑身清凉!"又呼可望名,大骂不绝。及断至手足,转前胸,犹微声恨骂;至颈绝而死。随以灰渍之,纫以线,后乃入草,移北城门通衢阁上,悬之。……

张献忠的自然是"流贼"式;孙可望虽然也是流贼出身,但这时已是保明拒清的柱石,封为秦王,后来降了满洲,还是封为义王,所以他所用的其实是官式。明初,永乐皇帝剥那忠于建文帝的景清的皮,也就是用这方法的。大明一朝,以剥皮始,以剥皮终,可谓始终不变;至今在绍兴戏文里和乡下人的嘴上,还偶然可以听到"剥皮揎草"的话,那皇泽之长也就可想而知了。

真也无怪有些慈悲心肠人不愿意看野史,听故事;有些事情,真也不像人世,要令人毛骨悚然,心里受伤,永不全愈的。残酷的事实尽有,最好莫如不闻,这才可以保全性灵,也是"是以君子远庖厨也"的意思。比灭亡略早的晚明名家的潇洒小品在现在的盛行,实在也不能说是无缘无故。不过这一种心地晶莹的雅致,又必须有一种好境遇,李如月仆地"剖脊",脸孔向下,原是一个看书的好姿势,但如果这时给他看袁中郎的《广庄》,我想他是一定不要看的。这时他的性灵有些儿不对,不懂得真文艺了。

然而,中国的士大夫是到底有点雅气的,例如李如月说的"株株是文章,节节是忠肠",就很富于诗趣。临死做诗的,古今来也不知道有多少。直到近代，谭嗣同在临刑之前就做一绝“闭门投辖思张俭”，秋瑾女士也有一句“秋雨秋风愁杀人”，然而还雅得不够格，所以各种诗选里都不载，也不能卖钱。

三

清朝有灭族，有凌迟，却没有剥皮之刑，这是汉人应该惭愧的，但后来脍炙人口的虐政是文字狱。虽说文字狱，其实还含着许多复杂的原因，在这里不能细说；我们现在还直接受到流毒的，是他删改了许多古人的著作的字句，禁了许多明清人的书。

《安龙逸史》大约也是一种禁书，我所得的是吴兴刘氏嘉业堂的新刻本。他刻的前清禁书还不止这一种，屈大均的又有《翁山文外》；还有蔡显的《闲渔闲闲录》，是作者因此“斩立决”，还累及门生的，但我细看了一遍，却又寻不出什么忌讳。对于这种刻书家，我是很感激的，因为他传授给我许多知识——虽然从雅人看来，只是些庸俗不堪的知识。但是到嘉业堂去买书，可真难。我还记得，今年春天的一个下午，好容易在爱文义路找着了，两扇大铁门，叩了几下，门上开了一个小方洞，里面有中国门房，中国巡捕，白俄镖师各一位。巡捕问我来干什么的。我说买书。他说账房出去了，没有人管，明天再来罢。我告诉他我住得远，可能给我等一会呢？他说，不成！同时也堵住了那个小方洞。过了两天，我又去了，改作上午，以为此时账房也许不至于出去。但这回所得回答却更其绝望，巡捕曰：“书都没有了！卖完了！不卖了！”

我就没有第三次再去买，因为实在回复的斩钉截铁。现在所有的几种，是托朋友去辗转买来的，好像必须是熟人或走熟的书店，这才买得到。

每种书的末尾，都有嘉业堂主人刘承干先生的跋文，他对于明季的遗老很有同情，对于清初的文祸也颇不满。但奇怪的是他自己的文章却满是前清遗老的口风；书是民国刻的，“仪”字还缺着末笔。我想，试看明朝遗老的著作，反抗清朝的主旨，是在异族的入主中夏的，改换朝代，倒还在其次。所以要顶礼明末的遗民，必须接受他的民族思想，这才可以心心相印。现在以明遗老之仇的满清的遗老自居，却又引明遗老为同调，只着重在“遗老”两个字，而毫不问遗于何族，遗在何时，这真可以说是“为遗老而遗老”，和现在文坛上的“为艺术而艺术”，成为一副绝好的对子了。

倘以为这是因为“食古不化”的缘故，那可也并不然。中国的士大夫，该化的时候，就未必决不化。就如上面说过的《蜀龟鉴》，原是一部笔法都仿《春秋》的书，但写到“圣祖仁皇帝康熙元年春正月”，就有“赞”道：“……明季之乱甚矣！风终豳，雅终《召旻》，托乱极思治之隐忧而无其实事，孰若臣祖亲见之，臣身亲被之乎？是编以元年正月终者，非徒谓体元表正，蔑以加兹；生逢盛世，荡荡难名，一以寄没世不忘之恩，一以见太平之业所由始耳！”

《春秋》上是没有这种笔法的。满洲的肃王的一箭，不但射死了张献忠，也感化了许多读书人，而且改变了“春秋笔法”了。

四

病中来看这些书，归根结蒂，也还是令人气闷。但又开始知道了有些聪明的士大夫，依然会从血泊里寻出闲适来。例如《蜀碧》，总可以说是够惨的书了，然而序文后面却刻着一位乐斋先生的批语道：“古穆有魏晋间人笔意。”

这真是天大的本领！那死似的镇静，又将我的气闷打破了。

我放下书，合了眼睛，躺着想想学这本领的方法，以为这和“君子远庖厨也”的法子是大两样的，因为这时是君子自己也亲到了庖厨里。瞑想的结果，拟定了两手太极拳。一，是对于世事要“浮光掠影”，随时忘却，不甚了然，仿佛有些关心，却又并不恳切；二，是对于现实要“蔽聪塞明”，麻木冷静，不受感触，先由努力，后成自然。第一种的名称不大好听，第二种却也是却病延年的要诀，连古之儒者也并不讳言的。这都是大道。还有一种轻捷的小道，是：彼此说谎，自欺欺人。

有些事情，换一句话说就不大合式，所以君子憎恶俗人的“道破”。其实，“君子远庖厨也”就是自欺欺人的办法：君子非吃牛肉不可，然而他慈悲，不忍见牛的临死的觳觫，于是走开，等到烧成牛排，然后慢慢的来咀嚼。牛排是决不会“觳觫”的了，也就和慈悲不再有冲突，于是他心安理得，天趣盎然，剔剔牙齿，摸摸肚子，“万物皆备于我矣”了。彼此说谎也决不是伤雅的事情，东坡先生在黄州，有客来，就要客谈鬼，客说没有，东坡道："姑妄言之！"至今还算是一件韵事。

撒一点小谎，可以解无聊，也可以消闷气；到后来，忘却了真，相信了谎。也就心安理得，天趣盎然了起来。永乐的硬做皇帝，一部分士大夫是颇以为不大好的。尤其是对于他的惨杀建文的忠臣。和景清一同被杀的还有铁铉，景清剥皮，铁铉油炸，他的两个女儿则发付了教坊，叫她们做婊子。这更使士大夫不舒服，但有人说，后来二女献诗于原问官，被永乐所知，赦出，嫁给士人了。

这真是"曲终奏雅"，令人如释重负，觉得天皇毕竟圣明，好人也终于得救。她虽然做过官妓，然而究竟是一位能诗的才女，她父亲又是大忠臣，为夫的士人，当然也不算辱没。但是，必须"浮光掠影"到这里为止，想不得下去。一想，就要想到永乐的上谕，有些是凶残猥亵，将张献忠祭梓潼神的"咱老子姓张，你也姓张，咱老子和你联了宗罢。尚飨！"的名文，和他的比起来，真是高华典雅，配登西洋的上等杂志，那就会觉得永乐皇帝决不像一位爱才怜弱的明君。况且那时的教坊是怎样的处所？罪人的妻女在那里是并非静候嫖客的，据永乐定法，还要她们"转营"，这就是每座兵营里都去几天，目的是在使她们为多数男性所凌辱，生出"小龟子"和"淫贱材儿"来！所以，现在成了问题的"守节"，在那时，其实是只准"良民"专利的特典。在这样的治下，这样的地狱里，做一首诗就能超生的么？

我这回从杭世骏的《订讹类编》（续补卷上）里，这才确切的知道了这佳话的欺骗。他说：

> ……考铁长女诗，乃吴人范昌期《题老妓卷》作也。诗云："教坊落籍洗铅华，一片春心对落花。旧曲听来空有恨，故园归去却无家。云鬟半亸临青镜，雨泪频弹湿绛纱。安得江州司马在，尊前重为赋琵琶。"昌期，字鸣凤；诗见张士瀹《国朝文纂》。同时杜琼用嘉亦有次韵诗，题曰《无题》，则其非铁氏作明矣。次女诗所谓"春来雨露深如海，嫁得刘郎胜阮郎"，其论尤为不伦。宗正睦㮮论革除事，谓建文流落西南诸诗，皆好事伪作，则铁女之诗可知。……

《国朝文纂》我没有见过，铁氏次女的诗，杭世骏也并未寻出根底，但我以为他的话是可信的，——虽然他败坏了口口相传的韵事。况且一则他也是一个认真的考证学者，二则我觉得凡是得到大杀风景的结果的考证，往往比表面说得好听，玩得有趣的东西近真。

首先将范昌期的诗嫁给铁氏长女，聊以自欺欺人的是谁呢？我也不知道。但“浮光掠影”的一看，倒也罢了，一经杭世骏道破，再去看时，就很明白的知道了确是咏老妓之作，那第一句就不像现任官妓的口吻。不过中国的有一些士大夫，总爱无中生有，移花接木的造出故事来，他们不但歌颂升平，还粉饰黑暗。关于铁氏二女的撒谎，尚其小焉者耳，大至胡元杀掠，满清焚屠之际，也还会有人单单捧出什么烈女绝命，难妇题壁的诗词来，这个艳传，那个步韵，比对于华屋丘墟，生民涂炭之惨的大事情还起劲。到底是刻了一本集，连自己们都附进去，而韵事也就完结了。

我在写着这些的时候，病是要算已经好了的了，用不着写遗书。但我想在这里趁便拜托我的相识的朋友，将来我死掉之后，即使在中国还有追悼的可能，也千万不要给我开追悼会或者出什么记念册。因为这不过是活人的讲演或挽联的斗法场，为了造语惊人，对仗工稳起见，有些文豪们是简直不恤于胡说八道的。结果至多也不过印成一本书，即使有谁看了，于我死人，于读者活人，都无益处，就是对于作者，其实也并无益处，挽联做得好，也不过挽联做得好而已。

现在的意见，我以为倘有购买那些纸墨白布的闲钱，还不如选几部明人，清人或今人的野史或笔记来印印，倒是于大家很有益处的。但是要认真，用点工夫，标点不要错。

十二月十一日。

阿 金

近几时我最讨厌阿金。

她是一个女仆，上海叫娘姨，外国人叫阿妈，她的主人也正是外国人。

她有许多女朋友，天一晚，就陆续到她窗下来，“阿金，阿金！”的大声的叫，这样的一直到半夜。她又好像颇有几个姘头；她曾在后门口宣布她的主张：弗轧姘头，到上海来做啥呢？……

不过这和我不相干。不幸的是她的主人家的后门，斜对着我的前门，所以“阿金，阿金！”的叫起来，我总受些影响，有时是文章做不下去了，有时竟会在稿子上写一个“金”字。更不幸的是我的进出，必须从她家的晒台下走过，而她大约是不喜欢走楼梯的，竹竿，木板，还有别的什么，常常从晒台上直摔下来，使我走过的时候，必须十分小心，先看一看这位阿金可在晒台上面，倘在，就得绕远些。自然，这是大半为了我的胆子小，看得自己的性命太值钱；但我们也得想一想她的主子是外国人，被打得头破血出，固然不成问题，即使死了，开同乡会，打电报也都没有用的，——况且我想，我也未必能够弄到开起同乡会。

半夜以后，是别一种世界，还剩着白天脾气是不行的。有一夜，已经三点半钟了，我在译一篇东西，还没有睡觉。忽然听得路上有人低声的在叫谁，虽然听不清楚，却并不是叫阿金，当然也不是叫我。我想：这么迟了，还有谁来叫谁呢？同时也站起来，推开楼窗去看去了，却看见一个男人，望着阿金的绣阁的窗，站着。他没有看见我。我自悔我的莽撞，正想关窗退回的时候，斜对面的小窗开处，已经现出阿金的上半身来，并且立刻看见了我，向那男人说了一句不知道什么话，用手向我一指，又一挥，那男人便开大步跑掉了。我很不舒服，好像是自己做了甚么错事似的，书译不下去了，心里想：以后总要少管闲事，要炼到泰山崩于前而色不变，炸弹落于侧而身不移！……

但在阿金，却似乎毫不受什么影响，因为她仍然嘻嘻哈哈。不过这是晚快边才得到的结论,所以我真是负疚了小半夜和一整天。这时我很感激阿金的大度,但同时又讨厌了她的大声会议,嘻嘻哈哈了。自有阿金以来,四围的空气也变得扰动了,她就有这么大的力量。这种扰动,我的警告是毫无效验的,她们连看也不对我看一看。有一回,邻近的洋人说了几句洋话,她们也不理;但那洋人就奔出来了,用脚向各人乱踢,她们这才逃散,会议也收了场。这踢的效力,大约保存了五六夜。

此后是照常的嚷嚷;而且扰动又廓张了开去,阿金和马路对面一家烟纸店里的老女人开始奋斗了,还有男人相帮。她的声音原是响亮的,这回就更加响亮,我觉得一定可以使二十间门面以外的人们听见。不一会,就聚集了一大批人。论战的将近结束的时候当然要提到"偷汉"之类,那老女人的话我没有听清楚,阿金的答复是:

"你这老×没有人要! 我可有人要呀!"

这恐怕是实情,看客似乎大抵对她表同情,"没有人要"的老×战败了。这时踱来了一位洋巡捕,反背着两手,看了一会,就来把看客们赶开;阿金赶紧迎上去,对他讲了一连串的洋话。洋巡捕注意的听完之后,微笑的说道:

"我看你也不弱呀!"

他并不去捉老×,又反背着手,慢慢的踱过去了。这一场巷战就算这样的结束。但是,人间世的纠纷又并不能解决得这么干脆,那老×大约是也有一点势力的。第二天早晨,那离阿金家不远的也是外国人家的西崽忽然向阿金家逃来。后面追着三个彪形大汉。西崽的小衫已被撕破,大约他被他们诱出外面,又给人堵住后门,退不回去,所以只好逃到他爱人这里来了。爱人的肘腋之下,原是可以安身立命的,伊孛生(H. Ibsen)戏剧里的彼尔·干德,就是失败之后,终于躲在爱人的裙边,听唱催眠歌的大人物。但我看阿金似乎比不上瑙威女子,她无情,也没有魄力。独有感觉是灵的,那男人刚要跑到的时候,她已经赶紧把后门关上了。那男人于是进了绝路,只得站住。这好像也颇出于彪形大汉们的意料之外,显得有些踌躇;但终于一同举起拳头,两个是在他背脊和胸脯上一共给了三拳,仿佛也并不怎么重,一个在他脸上打了一拳,却使它立刻红起来。这一场巷战很神速,又在早晨,所以观战者也不多,胜败两军,各自走散,世界又从此暂时和平了。然而我仍然不放心,因为我曾经听人说过:所谓"和平",不过是两次战争之间的时日。

但是,过了几天,阿金就不再看见了,我猜想是被她自己的主人所回复。补了她的缺的是一个胖胖的,脸上很有些福相和雅气的娘姨,已经二十多天,还很安静,只叫了卖唱的两个穷人唱过一回"奇葛隆冬强"的《十八摸》之类,那是她用"自食其力"的余闲,享点清福,谁也没有话说的。只可惜那时又招集了一群男男女女,连阿金的爱人也在内,保不定什么时候又会发生巷战。但我却也叨光听到了男嗓子的上低音(barytone)的歌声,觉得很自然,比绞死猫儿似的《毛毛雨》要好得天差地远。

阿金的相貌是极其平凡的。所谓平凡,就是很普通,很难记住,不到一个月,我就说不出她究竟是怎么一副模样来了。但是我还讨厌她,想到"阿金"这两个字就讨厌;在邻近闹嚷一下当然不会成这么深仇重怨,我的讨厌她是因为不消几日,她就摇动了我三十年来的信念和主张。

我一向不相信昭君出塞会安汉,木兰从军就可以保隋;也不信妲己亡殷,西施沼吴,杨妃乱唐的那些古老话。我以为在男权社会里,女人是决不会有这种大力量的,兴亡的责任,都应该男的负。但向来的男性的作者,大抵将败亡的大罪,推在女性身上,这真是一钱不值的没有出息的男人。殊不料现在阿金却以一个貌不出众,才不惊人的娘姨,不用一个月,就在我眼前搅乱了四分之一里,假使她是一个女王,或者是皇后,皇太后,那么,其影响也就可以推见了:足够闹出大大的乱子来。

昔者孔子"五十而知天命",我却为了区区一个阿金,连对于人事也从新疑惑起来了,虽然圣人和凡人不能相比,但也可见阿金的伟力,和我的满不行。我不想将我的文章的退步,归罪于阿金的嚷嚷,而且以上的一通议论,也很近于迁怒,但是,近几时我最讨厌阿金,仿佛她塞住了我的一条路,却是的确的。

愿阿金也不能算是中国女性的标本。

十二月二十一日。

陀思妥夫斯基的事

——为日本三笠书房《陀思妥夫斯基全集》普及本作

到了关于陀思妥夫斯基,不能不说一两句话的时候了。说什么呢?他太伟大了,而自己却没有很细心的读过他的作品。

回想起来,在年青时候,读了伟大的文学者的作品,虽然敬服那作者,然而总不能爱的,一共有两个人。一个是但丁,那《神曲》的《炼狱》里,就有我所爱的异端在;有些鬼魂还在把很重的石头,推上峻峭的岩壁去。这是极吃力的工作,但一松手,可就立刻压烂了自己。不知怎地,自己也好像很是疲乏了。于是我就在这地方停住,没有能够走到天国去。

还有一个,就是陀思妥夫斯基。一读他二十四岁时所作的《穷人》,就已经吃惊于他那暮年似的孤寂。到后来,他竟作为罪孽深重的罪人,同时也是残酷的拷问官而出现了。他把小说中的男男女女,放在万难忍受的境遇里,来试炼它们,不但剥去了表面的洁白,拷问出藏在底下的罪恶,而且还要拷问出藏在那罪恶之下的真正的洁白来。而且还不肯爽利的处死,竭力要放它们活得长久。而这陀思妥夫斯基,则仿佛就在和罪人一同苦恼,和拷问官一同高兴着似的。这决不是平常人做得到的事情,总而言之,就因为伟大的缘故。但我自己,却常常想废书不观。

医学者往往用病态来解释陀思妥夫斯基的作品。这伦勃罗梭式的说明,在现今的大多数的国度里,恐怕实在也非常便利,能得一般人们的赞许的。但是,即使他是神经病者,也是俄国专制时代的神经病者,倘若谁身受了和他相类的重压,那么,愈身受,也就会愈懂得他那夹着夸张的真实,热到发冷的热情,快要破裂的忍从,于是爱他起来的罢。

不过作为中国的读者的我,却还不能熟悉陀思妥夫斯基式的忍从——对于横逆之来的真正的忍从。在中国,没有俄国的基督。在中国,君临的是“礼”,不是神。百分之百的忍从,在未嫁就死了定婚的丈夫,坚苦的一直硬活到八十岁的所谓节妇身上,也许偶然可以发见罢,但在一般的人们,却没有。忍从的形式,是有的,然而陀思妥夫斯基式的掘下去,我以为恐怕也还是虚伪。因为压迫者指为被压迫者的不德之一的这虚伪,对于同类,是恶,而对于压迫者,却是道德的。

但是,陀思妥夫斯基式的忍从,终于也并不只成了说教或抗议就完结。因为这是当不住的忍从,太伟大的忍从的缘故。人们也只好带着罪业,一直闯进但丁的天国,在这里这才大家合唱着,再来修炼天人的功德了。只有中庸的人,固然并无堕入地狱的危险,但也恐怕进不了天国的罢。

十一月二十日。

本篇日文原稿最初发表于日本《文艺》杂志一九三六年二月号,中文译文同月发表在上海《青年界》第九卷第二期和《海燕》月刊第二期。

《穷人》小引

千八百八十年，是陀思妥夫斯基完成了他的巨制之一《卡拉玛卓夫兄弟》这一年；他在手记上说："以完全的写实主义在人中间发见人。这是彻头彻尾俄国底特质。在这意义上，我自然是民族底的。……人称我为心理学家(Psychologist)。这不得当。我但是在高的意义上的写实主义者，即我是将人的灵魂的深，显示于人的。"第二年，他就死了。

显示灵魂的深者，每要被人看作心理学家；尤其是陀思妥夫斯基那样的作者。他写人物，几乎无须描写外貌，只要以语气，声音，就不独将他们的思想和感情，便是面目和身体也表示着。又因为显示着灵魂的深，所以一读那作品，便令人发生精神的变化。灵魂的深处并不平安，敢于正视的本来就不多，更何况写出？因此有些柔软无力的读者，便往往将他只看作"残酷的天才"。

陀思妥夫斯基将自己作品中的人物们，有时也委实太置之万难忍受的，没有活路的，不堪设想的境地，使他们什么事都做不出来。用了精神的苦刑，送他们到那犯罪，痴呆，酗酒，发狂，自杀的路上去。有时候，竟至于似乎并无目的，只为了手造的牺牲者的苦恼，而使他受苦，在骇人的卑污的状态上，表示出人们的心来。这确凿是一个"残酷的天才"，人的灵魂的伟大的审问者。

然而，在这"在高的意义上的写实主义者"的实验室里，所处理的乃是人的全灵魂。他又从精神底苦刑，送他们到那反省，矫正，忏悔，苏生的路上去；甚至于又是自杀的路。到这样，他的"残酷"与否，一时也就难于断定，但对于爱好温暖或微凉的人们，却还是没有什么慈悲的气息的。

相传陀思妥夫斯基不喜欢对人述说自己，尤不喜欢述说自己的困苦；但和他一生相纠结的却正是困难和贫穷。便是作品，也至于只有一回是并没有豫支稿费的著作。但他掩藏着这些事。他知道金钱的重要，而他最不善于使用的又正是金钱；直到病得寄养在一个医生的家里了，还想将一切来诊的病人当作佳客。他所爱,所同情的是这些,——贫病的人们,——所记得的是这些,所描写的是这些;而他所毫无顾忌地解剖,详检,甚而至于鉴赏的也是这些。不但这些,其实,他早将自己也加以精神底苦刑了,从年青时候起,一直拷问到死灭。

凡是人的灵魂的伟大的审问者,同时也一定是伟大的犯人。审问者在堂上举劾着他的恶,犯人在阶下陈述他自己的善;审问者在灵魂中揭发污秽,犯人在所揭发的污秽中阐明那埋藏的光耀。这样,就显示出灵魂的深。

在甚深的灵魂中,无所谓"残酷",更无所谓慈悲;但将这灵魂显示于人的,是"在高的意义上的写实主义者"。

陀思妥夫斯基的著作生涯一共有三十五年,虽那最后的十年很偏重于正教的宣传了,但其为人,却不妨说是始终一律。即作品,也没有大两样。从他最初的《穷人》起,最后的《卡拉玛卓夫兄弟》止,所说的都是同一的事,即所谓"捉住了心中所实验的事实,使读者追求着自己思想的径路,从这心的法则中,自然显示出伦理的观念来。"

这也可以说:穿掘着灵魂的深处,使人受了精神底苦刑而得到创伤,又即从这得伤和养伤和愈合中,得到苦的涤除,而上了苏生的路。

《穷人》是作于千八百四十五年,到第二年发表的;是第一部,也是使他即刻成为大家的作品;格里戈洛维奇和涅克拉梭夫为之狂喜,培林斯基曾给他公正的褒辞。自然,这也可以说,是显示着"谦逊之力"的。然而,世界竟是这么广大,而又这么狭窄;穷人是这么相爱,而又不得相爱;暮年是这么孤寂,而又不安于孤寂。他晚年的手记说:"富是使个人加强的,是器械底和精神底满足。因此也将个人从全体分开。"富终于使少女从穷人分离了,可怜的老人便发了不成声的绝叫。爱是何等地纯洁,而又何其有搅扰咒诅之心呵!

而作者其时只有二十四岁,却尤是惊人的事。天才的心诚然是博大的。

中国的知道陀思妥夫斯基将近十年了,他的姓已经听得耳熟,但作品的译本却未见。这也无怪,虽是他的短篇,也没有很简短,便于急就的。这回从芜才将他的最初的作品,最初绍介到中国来,我觉得似乎很弥补了些缺憾。这是用 Constance Garnett 的英译本为主,参考了 Modern Library 的英译本译出的,歧异之处,便由我比较了原白光的日文译本以定从违,又经素园用原文加以校定。在陀思妥夫斯基全集十二巨册中,这虽然不过是一小分,但在我们这样只有微力的人,却很用去许多工作了。藏稿经年,才得印出,便借了这短引,将我所想到的写出,如上文。陀思妥夫斯基的人和他的作品,本是一时研钻不尽的,统论全般,决非我的能力所及,所以这只好算作管窥之说;也仅仅略翻了三本书:Dostoievsky's Literarsche Schriften, Mereschkovsky's Dostoievsky und Tolstoy,升曙梦的《露西亚文学研究》。

俄国人姓名之长,常使中国的读者觉得烦难,现在就在此略加解释。那姓名全写起来,是总有三个字的:首先是名,其次是父名,第三是姓。例如这书中的解屋斯金,是姓;人却称他马加尔亚列舍维奇,意思就是亚列舍的儿子马加尔,是客气的称呼;亲昵的人就只称名,声音还有变化。倘是女的,便叫她"某之女某"。例如瓦尔瓦拉亚列舍夫那,意思就是亚列舍的女儿瓦尔瓦拉;有时叫她瓦兰加,则是瓦尔瓦拉的音变,也就是亲昵的称呼。

一九二六年六月二日之夜,鲁迅记于东壁下。

关于知识阶级

——十月二十五日在上海劳动大学讲

我到上海约二十多天，这回来上海并无什么意义，只是跑来跑去偶然到上海就是了。

我没有什么学问和思想，可以贡献给诸君。但这次易先生要我来讲几句话；因为我去年亲见易先生在北京和军阀官僚怎样奋斗，而且我也参与其间，所以他要我来，我是不得不来的。

我不会讲演，也想不出什么可讲的，讲演近于做八股，是极难的，要有讲演的天才才好，在我是不会的。终于想不出什么，只能随便一谈；刚才谈起中国情形，说到"知识阶级"四字，我想对于知识阶级发表一点个人的意见，只是我并不是站在引导者的地位，要诸君都相信我的话，我自己走路都走不清楚，如何能引导诸君？

"知识阶级"一辞是爱罗先珂(V. Eroshenko)七八年前讲演"知识阶级及其使命"时提出的，他骂俄国的知识阶级，也骂中国的知识阶级，中国人于是也骂起知识阶级来了；后来便要打倒知识阶级，再利害一点，甚至于要杀知识阶级了。知识就仿佛是罪恶，但是一方面虽有人骂知识阶级；一方面却又有人以此自豪：这种情形是中国所特有的，所谓俄国的知识阶级，其实与中国的不同，俄国当革命以前，社会上还欢迎知识阶级。为什么要欢迎呢？因为他确能替平民抱不平，把平民的苦痛告诉大众。他为什么能把平民的苦痛说出来？因为他与平民接近，或自身就是平民。几年前有一位中国大学教授，他很奇怪，为什么有人要描写一个车夫的事情，这就因为大学教授一向住在高大的洋房里，不明白平民的生活。欧洲的著作家往往是平民出身，(欧洲人虽出身穷苦，而也做文章；这因为他们的文字容易写，中国的文字却不容易写了。)所以也同样的感受到平民的苦痛，当然能痛痛快快写出来为平民说话，因此平民以为知识阶级对于自身是有益的；于是赞成他，到处都欢迎他，但是他们既受此荣誉，地位就增高了，而同时却把平民忘记了，变成一种特别的阶级。那时他们自以为了不得,到阔人家里去宴会,钱也多了,房子东西都要好的,终于与平民远远的离开了。他享受了高贵的生活,就记不起从前一切的贫苦生活了。——所以请诸位不要拍手,拍了手把我的地位一提高,我就要忘记了说话的。他不但不同情于平民或许还要压迫平民,以致变成了平民的敌人,现在贵族阶级不能存在;贵族的知识阶级当然也不能站住了,这是知识阶级缺点之一。

还有知识阶级不可免避的运命,在革命时代是注重实行的,动的;思想还在其次,直白地说:或者倒有害。至少我个人的意见如此的。唐朝奸臣李林甫有一次看兵操练很勇敢,就有人对着他称赞。他说:“兵好是好,可是无思想,”这话很不差。因为兵之所以勇敢,就在没有思想,要是有了思想,就会没有勇气了。现在倘叫我去当兵,要我去革命,我一定不去,因为明白了利害是非,就难于实行了。有知识的人,讲讲柏拉图(Plato)讲讲苏格拉底(Socrates)是不会有危险的。讲柏拉图可以讲一年,讲苏格拉底可以讲三年,他很可以安安稳稳地活下去,但要他去干危险的事情,那就很费踟蹰。譬如中国人,凡是做文章,总说“有利然而又有弊”,这最足以代表知识阶级的思想。其实无论什么都是有弊的,就是吃饭也是有弊的,它能滋养我们这方面是有利的;但是一方面使我们消化器官疲乏,那就不好而有弊了。假使做事要面面顾到,那就什么事都不能做了。

还有,知识阶级对于别人的行动,往往以为这样也不好,那样也不好。先前俄国皇帝杀革命党,他们反对皇帝;后来革命党杀皇族,他们也起来反对。问他怎么才好呢?他们也没办法。所以在皇帝时代他们吃苦,在革命时代他们也吃苦,这实在是他们本身的缺点。

所以我想,知识阶级能否存在还是个问题。知识和强有力是冲突的,不能并立的;强有力不许人民有自由思想,因为这能使能力分散,在动物界有很显的例;猴子的社会是最专制的,猴王说一声走,猴子都走了。在原始时代酋长的命令是不能反对的,无怀疑的,在那时酋长带领着群众并吞衰小的部落;于是部落渐渐的大了,团体也大了。一个人就不能支配了。因为各个人思想发达了,各人的思想不一,民族的思想就不能统一,于是命令不行,团体的力量减小,而渐趋灭亡。在古时野蛮民族常侵略文明很发达的民族,在历史上常见的。现在知识阶级在国内的弊病，正与古时一样。

英国罗素(Russel)法国罗曼罗兰(R. Rolland)反对欧战，大家以为他们了不起，其实幸而他们的话没有实行，否则，德国早已打进英国和法国了；因为德国如不能同时实行非战，是没有办法的。俄国托尔斯泰(Tolstoi)的无抵抗主义之所以不能实行，也是这个原因。他不主张以恶报恶的，他的意思是皇帝叫我们去当兵，我们不去当兵。叫警察去捉，他不去；叫刽子手去杀，他不去杀，大家都不听皇帝的命令，他也没有兴趣；那末做皇帝也无聊起来，天下也就太平了。然而如果一部分的人偏听皇帝的话，那就不行。

我从前也很想做皇帝，后来在北京去看到宫殿的房子都是一个刻板的格式，觉得无聊极了。所以我皇帝也不想做了。做人的趣味在和许多朋友有趣的谈天，热烈的讨论。做了皇帝，口出一声，臣民都下跪，只有不绝声的Yes，Yes，那有什么趣味？但是还有人做皇帝，因为他和外界隔绝，不知外面还有世界！

总之，思想一自由，能力要减少，民族就站不住，他的自身也站不住了！现在思想自由和生存还有冲突，这是知识阶级本身的缺点。

然而知识阶级将怎么样呢？还是在指挥刀下听令行动，还是发表倾向民众的思想呢？要是发表意见，就要想到什么就说什么。真的知识阶级是不顾利害的，如想到种种利害，就是假的，冒充的知识阶级；只是假知识阶级的寿命倒比较长一点。像今天发表这个主张，明天发表那个意见的人，思想似乎天天在进步；只是真的知识阶级的进步，决不能如此快的。不过他们对于社会永不会满意的，所感受的永远是痛苦，所看到的永远是缺点，他们预备着将来的牺牲，社会也因为有了他们而热闹，不过他的本身——心身方面总是苦痛的；因为这也是旧式社会传下来的遗物。至于诸君，是与旧的不同，是二十世纪初叶青年，如在劳动大学一方读书，一方做工，这是新的境遇；或许可以造成新的局面，但是环境是老样子，着着逼人堕落，倘不与这老社会奋斗，还是要回到老路上去的。

譬如从前我在学生时代不吸烟，不吃酒，不打牌，没有一点嗜好；后来当了教员，有人发传单说我抽鸦片。我很气，但并不辩明，为要报复他们，前年我在陕西就真的抽一回鸦片，看他们怎样？此次来上海有人在报纸上说我来开书店;又有人说我每年版税有一万多元。但是我也并不辩明;但曾经自己想,与其负空名,倒不如真的去赚这许多进款。

还有一层,最可怕的情形,就是比较新的思想运动起来时,如与社会无关,作为空谈,那是不要紧的,这也是专制时代所以能容知识阶级存在的原故。因为痛哭流泪与实际是没有关系的,只是思想运动变成实际的社会运动时,那就危险了。往往反为旧势力所扑灭。中国现在也是如此,这现象,革新的人称之为“反动”。我在文艺史上,却找到一个好名辞,就是 Renaissance,在意大利文艺复兴的意义,是把古时好的东西复活,将现存的坏的东西压倒,因为那时候思想太专制腐败了,在古时代确实有些比较好的;因此后来得到了社会上的信仰。现在中国顽固派的复古,把孔子礼教都拉出来了,但是他们拉出来的是好的么?如果是不好的,就是反动,倒退,以后恐怕是倒退的时代了。

还有,中国人现在胆子格外小了,这是受了共产党的影响。人一听到俄罗斯,一看见红色,就吓得一跳;一听到新思想,一看到俄国的小说,更其害怕,对于较特别的思想,较新思想尤其丧心发抖,总要仔仔细细底想,这有没有变成共产党思想的可能性?!这样的害怕,一动也不敢动,怎样能够有进步呢?这实在是没有力量的表示,比如我们吃东西,吃就吃,若是左思右想,吃牛肉怕不消化,喝茶时又要怀疑,那就不行了,——老年人才是如此;有力量,有自信力的人是不至于此的。虽是西洋文明罢,我们能吸收时,就是西洋文明也变成我们自己的了。好像吃牛肉一样,决不会吃了牛肉自己也即变成牛肉的,要是如此胆小,那真是衰弱的知识阶级了,不衰弱的知识阶级,尚且对于将来的存在不能确定;而衰弱的知识阶级是必定要灭亡的。从前或许有,将来一定不能存在的。

现在比较安全一点的,还有一条路,是不做时评而做艺术家。要为艺术而艺术。住在“象牙之塔”里,目下自然要比别处平安。就我自己来说罢,——有人说我只会讲自己,这是真的。我先前独自住在厦门大学的一所静寂的大洋房里;到了晚上,我总是孤思默想,想到一切,想到世界怎样,人类怎样,我静静地思想时,自己以为很了不得的样子;但是给蚊子一咬,跳了一跳,把世界人类的大问题全然忘了,离不开的还是我本身。

就我自己说起来，是早就有人劝我不要发议论，不要做杂感，你还是创作去吧！因为做了创作在世界史上有名字，做杂感是没有名字的。其实就是我不做杂感，世界史上，还是没有名字的。这得声明一句，是：这些劝我做创作，不要写杂感的人们之中，有几个是别有用意，是被我骂过的。所以要我不再做杂感。但是我不听他，因此在北京终于站不住了，不得不躲到厦门的图书馆上去了。

艺术家住在象牙塔中，固然比较地安全，但可惜还是安全不到底。秦始皇，汉武帝想成仙，终于没有成功而死了。危险的临头虽然可怕，但别的运命说不定，"人生必死"的运命却无法逃避，所以危险也仿佛用不着害怕似的。但我并不想劝青年得到危险，也不劝他人去做牺牲，说为社会死了名望好，高巍巍的镌起铜像来。自己活着的人没有劝别人去死的权利，假使你自己以为死是好的，那末请你自己先去死吧。诸君中恐有钱人不多罢。那末，我们穷人唯一的资本就是生命。以生命来投资，为社会做一点事，总得多赚一点利才好；以生命来做利息小的牺牲，是不值得的。所以我从来不叫人去牺牲，但也不要再爬进象牙之塔和知识阶级里去了，我以为是最稳当的一条路。

至于有一班从外国留学回来，自称知识阶级，以为中国没有他们就要灭亡的，却不在我所论之内，像这样的知识阶级，我还不知道是些什么东西?!

今天的说话很没有伦次，望诸君原谅！

第五讲 旧体诗四首讲解

概述

鲁迅具有浓郁的诗人气质，我们在他大量的小说、杂文和散文中可以感到这一点。

他最初理想的文学就是"诗"，或者说他一开始就是通过"诗"来理解广义的文学的。

他虽然有严格的古典诗的训练，很早就有创作，却一直写得很少。

以后曾尝试写新诗，很快放弃，偶发诗兴，还是采用旧诗的形式。

从后人辑录的现存五十余首旧诗来看，四言、五言、七言都有，律诗、绝句、"打油"兼备，而鲁迅偏爱的，似乎还是七绝与七律。

除了《哀范君三章》、1931 年《无题》("惯于长夜过春时")、1933 年《学生和玉佛》、《吊大学生》等少数作品，鲁迅旧诗更多是写好之后书赠亲友，并不准备发表，具有相当的私人色彩。当然这只是相对的。在鲁迅写的时候，读者诚然仅限于少数几个，而一旦被后人发掘，编入全集，广泛流布，就和公开发表的作品属于同一著作体系了。

他常常用旧诗来"打油"，可见对于旧诗，并不特别恭敬，然而造诣实在惊人。这不仅表现在对仗的工整，用典的恰当，声韵的优美，以及格调的高古——这些都是旧诗固有的标准——更可贵的是鲁迅写旧诗可以完全不为旧诗严格的形式所拘束，能够自由地融入现代情感，而又不破坏旧诗应有的深致，幽婉，与形式美。

鲁迅自己少写旧诗，也不鼓励年轻作家写旧诗。这主要是因为，旧诗毕竟难学，难工，如果没有严格的训练，不仅难以驾御其严格的形式，还很容易受到拘束，无法直抒胸臆，结果势必变成无谓的玩古。

即使如此，和文言文一样，旧诗对于鲁迅，还是可以采取的形式。由于语言形式和文学传统(尤其是"典故")的关系，旧诗可以写得更加隐晦、深沉、古朴、凝练,所以一些适合旧诗的情愫还是用旧诗写出才好,这也是包括鲁迅在内的许多现代中国作家在用白话写作的同时始终不废吟咏的原因。我们甚至可以说,如果不了解鲁迅表现于旧诗中的某些只适合用旧诗来表现的情愫,也就不能说了解了他的全人。

限于篇幅,这里只选四首,尝鼎一脔。进一步的了解,可参考张向天《鲁迅旧诗笺注》(广东人民出版社 1959 年 8 月第 1 版,1962 年、1964 年两次修订),周振甫《鲁迅诗歌注》(浙江人民出版社 1962 年 4 月第 1 版),张恩和《鲁迅旧诗集释》(天津人民出版社 1981 年 7 月第 1 版)。我的讲解,典故方面多参考张恩和书。

一、别诸弟三首(庚子二月)

(一)

谋生无奈日奔驰,有弟偏教各别离。

最是令人凄绝处,孤檠长夜雨来时。

(二)

还家未久又离家,日暮新愁分外加。

夹道万株杨柳树,望中都化断肠花。

(三)

从来一别又经年,万里长风送客船。

我有一言应记取,文章得失不由天。

这三首诗,作于清光绪二十六年(1900 年)二月,署名"戛剑生",是现存鲁迅最早的一首诗。鲁迅时年二十,在南京陆师学堂附设的矿务铁路学堂念书。他利用寒假,于这年的阴历十二月二十六日还家,次年正月二十日回南京,故曰"还家未久又离家"。

鲁迅原本兄妹四人,唯一的妹妹名"端",1887 年生,未满周岁,死于天花。四弟椿寿 1893 年生,1898 年病亡。1893 年鲁迅祖父因科场舞弊案被捕入狱，家道即已中落。鲁迅父亲常年卧病，一直延请有名的中医诊治，所费不赀，但终于 1896 年病逝，这就越发使周家“从小康人家而坠入困顿”[①]。椿寿的夭折，对于全家人可谓雪上加霜。鲁迅 1898 年 5 月考入南京陆师学堂，小弟过世是这年的十一月初八，鲁迅正放假回家，三天后不得不再回南京[②]。此后直到 1902 年 1 月从矿路学堂毕业，转赴日本留学，鲁迅经常回绍兴探望家人。他是长子，祖父下狱，父亲生病和病逝，在这过程中族人、亲戚和乡里的冷眼与欺侮，他比两个弟弟周作人、周建人自然承受得更多。去南京前，他就已经挑起了家庭的重担，读书之外，经常“出入于质铺和药店”[③]，去南京之后，更是心系故家两个“弱弟”。鲁迅一生对两个弟弟都有超过一般兄长的愧疚、赎罪和无条件奉献的心情，性格的养成与此有关。《别诸弟》三首，是在这个背景下写成的。

(一)、(二)是写自己离家在外的凄凉，和不能照顾弟弟的感伤与愧疚。(三)是鼓励弟弟们对于为文之道要有信心，不必迷信古人“文章憎命达”(杜甫《偶题》)、“文章本天成”(陆游《文章》)之类的说法。但鲁迅所谓“文章”，应该还是科举应试的“制艺”，他那时也只能以此鼓励弟弟们，虽然自己在别人的眼里因为放弃了“读书应试”，已经“将灵魂卖给鬼子”[④]——鲁迅在南京读书期间，还是偷空回绍兴参加过一次“县考”，虽然那只是应景而已[⑤]。

我们从这一点，也可以看出鲁迅对待自己和他人的区别。他虽然自有确信，应该如何处世，但如果别人因为性格和环境的关系，不能和他一样，他决不勉强，甚至替别人作想，理解别人或有的妥协。

这首诗虽然写得浅白，但不经意之间化用了许多古人的成句。如“孤檠长夜雨来时”之于陆游《秋光》的“孤灯初暗雨来时”，“日暮新愁分外加”之与孟浩然《宿建德江》的“日暮客愁新”，“望中都化断肠花”之与刘希夷《公子行》的“可怜杨柳伤心树，可怜桃李断肠花”，“长风万里送客船”之与李白《宣州谢朓楼饯别校书叔云》的“长风万里送秋燕，对此可以酣高楼”。

---

① 《〈呐喊〉自序》。

② 参见周作人《鲁迅小说里的人物》之《彷徨衍义・小兄弟》。

③ 《〈呐喊〉自序》。

④ 同上。

⑤ 周作人《知堂回想录(十八)・县考》。

青年鲁迅作诗,并不显耀才学,而是直抒胸臆,但才学已在其中。

二、哀范君三章

风雨飘摇日,余怀范爱农。
华颠萎寥落,白眼看鸡虫。
世味秋荼苦,人间直道穷。
奈何三月别,竟尔失畸躬!

其二

海草国门碧,多年老异乡。
狐狸方去穴,桃偶已登场。
故里寒云恶,炎天凛夜长。
独沉清冷水,能否涤愁肠?

其三

把酒论当世,先生小酒人。
大圜犹茗艼,微醉自沉沦。
此别成终古,从兹绝绪言。
故人云散尽,我亦等轻尘!

这首诗发表于1912年8月21日绍兴《民兴日报》,署名"黄棘"。作者附记:"我于爱农之死,为之不怡累日,至今未能释然。昨忽成诗三章,随手写之,而忽将鸡虫做入,真是奇绝妙绝。辟历一声,群小之大狼狈。今录上,希大鉴定家鉴定,如不恶,乃可登诸《民兴》也。天下虽未必仰望已久,然我亦岂能已于言乎。二十三日,树又言。"《鲁迅日记》1912年7月19日记:"晨得二弟信,十二日绍兴发,云范爱农以十日水死,悲夫悲夫!君子无终,越之不幸也,于是何几仲辈为群大蠹……"当时鲁迅任职北京的教育部,周作人在绍兴。

范爱农其人其事，参见《朝花夕拾·范爱农》。

《鲁迅日记》1912年7月22日记："大雨，遂不赴部……夜作均言三章，哀范君也……"可见"风雨飘摇日"乃为纪实。鲁迅1912年5月随教育部由南京迁北京，7月知范死，作诗纪念，这段时间于新生的中华民国也确实如《诗经·鸱鸮》说的那种"风雨所漂摇"的光景。

"颠"为头顶，"华颠萎寥落"指范爱农不仅早生华发，所余也枯萎脱落，诗人以此感叹范的坎坷。《晋书·阮籍传》说"籍能为青白眼，见礼俗之士，以白眼对之"；杜甫《缚鸡行》："鸡虫得失无了时，注目寒江倚山阁"，"鸡虫"指争夺蝇头小利的世人，而鲁迅所谓"忽将鸡虫做入，真是奇绝妙绝"，则是指他借助谐音双关，用"鸡虫"暗刺为他和范爱农所不齿的过去的同事何几仲之流的"群小"。

《诗经·谷风》："谁谓荼苦，其甘如荠"，荼为苦菜，人皆苦之，而《诗经》作者不以为苦，甘之如荠，是别有境界，但鲁迅翻转《诗经》的原意，直说世味之苦有如秋荼，人间直道有时而穷，悲叹逝者，也以自况。

鲁迅曾于1912年3月自南京返绍兴省亲，途经杭州，大概于四月会晤范爱农，爱农之死在七月，故曰"三月别"。"畸躬"，即"畸人"。《庄子·大宗师》："畸人者，畸于人而侔于天"，鲁迅以此感叹范的不能见容于世人。

李白《早春于江夏送蔡十还家云梦序》："海草三绿，不归国门"，鲁迅用这句成语，回忆自己和范爱农留学日本多年，青春蹉跎，有国难归，几乎"老"于异乡。

"狐狸方去穴，桃偶已登场"，是说浙江地方政治，在辛亥革命之后"换汤不换药"，打走了"狐狸"，一班新的"桃偶"又粉墨登场。《朝花夕拾·范爱农》叙之甚详，并认为这就是范悲观自杀的根源。

身在北京的鲁迅，常常听到绍兴在革命以后的种种不如人意之事，再经好友范爱农之死刺激，就觉得故乡仍然遮蔽在"寒云之下"，犹如寒冷浓黑的长夜。《广雅》："南方曰炎天"，这联的"故里"、"炎天"是一个意思。但"炎"与"凛"对举，范爱农又死在南方故里最炎热的七月，参差对照，更能写出鲁迅此时的心境。

鲁迅于范爱农之死，除愤慨当世，悲悼故人，也有为范感到可惜的意思，所以有“能否涤愁肠”的追问。在《范爱农》一文中，鲁迅“疑心他是自杀。因为他是浮水的好手，不容易淹死的”，“独沉”，即“自杀”。1908 年鲁迅写《破恶声论》，曾感叹中国“寂漠”，“民救死不给，美人墨面，硕士则赴清冷之渊”，这里的“独沉清冷水”，可以看出用语的一贯。我们读鲁迅的书，常常能够感受到这一特点，就是他的用语具有相当的个人性和前后一贯的连续性，决不随人逐队，轻易染上别人的用语习惯。

鲁迅和范常常在一起喝酒，不免像汉代的曹操那样，“煮酒论英雄”，但鲁迅觉得范原来并非一味悲观、借酒消愁的人，相反倒是看不起酒徒的，而这样一个不肯自弃、“小酒人”的人，最后还是自杀了，可见这中间肯定有一个慢慢放弃的痛苦的心理过程。“把酒论当世，先生小酒人”，是为范爱农“正名”，也是进一步声讨促使范最后不得不自暴自弃的环境之恶劣，下面接以“大圜犹茗艼，微醉自沉沦”，就很自然了。

最后两联，重又感叹斯人已逝，从此永诀，而自己的心情也很不好，轻看生命，如同微尘。鲁迅后来曾写信给台静农，说“现状为我有生以来所未尝见，三十年来，年相若与年少于我一半者，相识之中，真已所存无几，因悲而愤，遂往往自视亦如轻尘”——我们又看到了他用语的一贯性和连续性，而这实乃作家思想谨严、执著深沉的表现。

对于同辈人包括更年轻的文学家的死，无论是死于辛亥之前还是辛亥之后，鲁迅都无比痛惜，这几乎成了他用文学的方式质问现实、反省自己的一个固定的出发点。我们在《野草·秋夜》、在《华盖集续编·记念刘和珍君》、在《南腔北调集·为了忘却的记念》、在《且介亭杂文·忆韦素园》等名文里，都能强烈感受到这股“敬奠”亡灵的情绪。“悼亡”本是中国文学的一个悠久传统，鲁迅很自然地继承了这个传统，并赋予它现代的气息。

三、阻郁达夫移家杭州

钱王登假仍如在，伍相随波不可寻。

平楚日和憎健翮，小山香满蔽高岑。
坟坛冷落将军岳，梅鹤凄凉处士林。
何似举家游旷远，风波浩荡足行吟。

此诗原来无题。1934 年 7 月 20 日《人间世》第 8 期刊载署名高疆《今人诗话》，提到鲁迅、郁达夫等人的诗，其中就有这首《阻郁达夫移家杭州》，但仍不能确知究系何人最早使用后来通行的这个标题。

据郁达夫《断残集·移家琐记》，郁氏携妻王映霞从上海"移家"至杭州，在 1933 年 4 月 25 日。他们迁杭后经常回沪办事。《鲁迅日记》1933 年 12 月 29 日记："下午映霞及达夫来"，次日又记："午后为映霞书四幅一律云：钱王登遐……（略）"。据王映霞说，诗是她自己求于鲁迅的，鲁迅日记也记得分明，该诗确实是鲁迅 1933 年 12 月 30 日书赠王映霞的。鲁迅在郁、王搬家半年多以后才应王所求，写了这首诗，其时已无所谓"阻"，乃是劝他们不要贪恋杭州。一定要离开上海，不如去更远的地方。郁、王在杭州仍旧琴瑟不和，不久王为他人所诱，郁被迫出走。郁在《回忆鲁迅》中也说："我因不听他的忠告，终于搬到杭州去住了，结果不出他之所料，被一位党部的先生弄得家破人亡"。此可见鲁迅见事之明。郁达夫说的那位"先生"，浙江临海人，1930 年曾呈请南京政府下令通缉鲁迅，后"果渐腾达，许官至浙江教育厅长……"①

钱王，五代时割据浙江的吴越王钱镠（852—932）。伍相，即伍员，字子胥，春秋楚人，父兄皆为楚平王所杀，逃至吴国，助吴伐楚。后劝吴王灭越不听，反为吴王夫差怒杀。传说伍员死后化为江涛之神，钱镠筑堤，江涛冲激，不得合龙，钱命五百强弩手发箭射涛头。《礼记·曲礼》："告丧曰天王登假"，帝王驾崩的意思。"登假"又作"登遐"、"登霞"，《楚辞·远游》："载营（魂）魄而登霞兮，掩浮云而上征"，这是借仙人的飞升比喻帝王的逝世。骄横霸道的钱王虽然死了，但似乎余威仍在，而正直的伍员的魂灵却随波而去，不可寻觅了。第一联，用和杭州有密切关系的两个历史人物的典故，暗示杭州环境险恶，并不适合郁、王久居。

---

① 参见《关于许绍棣叶溯中黄萍荪》，《集外集拾遗补编》。

平楚，即平野之地。“翮”为鸟羽透明之中管，“健翮”即强健的飞鸟。西湖附近山势平缓，多栽花树，故说“香满”。杭州处杭、嘉、湖平原，气候温和，风景宜人，但向为鲁迅所不喜。他曾对友人说过：“杭州的市容，学上海洋场的样子，总显得小家子气，气派不大。至于西湖风景，虽然宜人……如果流连忘返，湖光山色，也会消磨人的志气的……”①。这两句说地势平坦、气候温和的杭州不利于健鸟的高飞，满目花树容易让人看不到那雄峻的高山，实际是提醒郁、王不要因为贪恋杭州的舒适而消磨了志气。

鲁迅对于教科书和报纸上由官方出面宣传岳飞忠君爱国不以为然，因为他看透了那些宣传者自己并不真的佩服岳飞，只是“寻开心”而已②。证据之一，就是杭州栖霞岭的岳飞墓的常被“冷落”。处士林，即处士林逋(967—1028)，钱塘人，归隐西湖孤山，梅妻鹤子，传为佳话，宋真宗赐号“和靖处士”。鲁迅一向怀疑历史上有名的处士、隐士之流，“隐士，历来算是个美名，但有时也当作一个笑柄”，“非隐士的心目中的隐士，是声闻不彰，息影山林的人物。但这种人物，世间是不会知道的。一到挂上隐士的招牌，则即使他并不‘飞来飞去’，也一定难免有些表白，张扬”，“登仕，是啖饭之道，归隐，也是啖饭之道”③。鲁迅在这首诗里主要倒不是讽刺林逋，而是说在杭州，即使梅妻鹤子这样张扬的风雅之至的林处士，也会感到“凄凉”，这说明杭州人连假装的高雅都快没有了。

第一联是说杭州政治空气恶劣，第二联是说杭州自然风光容易消磨志气，第三联则接着说杭州的文化空气虚伪粗俗，这样层层深入，第四联的结论就显得非常力了：

“何似举家游旷远，风波浩荡足行吟。”

你们住在在我看来这么不好的杭州，哪里比得上一起去游旷远之地，在那里，风波浩荡，正可以且行且吟，自由地抒发自己的感情。

这首诗主要是朋友之间的应答，有很多私人性因素，某些话只有当事人知道确切的含义，局外人只能猜想，或从整体诗意来作一般的领会。比如最

---

① 章川岛《忆鲁迅先生一九二八年杭州之游》。

② 参见《且介亭杂文二集·“寻开心”》。

③ 参见《且介亭杂文二集·隐士》。

后一联的“旷远”,或谓“日本”,或谓“苏联”,都过于“坐实”。我们只要想象,这是鲁迅劝朋友开阔心胸,不必贪恋杭州一地的舒适而忘记天地的辽阔和人生的自由,就够了。

四、亥年残秋偶作

曾惊秋肃临天下,敢遣春温上笔端。
尘海苍茫沉百感,金风萧瑟走千官。
老归大泽菰蒲尽,梦坠空云齿发寒。
竦听荒鸡偏阒寂,起看星斗正阑干。

《鲁迅日记》1935 年 12 月 5 日记:“午后……为季市书一小幅,云:曾惊秋肃临天下……”季市,鲁迅好友许寿裳,与鲁迅订交于东京留学时期,同为浙江籍学者,同为章太炎学生,同为教育部同事,对虽是同辈的鲁迅非常钦佩。鲁迅逝世不久,即出版《亡友鲁迅印象记》,提供了许多关于鲁迅生平的珍贵材料,并始终致力于阐扬鲁迅精神。1948 年遇害于台湾。鲁迅对许寿裳也相当敬重,瞿秋白之外,许可能是鲁迅一生相知莫逆、不起芥蒂、情谊深笃的仅有的挚友之一,而他书赠许氏的这首诗歌,也有特别的意义。

“亥年”即 1935 年,“残秋”,秋尽冬来之时。是年十月九日寒露,二十四日霜降,十一月八日立冬,所谓“残秋”,应在十月二十四日之后、十一月八日之前。

这首诗可以看作鲁迅对于自己一生事业的高度总结,具有强烈的心理自传的色彩。

前两联,是写自己的上半生,重点有二,一是日本留学时期选择文学为一生志业,一是回国后对于现代中国生活的基本观察与个人感受。后两联,则写晚年心境,而鲁迅的晚年心境并不始于晚年,其悲观沉郁,概自“五四”落潮的二十年代上半期即已开始,所以他的上半生与下半生(所谓晚年)连在一起，不可分割。

一个“曾”字，提醒我们第一联所追述的是作者的早年生涯。在第一讲里，我们介绍过鲁迅在日本留学时所写的《科学史教篇》和《破恶声论》，并兼及《摩罗诗力说》和《文化偏至论》，熟悉这四篇文章的基本思想架构，就很容易理解这首自述平生的诗歌第一联的意境。

鲁迅在日本时期，深感中国古文明虽曾灿烂一时，到了近代却日益衰微，诚如《破恶声论》开头所说，已经是“本根剥丧，神气旁皇……寂漠为政，天地闭矣”的地步了。整个中国充斥着“羞白心于人前”的“志士英雄”(实际上乃是“伪士”和“辁才小慧”)，他们“凡所然否，谬解为多”，故当时的中国，虽多“扰攘”(“伪士”们的议论纷纷)，实则“凄如荒原”，是个“寂漠境”。“心声”不吐，国民文化精神就陷于凋敝，文明历史到了这时候，真可谓“灿烂于古，萧瑟于今”，那种可悲的光景，鲁迅在写于 1907 年的《摩罗诗力说》一开头，给予这样的描绘：

> 人有读古国文化史者，循代而下，至于卷末，必凄以有所觉，如脱春温而入于秋肃，勾萌绝朕，枯槁在前，吾无以名，姑谓之萧条而止。

这就是“曾惊秋肃临天下”的所指。

然而这只是鲁迅当时思想认识的一个方面。另一方面，他并不绝望。不仅不绝望，倒是从自己对于中国思想界和知识界的观察中看到了自己应该做什么，可以做什么，所以他又说：

> 吾未绝大冀于方来，则思聆知者之心声而相观其内曜。内曜者，破黮暗者也；心声者，离伪诈者也。人群有是，乃如雷霆发于孟春，而百卉为之萌动，曙色东作，深夜逝矣。

这就是变“秋肃”为“春温”的意思。

但如何实现中国文化精神的这种季节的转换、实现鲁迅所谓的“大冀”、迎来中国文化的“春温”呢？

鲁迅当时所看到的唯一的办法，乃是“聆知者之心声而相观其内曜”，而“知者”吐露“心声”、发挥“内曜”的最好的办法就是“诗”，即广义的文学创作。

青年鲁迅思考中国文化精神的出路，认为舍文学无他，他把文学（诗）创作提到了至高无上的地位，断言只要文学发达，国民敢于吐露“心声”，发挥“内曜”，则“内部之生活”必然深邃壮大。基于这个想法，他激情洋溢地为中国读者介绍了英国的拜伦、雪莱、济慈，挪威的易卜生，俄国的普希金、莱蒙托夫，波兰的密克威支，匈牙利的裴多菲等“摩罗诗人”的传记和主要作品，及其对于本国和世界读者精神的巨大激励，接着，他向广大的中国读者发出质问：

> 今索诸中国，为精神界之战士者安在？有作至诚之声，致吾人于善美刚健者乎？有作温煦之声，援吾人出于荒寒者乎？家国荒矣，则赋最末哀歌，以诉天下贻后人之耶利米，且未之有也。

虽然他详细阐释了文学的“涵养神思”的“不用之用”，指明了变“秋肃”为“春温”的文化变革之路，却没有人来响应，他只好不自量力，披挂上阵，用自己的笔来报告春天的来临了。

“敢遣春温上笔端”，说的就是这个意思。“敢”字，不仅带有鲁迅当时坚信已经找到文学救国的正确思想的自得之色，也流露着鲁迅晚年对于当时和后来所一再经验到的无人响应因而只好不自量力、孤独奋斗的困境的夹杂着自傲的自嘲。

第二联，是写从日本归国至二十年代上半期的经历。鲁迅 1909 年 8 月归国，先在杭州、绍兴两地教书，后经许寿裳向蔡元培引荐，入教育部工作。从 1909 年回国，到 1918 年参与新文化运动，重新执笔为文，中间正好间隔十年沉默期。这十年里，鲁迅先是经历了“民元”（辛亥革命初期）短暂的“光明”，但马上失望了。先是在绍兴，尝到“绿林大学”出生的王金发那种革命暴发户的滋味，后来诚如他 1932 年为《自选集》写序时说的，“见过辛亥革命，见过二次革命，见过袁世凯称帝，张勋复辟，看来看去，就看得怀疑起来，于是失望,颓唐了”。但最令鲁迅失望的还并非政治的窳败,而是新文化运动中“同一战阵的伙伴”的变化,“后来《新青年》的团体散掉了,有的高升,有的退隐,有的前进”,陈独秀放弃了文化运动而走向政治,或许是鲁迅所谓的“前进”,但更多的人,如胡适之“整理国故”,宣称“二十年不谈政治”,但不久即变化,不仅大谈特谈政治,还参与政治,希望建立“好人政府”,并呼吁一班留学欧美的知识分子跟他一道来“做政府的诤友”,至于周作人从“谈龙”、“谈虎”退到“苦雨斋”里耕耘“自己的园地”,刘半农赴法国学习语言学,硬要往学者圈子里钻,钱玄同空腹高心,从鼓动鲁迅战斗的“金心异”变成说怪话的教授,还有更年轻的《新潮》社成员如罗家伦、傅斯年纷纷做官……则都是鲁迅意想不到、也不愿看到的。在整个二十年代下半期和三十年代,鲁迅甚至将自己杂文主要的批判锋芒对准了这些人,大量的书信,包括历史小说《故事新编》,也反复谈到他对于这些因为新文化运动而“点缀”于学府、政坛的“新贵”们的失望。“金风萧瑟走千官”,就是说的这些政客、文人的发迹变态。“金风”,即秋风,因为“五行”之中,“秋”属于“金”。王维《敕赐百官樱桃》:“芙蓉阙下会千官”,岑参《和贾至舍人早朝大明宫之作》:“玉阶仙杖拥千官”……这是“千官”的成句。看到“千官”奔忙的景象,鲁迅的心情再次回到了青年时代所“曾惊”的那君临天下的“秋肃”,满面扑来的,自然只有“金风”了。

我们读鲁迅1918年以后的创作,除了上述对现代知识分子的批判(他在“碰壁”、“被挤出集团之外”之后的新的选择),还有关于整个国民性或世道人心的忧思。1936年2月,当他预备将自己全部的文字编成《三十年集》时,创作部分,《坟》、《野草》、《呐喊》、《彷徨》、《故事新编》、《朝花夕拾》、《热风》、《华盖集》、《华盖集续编》、《而已集》,这些主要写于北京和厦门、广州三地的作品,拟题为《人海杂言》,而《三闲集》、《二心集》、《南腔北调集》、《伪自由书》、《准风月谈》、《集外集》、《花边文学》、《且介居杂文》、《且介居杂文二集》(“且介居”后改为“且介亭”),这些定居上海以后的杂文,则拟题为《荆天丛笔》。“人海”,“荆天”,是鲁迅对二三十年代自己的创作环境的高度概括,他的全部创作就是“活在这样的人间”、“在沙漠里走来走去”的“百感交集”的记录。所以,“人海苍茫沉百感”,是对自己二三十年代全部文学创作的一个总结性的记叙。

记叙之后是评价。

鲁迅晚年如何在整体上评价自己的文学创作？这首诗里，他只用了十四个字："老归大泽菰蒲尽，梦坠空云齿发寒"。为什么说这十四个字，是鲁迅对于自己的文学创作的整体评价呢？

我们知道，鲁迅对自己的文章的效果的认识，在更深的层面始终是虚无主义的。他曾说自己的创作与艺术的距离之远，是可想而知的[①]，又说自己讽刺社会的杂文，不过一箭之入大海，毫不起作用，即使偶尔唤醒几个青年，也不过是将铁屋子里沉睡就死的人叫醒，使他们"梦醒之后无路可走"，而这就无异于将他们制成"醉虾"，让迫害者能够"赏玩这较灵的苦痛，得到格外的享乐"[②]。基于这种认识，他甚至都不能明白自己的文字工作的价值究竟是什么了：

> 然而我至今终于不明白我一向是在做什么。比方做土工的罢，做着做着，而不明白是在筑台呢还在掘坑。所知道的是即使是筑台，也无非要将自己从那上面跌下来或者显示老死……[③]

这种自我评价的另一种诗的表达，则更加凄凉：

> ……于浩歌狂热之际中寒；于天上看见深渊。于一切眼中看见无所有；于无所希望中得救。……[④]

在自己确信其"涵养神思"的"不用之用"、并付出全部生命热情的似乎拥有丰富意义的文学活动中，鲁迅常常感到透骨的空虚，这就好比一个人在梦中梦见自己从"空云"中掉下来，齿发俱寒。

这样怀疑着、恐惧着、穷乏着的时候，一个人最大的痛苦，还不是后天努

---

① 《〈呐喊〉自序》。
② 以上引文，分别参见《坟·娜拉走后怎样》和《而已集·答有恒先生》。
③ 《坟·写在〈坟〉后面》。
④ 《野草·墓碣文》。

力的失败,而是先天所拥有的本来属于自己的精神财富的丢失。其中,少年时的情味,留在记忆深处的青春年少的世界,在自以为是的奔忙中离开自己,无法追回:这才是莫大的生命的丧失。

所以当他从根本上怀疑、否定那后天的文学的努力时,虽然明明知道那少年的世界已经死亡,也只能假装它还并未死亡,而时时反顾,希望由此得到一些慰藉:

> 我有一时,曾经屡次忆起儿时在故乡所吃的蔬果:菱角,罗汉豆,茭白,香瓜。凡这些,都是极其鲜美可口的;都曾是使我思乡的蛊惑。后来,我在久别之后尝到了,也不过如此;惟独在记忆上,还有旧来的意味留存。他们也许要哄骗我一生,使我时时反顾。[①]

这是1927年所说的话。到了1935年,故乡的风物实在无法继续"哄骗"他了,所以才有"老归大泽菰蒲尽"的叹息。据1933年的一首《无题》:"烟水寻常事,荒村一钓徒。深宵沉醉起,无处觅菰蒲",则这种叹息的发生应该更早。

诗人意识到一生努力的结果,竟是无法回归故乡的深山大泽,这该是怎样一种虚无与丧失之感。鲁迅1919年的一次回乡,促使他写了《故乡》等告别故乡的小说。1926—1927年间神游故乡,写下了《朝花夕拾》。到了暮年,再次心系旧乡,写了《我的第一个师傅》、《我的种痘》和《女吊》等作品,但无论无何,也无法填满生命的空虚了。

最后两联,除了总结他对一生文学事业的虚无态度之外,还涉及诗人对生命本身的虚无认识。这和他当时的生病有关。1934年11月7日,鲁迅在日记中写下"肋间神经痛"数语,此后一直到12月2日,每天都有自量体温的记录。这是继1923年9月至1924年4月因与周作人冲突而肺病复发、1925年9月因与章士钊等冲突再次复发、1928年5月初到上海后与年轻的"革命文学家"论战而第三次复发之后的第四次发作,缠绵数月,至"亥年残秋",始稍觉恢复。其实这只是假象,他的痼疾并未痊愈,也不可能痊愈,终于1936

---

① 《朝花夕拾·小引》。

年 3 月再次暴发，从此日重一日，直到谢世。这首诗写于 1935 年秋，鲁迅自己也知道，当时不过大病稍减的缓冲期，似乎有了新的转机，可以鼓舞心志，做些事情了，但再一查验，其实生命已经无情地急速走向终点。《晋书·祖狄传》："狄与司空刘琨……共被而寝。中夜闻荒鸡鸣，蹴琨觉曰：'此非恶声也。'因起舞。"中夜忽闻荒鸡，本可振作起舞，但仔细一听，其实并无声音——也许只是自己的幻觉？等到披衣起来，仰望夜空，北斗已经"阑干"。《韵书》："阑干，横斜貌。象斗之将没也"，即北斗星的光曜行将灭没。这一联，不啻对安慰自己的老朋友许寿裳说："你以为我身体有转机吗？非也，我看就要死掉了啊"[1]。

从东京时代投身文学起，写到世道人心的依然如故，文学的幻灭，身体的衰朽，直至发生"死的豫想"[2]，鲁迅这首概述平生的诗，所包含的感情实在过于沉重。但沉重至乎其极，便是解脱。"竦听荒鸡偏阒寂，起看星斗正阑干"，对生死真相的承认，不是用一种近乎超然的平静写出来的吗？

在鲁迅五十多首旧体诗中，《亥年残秋偶作》诗味最浓，所含生命信息最富，因为这首诗写了他一生，也是用一生写成的。旧诗之"凝练"，有如此也。

---

① 许寿裳在《〈鲁迅旧体诗集〉跋》中说，"至于最末一首《亥年残秋偶作》系为余索书而书者，余亦在《怀旧》中首先发表。此诗哀民生之憔悴，状心事之浩茫，感慨万端，俯视一切，栖身无地，苦斗益坚，于悲凉孤寂中，寓熹微之希望焉。"许氏显然认为最后一联寓意深夜将逝黎明将来，这固然是对于朋友的一片好意，奈何与事实不符。

② 参见《且介亭杂文末编附集·死》，该文作于 1936 年 9 月 5 日，原文是：

"从去年(按指 1935 年)起，每当病后休养，躺在藤椅上，每不免想到体力恢复后应该动手的事情：做什么文章，翻译或印行什么书籍。想定之后，就结束道：就是这样罢——但要赶快做。这'要赶快做'的想头，是为先前所没有的，就因为在不知不觉中，记得了自己的年龄。却从来没有直接的想到'死'。

"直到今年(按指 1936 年)的大病，这才分明的引起关于死的豫想来。"

按照鲁迅的说法，他在写《亥年残秋偶作》时，还没"分明的引起关于死的豫想"，其实这是一种模糊的说法。对于死亡这种敏感的问题，如果到了"分明的引起关于死的豫想"，就不是"豫想"，而是承认了。其实认真说起来，任何"豫想"，也都是承认。而且，这样的"豫想"，应该是比这更早，并且不止一次的吧。

图书在版编目(CIP)数据

鲁迅精读/郜元宝著. —2版. —上海：复旦大学出版社，2016.8(2021.1重印)
(汉语言文学原典精读系列)
ISBN 978-7-309-12365-4

Ⅰ. 鲁… Ⅱ. 郜… Ⅲ. 鲁迅著作研究 Ⅳ. I207.97

中国版本图书馆CIP数据核字(2016)第141052号

鲁迅精读
郜元宝 著
出 品 人/严 峰
责任编辑/邵 丹

复旦大学出版社有限公司出版发行
上海市国权路579号 邮编：200433
网址：fupnet@fudanpress.com http://www.fudanpress.com
门市零售：86-21-65102580 团体订购：86-21-65104505
外埠邮购：86-21-65642846 出版部电话：86-21-65642845
上海崇明裕安印刷厂

开本 787×1092 1/16 印张24 字数339千
2021年1月第2版第3次印刷

ISBN 978-7-309-12365-4/I·1005
定价：45.00元
